**TORSTEN SCHÖNBERG**
Der Stempelmörder

**GEKOMMEN, UM ZU BLEIBEN** Wie wird man ein guter Österreicher? Kartoffeln schälen, Herzstiche durchführen und Kleingarten pflegen – so will das Integrationsprogramm »Piefke 5« deutsche Migranten zu Vorzeige-Österreichern erziehen. Die zieht es nämlich, seit Deutschland wirtschaftlich am Boden liegt, scharenweise in den gelobten Süden. Juri Sonnenburg ist einer von ihnen. In Wien versucht er zusammen mit seinem Kärntner Freund Georg sein Glück. Das endet, als ein Mitbewohner in dem schäbigen Männerwohnheim ermordet aufgefunden wird – mit durchgeschnittener Kehle und dem Stempel »Piefke 5« auf dem Rücken. Schnell geraten Juri und Georg unter Mordverdacht. Während der »Stempelmörder« immer wieder zuschlägt, kommt zutage, welch haarsträubende Vorgänge sich in den scheinbar wohlanständigen Kreisen Wiens abspielen. Die Untersuchung des Falls nimmt Chefinspektor Paradeiser in die Hand. Dem scheint allerdings ein Fahndungserfolg wichtiger zu sein als die Ermittlung der Wahrheit ...

*Torsten Schönberg, 1969 in Eschwege geboren, studierte Geologie und Paläontologie in Göttingen und Wien. Nach dem Studium war er als Projektmanager im Bereich Geographische Informationssysteme tätig. Als Inspiration diente ihm in den letzten beiden Jahrzehnten seine Wahlheimat Wien. Die Hauptstadt der ehemaligen Habsburgermonarchie, beinahe so etwas wie ein riesiges Freilichtmuseum, bietet ihm eine Fülle von rätselhaften, skurrilen und makabren Anregungen. »Der Stempelmörder« ist Torsten Schönbergs erster Kriminalroman. Er arbeitet als freier Autor und Consultant in Wien.*

**TORSTEN SCHÖNBERG**

# Der Stempelmörder

*Wien-Krimi*

Immer informiert

Spannung pur – mit unserem Newsletter informieren wir Sie
regelmäßig über Wissenswertes aus unserer Bücherwelt.

Gefällt mir!

Facebook: @Gmeiner.Verlag
Instagram: @gmeinerverlag
Twitter: @GmeinerVerlag

Besuchen Sie uns im Internet:
www.gmeiner-verlag.de

© 2021 – Gmeiner-Verlag GmbH
Im Ehnried 5, 88605 Meßkirch
Telefon 0 75 75 / 20 95 - 0
info@gmeiner-verlag.de
Alle Rechte vorbehalten
1. Auflage 2021

Lektorat: Teresa Storkenmaier
Herstellung: Mirjam Hecht
Umschlaggestaltung: U.O.R.G. Lutz Eberle, Stuttgart
unter Verwendung eines Fotos von: © Lutz Eberle
Druck: CPI books GmbH, Leck
Printed in Germany
ISBN 978-3-8392-2810-4

Personen und Handlung sind frei erfunden. Ähnlichkeiten mit lebenden oder toten Personen sind rein zufällig und nicht beabsichtigt.

# SAMSTAG: FREIZEIT IM MÄNNERWOHNHEIM MELDEMANNSTRASSE IN WIEN BRIGITTENAU

Ich konnte ein ziemlich böser, aber manchmal auch sehr netter Mensch sein, dachte ich. Es war Samstagmorgen gegen halb fünf. Ich lag in einem Wiener Männerwohnheim, dem Heim für Obdach- und Arbeitslose in der Meldemannstraße im Wiener Gemeindebezirk Brigittenau. Du wirst dich jetzt sicher fragen, was ein Männerwohnheim ist. So eine billige Absteige? – Billig schon, und schäbig. Der Himmel auf Erden sah anders aus.

Geboren wurde ich als Juri Sonnenburg in Deutschland, und nach dem Studium der Geologie landete ich in Wien. Georg, ein Kärntner Urvieh, ebenfalls diplomierter Geologe, lag im Bett über mir und schnarchte vor sich hin. Wir teilten uns ein Schlafabteil ohne Komfort. Er war mein einziger Freund, und Freunde waren in diesem Milieu von unschätzbarem Wert. So wertvoll wie Isabel.

Na ja, eigentlich zählte sie nicht zu meinen Freunden. Wir hatten vor einiger Zeit eine kurze, heftige Affäre gehabt und wussten nicht so recht, wie wir zueinander standen. Isabel war eine von zehn Frauen im Männerwohnheim, seit das Frauenwohnheim in der Frauenheimgasse in Meidling vor einem halben Jahr wegen einiger Unzuchtfälle geschlossen worden war. Ihr Zimmer lag am anderen Ende des Gangs auf der gleichen Etage. Eine Tirolerin und von Beruf Hundefrisörin. Wir sprachen kaum miteinander. Wir brauchten Zeit. Obwohl wir davon in der Meldemannstraße ohnehin genug hatten.

Ich öffnete die Augen und beobachtete, wie sich Georgs Matratze wölbte. Das Bettgestell war aus Holz – es krachte bei jeder Bewegung.

Wir gehörten beide zu Piefke 5, dem Arbeits- und Integrationsprogramm für deutsche Migranten. Wirtschaftsflüchtlinge, die beim Nachbarn auf ein besseres Leben hofften. Warum Georg zu uns gehörte, war mir vollkommen unklar. Wahrscheinlich konnten die Wiener die Kärntner noch weniger leiden als uns Deutsche und brummten ihnen deshalb die höchstmögliche Strafe auf: mit einem Piefke ein Zimmer zu teilen.

Unser Piefke-5-Arbeitsplan wurde jede Woche neu zusammengestellt. In den folgenden sechs Tagen mussten Georg und ich jeden Tag in einer anderen Institution arbeiten. Unser Schlafplatz und unser Zuhause war das Männerwohnheim. Der Plan für die kommende Woche sah wie folgt aus:

| | |
|---|---|
| Samstag: | Freizeit im Männerwohnheim Meldemannstraße in Wien Brigittenau |
| Sonntag: | Dornbacher Kirtag in Wien Hernals |
| Montag: | Sicherheitswache Polizei in Wien Favoriten |
| Dienstag: | Friedhofsverwaltung Zentralfriedhof in Wien Simmering |
| Mittwoch: | Mistabfuhr Magistratsabteilung 84 in Wien Neubau |
| Donnerstag: | Arbeitslosenstrandbad in Wien Floridsdorf |
| Freitag: | Arbeitsmarktservice in Wien Ottakring |

Verantwortlich für das Programmmanagement war die Stabsstelle Piefke 5 im Wiener Arbeitsmarktservice. Sie hatte ihren Sitz in der Huttengasse im Wiener Gemeindebezirk Ottakring. Schlaue Köpfe versuchten uns zu beschäftigen, damit wir keine Dummheiten machten. Neben Piefke 5 gab es für die Geflüchteten aus dem ehemaligen Jugoslawien das Programm Tschuschen 6, und für die türkische Minderheit lief schon die x-te Fortsetzung von Atatürk hab 8. Ziel dieser Programme sollte sein, aus uns gute Österreicher zu machen, vollwertige Mitglieder der Gesellschaft. Das wichtigste Zertifikat in der Alpenrepublik.

Georgs geruchsintensive Gasausstöße zerstörten die Ruhe. Das machte er jeden Morgen. Er sagte immer, dass er damit die unreinen Gedanken seiner Träume vertrieb. Ich schaute zum Tisch. Ein blutiges Küchenmesser lag auf dem Aschenbecher. Ein Sechserpack Pils stand leer herum. Dann waren da noch die Reste unserer Riesenpizza und eine halbe Käsekrainer mit süßem Senf, deren abgestandener säuerlicher Duft sich mit der übel riechenden Ausdünstung mischte.

Georg hatte letztes Jahr einen unglaublichen Schicksalsschlag erlitten. Er verlor unweit von Innsbruck seine Frau bei einem Drachenflieger-Schnupperkurs. Sie stürzte aufgrund eines technischen Defekts aus einer Höhe von 60 Metern zu Boden und verstarb noch an der Unglücksstelle – vermutlich hatte ihn das aus der Bahn geworfen. Ich musste ihm das alles aus der Nase ziehen.

Einer regelmäßigen Arbeit konnte er seitdem auch nicht mehr nachgehen. Es erinnerte ihn alles an seine Frau, sagte er mir neulich, an seine Wohnung, seine Eltern, seinen Sohn und seine Freunde. Er verließ die Heimat. Der gemeinsame Sohn war damals fünf Jahre alt und wuchs nach dem Todesfall bei Verwandten in einer Kärntner Pension auf. Ohne Arbeit konnte Georg nicht für ihn sorgen. Er wollte ihm eines Tages etwas Besseres bieten, und das versuchte er ausgerechnet über Piefke 5.

Wir wohnten im vierten Stock, über uns gab es weitere zwei Stockwerke. Im Erdgeschoss befanden sich die Verwaltung des Heims, der Speisesaal, ein Lesezimmer und eine Bibliothek. Das Lesezimmer war in eine Raucher- und eine Nichtraucherabteilung unterteilt worden. Im Keller fand man einen Schuhputz- und Kleiderraum, einen Fahrradkeller, einen Gepäckraum sowie eine Flickschusterei und eine Ideenwerkstatt, wo die zweite Obdachlosenzeitung Wiens, »Der Penner«, ihr Zuhause hatte. Es gab ein Krankenzimmer mit einer Hausärztin und eine Desinfektionskammer zur Entlausung der neuen Heimbewohner. Zusätzlich zu Rasierzimmer und Waschraum wurde den Heimbewohnern eine Badeanlage mit 20 Brausen und zehn Wannen geboten. In jeder Etage konnte man sich für Selbstgespräche in ein Zimmer zurückziehen: einen nackten Raum mit Spiegeln an allen vier Wänden. Wir nannten es das »Holodeck für Arme«.

Draußen auf dem Flur wurde es lauter. Samstag hatten wir unseren freien Tag, an dem wir Pause machten und das Ziel, ein guter Österreicher zu werden, aus den Augen verloren. Stimmengewirr. Schreie mischten sich mit wilden Diskussionen.

Dann öffnete Reinhold Hubsi, unser Zimmernachbar, die Tür und schrie wild gestikulierend. »Mord! Kommt raus, der Greißler ist tot!«

Georg und ich folgten unserem Nachbarn, ungewaschen und unrasiert. Vor uns eine Gruppe halb nackter Gestalten. Reinholds Unterhose hing auf Halbmast. Franz, der Heimleiter, stand in der Mitte des Raumes und schwieg. Ich erkannte mit müden Augen Josef, den

Maler und Anstreicher, in seinem typischen Blaumann und Herbert, der Tag und Nacht mit seinem altmodischen Motorradhelm ohne Visier auf dem Kopf herumrannte.

Herbert war eine ehrliche Haut. Ich lernte ihn im Waldviertel kennen, wo ich mit Georg geologische Untersuchungen durchgeführt hatte. Genau genommen sind wir damals auf der Flucht gewesen, denn wir von Piefke 5 durften die Stadtgrenzen nicht überschreiten. Wir übernachteten in einem heruntergekommenen Gasthof. Herbert war dort Stammgast und trank von früh bis spät, am liebsten roten Zweigelt. Eines Tages lud er sich nach Wien ein, und weil Franz eine Aufsicht für die Desinfektionskammer brauchte, ist Herbert einfach geblieben.

Isabel und ihre Freundin Judith kamen ebenfalls aus ihrem Zimmer gerannt, beide elegant wie immer, egal zu welcher Tages- oder Nachtzeit. Isabel hatte schwarz gelocktes halblanges Haar und dunkelbraune Augen. Ihre ganze Erscheinung rief bei allen Männern des Wohnheims, und natürlich auch bei mir, sonderbare Reaktionen hervor. Ich sehnte mich nach ihr und sie sich nach mir, hoffte ich. Unsere Blicke trafen sich.

»Ruhe!«, schrie Franz. »Ruhe, verdammt noch mal!« Die Gruppe schwieg. »Wer hat die Schweinerei entdeckt?«

Herbert hob zögerlich den Arm. Mit dem blauen Helm sah er ziemlich bescheuert aus. »Gegen drei musste ich aufs Klo und machte einen Abstecher zur Desinfektion, weil ich meinen Zweigelt vergessen hatte. Da lag er vor mir, die Kehle durchgeschnitten. Überall Blut. Und diesen Stempel auf dem Rücken.« Er schüttelte den Helm mit dem lustigen »Ich liebe Österreich«-Aufkleber. »›Piefke 5‹, stand auf dem Stempel. Dann hab ich das Licht wieder ausgemacht und die Tür geschlossen.« Herbert hob die Flasche Zweigelt und nahm einen kräftigen Schluck.

Die anderen Bewohner kicherten. Alkohol war eigentlich verboten. »Piefke 5? – Aha! Und warum bist du erst um vier zu mir gekommen?«, fragte Franz ein wenig unwirsch.

»Er war doch tot. Warum der Stress?« Herbert grinste und die anderen nickten.

Franz drückte Herbert einen Kugelschreiber und einen karierten Block in die Hand. »Ihr werdet jetzt alle ins Lesezimmer gehen und euren Namen auf den Block schreiben. Außerdem haltet ihr fest, was ihr nach dem Einchecken ab acht gestern Abend gemacht habt. Die Polizei wird gleich auftauchen. Keiner verlässt das Haus.« Dann ging er ins Erdgeschoss in sein Arbeitszimmer, um die anderen Heimbewohner über Lautsprecher zu wecken.

*

Es ertönten die ersten Takte von Beethovens Schicksalssymphonie, ein Räuspern und schließlich die Ansage: »Burschen, hört mal alle her! Heute Nacht kam ein Frischling zu Tode. Chefinspektor Paradeiser und Inspektor Stippschitz sind auf dem Weg. Wir treffen uns in genau fünf Minuten im Lesezimmer.« Dann ertönten wieder ein Räuspern und noch einmal Beethovens Fünfte.

Georg gähnte. »Juri, lass uns wieder ins Bett gehen. Um neun müssen wir eh raus.«

»Hast du nicht gehört, was Franz gesagt hat? Wir sollen ins Lesezimmer gehen und auf die Polizei warten.« Ich wollte auf keinen Fall negativ auffallen. Deutsche, die am Piefke-5-Programm teilnahmen, wurden ganz genau beobachtet, und beim kleinsten Delikt drohte die Ausweisung in die Heimat. So stand es vor einiger Zeit auf einem Wahlplakat: »Asylbetrug heißt Heimatflug«.

Isabel und ich verabschiedeten uns mit einem langen Blick. Wir hatten nach unserer kurzen Affäre beschlossen, getrennte Wege zu gehen.

Die Piefke-5-Leitung sah es nicht gern, wenn wir mit österreichischen Frauen Beziehungen eingingen. Wir beließen es dabei und trafen uns nur mehr zufällig hier und da, manchmal halfen wir dem Zufall ein wenig nach. Sie war sehr begehrt und genoss ihre Rolle als Henne unter Hähnen. Vielleicht wollte sie mich auch nur eifersüchtig machen. Ich war aber kein eifersüchtiger Mensch.

Zurück im Zimmer hielt mir Georg das blutige Küchenmesser entgegen. »Mensch Juri, woher hast du den Stempel?« Er schloss die Tür, ging zur Kommode, öffnete eine Schublade und wühlte in meinen Unterhosen herum.

»Was redest du für einen Blödsinn? Ich hab mit dieser Geschichte in der Desinfektionskammer nicht das Geringste zu tun! Das Blut stammt von mir. Ich habe das Messer in der Nacht aus der Küche im ersten Stock geholt. Du hast doch gesehen, wie ich zurückkam?«

Georg schüttelte den Kopf. Kein Wunder, er war genauso besoffen wie ich.

»Ich wollte Pizzareste zerkleinern und bin abgerutscht. Schau, meine Hand.« Zwischen Daumen und Zeigefinger klebte ein fettes Pflaster.

»So viel Blut aus so einer kleinen Wunde?« Georg warf mir einen skeptischen Blick zu.

»Ich war komplett besoffen und hab die Kontrolle über das Messer verloren. Aber warum sollte ich ›Piefke 5‹ auf den Rücken vom Karl stempeln? Hörst du mir überhaupt zu? Georg?«

Er schnappte sich eine meiner Unterhosen, wischte damit das Blut ab und steckte meinen Liebestöter in seine Hosentasche. »Wenn du's nicht warst, wer dann? Warum gerade Karl? Der war doch erst einen Tag im Heim. Ich versteh das nicht. Die Polizei wird das ganze Heim auseinandernehmen.« Während er redete, fuchtelte er mit dem Messer herum. Genau in diesem Moment kam Herbert zur Tür herein, sah Georgs Messerattacken und meine elegante Abwehrbewegung. Du musst wissen, dass es verboten war, Waffen im Zimmer zu haben – egal ob Pistolen oder große Küchenmesser. Franz duldete solche Spielchen nicht.

»Habt ihr die Mordwaffe gefunden? Warum seid ihr nicht im Lesezimmer?«, fragte der Mann mit dem Helm.

Georg warf das Messer zu meinen Unterhosen und schloss die Schublade. »Verschwinde! Das geht dich nichts an.«

Wir gingen über die Stiegen hinunter ins Erdgeschoss. Das Haus wirkte wie ausgestorben.

Zwei Männer in Uniform betraten das Gebäude. Es konnte sich nur um Chefinspektor Paradeiser und Inspektor Stippschitz handeln, die Franz angekündigt hatte. Franz schilderte ihnen, was Herbert zuvor der versammelten Mannschaft im vierten Stock erzählt hatte, schließlich inspizierten sie gemeinsam den Tatort in der Desinfektionskammer.

Paradeiser war, wie man hörte, mit seinem ungepflegten Äußeren ein typischer Wiener Polizist, der gern mal zuschlug. Seine Spitzel kamen aus allen Schichten der Wiener Gesellschaft. Sein Name tauchte des Öfteren im Heim im Zusammenhang mit diversen Ermittlungen von Todesfällen auf. Stippschitz hingegen war der große Unbekannte. Gepflegtes Äußeres, mit seinen etwa 30 Jahren fast zwei Jahrzehnte jünger als Paradeiser. Sein sympathisches Auftreten stand im Kontrast zum Chefinspektor.

Der Leseraum war bis auf den letzten Platz besetzt. Sogar auf dem Gang standen einige Kollegen und lauschten, was der Chefinspektor zu sagen hatte. Wir hielten uns im Hintergrund. Herbert schaute als erster Augenzeuge Paradeiser über die Schulter. Reinhold hatte immer noch keine Hose an, und Franz, der Heimleiter, wedelte mit seinem Block herum.

Paradeiser räusperte sich und klopfte auf den Tisch. »Männer.« Dann sah er die Frauen. »Frauen. Wie ihr alle wisst, wurde ein Insasse dieser Anstalt heute Nacht auf grausame Weise ermordet. Damit wir zügig Fortschritte erzielen, werden Inspektor Stippschitz und ich euch alle einzeln verhören. Wir müssen wissen, was ihr in den letzten zehn Stunden gemacht habt. Alle, die sich noch nicht auf dem Block des Heimleiters verewigt haben, werden das sofort nachholen. Noch ein Wort zum Opfer. Es handelt sich dabei um den Skilehrer Karl Greißler, 48 Jahre, geboren in Innsbruck. Es war seine erste Nacht in der Meldemannstraße. Er hat sich der Entlausung unterzogen und schlief im Zimmer von Reinhold Hubsi. Ihm ist die Kehle durchgeschnitten worden. Der Mörder hat mit einem Stempel eine Botschaft hinterlassen: Er stempelte ›Piefke 5‹ auf den Rücken des Opfers. Meine erste Frage, die ich mir stellte, war: Könnte der Stempel eine Warnung an die Heimbewohner sein? Aber von wem?« Paradeiser schaute in die Runde.

Reinhold kratzte sich am Arsch, Herbert an seinem Helm. Georg und mich kratzte das ganz und gar nicht.

Judith, die blonde Oberösterreicherin und fesche Zimmergenossin von Isabel, zeichnete mit dem Finger Kreise in die Luft. »Ich, als Sprecherin der Frauen im Heim, möchte Sie darauf hinweisen, dass wir mit dem Opfer in keinerlei Beziehung standen und deshalb für diese Gewalttat nicht infrage kommen. Außerdem wohnen wir hier nur, weil unser Frauenwohnheim ohne triftigen Grund geschlossen wurde.«

Paradeiser schüttelte energisch den Kopf. »Das Frauenwohnheim wurde geschlossen, weil dort Männer ein und aus gingen und dafür bezahlten.« Dann richtete er sich wieder an alle Bewohner: »*Alle* werden sich eintragen. Und wenn ich alle sage, dann meine ich auch alle. Keine Ausnahmen.«

Judith rollte mit den Augen.

Isabel stand neben mir, unsere Hände berührten sich kurz und verloren sich wieder.

Paradeiser übergab das Wort an Franz.

»Liebe Heimbewohner«, begann der Heimleiter. »Die Polizei und die Heimleitung werden alles tun, um diese Gewalttat aufzudecken. Ich bitte euch noch einmal eindringlich, uns in allen Untersuchungen zu unterstützen. Das sind wir Karl schuldig. Und jetzt tragt euch auf dem Block ein.« Dann ging er auf mich zu. Nein, er stand plötzlich vor Georg. »Gestern beim Aufnahmegespräch hat mir Karl erzählt, dass er dich kennt.« Georg zuckte zusammen. »Mir tut das außerordentlich leid, was damals geschehen ist. Deine Frau starb doch bei diesem Drachenflieger-Schnupperkurs, den Karl geleitet hat. Oder?«

Alle Augenpaare richteten sich auf Georg. Reinhold erstarrte. Paradeiser notierte etwas in seinem Notizbuch. Dann winkte Inspektor Stippschitz Franz zu sich.

\*

Piefke 5 war unbarmherzig, auch an unserem freien Tag. Franz hatte im letzten Jahr eine Ideenwerkstatt eingerichtet. Wir brachten dort eine eigene Wochenzeitung heraus, die die Bewohner des Männerwohnheims am Samstag in Wien verkauften. Das Vorbild dieser Initiative war die erste Wiener Obdachlosenzeitung »Augustin«. 30 Prozent der Einnahmen flossen direkt in unsere Geldbörsen.

Leiter der Ideenwerkstatt war Anton Pospischil. Als eingefleischter Drucker und Buchbinder hatte er von guten Geschichten keine Ahnung. Anton erwartete Georg und mich schon, jeden Samstag frühstückten wir gemeinsam in seiner kleinen Kochnische. Heute gab es, wie jede Woche, ein leckeres Frühstücksgulasch mit einer knusprigen Semmel, dazu ein kleines Glas Bier, auch Pfiff genannt. Wieder so was typisch Wienerisches.

»Habt ihr euch schon eingetragen?«

»Wir haben heute unseren freien Tag. Warum sollten wir uns den ganzen Morgen mit der Polizei beschäftigen?«

Anton war ein sogenannter Piefkefreund. Er half mir schon seit meiner Ankunft im Männerwohnheim. An meinem freien Tag unterstützte ich ihn oft beim Lektorieren oder erfand auch mal schnell eine kleine Geschichte.

Eigentlich war Georg der Gschichtldrucker. Stundenlang konnte er erzählen, zum Beispiel über die österreichischen Berge. Er kannte auch jede Hütte des deutschen und österreichischen Alpenvereins. Seinen Traum, eine eigene Hütte in den Bergen zu bewirtschaften, hatte er sich noch nicht aus dem Kopf geschlagen.

»Was sind die Schlagzeilen in deiner heutigen Ausgabe?«, fragte ich Anton.

»Na, was wohl? Der Stempelmörder natürlich! Ich bin mit Herbert noch mal alle Einzelheiten durchgegangen und hab den Fall rekonstruiert. Der Druck ist schon fertig. Ihr könnt die ersten Exemplare gleich mitnehmen und verkaufen.«

Ich las mir den Leitartikel des »Penners« durch:

### Stempelmörder im Wiener Männerwohnheim!

Im schönen Wiener Männerwohnheim in der Meldemannstraße im Wiener Gemeindebezirk Brigittenau wurde heute Nacht gegen halb drei der Innsbrucker Skilehrer Karl Greißler tot aufgefunden. Die Ermittler gehen von Mord aus. Die Todesursache ist ein Schnitt durch die Kehle, vermutlich mit einem scharfen Küchenmesser. Auf dem Rücken des Opfers befand sich ein Stempelabdruck mit der Aufschrift »Piefke 5«. Handelt es sich um eine Warnung des Mörders? Der Frage, ob sich der Täter unter den Piefke 5 befindet, wird aktuell nachgegangen.
Die Polizei erzielte bei ihren Ermittlungen bereits erste Ergebnisse. Dabei war für Chefinspektor Paradeiser der Waldviertler Herbert K. (Mann mit Helm) ein wichtiger Zeuge. Herbert K. fand das Mordopfer gegen drei Uhr bei einem seiner nächtlichen Rundgänge. Gegen vier Uhr informierte er den Heimleiter Franz L., der wiederum gegen fünf Uhr die Polizei verständigte.
Sachdienliche Hinweise können jederzeit vertraulich an die Mordkommission Brigittenau beziehungsweise an Chefinspektor Paradeiser oder Inspektor Stippschitz gerichtet werden.
Im Männerwohnheim hat der Leiter Franz L. unter der Führung von Herbert K. eine Soko eingerichtet. Die Beerdigung Karl Greißlers findet am Dienstagnachmittag auf dem Wiener Zent-

*ralfriedhof statt. Spenden für ein würdiges Grab werden gern entgegengenommen, denn Karl hat keine Verwandten mehr. Das Karl-Greißler-Komitee unter dem Vorsitz von Herbert K. wünscht sich als letzte Ehrerbietung beim Begräbnis eine rege Beteiligung der Wiener Bevölkerung.
Bitte sehen Sie von Blumenspenden ab, da Karl zeit seines Lebens an Heuschnupfen erkrankt war. Im Anschluss an die Beerdigung sind alle zu einem leckeren Leichenschmaus auf dem Grillplatz direkt vor der Karl-Borromäus-Kirche eingeladen.*

Auf einem Farbfoto gleich unter dem Text sah man Herberts blauen Helm, Reinholds Unterhose und Paradeisers unrasiertes Gesicht. Der Chefinspektor zeigte auf Franz, der den Block hochhielt.

»So, Jungs, jetzt schnappt euch mal die Zeitungen und marschiert ins Zentrum.«

Ich nahm noch einen kräftigen Schluck von Antons Selbstgebranntem, einem Zwetschkenschnaps, dann gingen wir zurück in unser Zimmer im vierten Stock. Die Zeitungen konnten warten.

\*

Morgens mussten wir spätestens um neun das Heim verlassen. Heute blieb uns also noch eine halbe Stunde. Nur Herbert durfte bleiben und die Desinfektionskammer für den Abend vorbereiten. Während unserer Abwesenheit hatte die Polizei begonnen, alle Räume zu durchsuchen. Auch die Soko unter Herberts Leitung hatte die Nachforschungen aufgenommen.

Herbert klebte sich drei Sterne auf die Vorderseite des Helms, um auf seine wichtige Stellung hinzuweisen. Ich schloss die Tür.

»Georg, was machen wir heute? Wir sollten feiern gehen. Morgen früh müssen wir laut Wochenplan zum Pater nach Dornbach.«

Georg schüttelte den Kopf. »Du bringst das arme Schwein um und willst dann die Sau rauslassen? *Piefke 5!* Dass ich nicht lache. Welcher Piefke 5 ist so blöd und stempelt mit diesem Stempel auf Karl herum? Hör bloß auf mit der Scheiße. Und glaube ja nicht, dass ich das mit der Tirolerin nicht weiß. Die werden dich an deinem Schniedelwutz aufhängen, wenn sie das rauskriegen. Beziehungen im Heim sind unerwünscht. Erst recht zwischen Piefkes und Österreicherinnen. Die werden dich nach Hause schicken!«

Wenig später saß ich auf meinem Bett und blätterte im »Penner«. »Das mit Isabel lass mal meine Sorge sein. Halt dich da raus. Hier steht übrigens, dass morgen Karli Molk und die Donauzwillinge auf dem Kirtag in Dornbach auftreten.«

»Lass ja die Finger von denen, sonst haben wir die Volksmusikfreunde am Hals.«

»Keine Panik. Ich steh nicht auf die Zwillinge. Und hör endlich auf, mir das mit Karl zu unterstellen. Wenn das jemand mitbekommt! Ich bin doch kein Mörder. – Und du? Wusste gar nicht, dass du Karl kanntest, schließlich hat er den Drachenflieger-Kurs geleitet, bei dem deine Frau umgekommen ist … Stimmt das wirklich?«

Georg schaute aus dem Fenster. »Er hatte keine Schuld. Ganz im Gegenteil. Die Technik hat versagt. Karl hat die Untersuchung der Polizei nach dem Absturz unterstützt und mir geholfen, wo er nur konnte.« Dann drehte er sich wieder zu mir. »Ich kann ihm nichts vorwerfen.« Georg steckte den Müll in einen schwarzen Sack und warf ihn vor die Tür.

»Wo verteilen wir heute den ›Penner‹?«

Es war nämlich nicht ganz einfach, die Zeitungen unter die Leute zu bringen. Die Konkurrenz schlief nicht. Da gab es die Obdachlosenzeitung »Augustin« und schließlich noch die Kolporteure, die an jeder Kreuzung billige österreichische Schmuddelblätter verkauften. Wir hatten da unsere eigene Masche.

»Wir gehen zuerst zum Schwedenplatz, dann schau'n wir weiter.« Georg hatte dank seiner Kärntner Nase einen besonderen Riecher für diesen Job. Ziel war immer eine flüssige oder feste Mahlzeit am Ende des Tages.

Reinhold kam ins Zimmer. »Ihr müsst gleich raus. Sie sind schon bei mir und stellen alles auf den Kopf.«

»Haben sie schon was gefunden?«, wollte Georg wissen. »Nein, alles sauber. Wenn ihr mich fragt, dann werden sie auch nichts finden. Wer ist schon so blöd und versteckt die Mordwaffe in seinem Zimmer? Die Polizei hat doch gar kein Interesse, den Fall aufzuklären. Der Greißler war nur ein kleines Licht. Derzeit wohnen hier 225 Männer. Das sind eine Menge Zeugenvernehmungen.«

Ich musste ständig auf die Schublade schauen. Georg trat mir sachte auf die Zehen.

»Sag, musst du immer in der Unterhose herumrennen?«, wollte Georg von Reinhold wissen.

»Besser in einer Wiener Unterhose stecken, als eine Kärntner Mutter haben.« Das war zu viel. Georg sprang Reinhold an die Gurgel.

Die Prügelei sprach sich schnell herum. Um die beiden Streithähne bildete sich ein Kreis. Dann kam Herbert. Er setzte seinen Helm als Rammbock ein, Reinholds Schädel musste zuerst dran glauben. Georg sprang elegant zur Seite und wich dem Helm aus, stieß Herbert zurück und rannte in Richtung Stiegenhaus. Ich konnte ihm nur mit Mühe folgen. Wir hörten Inspektor Stippschitz kreischen: »Ich nehme euch alle fest! Stehen bleiben – sofort!« Wir rannten mit dem »Penner« im Rucksack die Stiegen hinunter. Das Haupttor stand offen.

Ich war völlig außer Puste. »Wahnsinn. Das war knapp. Der Hubsi-Reinhold ist verrückt. Sucht ständig Streit und schnüffelt in fremden Sachen rum. Neulich hab ich ihn erwischt, wie er deinen Schrank inspizierte. Wir sollten mit ihm ein Sechsaugengespräch führen.«

»Nee, nee, nee. Du lässt die Hände von ihm.« Georg blieb stehen, fasste sich an den Kopf und drehte sich zu mir. Erregt streckte er mir seine Faust entgegen. »Du fasst ihn nicht an. Versprochen?«

Ich hatte damit kein Problem. »Klar. Warum regst du dich so auf?«

Wir mussten nun endlich die ersten Blätter unter die Leute bringen. Um Reinhold konnten wir uns später kümmern. Es schlug bereits neun und wir standen mit einer Handvoll Zeitungen am Donaukanal gegenüber dem Schwedenplatz. Georg putzte sich mit meiner blutigen Unterhose die Nase und warf sie anschließend in den Kanal.

Es war ein lauwarmer Augustmorgen. Hier unten am Kanal hatten Isabel und ich das erste Mal Körperkontakt gehabt, heimlich in der Nacht zwischen den stinkenden Mistkübeln der Gastronomie. Es war *Lust* auf den ersten Blick gewesen. Spannung pur. Wir hatten uns umarmt und geküsst, uns gestreichelt und im Stehen befriedigt. Gleichzeitig die Angst vor dem Entdecktwerden. Auf Sex im Freien stand die Höchststrafe. Aber der Kick war es wert.

Fragst du dich, wie wir unsere Zeitungen loswurden? Wir entwickelten da unsere eigene Masche. Wer hier keine kreativen Ideen hatte, wurde schnell vom Markt gedrängt.

Unser Ansatz war verdammt genial. Seit einiger Zeit gab es in Wien die Initiative »Sackerl fürs Gackerl«. Sie forderte Hundebesitzer auf, die Hundescheiße in speziell dafür vorgesehene Tüten und die in speziell dafür vorgesehene Behälter zu werfen. Wer das ignorierte, musste saftige Strafen zahlen oder seinen Hund in den Hundeknast bringen.

Um diesem Unglück zu entgehen, waren Frauchen und Herrchen bereit, viel zu zahlen, und füllten unsere ständig leere Geldbörse.

Die Idee war uns eines Tages am Schwedenplatz gekommen. Ich hatte ein Hündchen beim Geschäft beobachtet. Das Frauchen ignorierte den Haufen und ich schoss ein Beweisfoto: Frauchen, Hündchen und Gackerl.

Dann musste Georg den Sack zumachen. Er hatte mit dem Frauchen gesprochen und ihr einen Handel angeboten. Entweder sie kaufte zwei »Penner« und wir löschten das Foto, oder wir schickten das Bild direkt an die Polizei.

Der Donaukanal am Schwedenplatz war ein idealer Ort für unser Vorhaben. Es gab hier sehr wenige Grünflächen, aber dennoch viele Hundebesitzer, die entlang des Donaukanals ihre Köter ausführten. So auch heute.

Georg ging mir schon den ganzen Morgen mit dem Mord im Männerwohnheim auf die Nerven. »Mensch, wenn der Paradeiser dich befragt, dann werden sie dich aus Piefke 5 werfen. Vielleicht noch schlimmer: Ausweisen werden sie dich. Zurück nach Piefkonien. Weißt eh, dass der Reinhold ein Spitzel der Polizei ist. Er hat letztes Jahr den Tschuschen verpfiffen, weil der eine Österreicherin aufs Zimmer geschleppt hat. Er flog erst aus Tschuschen 6 und dann wieder zurück auf den Balkan. Und lass die Finger von der Hundefrisörin. Andererseits hätt' ich dann endlich ein Zimmer für mich allein.« Er lachte.

Ich sah das ein wenig anders. »Piefke 5 hat doch nur ein Ziel: uns unter Kontrolle zu halten, uns zu bespitzeln und uns tagtäglich zu zeigen, wer hier das Sagen hat. Dass du auch ein Piefke 5 bist, ist doch komisch, oder etwa nicht?« Ich schaute Georg an und schüttelte den Kopf. »Du bist doch sicher auch so ein Informant, der sofort alle Neuigkeiten über mich weitergibt. Ihr Kärntner seid doch bekannt dafür. Immer käuflich und korrupt.«

Georg grinste. »Klar. Wenn die wüssten, was du alles auf dem Kerbholz hast, dann würden sie dich am Stephansdom aufhängen.«

»Erzähl doch keinen Schwachsinn. Lass uns lieber den ›Penner‹ loswerden. Ich hasse die Druckerschwärze an meinen Händen. Da kommt Luise. Die schnappen wir uns.«

Luise war Herberts Freundin und sie lief immer mit einer gehäkelten Klorolle auf dem Kopf herum. Es war ein Bild für die Götter, wenn die beiden Hand in Hand ihren Pudel ausführten. Herbert mit Helm, Luise mit Klorolle und der Köter mit einem pinkfarbenen Kleidchen. Luise arbeitete als Isabels Sprechstundenhilfe im Innsbrucker Hundesalon. Kennengelernt hatte sie Herbert an der Würstelbude am Schwedenplatz bei einer fettigen Käsekrainer mit süßem Senf.

Herbert gestand uns einmal, dass sein Helm sie tierisch anmachte. Ich glaubte eher, dass sie ein Auge auf Georg geworfen hatte. Da der Kärntner aber keine Tiroler mochte, machte sie sich gewiss an Herbert ran, um in Georgs Nähe bleiben zu können. Luise wohnte in einer dunklen Kellerwohnung auf der anderen Seite des Donaukanals in der Leopoldstadt.

Ich ging direkt auf sie zu und quatschte sie an, während Georg ein Foto von ihr und dem mitten in seinem Geschäft befindlichen Pudel machte. »Hey, Luise! Hast du schon gehört? Der Herbert ist jetzt Chef einer Soko im Männerwohnheim. Ein Irrer hat einen Frischling erstochen.«

»Juri, nicht schon wieder. Lasst mich doch in Ruhe. Herbert hat sich beschwert, weil er ständig für das Gackerl meines Hundes zahlen muss.«

»Dann pack das Gackerl doch ins Sackerl«, sagte Georg in seinem breitesten Kärntner Dialekt.

Luises Augen strahlten. Vermutlich wäre sie am liebsten mit ihm durchgebrannt. Währenddessen streichelte ich den Pudel.

Da zückte die Klorolle die Kohle und ich gab ihr zwei Ausgaben.

»Heute vier!«, sagte Georg.

»Warum vier? Kannst du mir sagen, was ich mit denen machen soll?«

Georg platzte der Kragen. »Lesen! Und richte Herbert aus, dass er sich nicht so anstellen soll, sonst darf er den kleinen Kerl im Knast besuchen. Du kannst ihm auch noch ausrichten, dass unser Zimmer für die Soko tabu ist. Sollte auch nur eine Schnüffelnase es betreten, dann werden wir das dem Hasil stecken. Und was der mit Pudeln macht, kannst du dir denken.«

Luises Augen strahlten nicht mehr.

Der Hasil war neben Wiens einzigem Pferdeschlachter, dem Dokupil, der am meisten gefürchtete Mann. Seine Spezialität waren Pudelmützen in allen möglichen Farben, Hauptpudelquelle die Hunde im Köterknast. Und da kam Isabel wieder ins Spiel. Sie scherte die Vierbeiner für Hasil, bis sie nackt waren.

Meine hübsche Tirolerin hatte früher als Hundefrisörin sogar internationale Preise gewonnen. Eines Tages hatte sie, angeblich ohne Absicht, dem Rauhaardackel des Innsbrucker Bürgermeisters die Kehle aufgeschlitzt und die Lizenz für ihren Hundepflegesalon »Fino« verloren. Dann der Absturz, die Flucht nach Wien, das Frauenwohnheim und schließlich das Männerwohnheim. Jetzt schnitt und pflegte sie die Köter im Hundeknast und belieferte den Strizzi-Hasil illegal mit Hundehaaren. Am absoluten Tiefpunkt angelangt, hatte sie mich kennengelernt.

Luise zahlte und steckte die vier Blättchen ein. »Ich muss jetzt weiter.« Sie warf Georg noch einen sehnsuchtsvollen Blick zu.

»Denk an den Hasil«, rief Georg ihr hinterher.

Der Morgen raste dahin. Wir konnten noch zwei weitere Hundebesitzerinnen erpressen. Eine im Bermudadreieck, dem Saufviertel von Wien, und dann noch eine, deren Hund ein Riesen-Gackerl vor die älteste Kirche Wiens legte, die Ruprechtskirche. Aber das Geld reichte hinten und vorne nicht. Wir brauchten dringend einen Job. Das Arbeitsmarktservice zahlte uns Piefke 5 viel zu wenig, um über die Runden zu kommen. Gegen Mittag fuhren wir mit der U 4 zur Kettenbrückengasse.

Die Station Kettenbrückengasse hat einen ganz besonderen Charme. Wenn du mal in Wien bist, dann musst du diesem schönen Fleckchen unbedingt einen Besuch abstatten. Es ist die Station der Drogensüchtigen und Obdachlosen, die hier ihre sozialen Kontakte pflegen und sich um den Verstand spritzen.

Die Süchtler waren gerade beim zweiten Frühstück. Ein Doppler Rotwein machte die Runde, Georg und ich nahmen einen kräftigen Schluck.

Unser Kollege Kovac lebte schon seit einem Jahr in diesem Umfeld. Als Teilnehmer an Tschuschen 6 stand er noch tiefer als wir in der Ausländer-Hierarchie. Er war

Software-Entwickler und wurde täglich von Behörde zu Behörde geschickt, um alle Netzwerke in Ordnung zu bringen. Kovac wohnte im Favoritener Männerwohnheim ganz in der Nähe vom Reumannplatz. Er war ein lustiger und sympathischer Kerl, die Haare grau gelockt, ein großer Schnauzer über der Oberlippe und immer für einen Scherz zu haben. Leider hatte ihm ein Dealer vor ein paar Monaten Heroin schmackhaft gemacht. In letzter Zeit schluckte er Methadon.

Eine lästige Angewohnheit waren seine Schläge auf meine Schultern, so, als müsste er mit dieser Geste das Gesagte kräftig unterstreichen. »Juri, mein alter Freund. Was lese ich im ›Penner‹? Du hast wieder einen umgebracht? Wenn du so weitermachst, dann werden sie dich noch aufhängen. Alter Stempelmörder!« Im nächsten Moment schlug er zu und meine Schulter vibrierte.

Georg grinste. »Der Piefke hat den Skilehrer mit einem Küchenmesser kaltgemacht. Wie ein echter Profi.«

Wir mussten lachen. Der Doppler war schon halb leer.

Kovac sah mich an. »Juri, hast du ein paar Euro für einen alten Freund? Ich werd sie dir am Montag zurückgeben.« Am Montag war unser Tag bei der Favoritener Polizei.

»Kovac, alter Freund. Du weißt ganz genau, dass wir keine Kohle haben. Wenn ich die hätte, dann wärst du der Erste, dem ich was leihen würde.« Ich klopfte ihm auf die Schulter und lachte.

»Juri, mein einziger Piefkefreund, ich muss dich vor dem Paradeiser warnen. Bei dem ist was faul. Der stinkt. Ich habe im ›Penner‹ gelesen, dass er die Ermittlungen leitet. Letztes Jahr hatten wir einen ähnlichen Mordfall in unserem Männerwohnheim. Du weißt doch noch, als ihr für eine Nacht bei uns geschlafen habt. Der Typ hat jeden Einzelnen durch den Fleischwolf gedreht. Am Ende waren wir fix und fertig. Er hat eine ganz besondere Technik, Geständnisse zu erpressen, ihr werdet das noch merken. Also lass dich nicht von ihm erwischen.« Schon schlug er wieder zu und lachte.

Der Doppler war leer.

»Kovac, wir müssen weiter. Du weißt, das Käseblatt verkauft sich nicht von selbst. Georg ist heute hoch motiviert.« Wir wollten schon weiter, da zupfte unser Tschuschen-6-Kollege an meinem Hemd. »Kovac, ich habe keine Kohle. Wirklich!«

»Ist schon gut. Aber ich habe hier noch was für euch.« Er gab mir eine DVD.

»Was soll ich damit? Sind da Pornos drauf?«

Kovac nickte. »Ganz besondere, Juri.«

Georg schaute sich die runde Scheibe misstrauisch an. »Was ist das?«

Da endlich rückte Kovac mit der Sprache raus. »Ich hab was ganz Schreckliches ...« Mitten im Satz entwich ihm ein lauter Rülpser. »... entdeckt. Das sind Mitschnitte eines Überwachungsvideos ...« Er senkte den Kopf.

»Rede endlich, Kovac!«, fuhr ihn Georg an. Der Kärntner hatte keine Geduld.

»Das hab ich gestern in der Sicherheitswache in Frohsinn mitgehen lassen. Darauf sieht man ...« Kovac fing an zu zittern.

»Was ist los im Kleingartenverein Frohsinn?«, wollte ich von ihm wissen.

Unser Freund schaute uns ganz verstört an. »Oberinspektor Kleindienst in Frohsinn ...« Wieder ein Rülpser.

Als ich diesen Namen hörte, klingelten bei mir die Alarmglocken, denn ich kannte den Oberinspektor nur zu gut.

»Da ist ein Kleingarten ...«

Georg und ich wechselten skeptische Blicke. Meine Geduld hatte ebenfalls seine Grenzen. »Kovac, du stehst unter Drogen und redest wirres Zeug. Lass die Finger davon. Wenn Kleindienst erfährt, dass du in seinen Sachen herumwühlst, dann wird er nicht sehr glücklich sein.«

Georg nickte. »Das hört sich nach unnötigen Problemen an. Hör endlich mit dem Saufen und Kiffen auf.«

»Juri, wir müssen da was machen. Das geht so nicht.« Er stolperte. Wir konnten ihn gerade noch auffangen und setzten ihn auf eine Bank.

»Kovac wir müssen gehen. Pass auf dich auf. Wir sehen uns am Montag in Frohsinn.«

Er lachte bitter.

\*

Gleich hinter der Station Kettenbrückengasse begann der Naschmarkt. Jeder Wienbesucher quetschte sich dort mindestens einmal quer durch. Lauter Marktstände mit Obst und Gemüse. Manchmal schienen mir die Früchte ein wenig zu groß, irgendwie mutiert. Die Touristen liebten die Standverkäufer, die ihnen alles Mögliche andrehten. Sie kreischten alle durcheinander. »Kebab, Kebab!« oder »Probieren Sie Äpfel, Paradeiser, Feigen …« oder was auch immer. Der Naschmarkt bestand aus zwei Reihen. Eine war für die Stände und die andere für Restaurants, ganz multikulti natürlich.

Georg hatte die nervige Angewohnheit, mit jedem Verkäufer quatschen zu müssen. Dadurch kannte er die meisten und wir brauchten immer ewig, um den Markt zu durchqueren. Allerdings wurden wir auf diese Weise auch unsere Zeitungen los. Man mag es nicht glauben, aber es gab sogar Kunden, die den »Penner« freiwillig kauften.

Kaum hatten wir uns von Kovac verabschiedet, rannten wir fast Paradeiser und Stippschitz in die Arme. Die beiden quetschten sich durch den schmalen Gang an den Touristen vorbei. Schnurstracks gingen sie auf die Methadon-Gruppe zu. Paradeiser streifte mit dem Ellenbogen meinen Arm. In der Meldemannstraße waren wir den Verhören entgangen, und auch jetzt verschwanden wir gekonnt zwischen Obst und Gemüse.

Auf halber Strecke lag der Gemüsestand unseres Lieblings Seldschuk. Er war vor 30 Jahren aus Ostanatolien nach Köln ausgewandert, wo er für Ford Autos zusammengeschraubt hatte. Als der Autoboom nachließ, versuchte er sein Glück in Wien und kaufte einen maroden Stand, der sich in einen Außenbereich für Obst und Gemüse und in ein dahinterliegendes Büro gliederte. Seine Melanzani und Paradeiser gehörten zu den größten, die man weit und breit finden konnte.

Seldschuk wurde auch »das Orakel vom Naschmarkt« genannt. Er galt als eine nie versiegende Nachrichtenquelle. Bis vor einem Jahr war er Teilnehmer des Atatürk-hab-8-Programms. Letztes Jahr bescheinigte man ihm und seiner gesamten Familie, nach fast zehn Jahren, gute Österreicher zu sein. Es hatte so lang gedauert, weil er neben dem türkischen auch den deutschen Pass besaß.

Sein mit Obst- und Gemüsekisten vollgestopftes Büro war samstags regelmäßig unser Treffpunkt. Seldschuk machte den besten türkischen Kaffee und trug immer frisch gebügelte blütenweiße Hemden.

»Ich dachte schon, ihr kommt nicht mehr. Der Mord im Männerwohnheim ist Thema Nummer eins auf dem Markt. Weiß die Polizei schon, wer dahintersteckt?«

Georg krallte sich einen Apfel der Sorte Cox Orange und biss hinein. »Wir haben Paradeiser gerade bei Kovac gesehen. In seinem Rausch hat er dummes Zeug gefaselt. Ich mach mir Sorgen.«

»Seit wann verkauft Kovac Gemüse?«, wollte Seldschuk wissen.

Ich schüttelte den Kopf. »Chefinspektor Paradeiser. Er leitet die Untersuchungen. Anscheinend ein harter Hund.«

»Juri, komm endlich zum Punkt«, warf Georg in die Runde.

»Okay. Seldschuk. Wir brauchen einen Job, der uns Geld bringt.«

Georg und ich warteten gespannt auf seinen Rat. Die Stirn des Orakels schlug Falten. Er saß da und strengte sich an wie ein Huhn beim Eierlegen. Seine Tipps waren meistens Gold wert.

»Ihr braucht Kohle? Warum sagt ihr das nicht gleich?«
Georg nickte. »Na ja, wir sind gerade ein wenig knapp bei Kasse und Piefke 5 macht auch nicht reich. Wir brauchen einen schnellen Job.«

Seldschuk kratzte sich am Kopf. »Ich hätte da was. Aber es könnte sein, dass ihr euch die Hände dreckig macht.«

»Kein Problem«, kam es aus zwei hungrigen Mündern.

»Ich hätte da ein kleines Päckchen. Ihr seid doch morgen bei Pater Ambrosius in Dornbach?«

Georg schaute mich fragend an. »Klar. Was ist in dem Päckchen?«

Nicht zu fassen. »Hey, Georg, bist du schwer von Begriff? Das ist geheim. Sonst könnte er es ja auch per Einschreiben schicken.«

Ich wollte mehr wissen. »Wem sollen wir es übergeben?«

Seldschuk schob zwei Obstkisten zur Seite. Dahinter befand sich ein Tresor. Flink stellte er die Kombination ein und öffnete die schwere Tür. Es kam ein Päckchen zum Vorschein. Er reichte es Georg. »Um Punkt zwölf Uhr mittags geht einer von euch beiden in den Beichtstuhl der Dornbacher Pfarrkirche. Dort erwartet euch eine Frau mit dem Decknamen ›Jungfrau Maria‹. Ihr nehmt einen Koffer entgegen und wartet, bis sie die Kirche verlassen hat. Den Koffer bringt ihr am Abend um sieben zum Steg 33 am Donaukanal direkt gegenüber vom Schwedenplatz. Dort werdet ihr mir den Koffer übergeben. Und stellt keine Fragen.«

»Ist ja einfach.« Georg klang euphorisch. »Kein Problem für uns. Was springt dabei raus?«

»Wenn alles klappt, könnt ihr mit einigen Scheinchen

rechnen. Je nachdem, wie ihr euch anstellt, gibt's noch weitere Übergaben.«

Seldschuks Cousin Akgün kam dazu. »Hier ist ein Paradeiser und noch ein Kerl. Die wollen dich sprechen.«

Wir schauten uns fragend an. Georg steckte das Päckchen in seinen Rucksack. Seldschuk gab uns ein Zeichen. »Geht hinter die Tür. Ich werde sie abwimmeln.«

Durch den Türschlitz konnten wir beobachten, wie Paradeiser versuchte, Seldschuk durch die Mangel zu nehmen. »Ich habe gehört, man nennt dich jetzt das ›Orakel vom Naschmarkt‹? Es gibt da ein kleines Problem im Männerwohnheim in der Meldemannstraße. Wir beide hatten schon einmal das Vergnügen. Erinnerst du dich? Damals bei deiner Einbürgerung? Ich war bei der Fremdenpolizei. Na, klingelt's, Türke?«

»Klar, Herr Inspektor.«

»*Chef*inspektor, wenn ich bitten darf.«

»Ihr habt mir das Leben ganz schön schwer gemacht. Das vergess ich nicht. Herr Chefinspektor.«

Stippschitz legte nach. »Wir brauchen ein paar Informationen. Wer könnte hinter dem Mord stecken? Hast du Namen? Irgendetwas Brauchbares?«

»Schauen Sie, Herr Chefinspektor –«

»*Herr Inspektor Stippschitz* für dich.«

»Herr Inspektor Stippschitz. Ich verkaufe hier Paradeiser, Melanzani und frisches Obst. Glauben Sie wirklich, ich kann Ihnen da weiterhelfen?«

»Hör mal zu, du kleiner Scheißer«, schrie Paradeiser und zog Seldschuk am Ohr. »Wenn du mich verarschen willst, dann werden wir das Gespräch auf dem Kommissariat weiterführen. Außerdem hängt deine Lizenz am seidenen Faden. Hilf mir oder ich sorg dafür, dass du in einem Flieger nach Anatolien landest. Also, lass hören.«

Seldschuk war die Ruhe selbst. Er ließ sich nicht so leicht einschüchtern. »Herr Chefinspektor Paradeiser, ich habe heute frische Melanzani im Angebot. Mehr kann ich dazu nicht sagen.«

Plötzlich musste ich niesen. Blut schoss mir ins Hirn.

»Wer ist denn in deiner Hütte?« Paradeiser fragte nicht um Erlaubnis. Er bahnte sich den Weg vorbei an Seldschuk und wollte hinter den Stand treten, da hielt ihn Stippschitz zurück. »Wir haben einen Termin in der Meldemannstraße. Der Heimleiter wartet.«

Mein Herz pochte. Georg und Akgün waren kreideweiß.

Paradeiser dachte kurz nach und drehte sich um. »Seldschuk, denk an deine Lizenz. Melde dich, sobald du was hörst. Wenn dein Name bei den Verhören im Wohnheim fällt, dann bist du dran.« Er gab ihm seine Visitenkarte und verschwand mit Stippschitz im Gewühl der Touristen.

Seldschuk ließ uns aus unserem Versteck. »Ihr habt gehört, was der gesagt hat. Er war schuld, dass meine unbefristete Aufenthaltserlaubnis nicht genehmigt wurde. Ein unangenehmer Mensch, echt pervers. Sein Hilfssheriff Stippschitz soll auch nicht besser sein. Beiden kann man nicht trauen. So, jetzt muss ich meine Paradeiser verkaufen. Und grüßt mir die Jungfrau Maria.« Dabei grinste er komisch.

Wir verschwanden durch den Hinterausgang.

※

Unsere heutige »Penner«-Ausbeute war gering und damit auch eine Mahlzeit nicht einmal ansatzweise in Sicht. Zum lukrativsten Jagdgebiet gehörte der erste Bezirk, die Innere Stadt, vor allem die Gegend rund um die teuren Fünfsternehotels. Meist schickten die Bonzen eigene Angestellte oder Hotelbedienstete hinaus, um mit ihren Hunden auf einem schmalen Grünstreifen zwischen Hotel und der Wiener Ringstraße Gassi zu gehen. Unser Weg führte also vom Naschmarkt über den Karlsplatz zum Kärntner Ring. Gleich an der Ecke Kärntner Straße, Kärntner Ring standen das Hotel Bristol und das Grand Hotel. Wir setzten uns in eine Straßenbahnhaltestelle direkt vorm Bristol und warteten auf Kundschaft.

Wien ist im August wie ausgestorben. Sommerferien. Ich konnte mich gar nicht mehr erinnern, wann ich das letzte Mal im Urlaub gewesen war. Gleich nach dem Studium hatte ich in diversen Studentenjobs gearbeitet, die nichts brachten. Die Wirtschaftskrise traf mich ganz besonders, tiefer konnte ich nicht fallen. Das dachte ich zumindest damals.

Dann entdeckte ich das Land, in dem angeblich alles besser war: Österreich. Der kleine Staat in den Alpen profitierte von den Touristenströmen. In meiner Naivität setzte ich »Alpen« mit »Geologie« gleich und machte mich auf den Weg nach Wien, um mein Berufsleben endlich in die richtigen Bahnen zu lenken.

Aber auch im Paradies waren nicht alle gleich. Die Regierung schirmte die einheimische Bevölkerung von den Neuankömmlingen ab, und so steckte mich das

Arbeitsmarktservice sofort ins Piefke-5-Programm. Damit standen wir unter ständiger Kontrolle.

Diesen voyeuristischen Ansatz kannte ich bisher nur als eine Form der Sexualität. Da ich aber keine exhibitionistischen Neigungen hatte, empfand ich diese speziellen Rahmenbedingungen als höchst unsympathisch.

Georg hatte es nach dem Tod seiner Frau ebenfalls nicht leicht gehabt, er war allerdings aus einem anderen Holz geschnitzt. Sein Motto: Durchwurschteln!

Du wirst dich jetzt sicher fragen, welche Ziele der Kärntner verfolgte. Klar, er wollte endlich ein guter Österreicher werden, regelmäßig Geld verdienen, eine Zweizimmerwohnung beziehen und seinen kleinen Sohn zurückholen. Der wurde in der Zwischenzeit zwar bei seinen Eltern in Kärnten gut betreut, dennoch erwähnte er regelmäßig seine Sehnsucht nach einem ganz normalen Familienleben.

Aber ich sagte immer: Georg und ich waren auf eine gewisse Art und Weise auch eine Familie, wenn auch nur auf Zeit. Und das war gut so.

»Juri, mein Magen knurrt. Ich kann weit und breit keinen Köter sehen. Wie ausgestorben.«

»Du bist immer so ungeduldig. Wir brauchen Kundschaft. Ich sehe schon den leckeren Schweinsbraten und die selbst gemachten Knödel vor mir. Wir sind nur ein paar Gackerl entfernt von unserer Mahlzeit.«

Meine Gedanken kreisen gerade um das kleine Päckchen, das Seldschuk uns gegeben hatte. »Was, glaubst du, ist in dem Päckchen? Meinst du, Seldschuk handelt mit Drogen?«

»Kann ich mir gut vorstellen. Er hat manchmal so eine Art, die mir unheimlich ist. Ich weiß nicht, warum.«

»Aber was, wenn es Kokain wäre? Dann ist doch sicher viel Geld im Koffer, oder? Schon mal was von der *Jungfrau Maria* gehört?«

Georg nickte. »Klar. Meine Eltern haben mich katholisch erzogen. Und wenn Geld im Koffer ist, dann gehört es Seldschuk und nicht uns.«

»Das heißt doch nichts anderes, als dass wir morgen Mittag eine kapitalträchtige Erscheinung haben werden. Wenn der Papst wüsste, dass die Jungfrau Maria drogensüchtig und Seldschuk ihr türkischer Dealer ist – das wäre eine echte Schlagzeile für den ›Penner‹.«

»Juri, du alter gottloser Evangele.«

Wir grinsten uns an und mussten lachen.

Ich wollte aber die heiße Ware auf gar keinen Fall übergeben. Wenn da was schiefging, hätten wir ein großes Problem. »Wir müssen jemanden finden, der das für uns übernimmt. Mal schauen, wer dafür infrage kommt.«

Dann kam doch noch ein Gackerlproduzent. »Juri, schau mal. Die Pelztante mit dem kleinen Vierbeiner an der Leine. Die kommt gerade aus dem Grand.«

Tatsächlich. Mit einem winzigen Chihuahua. Der Pelz der Frau musste schweineteuer sein.

Wir teilten uns wie immer auf, ich stand Schmiere. Georg öffnete die Digitalkamera, die wir uns von Anton geliehen hatten. Dann kackte der kleine Köter direkt auf den Grünstreifen. Georg drückte ab, ich bot der Dame einen Handel an. Sie war völlig durcheinander und zahlte. Schließlich erwachte sie aus ihrer Starre und schrie so lange, bis der Portier aus dem Hotel gerannt kam, wobei er seinen Zylinder verlor. Er wollt uns verscheuchen. Ich verhedderte mich in der Hundeleine, die Pelzfrau und der Köter kugelten plötzlich am Boden. Ich zerrte an der Leine, woraufhin der Chihuahua in hohem Bogen durch die Luft flog und auf dem Portier landete. Die Pelztante saß mitten auf dem Gackerl und ich bahnte mir meinen Weg durch die hupenden Autos auf der Ringstraße.

Wir rannten den Kärntner Ring und den Schubertring entlang in Richtung Stadtpark.

Normalerweise saßen wir am Samstagnachmittag am Naschmarkt in einem der gemütlichen Lokale. Es gab dort fast alles, was das Herz begehrte: Egal ob Sushi, Döner, Käsekrainer, Palatschinken oder Schnitzel – es schmeckte alles hervorragend, ein richtiger Kontrast zum stinkenden Gackerl. Am liebsten mochte ich die süß und sauer gefüllten Palatschinken oder einen Schweinsbraten mit Kruste. Dazu ein gutes tschechisches Bier und der Tag war gerettet.

Heute allerdings führte uns der Weg vom Stadtpark ein paar Meter weiter zum Schwarzenbergplatz in einen Bierkeller. Das Lokal lag direkt neben dem Sowjetdenkmal am Kopfende des Platzes, das an die Befreiung Wiens durch die Sowjetarmee erinnern sollte. Am Abend leuchtete es wunderschön und der Springbrunnen verlieh dem Denkmal eine besondere Atmosphäre.

Wir gingen die Treppe hinunter und suchten uns einen Tisch in einer der vielen gemütlichen Nischen. Es gab hier Brünner Bier vom Fass und meinen geliebten Schweinsbraten. Der Kellner war ein alter Bekannter aus der Meldemannstraße: Erwin aus Berlin, mit seiner ganz besonderen Berliner Art. Wir mochten ihn alle irrsinnig gern. Er hatte morgen seinen freien Tag. Noch so ein Piefke 5.

»Na, wat für 'ne Überraschung. Juri, Georg! Euch beede hab ick heut nich mehr erwartet. Wie war det Jespräch mit Paradeiser und Stippschitz? Ham se euch fertigjemacht?« Er legte uns die Speisekarte auf den Tisch und zückte Block und Stift.

»Erwin, einmal wie immer.«

Georg schaute auf. »Für mich das Gleiche, aber mit viel Saft, damit der Braten ordentlich rutscht.«

Ich schüttelte den Kopf. »Uns hat noch niemand durch die Mangel gedreht. Wir sind Paradeiser allerdings schon zweimal am Naschmarkt fast in die Arme gerannt. Einmal bei Kovac, und dann bei Seldschuk. Wir werden in den nächsten Tagen sicher noch das Vergnügen haben. Was hat er dich gefragt?«

Erwin setzte sich kurz an unseren Tisch. »Er wollte allet Mögliche wissen. Meine Personalien wurden offjenommen. Wie meene Wochenplanung aussieht, ob ick heute Nacht meen Zimmer verlassen hätte, ob mir wat uffjefallen sei. Ob ick irgendjemanden in Verdacht hätte, der zu so 'ner Tat fähig wär', ob ick mit Karl Greißler in irgendeener Verbindung stand und so weiter und so weiter. Nachdem ick ihm so jut wie keene Informationen jegeben habe, hat er seine Taktik jeändert und mich jefragt, warum ick damals in Berlin die Tageszeitung an 'nem Kiosk jeklaut hätte und warum ick dreimal beim Schwarzfahren erwischt worden bin. Na ja, und noch so 'n paar Sachen.« Erwin grinste, dabei fielen seine nicht mehr vorhandenen Vorderzähne auf.

»Was noch?«, fragte ich ihn.

»Dann rechnete der mir vor, wie lang es wohl noch dauern würde, bis ick den Status des *juten Österreichers* erhalten würde. Und ob ick mit meenem Leben im Piefke-5-Programm zufrieden bin, wollte der wissen. Ick hab jesagt, datt ick schon jern ein normales Leben führen und nicht jeden Tag weiterjereicht werden möchte. Ach so, und denne fragte der noch, ob ich schon Jeschlechtsverkehr mit 'ner österreichischen Frau jehabt hätte. Es jäbe da Jerüchte. Ick bin ja nich bescheuert, wa? Dann hatter mir seine Karte jegeben und uff seine Telefonnummer jezeigt. Jeder Hinweis würd mich meinem Ziel näher bringen, hatter jesagt. Wenn er in den nächsten 24 Stunden nüscht von mir hören würde, dann bliebe ick een Jahr länger Piefke 5. Jeden Tag een Jahr länger.«

Georg verzog das Gesicht. »So ein Schwein. So ein verdammtes Schwein, dieser Paradeiser! Ist ja nicht zu fassen. Wahrscheinlich hat er allen aus dem Männerwohnheim damit gedroht. Der baut sich sein eigenes Spitzelnetz auf und irgendwann wird sich jemand darin verheddern.« Dabei schaute er zu mir.

»Was schaust mich an?« Mein Magen knurrte und ich verspürte einen schrecklichen Durst. »Erwin, hol uns ein Bier.«

Er war schon fast außer Sichtweite, als er noch einmal zurückkam. »Bevor ick's vergesse. Zwei Nischen weiter sitzt der Hasil. Ick gloobe, dem jeht's nich jut. Der raunzt schon den janzen Tag rum und trinkt eene Halbe nach der anderen. Vielleicht könnt ihr den ja ein bissel offmuntern?«

Wir und den Hasil aufmuntern! Hatten wir sonst keine Probleme? Seit wir von einem Großteil seiner Kundschaft Geld kassierten, liefen seine Geschäfte miserabel. Kein Köter im Knast. Keine Pudelhaare für Hasil. Er hatte keine Ahnung, dass wir der Grund dafür waren. Auf der anderen Seite verstärkte sich mein schlechtes Gewissen gegenüber Isabel, denn ohne Hunde im Knast hatte auch sie keine Einnahmen. Wie man es drehte, irgendwer schaute immer in die Röhre, aber ich musste auf mich und Georg achten. Er stand mir näher. Gehörte quasi zur Verwandtschaft.

Erwin kam mit dem Brünner Bier. Zwei Halbe mit einer weißen Krone. Wir nahmen die Gläser und setzten uns zu Hasil.

Ich klopfte ihm auf die Schulter. Das hatte ich von Kovac gelernt. »Na, alter Raunzer. Was macht das Leben? Wie geht es deinen Pudelmützen? Ich habe gehört, du arbeitest mit Dokupil, dem Pferdeschlachter, zusammen und verarbeitest die Pferdehaare zu Pudelmützen?« Ein Bekannter vom Naschmarkt erzählte uns letztens von diesem Synergieeffekt. Pferdehaare in Pudelmützen – das war so was wie Muckefuck, also Ersatzkaffee aus Getreide.

Hasil schaute deprimiert drein. »Ihr habt gut reden. Werdet vom Staat durchgefüttert und bekommt alles in den Arsch gesteckt. Ihr Piefkes lebt doch in Saus und Braus. Lasst mich in Ruhe.«

Georg stieß mit seinem Glas an das von Hasil. »Prost, alter Pudelkönig. Du kannst nicht alle über einen Kamm scheren. Wir Kärntner haben es auch nicht so leicht mit euch Wienern. Und schon gar nicht mit diesem Piefke.

Aber Ersatzhaare zu Pudelmützen verarbeiten, das ist ein Skandal – oder etwa nicht?«

Hasil sah aus wie ein geschlagener Köter. »Was wollt ihr von mir? Mich erpressen?«

Ich schlug ihm noch einmal auf die Schulter. »Das würden wir nie tun. Wir sind bald gute Österreicher. Und gute Österreicher helfen sich gegenseitig, wenn sie in der Klemme stecken. Eine Hand wäscht die andere.«

Georg mischte sich ein. »Wir hätten da einen Job für dich. Morgen Mittag sollst du für uns im Beichtstuhl der Dornbacher Pfarrkirche ein kleines Päckchen an die Jungfrau Maria übergeben. Den Koffer, den du von ihr bekommst, gibst du an uns weiter. Das ist alles. Klingt doch ganz einfach, oder?«

Hasils Zeigefinger bewegte sich in Richtung Stirn. »Ihr seid's doch vollkommen durchgedreht. Die Jungfrau Maria! Geht's euch gut?«

Ich erinnerte ihn noch einmal an die Ersatzhaare in seinen Pudelmützen. »Wenn deine Kunden, vor allem die neureichen Russen, von dem Betrug Wind kriegen, bist du erledigt. Wir kennen da so ein paar Moskauer in Wien, die das sicher interessiert. Lass es nicht drauf ankommen. Morgen Mittag wird dir die Jungfrau Maria im Beichtstuhl erscheinen.«

In dem Moment kam Erwin mit unserem Schweinsbraten. »Soll ick's hier servieren?«

Georg zeigte zum anderen Tisch und flüsterte Hasil noch ein paar Worte ins Ohr. Der zuckte merklich zusammen und nickte. Wir zogen uns zurück und widmeten uns dem Braten.

»Was hast du zu ihm gesagt?«, wollte ich von Georg wissen.

»Ich hab ihm damit gedroht, jeden Tag einen toten Pudel in sein Geschäft zu werfen und die Tierschützer auf ihn zu hetzen.«

»Du widerst mich an. Lass die armen Viecher in Ruhe. Erwin, noch zwei Bier!«

Hasil war ein armes Schwein. Seine Lebensgrundlage waren Pudelmützen. Unsere war Piefke 5. Nach dem Essen tranken wir mit Erwin noch ein Bier. Ich fand sein Ziel, ein guter Österreicher zu werden, nicht unbedingt erstrebenswert, ich verschwendete keinen weiteren Gedanken daran. Wir freuten uns schon auf ein Wiedersehen am Donnerstag im Arbeitslosenstrandbad, Erwin arbeitete dort als Barkeeper. Wir würden an diesem Tag als Bademeister für die Aufsicht zuständig sein.

Gegen sieben rafften wir uns endlich auf. Das Männerwohnheim wartete, um acht wurden die Türen geschlossen. Wer sich bis dahin nicht für die Nacht angemeldet hatte, der musste draußen schlafen. Um zehn wurde das Licht abgedreht, dann war Nachtruhe.

Wir öffneten kurz vor acht die Tür. Es herrschte Totenstille, die kalten Flure wirkten um diese Zeit irgendwie unheimlich. Im Erdgeschoss lag die Verwaltung des Heims. Direkt neben dem Stiegenaufgang befand sich die Anmeldung. Ich klopfte und wir traten ein.

Franz saß hinter einem massiven Schreibtisch aus Eichenholz. Er tippte gerade etwas in seinen Computer.

»Sollen wir später noch mal wiederkommen?«, fragte ich.

»Nein, nein, setzt euch. Ihr seid hoffentlich die Letzten, die sich für heute Nacht anmelden. Noch einen kleinen Moment, dann könnt ihr einchecken.«

In den Regalen standen Hunderte von Aktenordnern alphabetisch geordnet. Für Franz war dieser Tag als Leiter sicherlich der Höhepunkt seiner noch kurzen Männerwohnheim-Karriere, allerdings stand er überhaupt nicht auf Öffentlichkeit. Er wollte Paradeiser offenbar helfen, den Mord möglichst schnell aufzuklären. Die Einrichtung der Soko war seine Idee gewesen, mit Herbert hatte er einen willigen Ermittler gefunden. Franz war ein guter Sozialarbeiter. Früher hatte er sich um ausgerissene Kinder und Jugendliche gekümmert, viel Straßenarbeit geleistet und diverse Jugendeinrichtungen betreut. Jetzt kümmerte er sich um die großen Kinder, wie er uns einmal bei einem gemeinsamen Bier nannte. So stellte ich mir die gute Seele eines Heims vor.

»So, meine beiden Freunde. Dann blast mal rein.«

Das war auch so eine Neuerung, die er eingeführt hatte. Wenn das Gerät mehr als 1,0 Promille zeigte, musste der Bläser das Heim wieder verlassen.

Wir hatten für diesen Fall eine spezielle Atemtechnik entwickelt: Beim Hyperventilieren, also schnellem Ein- und Ausatmen, zeigte das Gerät einen viel geringeren Wert an. Wir bliesen.

Ich erreichte 0,4 Promille und Georg 0,9, wir lagen also gerade noch darunter.

Dann mussten wir jeweils drei Fragen beantworten. Dieser Scherz hing mit Piefke 5 zusammen, quasi eine Vorbereitung auf den Einbürgerungstest.

»So, Juri, deine Fragen: Wie viele Liter sind ein Doppler?«

Das war einfach. »2.«

»Richtig. Das war ja nicht schwer. Jetzt die zweite Frage: Wo wurde der Mörder unserer Sisi geboren?«

Das war nicht ganz so leicht, aber ich wusste die Antwort. »In Paris.«

Die dritte Frage war meist die schwerste. »Was liegt bei einem guten Österreicher im Nachtkastl?«

Ich hatte keine Ahnung. Georg erwähnte vor ein paar Tagen, dass er in seiner alten Wohnung immer eine Gaspistole und Kondome in der obersten Schublade aufbewahrte. »Eine Pistole und Kondome.«

Georg grinste.

Franz verzog die Augenbrauen. »Na ja, da müssen wir noch ein wenig üben. Im Nachtkastl eines guten Österreichers liegt die Bibel. Aber ihr seid ja hier zum Lernen.«

Georg hatte nicht so viel Glück und lag dreimal knapp daneben. »Damit habt ihr den heutigen Test nicht bestanden und müsst morgen nachsitzen. Noch vor eurem Dienst kommt ihr in den ersten Stock zur Guten-Österreicher-Schulung. So, jetzt noch eine Unterschrift, und dann ab ins Zimmer gegenüber. Dort sitzt Herr Inspektor Stippschitz. Er hat ein paar Fragen zum Mord letzte Nacht.«

Auf dem Gang sahen wir uns an und gingen lautlos die Stiegen hinauf in den vierten Stock.

Herbert stand vor seinem Zimmer. Sein Helm glänzte im schummrigen Licht der 25-Watt-Birne. »Wart ihr schon bei Stippschitz?«

Irgendwie hatte ich das Gefühl, dass ihm die Macht ein wenig zu Kopf gestiegen war. Anders konnte ich sein Gehabe nicht deuten.

»Herbert, was ist los?«, fragte Georg. »Gibt es Neuigkeiten? Habt ihr den Mörder schon gefasst?«

»Lass das Gequatsche. Was habt ihr mit Luise gemacht? Sie hat mich heute Nachmittag völlig aufgelöst angerufen. Das muss ein Ende haben.«

Georg schob Herbert in sein Zimmer und ich schloss hinter uns die Tür. »Hör mal gut zu, mein Freundchen. Du hast jetzt eine sehr wichtige Aufgabe. Wir werden dich voll und ganz unterstützen. Aber denk auch immer daran, dass Luise einen Pudel hat, den unser Freund Hasil gern verwerten möchte.« Georg drückte Herbert mitsamt seinem Helm gegen die Wand. »Du bist dafür verantwortlich, dass niemand unser Zimmer durchsucht. Weder Paradeiser noch Stippschitz oder Franz. Ist das klar? Ist das klar?« Den letzten Satz flüsterte Georg.

Ich spielte den guten Cop. »Herbert, denk an unsere gemeinsame Zeit im Waldviertel. Haben wir dich jemals im Stich gelassen? Glaubst du wirklich, wir könnten deiner Luise oder ihrem Pudel etwas antun? Wir brauchen nur etwas Privatsphäre. Georg hat eine regelrechte Allergie gegen die Obrigkeit und wir können uns die Medikamente nicht leisten.«

Herbert schaute Georg an. »Stimmt das mit der Allergie, Georg?«

»Klar stimmt das. Ich bekomme riesige Pusteln, die dann platzen und eitern.« Georg streichelte Herberts Helm.

Der Soko-Leiter atmete tief durch. »Na, warum habt ihr beide das nicht gleich gesagt. Wir sind doch Freunde, die sich gegenseitig helfen. Paradeiser und Stippschitz haben viel damit zu tun, jeden im Haus zu verhören. Ihr habt sicher keine Lust, mit ihnen zu reden. Aber eine schlechte Nachricht hab ich leider noch. Sie werden auch euer Zimmer durchsuchen. Die Mordwaffe haben sie bis jetzt noch nicht gefunden. Vielleicht kann ich da was machen.«

»Gut so. Das ist unser Herbert, wie wir ihn kennen«, freute sich Georg.

Der Arme schaute wieder freundlicher drein. Wir klopften ihm zum Abschied auf die Schulter und verließen sein Zimmer.

Der Gang wirkte endlos. Wie in einem Gefängnis. Rechts und links die Zellen. An der Decke eine nackte Birne. Das vorletzte Zimmer links gehörte uns. Wir durften es nicht verschließen. Das war strengstens verboten – Regel Nummer sieben der Hausordnung.

Der Sack, den wir am Morgen auf den Gang geworfen hatten, war verschwunden.

Georg öffnete das Fenster, ich setzte mich an den Tisch. »Ich freu mich schon auf morgen. Der Pater hat seinen großen Tag. Dann wird die Jungfrau Maria erscheinen und wir werden endlich ein paar Scheine mehr in der Tasche haben. Es geht aufwärts.«

Georg raunzte. »Juri, langsam verliere ich den Überblick, wer hier wen erpresst. Du hast einen ganz schön schlechten Einfluss auf mich. Wir sollten vielleicht wirklich den Koffer mit Geld nehmen und abhauen.«

Dann holte ich die DVD aus dem Rucksack, die hatte ich bis dahin verdrängt. »Was machen wir damit? Hier im Heim haben wir keine Möglichkeit, sie anzuschauen. Irgendwie bin ich schon neugierig.«

Georg starrte auf die Scheibe. »Wir können sie doch vernichten und einfach vergessen. Was kümmert uns dieses Überwachungsvideo?«

»Willst du denn nicht wissen, was da so Geheimnisvolles drauf ist? Wir sollten uns das Video zumindest ansehen.«

Er wirkte unsicher. »Nein. Vielleicht ist das gar keine gute Idee. Du und Kovac zieht mich in keine weitere Geschichte. Ich werde ein guter Österreicher.« Er fummelte an Seldschuks Päckchen herum.

Ich riss es ihm aus der Hand. Ob das wirklich Drogen waren? Ein ungutes Gefühl durchdrang mich. »Wir könnten doch beim Pater in Dornbach die DVD abspielen? Dann sehen wir, was drauf ist.« Ich schaute auf die Kommode. Irgendetwas stimmte hier nicht. Ich sprang auf und öffnete die halb verschlossene Schublade und schaute den Kärntner entgeistert an. »Ich glaube, da will uns jemand was anhängen.«

Das Küchenmesser war weg.

# SONNTAG:
# DORNBACHER KIRTAG IN WIEN HERNALS

Piefke 5 hieß Sonntagsarbeit. Die Fünftagewoche war den guten Österreichern vorbehalten. Ich gehörte von Geburt an zu den Langschläfern. Egal wo, egal wann und egal in welcher Position. Und sogar heute, da die meisten ausschlafen konnten, mussten wir um sechs aufstehen. Die Stockbetten waren nicht gerade bequem. Ich drehte mich mehrmals um die eigene Achse, klammerte mich ans Kopfende, streckte mich. Dann erst konnte der Tag beginnen.

Draußen auf dem Gang war die ganze Nacht viel Betrieb. Die meisten im Männerwohnheim litten unter Schlafstörungen. Sie wanderten hin und her, führten Selbstgespräche, lauschten an den Türen. Den Heimbewohnern durften keine Schlaftabletten verschrieben werden. Selbstmordgefahr. Die lag angeblich im Heim erheblich über dem Wiener Durchschnitt.

Karl Greißler war dieses Jahr schon der fünfte Tote. Drei von ihnen hatten sich in ihren Zimmern erhängt, einer sprang vom Dach. Einfach so. Wahrhaft tragisch. In der Regel wurde der Freitod bescheinigt. Hinterfragt wurde nichts. Bei uns war der Sensenmann Stammgast. Er fühlte sich wohl im Männerwohnheim in der Meldemannstraße.

Der Wecker klingelte erbarmungslos. Meine Füße berührten den Boden. Ich gähnte. Wie gelähmt saß ich da, die Finger in die Matratze gekrallt. Dann stand ich auf, streckte mich und beobachtete Georg.

Er lag mit dem Kopf auf seiner knallroten Fliegenklatsche. Andere Heimbewohner bekamen von Franz ein Kuschelkissen, Georg kuschelte mit einer herzförmigen Klatsche. Überall an der Wand waren kleine Blutflecken zu sehen. Tote Gelsen. Je nachdem, wie der gefüllte Bauch der feingliedrigen Wesen platzte, spritzte das Blut. Zufrieden legte Georg dann das rote Herz unter seinen Kopf und schlief ein.

Wenn ich in der Nacht aufstand, um zu pinkeln, erwischte ich ihn oft, wie er im Schlaf mit seiner Zunge am Plastikgitter der Klatsche leckte.

Schöne Geschichte: Die Gelse saugte unser Blut, Georg erschlug sie, naschte von dem roten Saft, dazu einen Flügel oder ein kleines Beinchen. Ein leckerer Kreislauf.

Das Leben zu zweit in einem winzigen Zimmer war nicht angenehm. Die Privatsphäre hielt sich in Grenzen. Unsere zunehmende Unzufriedenheit als Piefke 5 mündete in letzter Zeit immer öfter in Raunzen und Jammern, was das Ganze nicht erträglicher machte. Dann der ständige Hunger und die allgegenwärtigen Kontrollen.

Georg, als Kärntner Urvieh, war es von zu Hause gewohnt, mit einer Großfamilie in einem Raum zu schlafen. Während die Touristen ihre Wohnräume beschlagnahmt hatten, waren sie bei ihm daheim zusammengerückt. Auch das gemeinsame Essen aus einem Topf gehörte für ihn zur Routine.

Ich dagegen sehnte mich nach mehr Freiraum. Aber ich wollte mich nicht beschweren. Andere Zwangsgemeinschaften im Heim endeten in Streit, Chaos, Freitod oder Mord.

Georg gähnte, schrie die Müdigkeit aus seinen Knochen und kletterte aus dem oberen Bett. »Guten Morgen, Juri. Ein neuer Tag bricht an. Mein Gefühl sagt mir: Es geht aufwärts. Heute wird uns die Jungfrau Maria erscheinen. Dann werden wir unsere Sachen packen und ins Hotel ziehen.«

Ich dagegen hatte seit gestern Abend kein gutes Gefühl. Irgendetwas stimmte nicht. Und wie so oft in der Vergangenheit war das ein schlechtes Omen.

In der Nacht zuvor hatten wir das ganze Zimmer auseinandergenommen. Unsere Klamotten lagen kreuz und quer auf dem Boden. Das Küchenmesser war spurlos verschwunden. Eigentlich konnte es uns egal sein, weil wir mit dem Mord an Karl nichts zu tun hatten und Georg in weiser Voraussicht mein Blut abwischte. Blöderweise hatte der Stempelmörder ein Küchenmesser benutzt. Die Polizei konnte sicher auf gute Methoden zurückgreifen, um mein Blut an der Klinge oder Georgs Fingerabdrücke am Griff nachzuweisen. Wer weiß, welches Blut noch daran klebte?

Ich dachte an Paradeiser. Ob ihn die Wahrheit wirklich interessierte? Ich zweifelte daran. Er wollte den Fall bestimmt so schnell wie möglich zu den Akten legen.

Es war ein offenes Geheimnis, dass ihm wenig Personal zur Verfügung stand, deshalb richteten sie gern

Sokos ein, um mithilfe von Zivilisten an weitere Informationen zu gelangen. Ganz legal war das nicht, aber wer fragte schon danach?

Lange konnten wir Paradeiser nicht mehr aus dem Weg gehen. Piefke-5-Teilnehmer waren überall registriert und mussten sich mehrmals am Tag entweder im Heim oder bei den zuständigen Arbeitsstätten melden. Mein Instinkt sagte mir klar und deutlich: Legt euch nicht mit ihm an. Der Mann bringt nur Probleme, und die können wir Piefkes überhaupt nicht brauchen.

Dazu zählte auch das Nachsitzen. Georg und ich gehörten zu den Kandidaten im Heim, die die Aufnahmeprüfung zum guten Österreicher nie schaffen würden. Fast jede Woche saßen wir hier gemeinsam im ersten Stock und wurden von Franz geschult. Manchmal konnte er einem leidtun.

Auch heute kam er mit schwarzen Aktenordnern schwer beladen in den Schulungsraum, stellte sich vor die große grüne Tafel und holte tief Luft. »Heute wird euch Chefinspektor Paradeiser schulen.«

In meinem ganzen Leben sind meine Gesichtszüge noch nie so abrupt in sich zusammengefallen. Meine Stirn berührte sozusagen mein Kinn. Georg ging es offensichtlich nicht besser.

Da wurde die Tür mit voller Wucht aufgerissen. Der Windstoß wirbelte meine Locken durcheinander.

Paradeiser schnappte sich die Kreide und schrieb mit Großbuchstaben: GRÜSS GOTT an die Tafel. »Das sind die beiden wichtigsten Worte, die ihr euch unbedingt merken solltet. Ich bin ein guter Österreicher. Quasi ein Bilderbuchösterreicher. Von mir könnt ihr euch eine Scheibe abschneiden.«

Wir schauten Hilfe suchend zu Franz, der den Raum fluchtartig verließ.

»Wo sind eure Augen? Hier spielt die Musik!«, rief Paradeiser. Dann setzte er sich aufs Lehrerpult und beugte sich zu uns in der ersten Reihe vor. »Wer von euch ist Georg?«

Ich atmete tief durch. Georg hob zitternd die Hand.

»Wer hatte ein Motiv, Karl umzubringen? Hattest du eins?«

Georg schüttelte den Kopf.

»Karl leitete den Drachenflieger-Schnupperkurs, bei dem deine Frau starb. Du hast ihn wiedererkannt? Warum solltest du dich *nicht* an ihm rächen?«

»I-ich ha-hab ihn n-nicht erm-mordet«, stotterte Georg.

»Das kann ich bestätigen«, unterstützte ich ihn mit fester Stimme.

Der Chefinspektor nahm mich ins Visier. »Juri Sonnenburg. Du willst also ein guter Österreicher werden? Ein guter Österreicher sagt nicht nur ›grüß Gott‹, sondern lebt den österreichischen Traum. Und das bedeutet nicht, jeden Sonntag in die Kirche zu gehen. Nein, ganz und gar nicht. Das bedeutet zu beichten, wenn es Zeit ist, und die Sünden auf den Tisch zu legen, um reinen Gewissens seinem Gegenüber in die Augen schauen zu können. Kannst du mir in die Augen schauen?«

Ich wollte nicht, aber es war ein Reflex und ich sah auf die Schreibtischplatte vor mir.

»Siehst du, Piefke Sonnenburg. Du hast kein reines Gewissen. Genau wie dieser Kärntner.«

Auch Georg schaute auf seine Tischplatte.

»Der Stempel war eine bescheuerte Idee, aber ich habe es gleich durchschaut. Während wir hier sitzen, wird euer Zimmer von Inspektor Stippschitz durchsucht. Und glaubt mir, er findet was. Was auch immer.«

Das Gewitter verzog sich langsam, aber sicher. Ich blickte zu der großen runden Uhr, die über der Tür hing, und erwartete die Pausenklingel.

»Ich werde euch beobachten. Wenn euch was einfällt, dann meldet euch. Ich bin ja kein Unmensch.« Paradeiser klatschte in die Hände, nahm sich ein Stück Kreide und schrieb die Zahlen 316 und 317 an die Tafel. »Das ist eure Hausaufgabe. Merkt euch diese Zahlen!«

Stippschitz öffnete die Tür und schüttelte kurz den Kopf.

Ich saß schweißgebadet auf meinem Stuhl, als Paradeiser den Raum verließ. »Jetzt stehen wir auf seiner Liste.«

Georg schwieg.

Für ein ausgiebiges Frühstück war jetzt keine Zeit. Wir verließen den Schulungsraum und trafen Herbert. Er lief Streife, dabei lächelte er so komisch. »Juri, auf mich kannst du dich verlassen. Eine Hand wäscht die andere. Luise und ich werden heute unseren freien Tag in Dornbach verbringen. Wir freuen uns schon auf Karli Molk und die Donauzwillinge.«

»Herbert, bitte geh weiter«, wies ich ihn schroff zurück.

Um neun Uhr begann unser Job in Dornbach, einem kleinen Bezirksteil unweit des Wienerwaldes. Der Kirtag fand einmal im Jahr statt: eine Kombination aus Jahr- und Flohmarkt. Für das Kulinarische war die Pfarrei zuständig, den Wein lieferte der eigene Weinberg. Früher, zu Kaisers Zeiten, kamen die reichen Wiener zur Sommerfrische in diese Gegend. Heute war vom alten Glanz nicht mehr viel übrig. Die Schrammelmusik gehörte einst zu Dornbach wie die Heurigen zu Grinzing. Ein Schrammeldenkmal unweit der Kirche zeugte von dieser alten Tradition. Die Pfarrkirche am Rupertusplatz hatte schon über 500 Jahre auf dem Buckel, sah aber gar nicht so alt aus. Man musste ihr zwischendurch einmal ein recht hübsches Barockgewand verpasst haben, aber das war längst wieder durch mehrere architektonische Änderungen verunstaltet worden.

Uns war das egal. Wir packten Seldschuks Päckchen und die Überwachungsvideos von Kovac ein und begaben uns zur nächsten U-Bahn-Station. Per U- und Straßenbahn brauchten wir fast eine Stunde bis Dornbach. Für die Fahrt zur Arbeit erhielten wir spezielle Fahrscheine, sie berechtigten uns nur zu der Hin- und Rückfahrt. Du wirst dich jetzt fragen, was wir da draußen am Rande der Stadt hackeln mussten. Pater Ambrosius, der Dornbacher Pfarrer, hatte uns bei der Piefke-5-Leitung im Arbeitsmarktservice als Küchenhilfen angefordert. So billige Kräfte konnte sich der Pater nicht entgehen lassen.

\*

Der Rupertusplatz war klein und verkehrsberuhigt und lag mitten in Dornbach. Im Winter standen hier ein paar jämmerliche Glühwein-Buden, und wenn es richtig kalt wurde, luden die Dornbacher Pfadfinder zum Eislaufen auf einer künstlichen Eisfläche ein. Aber heute brannte die Sonne unbarmherzig auf die Heurigenbänke und die vielen schmalen Holztische. Vier Buden sorgten für Schmankerl und den notwendigen Alkoholpegel.

Ambrosius' Sekretär, Kaplan Luigi Berlusconi, empfing uns am Eingang der Kirche. »Herr Sonnenburg und Herr –«

Georg kam ihm zuvor. »Sagen Sie einfach Georg zu mir.«

»Also, lieber Herr Sonnenburg und lieber Georg. Ich freue mich, dass Sie uns als zukünftige gute Österreicher unterstützen werden. Ich denke, Pater Ambrosius wird für Sie ein gutes Wort bei den Behörden einlegen. Sie sind doch so nette Kerle.« Der Kaplan betatschte uns ganz zart mit seinen Fingerspitzen.

Ein widerlicher Typ, dachte ich mir.

»Darf ich Ihnen jetzt Ihren heutigen Arbeitsplatz zeigen? Kommen Sie. Kommen Sie. Hier entlang.«

Wir folgten ihm zum Nachbargebäude ins Pfarrhaus, hinunter in den kühlen Keller, in einen Raum ohne Fenster. Es war eine notdürftig eingerichtete Küche mit einem alten Holzofen, einem großen Tisch, zwei Sesseln und einem Schrank mit Geschirr. Die 20 Zehn-Liter-Eimer mit Kartoffeln hätte ich fast übersehen.

»So, meine Lieben. Eure Aufgabe für den heutigen Tag ist es, die von Gottes Gnaden erzeugten Früchte unserer Erde zu schälen und daraus Pommes frites entstehen zu lassen. Wir erwarten heute viele kleine Kinderchen, die diese frittierten Stäbchen lieben. Gott wird euch beistehen.«

Ich schaute Georg an und schüttelte den Kopf. »Herr Berlusconi. Das sind 20 Eimer Kartoffeln. Das ist Ihnen klar, oder?«

Berlusconi lächelte und zupfte Georg am Ohrläppchen. »Ich werde für euch beten.« Dann verschwand er die Treppe hinauf.

»Georg, wer hat uns das schon wieder eingebrockt? Piefke 5! Ich kann es einfach nicht fassen, was die mit uns machen. Seit wann schält ein guter Österreicher 20 Eimer Kartoffeln? Die sind doch bescheuert! Wenn wir heute Mittag den Koffer von der Jungfrau Maria bekommen, dann werde ich ihm die Früchte Gottes in den Rachen stopfen.«

»Mach mal halblang, Juri. Noch ist es nicht so weit. Und wir können es uns nicht aussuchen. Schau'n wir mal, was der heutige Tag bringt.«

Wir hatten kaum mit dem Schälen angefangen, da kam Berlusconi in den Keller. »Liebe Freunde. Es gibt da ein kleines Problem. Einer von euch beiden muss beim Servieren helfen. Ein langjähriges Schaf der Gemeinde ist erkrankt. Wer hätte denn Lust? Ich könnte mir gut vorstellen, dem hier Zurückbleibenden unter die Arme zu greifen.«

Kaum hatte er das ausgesprochen, meldeten wir uns beide und schnipsten wie wild mit den Fingern.

»Herr Sonnenburg, Sie als Piefke können doch sicher

unsere Gäste bewirten. Sie stammen schließlich aus einem Land mit echter Bierkultur. Und Sie, Georg, als kräftiger Bauernbursche aus den wilden Kärntner Bergen, werden die Früchte Gottes in Windeseile von ihrer Schale befreien.« Ich folgte dem Kaplan. Georg hasste uns.

Die ersten Gäste trudelten ein. Darunter auch Herbert mit Helm und Luise mit Klorolle und Pudel. Hasil sollte auch bald hier auftauchen. Herbert winkte mir zu.

»Lieber Herr Sonnenburg, die Weingläser müssen gewaschen werden. Dann würde ich Sie bitten, die ersten Gäste zu bewirten und Bestellungen entgegenzunehmen. Hier sind Block und Stift. Ich werde derweil Georg zur Hand gehen.«

Berlusconi wollte mit Georg allein sein. Der Arme. Ich versuchte, mir einen groben Überblick über das Areal zu verschaffen. Insgesamt rannten über zehn Kellner von Gast zu Gast, um Bestellungen aufzunehmen und Getränke und Schmankerl zu verteilen. Es war Frühschoppen-Zeit.

Mein erster Weg führte in die Kirche. Kirchen verursachten bei mir ein ungutes Gefühl. Wenn man bedachte, wie viel Geld in diesen Hokuspokus floss und dass für uns arme Piefkes nur Piefke 5 blieb, dann kam mir die Galle hoch.

Vorn rechts befand sich der Beichtstuhl: ein hölzernes Ungetüm mit zwei kleinen Fenstern, die von dunklen Vorhängen bedeckt wurden. Ich schaute hinein. Hier konnte man also seine Sünden loswerden. Nicht schlecht. Hinter dem Beichtstuhl führte ein Weg in die Sakristei. In diesem Raum wurde alles aufbewahrt, was für den Gottesdienst notwendig war. Ich sah einen kleinen Kühlschrank und öffnete ihn, schließlich hatte ich noch nicht gefrühstückt.

Da standen mehrere Behälter mit dünnen runden Oblaten und einige Flaschen des hauseigenen Rotweins.

Doch das war Gott sei Dank nicht alles. Ich schnappte mir zwei Hühnerschenkel und ein kleines Pils. Der Pater hatte offenbar Geschmack und wurde mit allen kulinarischen Feinheiten versorgt. An einem Ständer hingen ein paar Klamotten. Feiner Pinkel, dieser Ambrosius.

Zurück in der Kirche suchte ich nach weiteren Ausgängen. Nachdem Hasil den Koffer entgegengenommen hatte, musste er möglichst durch den Hinterausgang verschwinden. Es sollte alles ohne großes Aufsehen ablaufen. Soweit ich die Lage überblicken konnte, blieb der Jungfrau Maria nur der Weg durch das Haupttor oder durch den Nebeneingang in der Sakristei. Hasil hatte nicht die geringste Möglichkeit, mit der Kohle abzuhauen. Seldschuk konnte stolz auf uns sein.

Ich trat aus der Kirche und mischte mich unter die Gäste. Von Berlusconi keine Spur, aber von Franz. Er stand in einer Schlange und wartete auf seine Brettljause. Der musste auch überall dabei sein. Ich traf erneut auf Herbert und Luise.

»Herbert, alter Waldviertler, genießt du den freien Tag? Wer leitet jetzt die Soko und passt auf unser Zimmer auf?« Ich kraulte den Pudel am Hals.

Luise betrachtete uns argwöhnisch.

»Ich habe Josef den Auftrag gegeben aufzupassen.«

»Josef? Da hast du aber den Bock zum Gärtner gemacht. Keine gute Idee. Hast du nicht gestern gesagt, dass Reinhold und Josef unter einer Decke stecken?« Ich kraulte fester. Der Köter winselte ein wenig.

Luise ergriff meine Hand. »Juri, lass meinen Hund in Ruhe. Er hat dir nichts getan.«

»Passt mal auf, meine beiden Hübschen. Der Hasil wird gleich hier auftauchen. An eurer Stelle würde ich verschwinden. Habt ihr verstanden?«

Herbert grinste. Wie heute Morgen. Ein Kellner reichte den beiden eine große Platte mit Wurst, Käse und Brot. Luise holte ein Küchenmesser aus ihrer Handtasche.

Mein Küchenmesser, zumindest sah es so aus.

»Alles klar, Juri. Eine Hand wäscht die andere. Der Paradeiser ist übrigens völlig ausgezuckt. Sie konnten die Hälfte der Heimbewohner bisher nicht befragen. Hast du schon mit ihm geredet?« Herbert zeigte auf das Messer.

Mein Hals schnürte sich zu. Ein Wink mit dem Zaunpfahl! Wollte er mir was anhängen? Ich war doch unschuldig!

»Wir haben unser eigenes. Ich hoffe, das macht dir nichts aus.« Dann nahm er das Messer, schnitt die Wurst in kleine Teile und reichte es Luise. Er grinste noch immer.

Ich schluckte schwer.

Luise stocherte mit dem Messer zwischen ihren Zähnen herum.

Hatte er es aus der Kommode genommen? Ich traute dem braven Waldviertler das nicht zu. Eigentlich konnte es mir ja völlig egal sein. Es war hoffentlich nur mein

Blut am Messer. Eine DNA-Untersuchung würde das sicher bestätigen. »Lasst es euch schmecken. Wenn ihr was braucht, ruft mich einfach. Es geht alles aufs Haus.«

»Danke, Juri«, blubberte Herbert mit vollem Mund.

Plötzlich sah ich Georg aus dem Keller kommen, dahinter Berlusconi mit blutiger Nase.

Während der Kaplan in der Kirche verschwand, kam Georg direkt auf mich zu. »Juri, jetzt gehst *du* in den Keller und lässt dich von diesem Irren beim Schälen betatschen. Von wegen ›unter die Arme greifen‹.«

»Was hast du gemacht?«

»Er hat an meinem Ohrläppchen geleckt, und bevor er seine Zunge ganz ins Ohr stecken konnte, hab ich ihm die Nase zertrümmert. Jetzt geht er beim Pater oder Papst petzen.«

»Soll er doch. In zwei Stunden sind wir hier weg. Pass mal auf, ein ganz anderes Problem: unser Freund mit dem Helm da drüben.«

»Was macht Herbert hier?«

»Lass mich ausreden. Luise hat mein Küchenmesser. Glaubst du, Herbert hat in meinen Unterhosen gewühlt? Er hat gesehen, wie du es in die Schublade geworfen hast.«

»Keine Ahnung. Hast du ihn gefragt?«

»Was heißt hier ›gefragt‹? Was soll ich fragen? Bist du bescheuert?«

»Juri, wir werden sie zur Rede stellen und das Messer mitnehmen. Außerdem bist du unschuldig. Das Blut am Messer war doch von dir, oder?« Georg zwinkerte. »Jetzt brauch ich ein Bier. Mach dich nicht verrückt.«

Georg ging zum Würstlstand. Langsam füllte sich der Platz. Für die Kinder hatte Pater Ambrosius extra etwas organisiert: den sogenannten Spielnachmittag. Zuständig dafür war der Kaplan. Mit geschwollener Nase tanzte er Hand in Hand mit den Kleinen einen Ringeltanz. Ein älterer Herr sorgte mit seiner Steirischen für die Musik und neben der Würstlbude stand eine große Leinwand, wo später ein Wanderkino den Kindern die berühmte Geschichte vom kleinen Cocker Spaniel zeigte, der sich in einem Wiener Kleingarten in eine Wald- und Wiesenmischung verliebte.

Mit einem Paar Frankfurter in der Hand und einem großen Stück Wurst im Mund spuckte Georg mir ein paar Sätze ins Gesicht. »Juri, mir geht das Video von Kovac nicht aus dem Kopf. Wir sollten es uns anschauen. Morgen sind wir in Frohsinn. Wer weiß, was uns da erwartet.«

Ich überlegte kurz. »Wir könnten in die Sakristei gehen? Dort steht eine DVD-Anlage.«

Auf einem kleinen Schrank neben dem Kühlschrank befanden sich ein Fernseher mit einem DVD-Player und diverse andere Geräte, die einen fürchterlichen Kabelsalat verursachten. Wir schoben die DVD hinein und Georg drückte wie wild auf einer Fernbedienung herum.

»Hör auf! Lass mal einen Fachmann ran.« Ich drückte und drückte, aber auf dem Bildschirm war nichts zu sehen.

Plötzlich riss Berlusconi die Tür zur Sakristei auf. »Seid ihr von allen guten Geistern verlassen? Kann man euch keinen Augenblick allein lassen? Auf der Leinwand im Hof werden Pornos gezeigt! Einige Gäste sind äußerst empört. Was macht ihr hier?« Anscheinend hatte das Wanderkino alles so verkabelt, dass der Cocker-Spaniel-Film über diese Anlage abgespielt werden sollte.

Ich beruhigte den Mann. »Herr Kaplan, das muss ein Missverständnis sein. Wir wollten den Hundefilm einlegen und haben die falsche DVD erwischt.«

Berlusconi schnappte sich unsere DVD und rannte wutentbrannt hinaus. Jetzt hatten wir ein Problem mehr am Hals. Die Übergabe des Päckchens stand uns noch bevor. Ich versuchte, mit klarem Blick unsere Situation zu analysieren. »Wir müssen jetzt eines nach dem anderen abarbeiten, Georg. Erst das Koks, dann die DVD, und danach holen wir uns das Küchenmesser zurück. Lass uns jetzt in die Kirche gehen und die Übergabe vorbereiten.«

In der Kirche fiel mir gleich der Pudelkönig auf. »Was tut denn der Hasil schon hier?« Er machte einen jämmerlichen Eindruck. »Hasil, alter Pudel. Bist schon gespannt auf die Jungfrau Maria? Magst einen Hühnerknochen haben?« Ich holte ein paar Knochen aus meiner Hosentasche, er schlug sie mir aus der Hand.

»Bringen wir's hinter uns. Was soll ich machen?« Hasil hatte es anscheinend eilig.

Unser Plan war einfach. Georg versteckte sich in der Sakristei, ich blieb in Sichtweite zum Beichtstuhl in der dritten Sitzreihe. Der Rest würde sich von allein ergeben.

Berlusconi betrat die Kirche. Er steuerte direkt auf uns zu. »Herr Sonnenburg, was sitzen Sie hier herum? Georg, ab in den Keller. Husch, husch. Und wer sind Sie?«

Ich musste ihn beruhigen. »Aber Herr Kaplan, wir sind hier, um zu beten. Dafür, dass wir bald gute Österreicher werden. Wir möchten heute Nachmittag bei Ihnen beichten. Wäre das möglich?«

Berlusconi schaute uns an. Er traute Georg und mir nicht mehr über den Weg. »Von mir aus, aber ich muss Pater Ambrosius melden, was Sie hier so treiben.« Dann verschwand er in der Sakristei.

Hasil stand auf und wollte gehen. Ich stoppte ihn. »Warte. Warte. Nicht so schnell, mein Freund. Du bleibst hier. Ab in den Beichtstuhl.« Ich schob ihn in die rechte Kammer und gab ihm das Päckchen mit dem Kokain. Eine rote Lampe leuchtete. Jetzt fehlte nur noch die Jungfrau Maria.

Berlusconi kam aus der Sakristei. »Herr Sonnenburg, bitte kommen Sie. Hopp, hopp.«

»Gehen Sie bitte schon mal vor. Ich komme gleich nach.« Konnte er mich nicht in Ruhe lassen?

Er ging zum Haupttor hinaus und ich legte mich auf die dritte Bank. Georg nahm seinen Platz in der Sakristei ein. Es konnte losgehen.

Die Spannung war unerträglich. Es tat sich nichts. Alles war ruhig. Keine Jungfrau Maria. Plötzlich öffnete sich das Haupttor. Ich hob den Kopf. Verdammt. Reinhold. Was wollte der hier?

Er ging zum Weihwasser-Behälter und bekreuzigte sich. Dann kniete er nieder. Jetzt nur nicht nervös werden, dachte ich. Reinhold setzte sich in die zweite Reihe direkt vor meine Nase und betete. Dann öffnete sich das Tor erneut. Herbert und Luise. Ich hätte kotzen können. Warum versammelte sich jetzt das ganze Männerwohnheim in dieser Kirche? Der Helm und die Klorolle planschten ebenfalls im Becken, machten ein symbolisches Kreuz und setzten sich in die erste Reihe. Jetzt reichte es. Das konnte nicht gut gehen.

Der Pudel hing an einer Flexi-Leine. Damit hatte er 30 Meter Auslauf. Er schnüffelte, ging zum Beichtstuhl, hob ein Bein und pinkelte. Erst als es zu spät war, registrierte Luise seinen Ausflug. Sie drückte den Knopf an der Flexi-Leine und mit einem Satz landete der Pudel vor ihren Füßen. »Platz, mein Schatz. Jetzt bleib hier liegen.«

Sie fingen an zu beten.

Zehn nach zwölf. Eine Frau betrat die Kirche. Dunkle lockige Haare. Sie trug einen schwarzen langen Umhang und hielt einen Koffer in der Hand.

Die Sonne warf einen Strahl durch die bunten Fenster: die Erscheinung der Jungfrau Maria. Einfach unglaublich. Das war Isabel!

Mein Herz schlug wie wild. Wenn Hasil das arrangiert hatte, dann würde ich ihn einen Kopf kürzer machen. Ich zwickte mich, in der Hoffnung, eine Fata Morgana zu sehen. Es war eindeutig Isabel.

Georg schob den Kopf durch den Türspalt zur Sakristei. Reinhold, Herbert und Luise beobachteten Isabel. Nur die klappernden Schritte der Jungfrau Maria waren zu hören. Dem Pudel lief offenbar das Wasser im Maul zusammen, Tropfen fielen auf den Boden. Wunderbar.

Sie trug Stöckelschuhe. Jetzt fehlte nur noch das Jesuskind auf ihrem Arm. Ein Bild für die Götter. Sie sah das rote Licht und setzte sich in die linke Kammer. Jetzt musste der Austausch passieren. Sie das Päckchen, Hasil den Koffer.

Minuten vergingen. Warum dauerte das so lange? Die Jungfrau Maria hatte offenbar viele Sünden auf dem Kerbholz. Sie kam aus dem Beichtstuhl. Alle Augenpaare folgten ihr zum Haupttor. Eine Erscheinung mit Kokain unterm Arm. Ich starrte ihr nach. Vor mir Reinhold. Paradeisers Spion musterte die Beteiligten. Warum in aller Welt musste er heute hier auftauchen?

Das rote Licht am Beichtstuhl brannte immer noch. Dann ging es plötzlich los.

Berlusconi stürmte herein. Er schaute Reinhold, den Helm und die Klorolle an, fluchte und verschwand in die Sakristei. Ein Streit war zu hören, Georg kam herausgerannt. Ich konnte es nicht fassen. Unsere Rückendeckung war im Arsch. Berlusconi hielt sich die Nase und folgte Georg.

Ich verlor langsam den Überblick und wollte hinaus, um Isabel zur Rede zu stellen. Was in aller Welt hatte sie mit Seldschuk zu tun? Warum erledigte sie seine Drecksarbeit?

In meinem Magen rumorte es. Am liebsten hätte ich Reinhold ins Genick gekotzt. Plötzlich ging das Licht am Beichtstuhl aus. Hasil schob den schweren Vorhang zur Seite, rutschte auf der Pudelpisse aus, fiel, rappelte sich auf. Die Ereignisse überschlugen sich.

Luise sah Hasil und fiel in Ohnmacht. Sie schlug mit der Klorolle aufs harte Gestein des Kirchenbodens, das Küchenmesser fiel aus ihrer Tasche. Herberts Helm verrutschte, sodass er nichts mehr sehen konnte. Er stolperte über Luises Pudel und landete ebenfalls auf dem Boden. Der Pudel wollte bellen, konnte aber nur quietschen. Hasil nutzte die Verwirrung und verschwand mit dem Koffer in die Sakristei. Der Pudel riss sich los, und auch mich hielt es nicht mehr in der dritten Reihe. Ich stürmte vor. Reinhold schlug mir die Bibel in den Magen. Dieser Satansbraten. Ich hinkte, fiel aber nicht. Stolperte über Reinholds Bein, strauchelte, trat auf die Hühnerknochen, verlor die Bodenhaftung, machte einen Sprung zum Beichtstuhl und riss den Vorhang mit mir zu Boden, raffte mich schnell wieder auf.

Herbert schrie. Luise hatte einen Weinkrampf und wurde hysterisch. Die Kirche war ein Tollhaus. Ich erreichte die Tür zur Sakristei. Hasil war weg, durch den Hinterausgang entwischt.

In der Zwischenzeit robbte Luise zum Haupttor. Der Pudel saß auf ihrem Rücken. Sie kroch ins Freie. Herbert lag benommen auf dem Boden. Und Georg? – Bestimmt saß er schon im Keller und schälte Kartoffeln. Vermutlich hatte ihm Berlusconi gedroht, Pater Ambrosius alles zu erzählen, Georg hatte zuerst zugeschlagen und sich dann dem Druck der katholischen Kirche gebeugt. Ich musste frische Luft schnappen.

Das Fest draußen stand kurz vor dem Höhepunkt. Karli Molk fuhr mit einem fetten Mercedes auf den Rupertusplatz, selbstverständlich missachtete er dabei die verkehrsberuhigte Zone. Die Donauzwillinge waren bereits auf der Bühne und sangen inbrünstig ein Lied von Österreichs Bergen. Die Leute schunkelten und tranken Wein. Die Stimmung war lustig und friedlich, vor allem die Kinder hatten ihre Freude. Ein kleines Karussell und ein Autoskooter sorgten für zusätzliche Ablenkung. Pater Ambrosius folgte eine Stunde später mit dem Kindergottesdienst.

Ich ging in den Keller. Von Georg keine Spur. Da kam er plötzlich die Treppe herunter, setzte sich auf einen Stuhl und warf eine ungeschälte Kartoffel in einen Eimer voller Wasser. Es spritzte.

»Juri, hast du den Koffer?«

Ich nahm ein Messer und schälte Kartoffeln.

»Hey, Juri! Was ist mit dem Koffer? Wann checken wir aus?«

»Georg, glaubst du, die Kartoffel fühlt sich nackt ohne Schale? Der Koffer ist weg.«

»Was, nackt? Wie – weg?«

»Hasil hat uns verarscht. Du kannst schon mal anfangen, Pudel zu schlachten. Morgen fliegt einer in sein Geschäft. Hast du Isabel gesehen? Sie ist die Jungfrau Maria.« Es spritzte erneut.

Georg verstand überhaupt nichts. »So ein verdammtes Schwein. Isabel? Sie war hier? Das kann ich mir nicht vorstellen. Was sagen wir Seldschuk? Der wird uns kreuzigen und öffentlich am Naschmarkt aufhängen.«

»Seldschuk ist nur eins unserer Probleme. Ich verlier langsam die Übersicht.« Plötzlich hörten wir Schritte: Herbert ohne Helm.

»Juri, Georg, kommt schnell. Reinhold ist tot.« Herbert schnaufte. »Er liegt vor dem Beichtstuhl. Halb nackt. Blut. Überall Blut. Kommt! Kommt schnell!«

Ich folgte nur widerwillig.

Es war ruhig in der Kirche. Totenstille. Noch hatte die Festgemeinde das Unglück nicht bemerkt, die Geräusche des Kirtags drangen nur leise durch die fetten Mauern.

Als ich Reinhold entdeckte, musste ich schlucken. Blut umgab den leblosen Körper. Was für ein Massaker. Du kannst dir das gar nicht vorstellen. Der Tote lag auf dem Bauch. Als ich näher kam, erkannte ich die durchgeschnittene Kehle – und noch etwas: Auf dem Rücken prangte ein Stempelabdruck. Piefke 5. Wie bei Karl Greißler. Es war noch keine halbe Stunde her, da lag ich in der dritten Reihe und Reinhold hatte mir kurz darauf die Bibel in den Magen gerammt. Jetzt weiß ich auch, warum ein guter Österreicher eine Bibel im Nachtkastl hatte.

Es war eine fürchterliche Szenerie. Ich trat näher, um den Toten zu untersuchen. Aus Reinholds Hosentasche ragte ein blutverschmierter Zettel, den ich unauffällig einsteckte. Mir gingen so viele Gedanken durch den Kopf!

Schon wieder wurde ein Bewohner unseres Wohnheims umgebracht. Warum Reinhold? Wer war für diese Schweinerei verantwortlich? Ich schloss seine Augen. Eine Mordwaffe sah ich nicht. Der Mörder brauchte für diesen Schnitt ein scharfes Messer. Schon wieder! Seine Haare waren fettig und voller Schuppen. Genau in diesem Moment dachte ich an seine Unterhosen. Ist das normal? Vor mir liegt ein Toter und ich denke an seine gerippten Unterhosen? Er hatte diese bescheuerte Angewohnheit gehabt, mit einem langen, grauen Liebestöter im Speisesaal zu erscheinen. Auch abends lungerte er in diesem Aufzug in den Gängen. Das und sein Nebenjob als Spion der Polizei würden mir wahrscheinlich in Erinnerung bleiben. Mehr nicht. Ohne diesen Verräter hätte ich Hasil erwischen können. Der war sicher schon mit dem Geld über alle Berge. Und Isabel? Da gab's eindeutig Erklärungsbedarf, auch für Herbert. Der war gerade mit sich selbst beschäftigt und schlug sich immer wieder mit den Fäusten gegen den Kopf. Hatte Herbert den Mörder gesehen? Reinholds Hose war viel zu kurz und zerknittert, seine Schuhe mehr als ausgelatscht und mit Staub bedeckt. Hundescheiße klebte an der Schuhsohle. Georg kniete neben mir und band mit Reinholds offenen Schnürsenkeln eine schöne, feste Schleife. Wir drei wechselten betretene Blicke.

»Was machen wir jetzt? Wenn uns Paradeiser hier findet, dann steckt er uns in den tiefsten Keller Wiens! Und foltert uns, bis wir alles gestehen.« Ich stand auf und schob den blutverschmierten Zettel tiefer in meine Hosentasche.

Georg kam wieder zu sich. »Was heißt hier *wir*? Wir beide waren im Keller und haben Kartoffeln geschält. Wo warst du, Herbert?«

Herbert setzte sich auf die Bank. »Es ging alles so schnell. Luise und ich wollten uns die Kirche anschauen. Dann haben wir gebetet. Reinhold hab ich zuerst gar nicht erkannt. Und dann auch noch Hasil. Luise ist ohnmächtig geworden und ich bin über den Pudel gestolpert. Dabei muss ich mir den Helm gestoßen haben. Ich bin zu mir gekommen, und da war er tot. Tot! Einfach tot! Ich konnte nichts mehr machen.«

»War sonst noch wer in der Kirche?«, wollte ich wissen.

»Was glaubst du? Der Heilige Geist?« Herbert wurde lauter. Georg klopfte ihm auf die Schulter.

»Herbert, beruhige dich. Mach jetzt keinen Stress. Wir brauchen einen klaren Kopf.«

Ich hatte eine geniale Idee. Nicht umsonst waren Georg und ich berühmt für unsere Kreativität. Durch das Leben auf der Straße und im Elend von Piefke 5 hatten wir auch das Überleben gelernt. Unsere Erfahrungen aus der Gackerlszene waren jetzt sehr wertvoll.

»Hört mal her, wir sollten das Feld räumen. Lasst uns in den Keller gehen. Wenn dich jemand sieht, Herbert, hier mit der Leiche und ohne Alibi, bist du fällig. Passt auf. Tretet nicht ins Blut.«

Wir flüchteten durch die Sakristei.

Zurück im Keller rannte Herbert nervös im Kreis herum. »Luise. Die habe ich fast vergessen. Ich muss zu ihr.«

Ich konnte gerade noch seinen Arm erwischen und ihn festhalten. »Herbert, hast du nicht verstanden? Denk an Paradeiser und Stippschitz. Mach jetzt keinen Fehler. Sei ruhig.«

»Wie kann ich jetzt ruhig sein?«

»Schau, Herbert, du weißt doch, wir würden dich nie im Stich lassen. Wir sind doch Freunde. Oder? Was meinst du?« Georg nickte. Ich wurde noch deutlicher. »Herbert, pass mal auf. Am besten, du sagst einfach, dass du gesehen hast, wie Hasil Reinhold die Kehle aufgeschlitzt hat. Und dass er ihm noch einen Stempel auf den Rücken gedrückt hat.«

Beide schauten mich an. So viel Kreativität hatte Herbert mir offenbar nicht zugetraut. »Juri, warum sollte Hasil Reinhold ermorden, und dann dieser Stempel? Hasil hatte doch überhaupt kein Motiv?«

»Was weiß ich, was er gegen Reinhold hatte, aber das mit dem Stempel ist klar. Er wollte diesen Mord mit dem im Männerwohnheim in Verbindung bringen. Dreimal darfst du raten, wo Paradeiser zuerst ermitteln wird?«

Georg schlug auf Herberts Schulter. »So, jetzt geh und such deine Luise. Dann sag Berlusconi Bescheid, damit er die Polizei informiert.«

Herbert verließ den Keller. Er würde Hasil sicher nicht belasten. Einen Versuch war es aber wert. Damit Paradeiser nicht auf dumme Ideen kam und uns immer mehr in den Sumpf zog, mussten wir den Verdacht ein wenig variabel gestalten. Das verstehst du bestimmt, oder?

»Juri, warst du nicht in der Kirche? Was ist wirklich passiert? Hasil hat doch mit Reinhold nichts zu tun. Verschweigst du mir etwas?« Das Kärntner Urvieh grinste mich an. Sein Schmäh ging mir entschieden zu weit.

»Georg, schäl weiter. Ich habe Reinhold jedenfalls nicht umgebracht. Wo warst du die ganze Zeit? Vielleicht hast du ihn auf dem Gewissen? Du bist erst nach mir in den Keller gekomen. Eine Revanche für euren Streit von gestern Morgen?«

Georg schmunzelte.

Ich reichte ihm den blutverschmierten Zettel, den ich bei Reinhold gefunden hatte.

»Was ist das?«, fragte Georg.

»Ein Erpresserbrief. Schau ihn dir an.«

Georgs Stirn schlug Falten. Er verstand anscheinend nur Bahnhof. »Was soll das? Ich kapier überhaupt nichts.«

In dem Brief stand etwas vom Aufdecken einer Identität, etwas von einer Geldübergabe und von Innsbruck. Mehr konnten wir nicht entziffern. Zu viel Blut. Kein Adressat.

»Isabel kommt doch aus Innsbruck?«

Ich nickte. »Aber du hast einen Drachenflieger-Schnupperkurs in Innsbruck absolviert. Vielleicht wollte er dich erpressen?«

»Juri, hör auf. Es macht doch keinen Sinn, wenn wir uns gegenseitig verdächtigen. Vielleicht war es Isabel? Wer weiß? Paradeiser und Stippschitz werden bald auftauchen. Können wir Herbert trauen?«

Ich überlegte kurz, schüttelte den Kopf, riss Georg den Brief aus der Hand und steckte ihn ein.

Wir stürmten die Stufen hinauf, schlichen zum Kircheneingang und beobachteten durch einen Türschlitz Herbert, Luise und Berlusconi.

Herbert hatte seine Luise gefunden. Sie saß in der ersten Reihe mit einer Bibel in der Hand, stand offenbar kurz vor einem Nervenzusammenbruch.

Auf dem Boden lagen noch immer Reinhold, Herberts Helm und die Klorolle herum. Ich beobachtete den Pudel, wie er das Blut aufleckte. Reinholds Umriss wurde später auf dem steinernen Boden festgehalten. Wenn du mal nach Dornbach kommst, dann geh in die Kirche und schau dir die Markierung an. Ein schauriges Gemälde, bestimmt für die Ewigkeit.

Herbert schöpfte Wasser aus dem Becken und benetzte Luises Stirn. Kaplan Berlusconi wirkte verzweifelt. Er hielt unsere DVD mit dem pornografischen Inhalt in der Hand. Wahrscheinlich wartete er auf Ambrosius, um sie ihm zu übergeben.

Herbert griff nach dem blutverschmierten Helm. »Rufen Sie die Polizei und einen Leichenwagen.« Berlusconi starrte ihn an. »Los, verdammt noch mal, schnell!«

Der Kaplan legte die DVD auf einen Stuhl ganz in der Nähe des Eingangs und rannte hinaus. Wir konnten gerade noch zur Seite springen.

Als wir kurz darauf wieder in die Kirche linsten, zerrte Herbert den Pudel von der Blutlache weg. Luise zitterte. Genau in dem Moment, als Herbert sich um Luise kümmerte, schnappte Georg sich die DVD und wir rannten wieder zurück in den Keller.

\*

Zweimal pro Stunde kam ein Mann aus der Küche und holte einen Eimer Pommes. Die Kinder genossen das Fest. Pommes mit Ketchup, Volksmusik, katholisches Rahmenprogramm. Wir hingegen schälten munter weiter, als wäre nichts geschehen. Wir hatten die perfekte Schältechnik entwickelt. Jeden Moment konnte Paradeiser hier auftauchen.

Berlusconi kam in den Keller. »Hört auf, es ist was Schreckliches passiert. Ein Mord in unserer heiligen Kirche! Hören Sie auf, gehen Sie nach Hause. Das möchte ich Ihnen nicht zumuten.«

Das ließen wir uns nicht zweimal sagen.

Der Rupertusplatz vibrierte. Karli Molk stand auf der Bühne, links und rechts von ihm die Donauzwillinge. Sie schunkelten. Die Besucher wirkten zufrieden. Meine Musik war das nicht, Georg konnte eher was damit anfangen. Auf den Bergen und in den Tälern Kärntens war die Schunkelmusik zu Hause. Aber egal, die Stimmung war gut und wir bahnten uns den Weg durch die Bankreihen. Wir setzten uns an den Rand der Veranstaltung und bestellten ein Achterl Riesling. Die Polizei kam mit Blaulicht. Zwei Wagen. Paradeiser und Stippschitz wurden von Berlusconi empfangen und rannten in die Kirche. Alles wurde abgesperrt, dann kam der Leichenwagen. Herbert und Luise wurden vom Kaplan und dem Chefinspektor begleitet. Die beiden Waldviertler stiegen in ein Polizeiauto und fuhren mit Blaulicht zum Göttlicher Heiland Krankenhaus gleich um die Ecke.

Wir stießen an. Der Riesling war Marke Eigenbau und schmeckte ein wenig nach Marille. Ich schwenkte das Glas, schaute hindurch, steckte meine Nase hinein und genoss das fruchtige Bouquet.

Der Weinberg lag direkt gegenüber der Kirche, der Wein wurde nur am Kirtag und in dem benachbarten Buschenschank ausgeschenkt. Wir freuten uns über die freien Stunden. Das Treffen mit Seldschuk lag noch in weiter Ferne.

Paradeiser und Stippschitz nahmen die Befragungen auf. Sie gingen von Tisch zu Tisch. Einige der Besucher wirkten beunruhigt und fragten die Geistlichen, was passiert sei. Pater Ambrosius besänftigte seine Schäfchen.

Auch der Kaplan ging durch die Reihen, machte um uns aber einen großen Bogen.

Wir beobachteten, wie der Leichnam in einem schwarzen Leichensack aus der Kirche getragen wurde. Die arme Sau. Paradeiser kam immer näher.

»Juri, gehen wir? Oder magst mit ihm plaudern?«

»Wir bleiben, sonst fallen wir auf. Bleib ruhig. Außerdem müssen wir uns die DVD anschauen und das Küchenmesser haben wir auch noch nicht gefunden.«

Ich versuchte, entspannt zu wirken, beobachtete, wie die Donauzwillinge sich die Seele aus dem Leib sangen. Plötzlich stand der Chefinspektor mit seinem Kollegen vor uns, sie zeigten uns ihre Marken und verstellten den Blick auf die heile Welt.

Ich musterte Paradeiser. Ich schätzte ihn auf Anfang 50. Im Heim ging das Gerücht um, dass ihm Stippschitz erst im letzten Monat zur Seite gestellt worden war, Auslöser war anscheinend das blutige Gesicht einer Zeugin gewesen. Ich hatte gehört, dass Paradeiser sich die Welt ganz nach seinen eigenen Vorstellungen formte. Passte die Wahrheit nicht, machte er sie passend.

»Wen haben wir denn hier?« Paradeiser grinste. Stippschitz korrigierte den Sitz seiner Pistole. »Meine Lieblingspiefkes. Saufen und hängen hier rum. Das habe ich gern. Und schon wieder ganz in der Nähe eines Mordfalls. Was für ein Zufall.«

Der Chefinspektor hatte so eine Macke wie Georg mit seiner Fliegenklatsche. Er trank gern aus den Weingläsern von anderen und leckte anschließend mit seiner langen Zunge die Tropfen vom Glasrand. Das machte er auch jetzt an jedem zweiten Tisch. Keiner wollte mit dem Gesetz in Konflikt geraten. Georg schlug normalerweise in so einer Situation zu, aber würdest du einen Paradeiser schlagen?

Wir schauten wieder auf die Tischplatte. Das hatte schon einmal geholfen.

»Habt ihr was Ungewöhnliches gesehen?«

Ich schüttelte den Kopf. »Karli Molk macht eine sehr gute Figur zwischen den Donauzwillingen. Der Wein schmeckt heute besonders gut.« Ich konnte es gar nicht glauben, dass mir in dieser Situation solch belangloses Zeug aus dem Mund schoss. Die beiden setzten sich an unseren Tisch.

Stippschitz saß mir gegenüber und beugte sich nach vorn. »Juri Sonnenburg. Reden wir nicht um den heißen Brei herum. Das ist der zweite Mord innerhalb von zwei Tagen. Sie und ihr Piefkekumpel waren in beiden Fällen in unmittelbarer Nähe. Kommt, sagen Sie mir doch, was soll ich in diesem Fall denken? Was würden Sie denken?«

Das roch nach einer Fangfrage. »Wir haben Kartoffeln geschält. Nicht mehr und nicht weniger. Fragen Sie doch Kaplan Berlusconi. Der kann es Ihnen bestätigen, Herr Inspektor.«

Stippschitz lag schon halb auf dem Tisch, als sich Paradeiser zu Wort meldete. »Denkt daran, was ich heute Morgen gesagt habe. 316 und 317. Denkt darüber nach. Wenn ihr nicht kooperiert, dann werden wir andere Methoden anwenden. Darauf könnt ihr euch verlassen.« Er stand auf und leerte mein Glas, schleckte daran herum und ging zum nächsten Tisch.

Es war schon alles ein wenig schizophren. Hier ein den Umständen entsprechend angenehmer Nachmittag auf dem Dornbacher Kirtag und nur ein paar Meter weiter ein Mord im Gotteshaus. Die Polizei hatte sich wohl mit Pater Ambrosius darauf geeinigt, keine Unruhe zu stiften, die Gäste durften nicht in Panik geraten. Karli Molk und die Zwillinge besangen die schöne blaue Donau, machten Scherze und versuchten, über die Bühne zu tanzen, so gut sie es halt konnten. Die Sonne strahlte. Trotz des fürchterlichen Mordes blieben alle ruhig. Die Situation entspannte sich vollends in dem Moment, als Polizei und Leichenwagen den Rupertusplatz verließen.

Herbert hatte das Verhör noch vor sich. Er war nun in zwei Mordfälle verwickelt. Paradeiser konnte sicher eins und eins zusammenzählen. Herbert würde sich aus der Schlinge befreien und hoffentlich Hasil in Verdacht bringen, womit der Kofferdieb ebenfalls auf Paradeisers Radar erscheinen musste. Es gab also genügend Lösungswege für den Chefinspektor.

Meine größte Sorge galt etwas anderem. »Was machen wir mit Seldschuk? Und stellen wir ihn zur Rede wegen Isabel?«, wollte ich von Georg wissen. Heute Abend mussten wir den Koffer am Donaukanal übergeben. Ich roch den Ärger.

»Wir schlagen ihm vor, dass wir das Geld bis Ende der Woche auftreiben. Wir müssen Hasil finden. Und das mit Isabel schlag dir aus dem Kopf. Uns kann es doch egal sein, wie diese Frau ihren Lebensunterhalt verdient. Sie schneidet Hunden im Hundeknast die

Haare. Was glaubst du? Die tut alles, um aus ihrem Elend herauszukommen. Mach dir doch nichts vor. Vergiss sie endlich.«

Plötzlich stand Pater Ambrosius vor uns. »Kaplan Berlusconi war sehr zufrieden mit Ihnen. Ich werde dem Arbeitsmarktservice eine positive Mitteilung schicken. Nächsten Monat hat unsere Buschenschank geöffnet. Was halten Sie davon, wieder bei uns zu arbeiten? Ich werde für Sie beten. Haben Sie noch einen Wunsch?«

Was konnten wir uns wünschen? Einen Koffer voller Geld? Ich hatte da eine Idee. »Pater Ambrosius. Sie kennen doch die Initiative ›Sackerl fürs Gackerl‹?« Der Pater nickte. »In unserer Piefke-5-Funktion helfen wir dem Wiener Magistrat, indem wir Spenden sammeln und Info-Blätter verteilen. Sie könnten uns im Kampf gegen das herrenlose Gackerl unterstützen, wenn sie uns ein paar Zeilen schreiben würden. So was wie: *Die katholische Kirche fördert das Sammeln von Spenden für eine saubere Stadt Wien. Zusätzlich erwerben Sie mit dieser Spende eine Ausgabe des ›Penners‹. Durch den Kauf helfen Sie unseren armen Mitbürgern auf die Beine. Gott und der Papst segnen Sie!*«

Pater Ambrosius war begeistert und wir erhielten endlich eine kirchliche Legitimation, um die Gackerlszene aufzumischen.

Der Kirtag ging zu Ende. Um vier räumten die Ersten ihre Stände zusammen, der Flohmarkt war ein voller Erfolg gewesen. Karli Molk und die Donauzwillinge beendeten ihre Reise durch die heile Welt und gaben Autogramme.

Paradeiser würde wieder von vorn anfangen müssen, denn die Ermittlungen im Fall Karl Greißler gingen allem Anschein nach ebenfalls nur schleppend voran. Wenn sie eine Spur gehabt hätten, dann hätte uns Herbert als Leiter der Soko sicher als Erstes informiert. Jetzt ein weiterer Mord. Wieder ein Heimbewohner.

Wir hatten unterdessen genug beobachtet und folgten Pater Ambrosius hinein, wo er uns das Gackerlschreiben aufsetzte. Das Pfarrhaus ähnelte einem Palast, noch nie hatte ich so eine Einrichtung gesehen – das Kaiserschloss Schönbrunn war ein Scheiß dagegen. Dabei handelte es sich bei der Pfarrei Dornbach nur um einen kleinen Fleck im Riesenreich der katholischen Kirche.

Ich ließ mich zurückfallen. Georg folgte dem Pater in dessen Arbeitszimmer. An den Wänden hingen barocke Madonnenbilder, die Jungfrau Maria mit dem kleinen Kerl im Arm. In der Bibliothek gab es alle möglichen Schinken in unterschiedlichsten Sprachen. Ein gebildeter Mann, dieser Ambrosius.

In der Ecke stand ein Fernseher mit einer DVD-Anlage. Das erinnerte mich wieder an Kovac und dieses Überwachungsvideo. Unser Freund zitterte gestern am ganzen Leib. Hatte er Angst? Aber warum? Vor Kleindienst? Allein schon der Gedanke, dass wir morgen wieder in der Sicherheitswache beim Oberinspektor in Frohsinn arbeiten müssten, verursachte mir ein mulmiges Gefühl im Magen. Der Mann war furchtbar.

Ich überlegte nicht lange und legte die DVD ein. Dieses Mal klappte es auf Anhieb. Jetzt konnte ich verstehen, warum der Kaplan außer sich war.

Mir standen die Haare zu Berge. Die Videoansicht gliederte sich in zwei Bereiche. Auf der linken Seite sah ich einen Garten mit Büschen und Bäumen und das Eingangstor konnte man deutlich erkennen, auf der rechten stand ein großes Bett, auf dem eine Frau lag, mit gespreizten Beinen, gefesselt und mit einer Augenbinde. Der Mann über ihr bewegte sich sehr schnell in rhythmischen Bewegungen auf und nieder. Dann schlug er sie mitten ins Gesicht, spuckte und schlug wieder zu. Mir wurde ganz übel. Was für eine Sauerei!

»So, meine Herren.«

Ich drückte die Auswurf-Taste und versteckte die DVD hinter meinem Rücken. Hatte er was gesehen? Hoffentlich nicht!

»Hier, nehmen Sie.« Er wedelte mit dem Schreiben. »Ich hoffe, Sie werden damit glücklich und erfolgreich sein.«

Ohne zu zögern, verließen wir Pater Ambrosius.

*

Georgs Rucksack hatte merklich an Volumen zugenommen. Auf dem Platz vor der Kirche standen Paradeiser und Stippschitz. Gestresst wirkten sie nicht. Warum auch? Ihre Haltung erklärte die Tatsache, dass die Aufklärungsquote der Wiener Mordkommission angeblich unter 30 Prozent lag. Ich machte mir ganz andere Sorgen.

Georg staunte nicht schlecht, als er den Inhalt des Videos erfuhr. »Verdammt! Das riecht nach Problemen.«

Georg hatte recht. Das war keine leichte Kost. »Wir müssen handeln. Morgen werden wir uns mit Kovac was überlegen.«

»Lass die Finger davon, Juri. Kleindienst ist ein Kaliber zu hoch für uns. Das mache ich nicht mit. Lass uns die DVD vernichten.«

Ich schwieg.

Unser Weg führte zur nächstgelegenen Straßenbahnhaltestelle. Das Ziel: das Schottentor gleich neben der Universität an der Ringstraße.

Österreich war mein Paradies. Etwas hatte ich allerdings herausgefunden: Es flossen hier weder Milch noch Honig. Und eine Straßenbahnfahrt im 43er war immer ein Erlebnis.

Uns gegenüber saß ein junger Wiener mit einem Irokesenschnitt. Er pöbelte alle an, die ihn anschauten. »Fucking people, you are dead! Fuck you! Was schaust mich an? Schaut nicht so, ihr fucking people.«

Dann hielt er sein Handy ans Ohr. »Du, kennst du mich? Ich bin Roman. Weißt du noch? Ich bin auf den Fotos, die Anna dir gezeigt hat. Anna hat mir gesagt, ich gefalle dir. Gefalle ich dir? Wenn ja, können wir uns doch auch sehen. Ich weiß nämlich, was ich will im Leben. Was machst du heute?«

Ich schaute Georg an. »So wirst du auch mal enden. Mit einem Irokesenschnitt und wirres Zeug faselnd.«

Georg grinste.

Der Junge schaute uns an. »Fucking people. Was wollt ihr?« Am Gürtel stieg er aus. Der Gürtel war eine breite Autoschneise, die sich quer durch die Stadt zog. In der

Nacht konnte man hier die unterschiedlichsten Charaktere studieren. Die Leute der Programme Tschuschen 6, Atatürk hab 8 und Piefke 5 waren hier zahlreich vertreten.

Georg und ich machten selten die ganze Nacht durch. Wer in der Meldemannstraße mehrere Nächte in Folge nicht eincheckte, der verlor den Anspruch auf sein Zimmer. Der »gute Österreicher« schwebte wie ein Damoklesschwert über uns.

Georg hatte viele Macken. Es war eine Freude, ihn in allen möglichen Lebenssituationen zu beobachten. Er zappelte, weil er es nicht erwarten konnte, aus der Bim auszusteigen. Die Ungeduld kompensierte er mit Kaugummikauen. Wenn er keinen hatte, suchte er unter den Tischen oder hier in der Straßenbahn auf den Sitzen. Manchmal fand er einen relativ frischen und steckte ihn in den Mund.

Am Schottentor öffnete Georg seinen Rucksack. Würste, Schinken, Käse, Brot und zwei Flaschen von einem Burgenländischen Pinot noir waren die Beute.

»Ich hab mir gedacht, dass wir nach dem Treffen mit Seldschuk ein gutes Tröpfchen und was für den Magen gebrauchen könnten.« Das Kärntner Urvieh verfolgte einen pragmatischen Ansatz. »Juri, wir haben jetzt noch eine Stunde. Entweder wir überfallen eine Bank, oder wir erpressen das Geld von unseren Gackerlbesitzern. Ich bezweifle jedoch, dass sie diese Summen zahlen. Lieber tragen sie das Gackerl in der Hand nach Hause.«

Wir gingen entlang der Ringstraße in Richtung Schottenring. Hier an der Prachtstraße Wiens hatte vor über hundert Jahren eine massive Stadtmauer gestanden. Wir kauften bei einem Kolporteur eine Tageszeitung und setzten uns vor die Wiener Börse.

Georg öffnete eine Flasche mit einem Korkenzieher. »Hm, koste mal. Herrlich, dieses Tröpfchen.«

Ich nahm einen Schluck und steckte den Korken zurück in die Flaschenöffnung. »Schau mal, Georg, was da steht.« Mir fielen die Zahlen wieder ein. 316 und 317. Paradeiser hatte sie so eindringlich betont, dass sie sich mir eingebrannt hatten.

Ich las laut vor:

*Piefkes vermisst*

*Seit Einführung des Programms Piefke 5 verschwanden 315 Piefkes. Das Innenministerium veröffentlichte eine Liste mit Namen für die Angehörigen. Die Polizei hält es für wahrscheinlich, dass die Vermissten nie wiederauftauchen werden. Man müsse mit dem Schlimmsten rechnen.*

Mir stockte der Atem. »Georg, 315 Piefkes werden vermisst. Wir sind die Nummern 316 und 317! Paradeiser kennt diese Liste. Das war eine Drohung!«

Georg nahm einen Schluck aus der Flasche und schwieg.

Widerwillig bewegten wir uns in Richtung Schwedenplatz, es war schweineheiß. Dort angekommen, beobachteten wir die Touristenmassen. Volle Eislokale gehörten in dieser Jahreszeit zum Stadtbild, genau wie die gefüllten Schanigärten. Wir wechselten die Straßenseite und stiegen zum Donaukanal hinab.

Seldschuk und sein Cousin Akgün waren pünktlich. Den Dritten kannte ich nicht. Sie würden kurzen Prozess machen und uns in den Kanal werfen.

Seldschuk strahlte Autorität aus. Mit seinem breiten, kurz geschorenen Schädel könnte er Rausschmeißer in einer Disco sein. »Hi, Juri. Georg. Schön, euch zu sehen. Wir kommen gerade vom Markt.« Seldschuk musste sonntags arbeiten, um alles für Montag vorzubereiten. »Habt ihr den Koffer?«

Wir versuchten, vom Thema abzulenken. Ich hatte mir fest vorgenommen, Isabel nicht zu erwähnen. »Seldschuk, hast du Paradeiser gesehen?«

»Nein, warum?« Er hatte offenbar noch nichts vom tragischen Tod Reinholds gehört.

Georg klärte ihn auf. »Reinhold ist tot. Er wurde umgebracht. In Dornbach. Du kanntest ihn doch, oder?«

Seldschuk nickte. »Was ist passiert? Seid ihr okay?«

»Jaja, alles in Ordnung. So genau können wir das nicht sagen. Er starb nach dem gleichen Muster wie Karl Greißler: die Kehle durchgeschnitten und am Rücken eine Botschaft.«

»Was für eine Botschaft?«

»Der Mörder hat ›Piefke 5‹ auf die Haut gestempelt. Wahrscheinlich wieder der Stempelmörder.«

»Piefke 5? Warum?«

Seldschuks Cousin meldete sich zu Wort. »Es ist offensichtlich eine weitere Botschaft. Der erste Tote hatte auch einen Stempel am Rücken.«

»Entweder will jemand Rache an euch üben oder irgendwer will euch den Mord anhängen. Oder der Täter ist ein stolzer Piefke 5«, überlegte Seldschuk und schaute mich an.

Der dritte Mann in Seldschuks Gefolge stellte sich als sein Bruder Emre heraus. Er hatte nach und nach seine Familie nach Wien geholt, vorher waren sie in ganz Europa verstreut gewesen: der eine in Berlin-Kreuzberg, der andere in Brüssel, und jetzt arbeiteten sie alle gemeinsam am Naschmarkt. Ein kleines Familienunternehmen.

»Seid ihr in die Sache verwickelt?«

Ich schüttelte den Kopf. »Wir saßen im Keller und haben Kartoffeln geschält. Die Polizei hat alle Besucher des Kirtags befragt. Herbert war in der Kirche, als es passierte.«

Seldschuk wurde jetzt ein wenig nervös. »Es passierte in der Kirche? Was ist mit der Jungfrau Maria? Habt ihr sie gesehen?«

Wir schauten zu Boden.

»Was ist? Sagt schon! Geht es ihr gut? Sagt schon!«

»Sie ist vor dem Mord in die Kirche gekommen. Die Übergabe ist gut über die Bühne gegangen. Dann war sie wieder weg.«

Er regte sich ab. »Wo ist der Koffer?«

Georg kratzte sich am Kopf. In mir machte sich ein unbehagliches Gefühl breit. Wir mussten Farbe bekennen.

»Es gibt da ein kleines Problem«, fing ich an. Akgün griff in seine Jackentasche, Emre ging drei Meter zurück. Jetzt standen wir im Dreieck der Türken.

»Mensch, Seldschuk, wir waren verdammt nervös. Dann dieser Mord. In dem ganzen Chaos haben wir den Koffer einen kleinen Augenblick aus den Augen verloren.«

»Ich dachte, ihr wart im Keller?« Das Orakel vom Naschmarkt sah mich misstrauisch an.

»Genau. Ein feuchter und dunkler Keller. Und der Koffer war weg. Na ja, eigentlich hat ihn Hasil. Er hat ihn geklaut.« Ich weiß, ich redete wirres Zeug, deshalb rechnete ich auch mit dem Schlimmsten.

Akgün kam einen Schritt näher. Emre zog die schwarzen Augenbrauen hoch und Seldschuk hob die Hand.

Ich warf mich auf den Boden, Georg drehte sich weg, um den Schlag nicht ins Gesicht zu bekommen. Ich sah noch, wie der Cousin eine Hand aus der Jackentasche zog, dann schloss ich die Augen. Das musste das Ende sein. Hier am Donaukanal war also Schluss. Der Augenblick, in dem das Leben an einem vorüberzog, schien gekommen zu sein.

Ich wollte nicht gehen. Wien hatte trotz Piefke 5 einen gewissen Charme. Ich erinnerte mich auch an schöne Momente. Gut, eigentlich fiel mir keiner ein. Genau jetzt, kurz vor meinem Tod, musste ich an die Pizza von vorgestern Abend denken. Warum dachte ich in diesem Moment an eine dämliche Pizza? Warum nicht an Sex? Ich sah die vergammelten Reste vor mir. Der Geruch der Pfefferoni stieg in meine Nase. Unglaublich.

Ich sah auch Paradeiser. Er leckte am Weinglas und rasselte mit den Handschellen. Er lachte. Dann schlug er mir auf die Schulter.

Es war Seldschuk. »Mensch, Juri. Was machst du da? Geht es dir nicht gut? Habt ihr was getrunken? Steht auf. Ich verstehe ja. Der ganze Stress und die Toten. Warum überhaupt Hasil?«

Georg stand schon wieder. Ich lag auf dem Boden, die Hände auf dem Hinterkopf in der Erwartung eines Genickschusses. Der Cousin reichte mir die Hand und zog mich hoch, ich klopfte den Dreck von meinen Klamotten.

»Wir werden dir den Koffer besorgen. Georg und ich haben schon einen Plan. Hasil wird uns nicht entkommen. Vielleicht morgen oder übermorgen.« Ich atmete ganz schnell, wie jeden Abend, wenn wir bei Franz blasen mussten.

»Mach dir keinen Kopf, Juri. Fahrt nach Hause und morgen nach der Arbeit kommt ihr zu mir und ich gebe euch den nächsten Auftrag. Dann könnt ihr es wiedergutmachen. Und lasst den Hasil in Ruhe. Warum der Pudelkönig den Koffer geklaut hat, will ich lieber nicht hinterfragen. Wir werden uns um ihn kümmern.« Er lachte. Das Lachen klang bedrohlich. Als er Hasil erwähnte, zuckten kurz seine Gesichtsmuskeln – als würde er in eine frische, saftige Zitrone beißen.

Seine beiden Begleiter nickten. Emre legte einen Arm um Georg und Seldschuk boxte mich freundschaftlich in den Bauch. Ich zuckte, schluckte und hustete.

»Macht euch keine Gedanken. Der Koffer taucht schon wieder auf. Wir werden in Zukunft besser auf euch aufpassen. Ständig diese Toten. Juri, Georg, macht mir keine Schande. Geht dem Stempelmörder aus dem Weg. Wir sehen uns. Bis bald.«

Die drei gingen am Kanal entlang zum Schwedenplatz. Seldschuk drehte sich noch einmal um und tat so, als wollte er uns erschießen, dann winkte er.

Ich schaute Georg an. »Was war denn das? Wir leben!«

Georg wirkte nachdenklich. »Er wird nicht auf das Geld verzichten. Wir müssen Hasil finden und ihn warnen, sonst legt Seldschuk ihn um. Egal wie. Und wir sollten Isabel befragen. Schließlich arbeitet sie mit Hasil zusammen. Und vor allem steht sie in Verbindung mit Seldschuk. Du solltest wirklich die Finger von ihr lassen. Tirolern kann man nicht trauen. Wenn wir noch einmal versagen, dann haben wir ein echtes Problem.«

Wir mussten zurück ins Heim. Um acht schloss die Tür.

Franz hatte heute viel zu tun. Sonntags war der Teufel los. Viele Heimbewohner nutzten ihre freien Tage, um nach Hause zu fahren, andere übernachteten bei schönem Wetter mit einer leckeren Flasche Wein im Freien, um dem Alltag im Männerwohnheim zu entgehen. Wir standen in einer Schlange von 20 Mitbewohnern.

Sie bliesen, Franz war meistens zufrieden. Der eine oder andere wurde ermahnt. Mittlerweile hatte sich unsere Technik herumgesprochen. Dadurch kam es ein- oder zweimal vor, dass Franz den Rettungswagen anfordern musste – die Hyperventilations-Methode forderte ihre Opfer.

Wir jedoch gehörten zu den Profis und verarschten Franz nun schon seit Monaten. Immer erfolgreich. Auch diesmal.

Auf dem Weg in den vierten Stock rannte uns Herbert in die Arme. »Juri, Georg. Kommt mit. Anton braucht uns.«

Wir hatten ganz vergessen, unsere Einnahmen des gestrigen Tages abzugeben. Aber Anton, unser Piefkefreund, sah das alles nicht so eng. Die finanzielle Seite des »Penners« wurde von Franz verwaltet. Der hatte allerdings in den letzten Tagen keine Zeit gehabt, die Buchführung abzuwickeln. Gut für uns. Schlecht für die Ideenwerkstatt.

Anton Pospischil tat mir manchmal leid. Er musste alle Artikel verfassen und war außerdem für den Druck des »Penners« zuständig. Eigentlich war der »Penner« eine Wochenzeitung. Doch seit Neuestem bestand Franz auf einer täglichen Ausgabe. In der Welt des knappen Budgets musste die Zeitung zum finanziellen Wohl des Heims beitragen. Auf der einen Seite machte Paradeiser Druck, dass man über den »Penner« die Polizei unterstützen sollte, und auf der anderen Seite wusste Anton ganz genau, dass die Heimbewohner ihre dunklen Seiten hatten. Verraten wollte er niemanden, deshalb waren seine Artikel immer eine Gratwanderung. Wir halfen ihm, wo wir nur konnten.

Der Piefkefreund kam uns mit einem breiten Grinsen entgegen, in einer Hand den ersten Entwurf für die morgige Kurzausgabe. Vier Seiten mussten mit Neuigkeiten gefüllt werden, schließlich waren die beiden Toten Bewohner des Männerwohnheims gewesen.

»Auf euch habe ich gewartet, bevor wir in Druck gehen. Herbert sagte mir, ihr wart den ganzen Tag in Dornbach. Gibt es Neues zum Toten? Paradeiser besuchte mich heute Nachmittag und hat mich auf die neue Linie eingeschworen.«

»Was für eine neue Linie?«, wollte ich wissen.

»Er will so eine Art Rasterfahndung einführen, um die Täter zu überführen. Dabei braucht er die Mithilfe der Bevölkerung. Seiner Meinung nach muss der Täter aus dem Heimbewohner-Milieu kommen. Zwei Tote aus der Meldemannstraße können kein Zufall sein. Ab morgen werden täglich Fotos von Bewohnern der Heime im ›Penner‹ abgebildet. Die Bevölkerung kann dann verdächtige Personen an Paradeiser melden. Der ist so in der Lage, gezielter zu ermitteln. Vor allem die Stempel-Botschaften auf den Rücken machen ihm zu schaffen. Wenn es sich um einen Serientäter handelt, der mit den Morden ein Zeichen setzen will, müsste er dann nicht Forderungen stellen? Reinhold wird übrigens am Dienstag auf dem Zentralfriedhof begraben. Am selben Tag wie Karl Greißler.«

Georg war außer sich. »Sie wollen Fotos von uns in die Zeitung stellen? Haben die noch alle Tassen im Schrank?«

Herbert mischte sich ein. »Paradeiser und Stippschitz werden eine Website mit Bildern von allen Heimbewohnern ins Internet stellen. Davon versprechen sie sich noch mehr Rückmeldungen. Es wird auch eine Art Gefällt-mir-Button und Gefällt-mir-nicht-Button geben. Später soll das Ganze zu einer sozialen Plattform umgebaut werden, auf der Normalbürger die Patenschaft für Obdachlose übernehmen und alle miteinander Nachrichten austauschen können. Andererseits, wenn dadurch der Spuk endlich vorbei ist und Paradeiser den Mörder findet, bin ich *für* diese Maßnahmen.«

Ich schlug ihm auf den Helm. »Herbert, überleg doch

mal. Wo bleiben dann unsere Rechte? Wo bleibt der Datenschutz? Wir sind Freiwild. Jeder, der uns auf der Straße erkennt, wird uns anpöbeln. Sei nicht so einfältig. Die wollen uns auf diese Weise loswerden. Außerdem – möchtest du auf so einer Plattform ständig mit anderen plaudern und Gedanken austauschen?«

Georg konnte es nicht fassen. Er schüttelte den Kopf und hämmerte auf den Tisch. »Diese Wiener Schweine! Die werden uns noch Kopf und Kragen kosten. Wir müssen was dagegen unternehmen. Wann fangen sie mit den Fotos an?«

Anton holte ein Blatt Papier von seinem Schreibtisch. »Hier ist der Fahrplan. Ab morgen werden alle vor dem Weggehen fotografiert. Unten am Haupttor. Jeden Tag werden 50 Fotos und die dazugehörigen Profile im ›Penner‹ veröffentlicht. 50 Fotos, von Montag bis Freitag. Erst alle Bewohner der Meldemannstraße, dann die anderen beiden Männerwohnheime in Favoriten und Ottakring.«

Paradeiser wurde langsam zu einem Problem. Erst die Geschichte mit dem nicht mehr vorhandenen Messer, dann die missglückte Kokain-Übergabe, jetzt der Chefinspektor mit seiner 316-und-317-Drohung und die Fotos. Über Isabels Rolle in der ganzen Geschichte wollte ich gar nicht nachdenken. »Georg, wir brauchen einen Plan.«

Unser Freund Herbert sah das als Hilfssheriff ganz anders. »Ihr müsst dem Gesetz helfen. Ihr habt doch gesehen, wie Reinhold zugerichtet wurde. Die Fotos müssen gemacht werden.«

Ich hieb ihm wieder auf den Helm. »Herbert, halt die Pappn! Wir werden uns alle einen Helm aufsetzen, dann können sie gern Fotos machen.«

Alle lachten. Herbert fand das gar nicht lustig und verließ den Raum.

Der Entwurf für die morgige »Penner«-Ausgabe sah 50 kleine Rahmen vor. Darunter war Platz für Details zu den Personen, wie Name, Alter, Hobbys und sonstige Merkmale. Ich war wütend.

»Kannst du unsere Fotos zurückhalten?«, wollte ich von Anton wissen.

»Klar geht das. Paradeiser hat mir in dieser Hinsicht keine Vorgaben gemacht. Außerdem bin ich doch ein Piefkefreund, auch wenn Georg ein Kärntner ist.«

Wir verstanden uns, der Pospischil, das Kärntner Urvieh und ich. Ein etwas anderes Team.

»Übrigens, hier sind die Einnahmen von gestern. Wir hatten viel Kundschaft. Manche wollten gleich mehrere auf einmal. Ich glaube, deine Texte kommen echt gut an. Und Morde anscheinend noch wesentlich besser.«

Auf dem Weg in unser Zimmer begegneten wir Josef, Reinholds bestem Freund. Als er uns sah, verschwand er in seinem Zimmer, ohne auch nur ein Wort mit uns zu wechseln. Mir war seine Position in dieser Geschichte nicht ganz klar. Ich vermutete, dass er, wie Reinhold, ein Spitzel der Polizei sein könnte. Egal wie er zu Paradeiser stand, wir mussten ein Auge auf ihn haben. Georg war ganz meiner Meinung.

Im Zimmer breiteten wir unsere Beute auf dem Tisch aus. Würste, Schinken, Käse, Brot und Wein. Ein Festmahl. Nach so einem ereignisreichen Tag war das bitter nötig. Ich ging zur Kommode und wollte das Messer aus der Schublade holen, damit wir die Wurst aufschneiden konnten. Ich zögerte. Es konnte nicht dort sein. »Warst du schon wieder an meinen Unterhosen?« Ein rot kariertes Prachtstück hing halb heraus.

Georg öffnete den Wein. »Spinnst du?«

Ich zog vorsichtig an der Lade, griff nach der Unterhose und sah das Küchenmesser. »Georg, es ist wieder da! Das Küchenmesser! Dabei hab ich es beim Kirtag gesehen. Herbert und Luise. Glaubst du, die beiden verarschen uns?« Ich gab es Georg.

Er schnitt ein Stück Wurst ab und reichte es mir. »Wir werden das Problem lösen.« Dann warf er das Messer zum Schrank, in dem es stecken blieb.

# MONTAG: SICHERHEITSWACHE POLIZEI IN WIEN FAVORITEN

In der Nacht konnte ich nicht schlafen. Das kam in letzter Zeit öfter vor. Gegen zwei verließ ich das Bett und rannte auf dem Flur Isabel in die Arme, die gerade mit Judith in ihrem Zimmer verschwinden wollte.

Die Frauen hatten Sonderrechte. Sie durften kommen und gehen, wann sie wollten, sie waren ja nur vorübergehend im Männerwohnheim untergebracht.

Judith ließ uns allein, sodass wir uns ins Holodeck verdrücken konnten. Isabel drehte mir zwar den Rücken zu, aber dennoch schaute ich in ihre dunklen Augen. Durch den Blick in den Spiegel war sie nicht greifbar, weit weg und kalt. Trotzdem spürte ich ihre Wärme. Wir schwiegen, kein Wort durchbrach die Stille. Dann drehte sie sich um und schlug mir ins Gesicht.

Den zweiten Schlag parierte ich. Ich war völlig überrascht von der Wucht und strauchelte. Sie grinste mich an.

Ich grinste zurück. »Seit wann hast du die Religion für dich entdeckt? Dir steht die Rolle der Jungfrau Maria nicht schlecht. Seldschuk, der Hund, wollte uns prüfen. Das hat er jetzt davon. Sein Koks ist er los. Wo ist es eigentlich?«, fragte ich sie. Ich wollte sie spüren. In jedem Winkel meines Körpers. Schon drückte ich sie an den Spiegel.

Wir atmeten kaum. Unsere Lippen und Zungen kämpften. Dann schob sie eine Hand in meine Hose, streichelte und bearbeitete alles, was sie greifen konnte. Ich öffnete ihren Gürtel und spürte ihre Lust. »Ich habe das Päckchen am Westbahnhof in ein Schließfach gegeben. Der Schlüssel hängt zwischen meinen Brüsten.« Sie atmete schwer und öffnete die ersten beiden Knöpfe ihrer Bluse. »Magst du ihn mal anfassen?« Sie lächelte.

Es zerriss meinen Bauch. Dieses Lächeln war es, das mich immer wieder faszinierte. Dann ihre Stimme. Ihr Dialekt. Ich hustete kurz, um Luft zu bekommen. »Wie viel Koks war es?«, fragte ich sie.

»Vier Kilo. Genug für uns beide.«

Ich schluckte. Ihr Stöhnen wurde lauter. »Das ist viel Geld. Noch zwei, drei Lieferungen und wir können durchbrennen und in Südafrika einen Hundesalon eröffnen. Leider ist Hasil mit der Kohle entwischt. Aber den werden wir uns schnappen.« Sie bewegte ihr Becken hin und her. Ich verlor fast den Verstand. »Magst du nicht lieber mir den Schlüssel geben? Bei mir ist er gut aufgehoben.«

Sie schüttelte den Kopf und biss in meinen Hals. Vielleicht traute sie mir nicht, aber in diesem Moment konnte mir das egal sein. Sollte sie doch den Schlüssel zum Schließfach behalten. »Hat Seldschuk einen Verdacht?«

»Nein, er hält mich für seine Geliebte. Er vertraut mir.«

»Pass auf und erwähne niemals in seiner Gegenwart deine Verbindung zu Hasil oder zu mir.«

Sie lächelte und zog ihre Hand aus meiner Hose. »Ich pass schon auf. Denk besser an dich. Wir müssen weiterspielen und uns nicht erwischen lassen.«

»Wie wird dein Auftraggeber reagieren? Schließlich liegt das Koks in unserem Schließfach und das Geld ist futsch. Wer ist er überhaupt?«

Isabel schüttelte den Kopf. »Das kann ich dir nicht sagen. Ich muss jetzt zurück ins Zimmer. Judith wartet.«

Dann verließen wir das Holodeck.

\*

An Schlaf war jetzt nicht mehr zu denken. Ich hatte schon bei meiner Einreise nach Österreich das Gefühl gehabt, dass dieses Abenteuer irgendwann schiefgehen könnte. Damals hatte ich von Isabel noch nichts gewusst. Nach einer fünfstündigen Zugfahrt endete die Reise in Schärding am Inn. Noch in Nürnberg hatten überall Plakate gehangen, die alle Ausreisewilligen auf die widrigen Umstände im Nachbarland hinwiesen: »*Dort seid IHR Piefkes! Bleibt hier! Auf dass unsere Wirtschaft wachse und gedeihe!*«

Als Aufmacher schaute mich der birnenförmige Kopf des Bundeskanzlers mit strengen Augen an. In Schärding wurden die unterschiedlichen Nationalitäten voneinander getrennt. Wir durchliefen die ganz normalen Prozesse eines Auffanglagers: Aufnahme der Personalien, Untersuchung der körperlichen Verfassung, anschließend einen Sprachtest und die von allen gefürchtete Überprüfung der österreichischen Geschichtskenntnisse. Danach wurde jeder in das jeweilige Programm integriert. Hier die Hütte für Piefke 5, dort die Unterkünfte für Tschuschen oder Türken und so weiter.

Insgesamt dauerte die erste Phase drei Monate. Das war so eine Art Grundwehrdienst ohne Chance auf Ersatzdienst. Viele gaben schon nach wenigen Tagen auf, weil die österreichische Einwanderungsbehörde jede Möglichkeit nutzte, um uns »Schmarotzer« loszuwerden. Wer nicht kooperierte, saß keine Stunde später im Zug. Ich hatte mir schon vor Jahren verbotene Untergrundliteratur besorgt, die eine Ausreise aus Deutschland und die Einreise ins »Gelobte Land« mit all ihren Hindernissen beschrieb. Statistiken besagten, dass nur zehn Prozent den Schritt in die offizielle Gesellschaft schafften, aber als frischgebackener Akademiker hatte ich nichts zu befürchten. Dachte ich zumindest. Beim Nachbarn schlossen wenige das Studium ab. Sie nannten sich trotzdem alle Doktor, Diplom-Ingenieur oder Hofrat.

Das Lagerleben war recht eintönig. Am Vormittag wurden wir von der Polizei gedrillt und mussten strammstehen und im Schlamm robben. Diese Art der Unterordnung widersprach komplett meiner Natur. Am Nachmittag fanden Schulungen für alle Programmteilnehmer statt. Insgesamt gab es vier Fächer: Österreichisch, Staatsbürgerkunde, Geschichte und katholische Religion. Mehr brauchte der gute Österreicher nicht zu wissen.

Diese Tortur musste ich sechs Monate ertragen. Nach drei Monaten Grundausbildung fiel ich durch den Abschlusstest im Fach Österreichisch. Sprachen gehörten nie zu meinen Leidenschaften. Wer kann sich auch schon merken, dass Tomaten hier »Paradeiser« heißen oder Mais »Kukuruz«? Ich musste also die Grundausbildung wiederholen, diesmal mit intensiver Nachhilfe.

Was das bedeutete, brauche ich dir wohl nicht zu erklären, oder? Zumindest mein Österreichisch wurde dadurch besser.

Georgs Lachen riss mich aus dem Traum. Er war eine Frohnatur und ein merkwürdiger Zeitgenosse. Schließlich leckte er nicht nur in der Nacht an der mit Blut verschmierten Fliegenklatsche. Nein, nein. Meiner Meinung nach genoss er tatsächlich unser WG-Leben im Männerwohnheim. In Kärnten hatte er leider keine Zukunft. Denn Kärnten war das Armenhaus Österreichs. Wien hasste er. Mit den Piefkes hatte er Mitleid. Sein Ziel war es, ein guter Österreicher zu werden.

Auf unserem heutigen Piefke-5-Plan stand die Sicherheitswache im Wiener Gemeindebezirk Favoriten. Oberinspektor Kleindienst war ein Freund von Paradeiser. Beide waren auf die gleiche Polizeischule gegangen und beide genossen es, ihre subtil perverse Art an uns auszuleben.

Kleindienst hatte es nicht so weit gebracht wie Paradeiser. Er war Chef der Sicherheitswache in der Kleingartenanlage Frohsinn. Du wirst dich wahrscheinlich fragen, wozu eine Kleingartenanlage eine Polizeitruppe braucht.

In Wien handelt es sich bei diesen Kleingartenanlagen um einen eigenen Mikrokosmos. Hier hat alles seine Ordnung. Keine Ausländer. Keine Kriminalität. Wiener Küche. Dennoch hatten sich auch in Wien die Zeiten geändert. Undefinierbare Subjekte schlichen vermehrt durch die mit viel Liebe gepflegten Grundstücke. Sie hinterließen Spuren der Verwüstung.

Seit einigen Jahren durften die Wiener auch im Winter in den Gärten wohnen und bauen statt kleiner Bretterbuden immer größere Prunkbauten auf ihre Parzellen. Mit den Villen kamen die wertvollen Gegenstände und mit ihnen kamen die Rumänenbanden, Bulgarenhorden und mazedonischen Reitervölker nach Wien. So schrieben es zumindest die Zeitungen. Kleindienst hatte zwei Hilfssheriffs, die wiederum von uns Ausländern unterstützt wurden. Quasi dem Fußvolk – ohne Schuhe und Socken.

Georg griff nach meiner Nase. Ich öffnete meine verklebten Augenlider. In dieser Jahreszeit litt ich unter einen jämmerlichen Heuschnupfen, der mich schon seit meiner Kindheit quälte. Ich nieste und mein Rotz landete an Georgs Backe.

Er wischte ihn weg und zappelte herum. »Juri, wir haben einen Termin. Aufstehen!«

Ich hasste diese frühen Aktivitäten. Schon seit meiner Studienzeit war mein Biorhythmus um 180 Grad zur übrigen Bevölkerung verschoben. Ich konnte mich nicht daran gewöhnen. In der Schärdinger Grundausbildung hatten sie mich damit geärgert und meine Geduld strapaziert. Aber ich hatte ihnen Rache geschworen. Diesen »guten Österreichern«!

Um Punkt sieben mussten wir auf der Matte der Sicherheitswache stehen. Am Ausgang des Wohnheims erwartete Stippschitz uns mit einer Polaroidkamera. Jeder stellte sich an die Wand und grinste dämlich.

Georg war vor mir dran. Es brauchte drei Anläufe, bis der Kärntner die richtige Grimasse schnitt. Mein böser Blick reichte und die Aufnahme ließ einen zufriedenen Stippschitz zurück.

Der Weg nach Favoriten dauerte ungefähr eine Stunde. Wir nahmen die Straßenbahn, dann die U-Bahn, schließlich den Autobus, und am Ende stand ein kleiner Fußmarsch. Die Gärten lagen ganz in der Nähe des Böhmischen Praters, einem kleinen Vergnügungspark am Rande von Wien. Letzte Woche Mittwoch hatten wir zuletzt unter der Aufsicht von Kleindienst gearbeitet. Damals mussten wir die Polizeiparzelle reinigen, Rasen mähen und die Hecke schneiden.

Um Punkt sieben betraten wir die Anlage der Kleingärtner. Es handelte sich um schmucke kleine Häuschen, umgeben von blühendem Grünzeug, Nadel- und Laubbäumen und rechtwinklig geschnittenen Hecken. In jedem zweiten Garten sah man einen kleinen Swimmingpool, in dem man sicher beim Sprung ins Becken aufpassen musste, nicht mit dem Kopf an den gegenüberliegenden Beckenrand zu schlagen. Um diese Uhrzeit waren nur die Pensionisten aktiv und schauten uns skeptisch entgegen.

»Habt ihr in Kärnten solche grundsoliden Grünanlagen?«, wollte ich von Georg wissen.

Der Kärntner trat gegen eine bunt gefärbte Eingangstür. Eine kleine Delle war das Ergebnis. »Diese Wiener übertreiben doch mit ihrer Kleingarten-Mentalität. In Kärnten haben wir echte Natur. Wie in der amerikanischen Prärie kannst du dort reiten, ohne einmal über einen Zaun springen zu müssen.«

Ich musste mir das Lachen verkneifen. »Hast du schon eine Idee, was wir wegen der DVD tun?«

Georg wollte nichts tun. Er weigerte sich sogar. »Juri, ich kann und will das nicht. Ich habe einen Sohn, der auf mich wartet. Kleindienst wird nicht zögern, er wird uns hinter schwedische Gardinen bringen.«

»Aber wir können doch nicht tatenlos zuschauen.«

»Doch, das müssen wir. Vielleicht können wir ja Paradeiser informieren?«

»Tolle Idee! Die beiden sind dicke Freunde. Das geht überhaupt nicht. Wenn du nicht willst, dann mach ich das allein.« Georg schwieg. Wie immer.

Den Eingang zur Sicherheitswache konnten wir schon von Weitem sehen. Er sah aus wie das Portal zu einer Ranch. Mit großen Buchstaben stand auf der Tafel über unseren Köpfen: »Sicherheitswache Favoriten-Frohsinn«. Wir läuteten. Die Kamera drehte sich und nahm erst mich, dann Georg ins Visier. Das knatternde Geräusch signalisierte uns, einzutreten.

Blütenweiße Kiesel knirschten unter unseren Füßen. Rechts und links des Haupteingangs standen rot-weiß-rote Wachhäuser, in denen die beiden Hilfssheriffs nur stur geradeaus starrten.

Kleindienst hasste Piefkes. Um seinem Hass zu frönen, ließ er sich regelmäßig frische Piefkes liefern. Die Durchgangslager waren voll und der Nachschub versiegte nicht. Ich hasste Kleindienst. Ein nicht enden wollender unangenehmer Kreislauf. Seine Art, mich ständig zu piesacken, trieb mich zur Weißglut. Bevor wir mit der Gartenarbeit beginnen konnten, unterwarf er uns regelmäßig einem Verhör.

»So, ihr beiden. Was haben wir denn in der vergangenen Woche so alles verbrochen? Ich habe da eine Erpressung im ersten Bezirk. Eine Dame hat sich beschwert, weil zwei Piefkes Geld für ein Gackerl haben wollten. Dann habt ihr eine Dame am Schwedenplatz übers Ohr gehauen und ihr mehrere ›Penner‹ aufgezwungen.«

Er sprach immer von »zwei Piefkes«. Er ignorierte Georgs Kärntnertum komplett.

Seine Augen schien er überall zu haben. Das Verhör belebte er, indem er mit den Fäusten auf dem Tisch trommelte und unsere Akten durch die Gegend schleuderte. Außerdem spuckte er beim Sprechen, ich spürte einige Tropfen auf meiner Wange.

»Keine Ahnung, wovon Sie reden, Herr Kleindienst«, versuchte ich, unsere Haut zu retten.

Damit brachte ich das Fass zum Überlaufen. Kleindienst hatte einen heftigen Bierbauch, dicke behaarte Arme und kräftige Pranken. Ich starrte auf den fiesen Schnauzer mitten in seinem Gesicht und beobachtete, wie der sich hob und senkte. Die fleischigen Lippen wölbten sich regelrecht.

Kleindienst zeigte mit dem Zeigefinger zur Tür. Da stand Kovac. »Piefkes, schaut euch dieses missratene Stück Scheiße an! Ihr habt keinen Verstand, aber er hat die Frechheit, eine halbe Stunde zu spät zur Arbeit zu erscheinen. Du Tschusch, du!«

Kovac kümmerte sich um die EDV der Sicherheitswache. Heute sah er sogar ganz passabel aus. Er war ab und zu auf Entzug. Heute nicht. »Herr Oberinspektor, tut mir leid, aber die U-Bahn hatte ein Gebrechen.« Keine sonderlich gute Ausrede.

Kleindienst kotzte ihm seinen Zorn ins Gesicht. Wir gingen zur Tür und zogen Kovac wieder nach draußen, um Mord und Totschlag zu verhindern.

»Mensch, Kovac!«, flüsterte Georg. »Bist bescheuert? Er kann Unpünktlichkeit nicht ausstehen. Wir bekommen dann alles ab. Jedes Mal die gleiche Scheiße. Von wegen Gebrechen. So ein Blödsinn!«

Kovac grinste. Das Grinsen kannte ich. Er war komplett zugekifft. Dann zog er mich und Georg hinter den großen Kirschlorbeer.

»Habt ihr euch die DVD angeschaut?«

Ich nickte. »Kovac, wir müssen sehr vorsichtig sein. Wenn Kleindienst dahinterkommt, werden wir keine Freude haben.«

Kovac schlug energisch auf meine Schulter. »Er ist ein Sklavenhalter. Der hält sich junge Frauen in einem unterirdischen Versteck und geilt sich an den Überwachungsvideos auf. Ein richtiger Reality-Porno mit Crime-Charakter.«

Georg schüttelte den Kopf. »Kovac, das geht so nicht. Wir sind genau solche armen Schweine. Ich muss an mich denken. Und du musst an dich denken. Wir können nicht einfach zur Polizei gehen. Die stecken alle unter einer Decke.«

Ich konnte und wollte mich dieser Meinung nicht anschließen. »Georg, das ist eine große Sauerei, die hier abläuft. Wir müssen was unternehmen. Lass mich nicht im Stich.«

Kovac nickte und schlug wieder zu.

Wir wurden beobachtet. Das erkannten wir am Geräusch der Kameras, dem Zoomen und Quietschen. Kleindienst verließ kaum sein Büro, wenn er in Frohsinn war. Die Streifen übernahmen seine beiden Hilfssheriffs.

Dann kam eine Lautsprecheransage: »Piefke Sonnenburg: Ich höre keinen Rasenmäher. Was ist da los? Piefke 2: Autos putzen. Tschusch Kovac: Reinkommen und Computer reparieren. Kaffee habe ich auch keinen mehr.«

Wir lösten unsere kleine Runde auf. Georg ging zu den beiden Polizeiautos, Kovac schlenderte auf wackeligen Beinen in die Zentrale.

Vor ein paar Wochen hatte uns Kleindienst in die Kunst der Rasterfahndung eingeführt. Seine beiden Deppen in den Wachhäusern waren krank und er brauchte Unterstützung bei der Jagd nach Illegalen, die Frohsinn heimsuchten. Georg, Kovac und ich mussten den ganzen Tag an den Computern sitzen und die Zahl der verdächtigen Personen durch eine Suche mittels Suchmaschine einschränken. Vor ein paar Jahren verfeinerten sie die Rasterfahndung. Sie wurde seitdem dazu verwendet, Sozialschmarotzer ausfindig zu machen.

Der Rasenmäher war eher ein Witz. Wenn du dir jetzt einen Mäher im klassischen Sinn vorstellst, muss ich dich leider enttäuschen. Ich kürzte mit einer kleinen Schere, maximal so groß wie meine Hand, den Rasen. Die Kameras waren die ganze Zeit auf mich gerichtet. 1.200 Quadratmeter Rasenfläche sollte ich auf diese Weise schneiden. Da wir nur einen Tag pro Woche in Frohsinn arbeiteten, war ich also das ganze Jahr mit »Mähen« beschäftigt. Ich nieste mir die Seele aus dem Leib, Medikamente gegen Heuschnupfen erhielten nur die guten Österreicher. Wir Programm-Piefkes mussten den Rotz hochziehen und runterschlucken, denn Spucken bestrafte Kleindienst mit unangenehmen und anstrengenden Strafarbeiten.

Er wusste aber genau, wo die Grenzen lagen. Eine Leiche konnte er sich nicht leisten. Die Folge wäre seine Abkommandierung, das Ende des ruhigen und beschaulichen Lebens in Frohsinn.

Ich schnitt so vor mich hin und lauschte, wie Georg seinen Spaß beim Autowaschen hatte. Er bespritzte nicht nur die Autos, sondern jeden, der sich dem Garten näherte.

Kovac, die arme Sau, saß neben unserem Aufseher und installierte ein Update der Virensoftware. Er schrie in regelmäßigen Abständen. Immer wenn eine Fehlermeldung erschien, schlug ihm die mächtige Pranke auf den Hinterkopf.

Ich musste beim Mähen ganz schön aufpassen. »Einfach so schneiden« war hier leider nicht gefragt, am Ende des Tages überprüften sie die Rasenhöhe. War die durchschnittliche Abweichung von der englischen Höhe zu groß, wurden wir mit Schlägen bestraft. Das wurde gefilmt und wanderte in Kleindiensts Geheimarchiv.

Erneute Durchsage: »Piefke Sonnenburg: Essen holen. Piefke 2: Auto waschen. Tschusch Kovac: Füße küssen. Ha ha ha ha.« Er konnte sich so richtig amüsieren. Diese Ratte.

Kovac musste ihm jeden Tag die Füße waschen und seine Stiefel polieren. Nach dem Essen hielt Kleindienst einen kurzen Mittagsschlaf. Dann versteckten wir uns hinter dem Kirschlorbeer und tranken ein paar Bier.

Am Eingang der Kleingartenanlage lag das kleine Gasthaus »Zum Straßenbahner«. Es hatte eine herrliche Terrasse, leider mit Selbstbedienung. Dafür waren die Preise anständig. Kleindienst und Konsorten genehmigten sich jeden Tag Wiener Schnitzel mit einem gemischten Salat. Unser Geld reichte gerade mal für jeweils zwei Flaschen Bier.

Heute hatten wir Glück mit dem Wetter. Die Sonne schien und wir konnten es uns auf dem frisch geschnittenen Rasen gemütlich machen. Rosi, die Wirtin, war eine gute Seele. Sie wusste, wie Kleindienst seine Piefkes behandelte, und bot uns Reste vom Vortag an. Halbe Schnitzel, die Gäste auf den Tellern ließen, oder übersäuerte Salate.

Ich konnte nie Nein sagen und nahm die Almosen an, warf sie aber jedes Mal gleich um die Ecke in einen der Kleingärten. »So, mein lieber Piefke. Dreimal Wiener Schnitzel und die gemischten Salate von unserer frischen Salatbar. Und hier ein paar Leckereien für euch arme Schlucker.«

Ab und zu lagen die Schnitzelreste in einer Tunke von Beuschel. Quasi eine Art Jägerschnitzel. So auch heute. Beuschel gehörte zu den Leibgerichten der Wiener, es durfte auf keiner Speisekarte fehlen. – Was? Du weißt nicht, was Beuschel ist? Es handelt sich dabei um obere Innereien von Tieren: Herz, Lunge, Milz und Leber in einer schmackhaften sauren Rahmsoße. War die Soße schon älter, nahm der saure Charakter zu. Wir würden den ganzen Tag auf dem Scheißhaus zubringen.

Im Gastgarten saßen die guten Österreicher – und Franz. Was für eine Überraschung! Ich wusste, dass er einen Garten in Frohsinn besaß. Wer kümmerte sich in seiner Abwesenheit um das Männerwohnheim? Ich schob den Gedanken beiseite und wendete mich von ihm ab.

Rosi lächelte. »Grüß mir die drei Ganoven.«

Wenn sie wüsste, was Kleindienst in seinem Geheimzimmer versteckte, dachte ich. Ich hatte sie noch nie auf der Sicherheitswache gesehen, dennoch roch das ganze Zimmer nach ihrem Parfüm. Vermutlich verwöhnte sie Kleindienst, wenn er ohne seine Gehilfen seine Nachtschicht genoss.

Die Mittagszeit in Frohsinn war von einer unglaublichen Ruhe geprägt. Keine Menschenseele traute sich auf die Straße. Ich warf das Sackerl mit den Essensresten wie gewohnt in einen der Gärten. Kaum getan, kam es wieder zurück. Ich konnte gerade noch zur Seite springen. Die Leckereien verteilten sich auf dem Weg, dann sprang ein Pudel durch einen Schlitz im Holzzaun. Ich kannte ihn. Luise, Herberts Freundin, streckte ihren Kopf über den Zaun.

»Luise? Du hast einen Garten?«

Sie schien überrascht zu sein, mich hier zu sehen. Kein Wunder, nach den Ereignissen von gestern. »Der Garten meiner Schwester. Ich pflege die Blumen. Herbert kommt bald. Ich hasse es, hier allein zu bleiben. Es gibt so viele Illegale, und dann noch diese gefährlichen Banden.«

Herbert liebte sie. Sie liebte Georg. Georg hasste sie.

»Ich muss gehen. Der Oberinspektor wartet auf sein Essen. Wir sehen uns.«

Der Pudel schleckte die Reste vom Weg.

Ich konnte es nicht fassen. Wir lebten hier in einer Millionenstadt und man lief sich ständig über den Weg. Gestern in Dornbach beim Pfarrer und heute in einer Kleingartenanlage in Favoriten. Es gab Hunderte dieser spießigen Anlagen. Warum trieb sie sich ausgerechnet in dieser herum?

Kleindienst und seine Gesellen warteten schon auf ihr Mittagessen. »Piefke Sonnenburg! Warum dauert das bei dir immer so lang? Die arme Rosi. Übrigens, Piefke: Heute wird mein Kollege Paradeiser vorbeischauen. Kennst du den?«

Ich schüttelte den Kopf.

»Er braucht unsere Hilfe bei der Suche nach dem gemeingefährlichen Stempelmörder, der sein Unwesen im Männerwohnheim in der Meldemannstraße treibt.«

Ich starrte auf seinen Schnauzer. »Ja, kann sein.«

»Ihr wohnt doch auch dort? Habt ihr was damit zu tun? Ich werde ihm Amtshilfe geben, und wenn ihr nur eine Spur daran beteiligt seid, dann seid ihr dran.«

»Herr Kleindienst –« Weiter kam ich nicht.

»Für dich, Piefke, heißt das immer noch *Herr Oberinspektor Kleindienst*. Und du, Tschusch da unten, hör jetzt endlich auf, meine Füße zu kitzeln.«

Kovac tauchte unter dem Tisch auf. Er war völlig durchgeschwitzt. In den Händen hielt er eine kleine Wanne mit Wasser und ein Handtuch.

»Wisst ihr was? Wenn Paradeiser kommt, dann werden wir euch alle verhören, bis ihr Blut und Wasser schwitzt.«

Seine beiden Kumpels lachten und schoben sich die Schnitzel in den Mund. Ich drehte mich um und wollte gehen.

»Piefke Sonnenburg! Habe ich dir etwa erlaubt zu gehen?«

Ich stellte mir vor, wie ich ihn packte. Meine Hände

an seinem fetten Hals. Das Messer tief zwischen seinen Rippen.

»Was ist? Hat es dir die Sprache verschlagen? Dreckiger Piefke.«

Kovac konnte mich gerade noch zurückhalten.

»Ich werde dir zeigen, wer hier das Sagen hat. Morgen sitzt du im Zug nach Hause.« Er hob drohend die Fäuste. Seine beiden Hilfssheriffs hörten kurz auf zu kauen und bezogen Position.

Es war nicht einfach, aber ich riss mich zusammen.

»Geh, Piefke! Hau ab. Geh aus meinem Sichtfeld und nimm den Tschuschen mit. Wir reden später weiter. Das Schnitzel wird kalt.«

Georg polierte immer noch die Wagen. Kovac begleitete mich nach draußen. »Juri, reiß dich zusammen. Wenn ich das mache, kann man es auf die Drogen schieben, aber du bist doch sauber.«

»Ach was, warum muss er ständig auf uns rumhacken? Er kann auch vernünftig mit uns reden. Wir sind doch keine Aussätzigen.«

Kovac hatte das Pech, öfter hier arbeiten zu müssen. Kleindienst konnte seine Leute anfordern, wie er wollte. Mehr als einmal pro Woche hätte ich es nicht ausgehalten.

»Mensch, Kovac, du hast es gut. Bist vollgedröhnt und dir geht alles am Arsch vorbei.«

Er öffnete die erste Flasche Bier und gab sie mir. »Juri, wir wollen doch alle gute Österreicher werden. Bei mir zu Hause ist alles kaputt. Ständig Bürgerkrieg. Hier bin ich der Tschusch. Irgendwann gehe ich nach Amerika und mache mich selbstständig.« Er rümpfte die Nase und zog den Rotz hoch.

Georg trat zum Kirschlorbeer. »Ich habe euch schreien hören! Was gibt's?«

Ich winkte ab. »Die wollen uns verhören. Paradeiser kommt nach Frohsinn. Kleindienst war ziemlich wütend.«

»Paradeiser?« Georg schaute mich verwundert an.

»Ja, ja, unser liebgewonnener Chefinspektor besucht den Oberinspektor. Angeblich braucht er Unterstützung bei der Rasterfahndung nach dem Stempelmörder. Und du wirst nicht glauben, bei wem ich unsere leckeren Mahlzeiten über den Zaun geworfen habe: Es ist der Garten von Luises Schwester. Luise stand plötzlich vor mir. Sie sagt, dass Herbert heute Nachmittag nach Frohsinn kommen wird.«

»Der hat uns gerade noch gefehlt.«

Mir fiel die DVD wieder ein. »Kovac, kannst du uns beiden für eine Stunde den Rücken freihalten?«

Die Skepsis in seinem Gesichtsausdruck war nicht zu übersehen. »Was hast du vor?«

Georg öffnete seine zweite Flasche und nahm einen Schluck. Das Bier rann aus seinem Mundwinkel und tropfte auf den frisch gemähten Rasen.

»Ich denke, es wird Zeit, diesem Sack einen Denkzettel zu verpassen. Wir sind Menschen dritter Klasse. Unsere Würde lassen wir uns von diesem Möchtegern-Napoleon nicht nehmen. Ich bin ein freier Piefke.«

Georg wurde ungeduldig. »Jetzt komm zum Punkt, Juri. Lass das Geschwätz.«

Ich tippte mit dem Zeigefinger auf Kovacs Brust. »Kannst du Kleindienst in die Geheimkammer locken? Wir werden sie dann von außen schließen. Seine beiden Handlanger können ihn draußen nicht hören. Das würdest du doch für uns tun, oder? Das mit der DVD liegt mir noch im Magen. Wir müssen jetzt handeln. Egal, ob du mitkommst oder nicht, Georg. Ich kann mit dem Wissen nicht schlafen. Frauen werden vielleicht vergewaltigt und keiner tut was.«

Das war ganz in Kovacs Sinne. Er war es, der uns darauf aufmerksam gemacht hatte. Ich deutete das Zucken seiner Gesichtsmuskeln als Freude. Obwohl – zwischen Dröhnung und Freude war bei ihm nicht viel Unterschied. »Auch wenn es meinen Kopf kostet, ich werde Kleindienst beschäftigen und euch den Rücken freihalten. Ach ja, da war noch was! Juri!« Kovac hob den Zeigefinger und grinste. »Ihr habt mich noch gar nicht gefragt, wo der Garten ist!« Kovac hatte recht. »Ihr müsst in die Josef-Bitter-Gasse gehen. Hausnummer 123.«

Kleindienst behandelte die Tschuschen ein wenig schlechter als uns Piefkes: Wir mussten seine Füße nicht waschen. Durch seine Position in Frohsinn konnte er sich die Unterscheidung auch erlauben. Dabei hatten die Tschuschen noch Glück. Sie standen in der österreichischen Hierarchie noch eine Stufe höher als die Türken. Seldschuk konnte ein Lied davon singen.

Wir versteckten die Bierflaschen unter dem Kirschlorbeer und begleiteten Kovac in die Sicherheitszentrale. Kleindienst saß hinterm Schreibtisch und rülpste vor sich hin. Georg räumte die Reste des Mahls beiseite und schnupperte daran. Kleindiensts nackte Zehen wackelten, ich schenkte ihm einen Schnaps nach. Es war ein Obstler aus dem Waldviertel, von keuschen Mönchen gebrannt.

»Ihr kleinen Ratten. Ich mach euch alle fertig. Paradeiser und ich nehmen euch nachher in den Schwitzkasten. Wartet nur.« Er war schon wieder lustig unterwegs. Kein Wunder. Die Flasche war fast leer.

Die Hilfssheriffs saßen bereits in den Wachhäusern und dösten vor sich hin. Kovac öffnete die Geheimtür. Er hatte sich vor Wochen im Untergrund einen Zweitschlüssel anfertigen lassen.

Kleindienst traute seinen Augen nicht. »Was macht denn der Tschusch in meiner Kammer? Kommst du da gefälligst raus? Tschusch? Tschuuuuusch!« Sein Gesicht lief hochrot an und er schlug mit den Fäusten auf den Tisch. Barfuß machte er sich auf in Richtung Kammer. »Ich glaub, dir geht's nicht gut! Ich mache Cevapcici aus dir. Komm raus da!«

Kaum hatte er den Raum betreten, schlugen wir die Tür zu. Das Geschrei, das dann folgte, kannst du dir gar nicht vorstellen. Ich glaube, er benutzte Kovacs Kopf als Rammbock. Es polterte und krachte, dazwischen ein Jammern. Uns wurde ganz anders, aber ich hatte ja diesen Plan …

Der Plan war recht einfach. Wir machten uns auf den Weg zum Sklavenhalter. Ich kannte eine Abkürzung, vorbei an dem Garten von Luises Schwester, die uns zuwinkte.

»Georg! Georg!«, rief sie aufgeregt. »Herbert und ich kommen euch heute Nachmittag besuchen. Ich freu mich schon!«

Georg gruselte es. »Du wirst sie nicht mehr los.« Ich grinste.

Die Wege in Frohsinn waren alle mit lustigen Namen versehen. Jede Kleingartenanlage hatte einen Obmann, eine Art Kleingartenführer. Du kannst dir vorstellen, wie viele Führer es in Österreich gab. Und diese kleinen Führer machten sich schon zu Lebzeiten Geschenke, indem sie sich und ihre Verwandten eben auf diesen Tafeln verewigten. Da gab es Namen wie Adolf-Krakowitsch-Gasse, dem aktuell herrschenden Obmann von Frohsinn gewidmet, oder Hermann-Laskapsch-Weg, benannt nach einem Schwiegersohn von Krakowitsch. Gassen mit Frauennamen gab es nicht.

Die engen Wege waren maximal zwei Meter breit, durch die hohen Hecken kam man sich wie in einem Irrgarten vor. Ich blieb kurz stehen und las in einem Schaukasten des Kleingartenvereins die Kleingartenregeln durch. Der erste Artikel drehte sich hauptsächlich um das Thema »Ruhestörung«. Im zweiten Artikel kamen schon die Maßnahmen gegen Ausländer. Eine Zusammenrottung von zwei Piefkes, Tschuschen oder Türken wurde mit der Ausweisung aus Frohsinn bestraft. Georg war zwar Kärntner, aber ich glaube, auch bei einem Urvieh würden sie keine Kompromisse eingehen. Die Josef-Bitter-Gasse befand sich nur eine Straße weiter. Ich erkannte den Garten sofort, weil ich mich an die DVD erinnerte, die ich mir am Vortag beim Pater in Dornbach angeschaut hatte. An der Klingel stand der Name »Heinrich Krakowitsch«. Das war der Sohn vom Obmann.

Georg wurde immer unruhiger. »Ich geh da nicht rein.«

»Du bist ein Feigling. Mein Plan funktioniert. Wirst sehen.«

Bis jetzt lief alles wie geschmiert. Wir standen direkt vor dem Kleingarten mit der Hausnummer 123. Wenn du irgendwann einmal Frohsinn einen Besuch abstatten möchtest, dann solltest du den Garten mit dieser Nummer meiden.

Ein Mann mit einer Zigarette im Mund kam lächelnd auf uns zu. Wir hielten Abstand. Dann öffnete er die Tür und schob uns zurück auf die Straße.

»Heinrich Krakowitsch?«, fragte ich höflich.

»Ja, das bin ich. Ihr seid doch die Piefkes vom Kleindienst. Was hängt ihr hier rum? Habt ihr nichts zu tun?«

Wie sollte ich ihm jetzt klarmachen, dass wir gleich die Frauen befreien würden? Irgendwie hörte mein Plan an dieser Stelle auf, aber das wollte ich Georg nicht auf die Nase binden. Mir fiel nichts ein. Verdammt! »Nein, nein. Wir haben Mittagspause und bewundern Ihren wunderschönen Garten. Wir gehen ja schon.«

Ein paar Meter weiter zupfte Georg an meinem Hemd. »Bist du von allen guten Geistern verlassen? Das war dein Plan? Das war wirklich dein Plan? Das kann nicht dein Ernst sein! Mensch Juri, erst machst du so einen Druck wegen der bescheuerten DVD, und jetzt ziehst du den Schwanz ein? Wo ist der Plan?«

Ich hatte keinen. »Der Plan war ganz einfach«, flüsterte ich. »Wir gehen zum Kleingarten und befreien die Frauen. Was hast du gedacht? Wir wissen doch gar nicht, ob der ein Vergewaltiger ist. Wir haben ihn doch nur von hinten gesehen. Oder soll ich ihm die Hose runterziehen und seinen Hintern mit dem auf der DVD vergleichen?«

Georg wurde laut. »Das sind doch alles Ausreden! Warum gehen wir jetzt wieder zurück zur Polizeistation? Juri? Sag was! Mir ist doch völlig egal, wie sein Arsch aussieht.« Er wurde immer wütender. »Ich geh jetzt rüber und zieh ihm die Hose runter. Basta!«

Krakowitsch schaute uns zu, wie wir in unsere hitzige Diskussion vertieft waren. Er öffnete die Gartentür und kam zu uns rüber. »Kann ich euch helfen? Es ist Mittagsruhe. Wenn Oberinspektor Kleindienst euch hört, wird er Maßnahmen ergreifen. Ihr seid Piefkes, und schreiende Piefkes hat es in Frohsinn noch nie gegeben. Gut, es gab die Zeiten zwischen '38 und '45, aber da haben alle irgendwie geschrien. Eigentlich darf ich gar nicht mit euch reden, geschweige denn an dieser Zusammenrottung teilnehmen.«

Dann nahm ich meinen ganzen Mut zusammen. »H-haben Sie F-Frauen im K-Keller?« Ich stotterte. »G-gewaltige Frauen? Nein. Frauen, d-die Sie g-gewaltigen? Verdammt. Ich meine, v-vergewaltigte Frauen? Frauen, die Sie vergewaltigen. Darf ich Ihren Arsch sehen?«

Krakowitsch wurde blass. Dann lachte er und blies sich furchterregend auf. »Meinen Arsch? Seid ihr von allen guten Geistern verlassen? Ich hab keine Frauen im Keller. Meiner Frau wäre das sicher nicht recht. Wie kommt ihr auf diese irre Idee?«

Ich wusste im ersten Moment nicht, wie ich ihm das erklären sollte. »Dürfen wir uns einmal auf Ihrem Grundstück umsehen?«

Er lachte höhnisch. »Warum in aller Welt sollte ich euch Piefkes in meinem Garten herumschnüffeln lassen? Da mache ich mich ja strafbar!« Er lachte lauter.

»Ich kann Ihnen genau sagen, warum Sie uns in Ihrem Garten herumschnüffeln lassen sollten«, erklärte ich ihm mit ruhiger, sachlicher Stimme. Jetzt bekam ich Oberwasser. Ich spürte sein schlechtes Gewissen. »Weil wir sonst der Polizei davon erzählen werden.«

Krakowitsch runzelte die Stirn. »Ihr seid krank. Mir drohen, dem Sohn des Obmanns. Ihr seid doch nur Piefkes! Was könnt ihr mir schon tun?«

Wir schnappten ihn uns und schleppten ihn durch die Eingangstür seines Gartens. Hinterm Haus machten wir halt. Krakowitsch war ziemlich baff. Er konnte nicht glauben, dass Piefkes einem guten Österreicher dermaßen auf die Pelle rückten.

»Wo sind die Frauen?«

»Ich weiß nichts von Frauen in meinem Garten. Ich darf nichts sagen. Kleindienst macht mich fertig. Er bringt mich um.«

»Soso, du guter Österreicher. Wo sind die Frauen? Wir fragen nur einmal. Georg, was macht ihr in Kärnten mit solchen Lügnern?«

Georg dachte nach. »Wir fragen maximal ein drittes Mal, und dann ...« Er schlug die Faust mehrfach in die offene Handfläche und ließ die Finger knacken.

Ich wurde lauter. »Hast du das verstanden? Sohn eines Obmanns. Hörst du die Finger knacken?«

Krakowitsch wollte schreien, aber außer einem kurzen Krächzen brachte er nichts heraus.

»Was hat Kleindienst damit zu tun? – Georg, er verarscht uns. Schnapp dir mal seine Finger.«

Georg ergriff eine von Krakowitschs Händen.

»Ich … ich weiß nichts von Frauen in meinem Garten!« Er fing an zu weinen. Wie ein kleines Kind heulte er. »Die Frauen sind im Nachbargarten«, schrie er uns ins Gesicht.

»Was heißt das?«, schrie ich zurück.

»Das heißt, dass die Frauen in einem unterirdischen Versteck leben. Kleindienst erpresst mich. Ich muss sie jeden Tag mit dem Nötigsten versorgen, und am Abend um Punkt acht Uhr loggt er sich an seinem Computer ein und beobachtet, wie ich beide Frauen vergewaltige. Der feine Oberinspektor hat mich in der Hand. Er zeichnet alles auf.«

Die Geschichte überraschte mich überhaupt nicht. Es passte irgendwie ins Bild. Kleindienst erpresste die Menschen, wie und wo es nur ging. Nicht nur die in den Ausländer-Programmen standen auf seiner Liste, sondern auch gute Österreicher. Mein gesunder Menschenverstand riet mir zur Vorsicht. Das konnte auch nach hinten losgehen. Die Polizei zu rufen, kam nicht infrage. Was sollten die auch tun? Die würden uns sicherlich Kleindienst übergeben. Und was der mit uns machen würde, das kannst du dir ja vorstellen. Allerdings … Ganz so unbeteiligt konnte Krakowitsch auch nicht sein. Das nahm ich ihm nicht ab. Das lustvolle Stöhnen auf dem Video deutete nicht auf ein Unschuldslamm hin.

»Wem gehört der Garten?«, wollte ich wissen.

»Ich weiß nicht. Einem Fremden. Keinem Wiener.«

»Gibt es Kameras in deinem Garten? Wo sind sie installiert?«, wollte Georg wissen.

Krakowitsch schüttelte den Kopf. »Bei mir gibt es keine. Er hat mein Gartenhaus verwanzt. Nebenan wird jeder Winkel durch Kameras überwacht. Da gibt es ganz moderne Systeme. Mit Sensoren kontrolliert er jede Bewegung. Wenn ich rübergehe, muss ich mir einen Kopfhörer aufsetzen. Er gibt mir Befehle durch. Vor allem die Vergewaltigungen setzt er richtig in Szene. Jeden Abend ein anderes Drehbuch. Manchmal kommen hohe Tiere aus Politik und Gesellschaft in Frohsinn vorbei und dürfen auch mal ran. Die Frauen halten schon eine ganze Menge aus, aber auf Dauer geht das nicht. Die Besucher wissen nicht, dass sie gefilmt werden. Kleindienst hat ein ganzes Netz von Erpressungen laufen. Seine politischen Ambitionen gehen weit. Er will Kanzler werden. Das hat er mir mal gesagt, während ich tief in einer Blonden steckte.«

Wir staunten nicht schlecht, was Krakowitsch so von sich gab. »Irgendwie ist das schwer zu glauben. Du verarschst uns doch nicht?«

Im Nachbargarten zeigte er mit zitternden Händen auf eine Gruppe mit Blautannen. »Dahinter ist der Eingang zum Versteck. Ihr braucht den Wackeldackel.«

Georg schüttelte den Kopf. »Einen Wackeldackel? Ich glaub, du hast das nicht ganz verstanden. Du machst die Tür auf.«

Auf dem ganzen Grundstück zuckten die Kameras hin und her. Die Sensoren würden uns verraten, aber das war unsere Absicht. Kovac und Kleindienst saßen wahrscheinlich sehr interessiert vor den Monitoren und beobachteten uns. Ich konnte regelrecht spüren, wie die Wut im Oberinspektor hochstieg. Die Blautannen waren eine geniale Tarnung. Niemand wäre jemals auf die Idee gekommen, dass dahinter in einem Erdloch Frauen wie Sklaven gehalten wurden.

Sie standen vor einer fetten Stahltür. Auf einem kleinen Hocker neben der Tür stand ein kleiner brauner Wackeldackel mit einer roten Pudelmütze. »Ihr müsst an der Unterseite des Dackels den Knopf drücken. Wenn der Dackel wackelt, wird durch einen Sensor die Tür automatisch geöffnet.« Ein dreckiger Lacher folgte.

»Juri, er verarscht uns. Ich hab wirklich keine Geduld mehr.«

»Georg, drück den Knopf. Wir haben keine Zeit.«

Der Wackeldackel wackelte mit dem Kopf. Wir starrten zur Tür. Doch nichts rührte sich.

»Ihr müsst synchron wackeln«, mischte sich Krakowitsch ein. »Manchmal hilft es, wenn man mit den Köpfen synchron zum Wackeldackel wackelt. Aber ihr habt nur drei Wackelversuche. Danach kann die Tür nur durch einen speziellen Code geöffnet werden.«

Wir staunten nicht schlecht. »Da habt ihr euch aber ein raffiniertes System einfallen lassen«, entgegnete ich ironisch. Krakowitsch strapazierte unsere Geduld. Aber ohne ihn konnten wir die Tür nicht knacken.

»Willst du zuerst wackeln?«, fragte ich Georg.

Der Kärntner konnte dem Ganzen nichts abgewinnen und erwiderte mit zynischem Unterton: »Wie sollen wir denn wackeln? Schnell oder eher langsam?«

»Ihr müsst synchron wackeln. Mehr nicht!«, kam von Krakowitsch.

Georg drückte wieder auf den Knopf. Wir beobachteten den Dauerwackler. Hoch, runter, hoch, runter. Dann setzten wir unsere Köpfe in Bewegung. Wir wackelten alle drei synchron, aber die Tür öffnete sich nicht. Nach dem letzten Wackler konnte ich gerade noch sehen, wie sich Krakowitsch absetzen wollte. Georg rannte hinter ihm her, grätschte wie ein Verteidiger beim Fußball zwischen seine Beine und säbelte den Flüchtenden um.

Der Gefallene lag auf der Wiese und schaute verzweifelt zu uns hoch. Ich zerrte ihn am Ohr in Richtung der Stahltür. »Jetzt mach auf. Und wehe, der Wackeldackel erfüllt seinen Zweck nicht. Jetzt wirst du wackeln.«

Krakowitsch zog dem Dackel den Kopf samt Bommelmütze vom Rumpf und holte einen kleinen Schlüssel hervor. Anschließend steckte er den Schlüssel ins Loch. Die Tür quietschte ein wenig.

Die Stufen hinunter waren beleuchtet. Alles gefliest und sauber. Schon standen wir vor einer weiteren Tür, wieder aus Stahl. Es war ziemlich kühl hier unten.

Nun verzweigte sich der Gang, wir gingen nach rechts in einen kleinen, spärlich eingerichteten Raum.

An einem Tisch saß eine ältere Frau und häkelte Socken. Sie schaute uns kurz an, dann folgten mehrere Kontrollblicke auf die vier Monitore vor ihr. »Na, Heinrich, wie geht's? Hast du Kunden mitgebracht? Bitte hier in die Liste eintragen. Name und Anschrift. Und hier rechts unterschreiben.«

Der Sohn des Obmanns stellte uns die Frau vor. »Das

ist die Mama von unserem Oberinspektor. Sie kümmert sich um das Finanzielle. Das sind zwei Piefkes, die mich gezwungen haben, die Tür zu öffnen. Sie arbeiten für Kleindienst.«

Ich hätte fast gekotzt. »Sind wir beim Opernball, oder was? Hier wird niemand vorgestellt. Zeigt uns die Frauen, aber schnell.«

Die alte Dame rührte sich nicht. Sie war offenbar vom gleichen Schlag wie ihr Sohn. »Ohne Genehmigung meines Sohnes mache ich keine Tür auf. Mein Sohn wird gleich kommen und euch festnehmen. Piefkes haben hier sowieso keinen Zutritt.«

Ich konnte die Wut in Georg hochkochen sehen. Es dampfte fast aus seinen Ohren. Ich kam ihm zuvor: »Wenn du uns nicht gleich zu den Frauen bringst, dann wirst du merken, wozu Piefkes imstande sind. Georg – zeig ihr doch mal, wie Finger knacken können.« Georgs Finger krachten gewaltig, da reagierte die alte Kleindienst.

»Es wird euch nichts nutzen. Mein Sohn wird euch bestrafen.« Sie stemmte sich gegen die Tischkante, obwohl sie sich kaum auf den Beinen halten konnte. Ihre Figur ähnelte der ihres Sohnes, der Apfel fiel nicht weit vom Stamm. Aus der Schürzentasche holte sie einen Schlüsselbund hervor.

Von wegen Erdloch. Dieses System unter der Erde war vielmehr ein weitverzweigtes Wegenetz. Es hätte mich nicht gewundert, wenn Kleindienst direkt von der Sicherheitswache einen unterirdischen Zugang zu diesem Garten gehabt hätte. Nach ein paar Minuten eine weitere Stahltür. Dahinter eine komplett eingerichtete Wohnung. Richtig gemütlich. Küche mit Sitzecke, Schlafzimmer mit seidener Bettwäsche, Aufenthaltsraum – oder wohl eher Wartezimmer für die Kunden. Ganz hinten das Wohnzimmer.

Die beiden saßen auf dem Sofa und schauten uns relativ cool an. Für sie waren wir nur zwei weitere Kunden. Eine hatte blonde Haare, die andere schwarze. Bildhübsch, und tolle Unterwäsche. Meiner Meinung nach handelte es sich um Russinnen.

»Versteht ihr mich?« Sie nickten. »Na gut. Ihr seid frei. Packt eure Sachen. Die Gefangenschaft ist zu Ende.«

Die Kameras im Zimmer schwenkten unruhig hin und her. Der Oberinspektor traute vermutlich seinen Augen nicht. Georg zeigte mit dem Stinkefinger in Richtung Linse. Ich winkte und grinste. Der arme Kovac.

Irina und Larisa, so lauteten ihre Namen, gingen ins Schlafzimmer und zogen sich an. Die alte Kleindienst versuchte, die Tür von außen zu verriegeln.

»Nichts da. Du und der Krakowitsch, ihr bleibt hier. Macht es euch gemütlich. Dein Sohn wird bestimmt bald auftauchen. Georg, du bringst Irina und Larisa nach draußen.« Ich schloss alle drei Türen, folgte den anderen an die frische Luft und warf den Schlüssel in hohem Bogen in den benachbarten Garten.

Jetzt kannst du dir denken, was unser nächstes Problem war. Wohin mit den Frauen? Wir mussten bedacht vorgehen.

Dann waren ja auch noch Kovac und Kleindienst im Geheimzimmer. Wahrscheinlich hatte der Oberinspektor unseren Freund inzwischen umgelegt. Die beiden Frauen bei der Polizei abzugeben, ergab keinen Sinn.

»Georg, was machen wir mit ihnen? Was hältst du von Seldschuk?« Als ich diesen Namen in den Mund nahm, fiel mir plötzlich die unerledigte Sache mit dem Kokain ein. Ich hoffte, Isabel ging es gut. »Verdammt, wir müssen heute Nachmittag bei ihm vorbeischauen. Das Päckchen abholen. Jeden Tag reiten wir uns tiefer in die Scheiße.«

Georg hatte mit all dem Druck seine Schwierigkeiten. Die Aktion ließ seinen Traum, ein guter Österreicher zu werden, in weite Ferne rücken. Und darum kämpfte er schon seit Jahren.

»Nicht aufregen, wir schaffen das schon. Am Ende bin ich Kanzler und du ein guter Österreicher.« Ich lachte.

In der Adolf-Krakowitsch-Gasse begegneten wir Luise und Herbert. Die beiden schlenderten Hand in Hand an den sauberen Gärten vorbei. Herberts Helm blitzte in der Sonne. Luise löste ihre Hand aus Herberts, als sie Georg sah. Sie lächelte.

Herbert war der Erste, der seinen Senf abgeben musste. »Juri, Georg. Wer ist denn das? Ihr habt mir gar nichts erzählt von euren ... Freundinnen. Hey, die sind hübsch. Ihr wisst aber schon, dass Piefkes keine Freundinnen haben dürfen. Oder?«

Ich schlug Herbert auf die Schulter. »Lass mal gut sein. Es sind nicht unsere Freundinnen. Nur Freunde von Freunden. Wir zeigen ihnen, wie schön es in Frohsinn ist. Was habt ihr heute noch vor? Was tut sich in der Meldemannstraße? Gibt's was Neues vom Stempelmörder?«

Herbert holte tief Luft und kratzte sich am Helm. »Na ja. Sie haben heute Morgen angefangen, alle Bewohner zu fotografieren. Paradeiser und Stippschitz sind noch nicht weitergekommen. Sie haben mich heute Nachmittag hierherbestellt, um mich in die Rasterfahndung einzuweisen. Wir sind auf dem Weg zu Oberinspektor Kleindienst, Paradeiser kommt auch. Das wird bestimmt interessant. Ich hatte noch nie in meinem Leben eine Weiterbildung. Als Chef der Soko ist das aber wichtig.«

Luise lächelte. Ihr Pudel schnüffelte an unseren Hosen. Irina und Larisa schauten verzweifelt in alle Richtungen. Dann zupfte Luise Georg am Hemdsärmel und sabberte dabei wie ihr Köter.

»Wir müssen weiter. Wir haben mit Kovac einen Termin«, versuchte Georg, uns loszueisen.

Herbert schien heute einen fröhlichen Tag zu haben. Ganz im Gegensatz zu gestern, als er ein Häufchen Elend gewesen war. »Kovac ist auch da? Na, das ist ja super. Fast ein Familientreffen im Grünen. Vielleicht können wir später im Garten von Luises Schwester ein Achterl Wein trinken oder grillen? Was haltet ihr davon?«

Herbert nervte. Im Pulk setzten wir unseren Spaziergang fort. Wenn man uns so zusah, hätte man an eine lustige Sommerpartie denken können, aber weit gefehlt. Herbert und sein Anhang stellten für uns eine große Gefahr dar.

Ich wusste nicht, was ich zuerst tun sollte. Was würde passieren, wenn wir die Tür zum Geheimzimmer öffneten? Wartete Kleindienst schon darauf, uns zu erledigen? Überhaupt hatte sich diese Woche alles ziemlich zugespitzt. Nicht, dass es in der Vergangenheit langweilig gewesen wäre. Doch sobald wir in letzter Zeit anfingen,

Probleme zu lösen, kamen neue hinzu. Ich hatte das System in Verdacht, uns loswerden zu wollen. Sie machten uns mürbe. Wir begingen Fehler, dann schlugen sie zu und warfen uns raus. Der Weg zum guten Österreicher war steinig. Allerdings waren wir Geologen es gewohnt, Steine zu bearbeiten und aus dem Weg zu räumen.

Die Sicherheitswache kam in Sichtweite. In Frohsinn war am Nachmittag noch weniger los als am Vormittag. Die beiden Hilfssheriffs standen in ihren Wachhäusern und starrten gelangweilt ins Narrenkastl. Von Kovac oder Kleindienst keine Spur. Da standen wir nun. Schon wieder hatten wir keinen Plan. Paradeiser im Genick. Kleindienst vor uns.

Herbert wollte die Sicherheitswache als Erster betreten.

»Hey. Warte mal. Ich glaube, es ist besser, wenn wir Kleindienst vorwarnen und dich anmelden. Georg, geh mal hinten herum und schau nach, ob sie es sich hinterm Haus bequem gemacht haben. Vielleicht sitzt Kovac mit Kleindienst auf der Bank und sie trinken gemütlich einen Zweigelt.«

Herberts Augen fingen an zu leuchten. »Zweigelt hört sich sehr gut an.«

Luise und ihr Pudel folgten Georg, Herbert setzte sich auf die Bank neben dem Eingang. Irina und Larisa versteckten sich eine Straße weiter und warteten auf uns.

Meine Schritte wurden immer schwerer. Ich nahm eine leere Bierflasche und schlug sie kräftig auf den Boden. Herbert schaute mich irritiert an. Wenn der Oberinspektor mich angreifen würde, konnte ich mich immer noch mit der Flasche wehren. Schließlich betrat ich die Polizeiwache. Durchs Fenster sah ich Georg, der an der geschlossenen Hintertür stand, Luise starrte durch das andere Fenster in die Sicherheitswache. Ihre Augen verhießen nichts Gutes. Dann öffnete der Kärntner die Hintertür.

Ich machte einen Rückzieher. »Lass uns verschwinden. Kovac ist sicher nicht mehr am Leben.« Vor uns die Geheimtür. »Mensch, Juri, wir müssen Kovac da rausholen.«

Ich steckte den Schlüssel ins Loch und drehte nach rechts.

Die Situation erinnerte mich an meine Schulzeit. Immer wenn ich vor einer Prüfung stand, war meine Anspannung kaum zu ertragen gewesen. Erst wenn die Fragen auf dem Tisch lagen, entspannte sich mein ganzer Körper, dann war alles halb so wild. Rückblickend betrachtet konnte ich darüber lachen. Der Plan wäre klar, sobald wir die Situation vor Augen hatten.

Du fragst dich jetzt: Wie ging es weiter? Ich will dich nicht auf die Folter spannen.

Während Herbert auf der Bank herumzappelte – schließlich hatte er noch nie eine Weiterbildung machen dürfen und die war für einen späteren Aufstieg im Männerwohnheim unerlässlich – fiel Luises Blick auf die Flaschenreste in meiner Hand. Erinnerte sie sich an gestern? An Dornbach, die Kirche. Das ganze Blut. Das Chaos.

Ich öffnete die Tür zur Geheimkammer. Nur einen Spalt. Im nächsten Moment drehte ich um und flüchtete. Nur weg hier, dachte ich, rannte hinaus und versteckte mich hinter dem Kirschlorbeer. Ich konnte gerade noch sehen, wie die Tür mit voller Wucht aufflog und Georg traf, der durch die Hintertür hinaustaumeln konnte.

In dem Augenblick tauchte Herbert im Eingang auf und ich wusste: Das wird eine blutige Angelegenheit. Vermutlich hätten wir die ganze Sauerei verhindern können, aber das sagt sich leicht im Nachhinein. Kleindienst kam herausgestürmt und schrie Herbert an. Der war völlig ahnungslos und stotterte etwas von »Rasterfahndung« und »Weiterbildung«. An seiner Stelle hätte ich das Weite gesucht. Wir wussten: Der Erste, den Kleindienst auf seinem Rachefeldzug treffen würde, hatte schlechte Karten. Absolut schlechte Karten.

Der Erste war leider Herbert. Im Nachhinein denke ich, dass sein Helm ihm das Leben gerettet hat. Vielleicht sollte ich mir auch langsam einen Schutz zulegen. Herberts Helm hinterließ sichtbare Spuren an der Hauswand, in Form einer mittelgroßen Delle in der Wärmedämmung. Der arme Kerl landete im Kirschlorbeer und schlug mit dem Kopf auf unsere Bierhülsen vom Mittag. Die Scherben flogen in alle Richtungen.

Alle anderen hatten ebenfalls keine optimalen Karten. Die beiden Hilfssheriffs bekamen danach ihr Fett ab: Kleindienst jagte sie vom Grundstück, zog seine Waffe. Eine Neun-Millimeter-Beretta. Er bekam sie als Geschenk von den Amis für einen kurzen Irak-Einsatz. Dann schoss er.

Allerdings muss ich zu seiner Verteidigung sagen, dass er über ihre Köpfe zielte. Er stand breitbeinig auf der Straße und schoss. Die Nachbarn zogen die Vorhänge zu und versteckten sich, sie kannten seine Marotten und Stimmungen. Heimlich nannten sie ihn den »Rambo von Frohsinn«. Schon kam er zurück. Seine eigentlichen Zielpersonen hatte er zum Glück nicht gefunden.

Sicher, ein wenig bereute ich mein cooles Winken und Grinsen im Bunker. Und Georg dachte gewiss auch anders über seinen Stinkefinger. Aber was soll's. Die Sauerei konnten wir nicht rückgängig machen.

Wie es weiterging? – Kleindienst kam zurück und sah Herbert auf dem Rasen liegen. Der heulte und krümmte sich, in der Hand eine kaputte Flasche von Rosis Restaurant. Er war blutverschmiert, der Kirschlorbeer hinüber, die Scherben lagen im Umkreis von mehreren Metern. Der schöne englische Rasen. Alles im Arsch. Die Arbeit von mehreren Tagen in wenigen Minuten zerstört. Hinterm Haus Blut, jede Menge sogar. Luises Blut. Die hing kopfüber in der Regentonne, mit nacktem Oberkörper, auf ihrem Rücken der Stempel: *Piefke 5*. Der Stempelmörder hatte wieder zugeschlagen.

Kleindienst zog den Körper aus der Tonne. Die Augen fehlten. Ich glaube, das war sogar für den Rambo von Frohsinn zu viel: Er kotzte in den Kirschlorbeer. Dann sah er die Augen.

Sie lagen in Herberts Händen, er starrte sie an. Sie starrten zurück. Es war wirklich eine ziemliche Sauerei. Einfach unglaublich.

Kleindienst wankte zurück zur Tonne und zog ein weiteres Bündel heraus. Den Pudel. Nun gut, ich hatte sowieso nie was übrig für diesen Vierbeiner. Der kleinen Ratte fehlte der Kopf, der steckte auf einem Holzpfahl mitten im Gemüsebeet, die Zunge hing raus. Schon abartig. Mir wurde übel.

Geköpfte Menschen gab es in der Menschheitsgeschichte immer wieder. Luises Hund wird wohl als erster enthaupteter Pudel in die Frohsinn-Geschichte eingehen.

Kleindienst stand inmitten dieser Sauerei und drehte sich völlig verwirrt im Kreis. Überall sah man Blut. Menschenblut, gemischt mit Hundeblut. Einen abgetrennten Kopf.

Ich bin mir nicht ganz sicher, ob er Herbert kommen sah, der mit einem Flaschenkopf auf ihn zustürmte. Herbert war schon ein Waldviertler Naturbursche: eigentlich immer einen Scherz auf den Lippen. Jetzt waren diese Lippen blutverschmiert. Es war das Blut seiner Verlobten.

Während er auf Kleindienst zurannte, dachte er sicher an Luise. Daran, wie er sie kennengelernt hatte, damals an der Würstelbude am Schwedenplatz, wie sie ihn angelächelt hatte mit dem süßen Senf auf ihren Lippen und den Resten der Käsekrainer zwischen den Zähnen. An ihre wunderschönen Augen, die jetzt im englischen Rasen lagen. Er, ausdrucksstark mit Helm, hatte einst ihr Lächeln erwidert. Und wie verliebt sie gewesen waren! Sie hatten Ziele gehabt, wollten dieses Jahr heiraten. Wollten Kinder bekommen. Wollten gemeinsam den Rest ihres Lebens Seite an Seite verbringen.

Und jetzt? – Ihr Körper in einer Regentonne. Warum er sicher war, dass Kleindienst dahintersteckte, konnte er uns später nicht mehr erklären. Überhaupt blieben die Tatbestände völlig im Dunkeln.

Georg lag eine ganze Weile halb bewusstlos an der

Hintertür, und ich, wie in Trance, unter dem zerpflückten Kirschlorbeer. Wer auch immer hinter diesem Mord stand: Er hatte das Chaos genutzt, um sein blutiges Werk zu verrichten.

Als gute Freunde hätten wir Herbert helfen müssen, aber wir hatten unsere eigenen Probleme. An mehreren Fronten gleichzeitig zu kämpfen, bedeutete zu viel Energieverlust. Seldschuk hatte sicher Verständnis, wenn wir ein paar Minuten zu spät kamen.

Währenddessen waren Irina und Larisa schon wieder auf dem Weg zurück zu Krakowitsch. Sie hatten vermutlich nicht mehr damit gerechnet, uns wiederzusehen. Der Weg zurück in die Gefangenschaft war ihnen bekannt, der Weg in eine andere Zukunft ungewiss. Wir erwischten sie gerade noch vor dem Bunkereingang, als sie den Schlüssel suchten.

Wir machten uns mit den beiden auf den Weg zu Seldschuk. Das mit Herbert tat mir unheimlich leid. »Herbert hat das nicht verdient. So eine Sauerei. Wie wir das wiedergutmachen sollen, ist mir ein Rätsel.«

Georg nickte und wir stiegen in die Straßenbahn am Böhmischen Prater.

Wenn ich mir das jetzt, mit ein wenig Abstand, richtig überlege, hätten wir Herbert mitnehmen müssen. Hätten, hätten, hätten … Und was passierte dann?

Angeblich Folgendes: Herbert, dem Wahnsinn nahe, rannte mit dem Bierflaschentorso auf Kleindienst los und rammte diese scharfkantige Waffe in den Hals des Oberinspektors. Sie blieb stecken. Kleindienst hatte ziemliches Glück.

Die Halsschlagader blieb unverletzt. Allerdings floss noch mehr Blut und die Sauerei wurde noch größer.

Herbert fiel in Ohnmacht, direkt neben Luise. Kleindienst wankte und konnte das Ganze nicht fassen. So etwas Schreckliches passierte in seiner Sicherheitswache nicht – niemals!

Im Fallen schoss er mit seiner Beretta durch die Gegend und traf die Scheibe vom Nachbarn auf der anderen Straßenseite. Die riefen dann die Polizei. Er fiel auf den Pudel, oder was davon übrig war. Keine halbe Stunde später kamen Paradeiser und Stippschitz und nahmen alles am Tatort auf. Aber was sollten sie da groß aufnehmen? Kleindienst war nicht in der Lage zu reden. Ob er jemals in die Normalität zurückkehren würde? Seine Mutter und Krakowitsch saßen sicher noch immer im Bunker. Allerdings hatten sie für eine ganze Weile Nahrungsmittel.

Paradeiser fand die Überwachungskameras, konnte aber dummerweise das Treiben von Kleindienst nicht aufklären. Du wirst dich jetzt fragen: Wo war Kovac? Das ist eine sehr wichtige Frage. Ehrlich gesagt sahen wir ihn nach diesen Vorfällen nie wieder. Auch nicht an der Kettenbrückengasse. Später hörten wir, dass er einmal eine Postkarte aus Amerika geschickt hatte. Angeblich baute er dort eine Softwarefirma auf und wurde ein guter Amerikaner. Ich hätte mich gern von ihm verabschiedet. Was in der Kammer in unserer Abwesenheit geschehen war, blieb für immer ein Geheimnis. Herbert sagte uns einmal, dass die Wände blutverschmiert gewesen seien. Mit Blut von Kovac. Die Daten auf den Computern seien gelöscht worden. Die Aufnahmen für immer zerstört. Aber wir hatten ja noch die DVD.

\*

Wir fuhren mit Irina und Larisa zum Naschmarkt. Für die beiden waren das die ersten Stunden in Freiheit. Sie wirkten glücklich, schließlich hatten sie mit uns die ersten ehrlichen Menschen gefunden. Wenn schon die Österreicher nicht das Gute und Wertvolle in uns sahen, dann mussten die Russen herhalten.

Auf der Fahrt zum Naschmarkt schwiegen wir. Die Russinnen staunten, es war ein Ausflug in eine andere Welt.

Georg und ich schwiegen die ganze Fahrt über. Zu frisch waren die blutigen Eindrücke. So ein Chaos! Zudem tat uns Luise leid. Georg hatte sie nie gemocht, aber auf diese Weise aus dem Leben zu scheiden, hatte er sich für sie nicht gewünscht.

Es war schon fast sechs Uhr. Die Standler packten ihr Obst und Gemüse zusammen. Vereinzelt rannten Touristen von Stand zu Stand, fotografierten oder ließen sich ein paar Kilos Nüsse aufschwatzen.

Seldschuk freute sich bei unserem Anblick. Hinter ihm stand Isabel, sie strahlten wie ein frisch verliebtes Paar. Dieses Mal konnte Georg seine Überraschung nicht verbergen. Diese Kombination war ihm neu.

»Juri, Georg. Na, das ist eine Freude, euch zu sehen. Wie geht es euch? Ihr schaut ein wenig blass aus. Habt ihr schon wieder was angestellt? Und wer sind denn diese bildhübschen jungen Damen?«

Wir weihten Seldschuk in die zurückliegenden Ereignisse ein. Er konnte vor lauter Staunen seinen Mund nicht mehr schließen. »Habt ihr was damit zu tun?«

»Seldschuk, du kennst uns doch«, beruhigte ich ihn.

Georg legte nach. »Diese Tat des Stempelmörders ist grausamer als die letzten beiden. Mir kommt's vor, als versuchte der Täter, der Welt eine Botschaft zu übermitteln.«

»Georg, wenn wir dich nicht hätten.« Seldschuk dachte gleich an eine Piefke-5-Untergrundorganisation.

Isabel brachte die Tat mit den Hundegackerl-Erpressern in Verbindung und lachte.

Seldschuk bediente nebenbei seine Kunden. Georg fand's lustig. »Magst nicht Paradeiser verkaufen? Dicke, fette Paradeiser. Ohne Makel und Flecken. Ich könnte mir gut vorstellen, auf dem Naschmarkt einen kleinen Stand zu eröffnen. ›Köstliches aus Deutschland oder Piefke à la carte‹. Die Leute würden uns die Bude einrennen. Unter der Hand könnten wir zum zentralen Knotenpunkt der geheimen Nachrichten werden. Oder wir machen einen langweiligen Mineralienhandel auf. Was meinst?« Der Kärntner aß an einem Sackerl mit gemischten Nüssen. Immer in kleinen Mengen von zehn dag.

Hinten in der Ecke sah ich unser Päckchen für die nächste Übergabe. Seldschuk war jetzt der Einzige, dem wir hier am Markt vertrauen konnten. Nachdem Kovac nicht mehr da war, hingen wir komplett vom Kleinasier ab.

»Juri, es gibt viel zu tun. Ich habe euch doch von der neuen Übergabe erzählt. Damit könnt ihr den Fehler von gestern wiedergutmachen. Und diesmal muss es klappen, Freunde. Keine Fehler mehr, sonst müssen wir ein ernstes Wort miteinander reden. Ich habe Hasil in seiner Wohnung besucht und beim Packen erwischt. Das Geld lag frisch gebündelt auf seinem Wohnzimmertisch.« Er grinste und klopfte Georg auf die Schulter, der sich verschluckte. Gleichzeitig knetete er Isabels Hintern.

»Wie geht es Hasil?«, wollte ich wissen.

»Oh, den Umständen entsprechend. Ein paar Tage Krankenstand, und dann kann er wieder Pudelmützen verkaufen.« Ich musste schlucken. »Habt ihr morgen Zeit? Es ist mir egal, wann. Ich richte mich da ganz nach euch.«

Diese Freundlichkeit irritierte mich. So viel Koks und so freundlich? Da musste ein Haken sein. Ich wollte auf keinen Fall einen weiteren Toten riskieren. Drei Leichen in drei Tagen waren genug. Irgendwann würde uns Paradeiser damit in Verbindung bringen. Seldschuk musste für die Russinnen sorgen.

»Klar, das mache ich doch gern. Ich werde schon eine Bleibe für sie finden. Sie brauchen neue Ausweise, und wenn sie möchten, werden wir einen sicheren Weg in ihre Heimat finden.« Seldschuk war ein Schatz.

»Georg und ich werden das Päckchen ordnungsgemäß übergeben.«

Isabel verabschiedete sich, weil sie noch einen wichtigen Termin im Männerwohnheim hatte. Seldschuk knutschte sie auf den Mund, dann warnte er uns. »Paradeiser wird euch auf den Fersen sein. Vielleicht solltet ihr heute Nacht nicht in der Meldemannstraße schlafen.«

Georg war skeptisch. »Wenn wir dort nicht aufkreuzen, dann machen wir uns erst recht verdächtig. Wir sollten bei diesen bestialischen Morden wirklich nicht immer in Rufweite sein.« Seldschuk übergab uns das Päckchen. »Ihr seid doch morgen auf dem Wiener Zentralfriedhof?« Wir nickten. »Da werdet ihr an den beiden Beerdigungen teilnehmen: Karl Greißler und Reinhold Hubsi. Dort wird euch der Sensenmann erscheinen. Ihr kennt doch den alten jüdischen Teil des Friedhofs?« Wir nickten wieder. »Der Sensenmann wird nicht auffallen. Die Übergabe der Kohle machen wir dann auf dem Mistfest am Mittwoch. Ich werde irgendwann am Abend vorbeischauen. Alles klar?«

Wir nickten zum dritten Mal.

Seldschuk war ein Stratege. Wie er das alles organisierte! Einfach wunderbar. Wir hätten das nicht besser einfädeln können.

»Pass auf Irina und Larisa auf!« Diesmal nickte Seldschuk und schüttelte unsere Hände.

Wir mussten uns beeilen, denn um acht schlossen die Tore in der Meldemannstraße. Paradeiser hatte anscheinend bereits herausgefunden, dass an diesem Tag zwei Piefkes und ein Tschusch in der Sicherheitswache gearbeitet hatten. Er wartete mit Stippschitz an der Eingangstür zum Männerwohnheim auf uns.

»Georg, schau mal.«

»Ich kann nicht mehr. Der Tag war wirklich anstrengend. Aber ich schätze, da müssen wir durch.«

Wir spielten die Ahnungslosen. Wir hatten ja auch keine Ahnung, wer für den Mord verantwortlich war. Damit war die Sache für uns erledigt.

Leider nicht für Paradeiser. Er grinste. Das schaute nicht gut aus. »Eine Frage, meine Piefkes: Warum? Könnt ihr mir das erklären? Es kann doch kein Zufall sein, dass ihr heute schon wieder in unmittelbarer Umgebung des Tatorts gearbeitet habt?«

Inspektor Stippschitz zeigte uns ein Tatortfoto. »Wem gehören die Bierflaschen, die hier rund um den Kirschlorbeer liegen? Ihr seid doch für die Rasenpflege zuständig?«

Zack, da war es wieder. Dieses ungute Gefühl vor einer Fangfrage zu stehen. Kleindienst war mit einer dieser Flaschen lebensgefährlich verletzt worden. »Herr Inspektor, Georg und ich sind froh, noch zu leben. Wir haben einen Spaziergang durch Frohsinn gemacht, und dann brach plötzlich Chaos aus. Und es gab so viel Blut …«

Paradeiser knurrte. Furchen wurden auf seiner Stirn sichtbar. Dann platzte es aus ihm heraus. »Ich habe die Rasterfahndung mit euren Namen gefüttert, die Suchmaschine hat keinen Eintrag ausgespuckt. Das ist doch auffällig! Jede Person ist im Internet vertreten! Warum ihr nicht? Ich mach euch fertig, wenn ihr mit diesen drei Morden was zu tun habt. Oberinspektor Kleindienst geht es miserabel.«

Luise war den beiden anscheinend völlig egal. Da sah ich Isabel. Sie huschte über den Flur in ein Zimmer. Was hatte sie wohl für einen dringenden Termin? Paradeiser nervte wirklich. Ich unterbrach ihn. »Aber Herr Chefinspektor Paradeiser. Wir sind vollkommen harmlos. Glauben Sie, wir könnten an diesem Programm teilnehmen, wenn wir Menschen umbringen würden? Wir möchten gute Österreicher werden. Das ist und bleibt unser Ziel. Wir werden vielleicht nie so gut werden wie Sie, aber wir bemühen uns.«

Paradeiser winkte ab. »Wenn Oberinspektor Kleindienst wieder auf den Beinen ist, dann sprechen wir uns. Er kann zurzeit keine Aussage machen. Auch Kovac steht ganz oben auf der Liste. Er wurde zur Fahndung ausgeschrieben. Und denkt an die beiden Zahlen: 316 und 317. Vergesst sie nicht!« Heftig schlug er zu.

Meine rechte Backe schlotterte und mit dem Hinterkopf schlug ich gegen die Wand. Georg wollte sich ducken, konnte aber nicht mehr ausweichen, Paradeisers Faust traf ihn auf die Nase. Stippschitz verzog das Gesicht. Das Blut spritzte.

»Das soll ich euch von Kleindienst ausrichten. Ich beobachte euch beide.« Die Tür knallte, als er sie zuschlug.

»Juri, das habe ich jetzt nicht erwartet. Der Schlag hat gesessen.« Für Überraschungen war Paradeiser immer gut. Allerdings war er diesmal entschieden zu weit gegangen.

Ich zitterte am ganzen Körper. Wir rannten die Stufen hinauf zu unserem Zimmer.

Am liebsten hätte ich mich jetzt ins Bett geworfen, so fertig war ich. Plötzlich flackerte die Glühbirne an der Decke. Wir schauten nach oben. Kein Licht. Kein Strom mehr.

»Komm, Georg. Wir packen unsere Sachen und verschwinden. Seldschuk hat recht. Ich hab ein ungutes Gefühl.« Ich zitterte immer noch. Georg nickte. Aber wo sollten wir hin? Keine Kohle. Kein Dach über dem Kopf. Die Meldemannstraße war unser Zuhause.

»Mensch Juri, das ist doch krank! Wir sind keine Stempelmörder.«

»Paradeiser wird langsam zu einem Problem. Das wird alles in unseren Akten landen. Wir stehen anscheinend ganz oben auf der Liste. Ich wollte doch so gern ein guter Österreicher werden!«

Wir mussten beide lachen. Ein Plan B wäre jetzt gut. Zuerst packten wir unsere Rucksäcke. Das Päckchen von Seldschuk durften wir auf keinen Fall vergessen. Wir beeilten uns, aus dem Heim rauszukommen.

Da standen wir nun. Die Meldemannstraße war um diese Zeit wie ausgestorben. »Was nun, Georg?« Viele Möglichkeiten hatten wir nicht: entweder auf eine Parkbank oder in den Kanal. Auf der Parkbank waren wir vor der Polizei nicht sicher. Teilnehmer von Piefke 5 durften sich nachts nicht auf der Straße sehen lassen. Wer erwischt wurde, musste mit harten Sanktionen rechnen. Die konnten so weit führen, dass der Delinquent ins Heimatland ausgewiesen wurde. Wir waren also vogelfrei.

Und diese Situation nutzten unsere Verfolger. Sie warteten ab acht Uhr in den Straßen rund um die Meldemannstraße, um uns einzufangen und der Justiz auszuliefern. Es handelte sich dabei wahrscheinlich um die Schergen von Kleindienst. Wir rochen den Braten und öffneten den Kanaldeckel gleich gegenüber dem Heim. Im Wiener Kanalsystem hatten sich schon Hollywoodgrößen herumgetrieben. In dem Film »Der dritte Mann«

wurde Orson Welles alias Harry Lime dort bei einer wilden Verfolgungsjagd erschossen.

Unten holte Georg seine Taschenlampe aus dem Rucksack. Überall gab es Abzweigungen. Vor einem halben Jahr hatte uns Franz schon einmal aus dem Heim geworfen, damals gab uns Reinhold den Tipp – Gott hab ihn selig.

»Hast du einen Plan?«

Georg grinste. »Ich habe immer einen Plan. Wir müssen in diese Richtung gehen.« Sein Finger zeigte den Gang entlang. »Na ja, geradeaus.«

Aber unsere Verfolger machten uns einen Strich durch die Rechnung. »Sie kommen, Georg. Schnell, weiter!«

Die Gänge waren unterschiedlich breit. Mittendrin die appetitlichen Abflüsse der Bevölkerung. Wir rutschten auf dem glitschigen Untergrund, ein erbärmlicher Geruch begleitete uns. Die Rucksäcke hinderten uns daran, schneller voranzukommen. Vermutlich folgten uns zwei oder drei. Rechts abbiegen, dann ein Stück geradeaus.

»Juri komm, wir müssen weiter. Hast du schon mal was von der großen Leichenhalle auf dem Karlsplatz gehört?« Georg schnaufte.

»Welche Leichenhalle? Ich kenn nur die Karlskirche.«

»Hinter der Kirche steht dieses kleine, unscheinbare Gebäude. Unter der Erdoberfläche gibt's eine riesige Halle, in der Wiens Leichen gesammelt werden.«

Ich konnte mich dunkel an diese Geschichte erinnern. »Ist das diese U-Bahn ohne Rückfahrkarte?«

»Genau, die U-Bahn für die Toten. Komm, sie sind uns auf den Fersen.«

Anton Pospischil hatte mir einmal von dieser unterirdischen Verbindung zum Zentralfriedhof erzählt. Sie war in den Siebzigern des 19. Jahrhunderts gebaut worden, damals hatte der Magistrat außerhalb der Stadt einen riesigen Friedhof aus dem Boden gestampft. Die Gebeine der Toten waren umgebettet worden, weil man Platz für neue Wohnungen brauchte. Jahrelang marschierten dann die Trauergäste quer durch die Stadt entlang der Simmeringer Hauptstraße zum neuen Zentralfriedhof. Im Winter blieben die Pferdekutschen im Schnee oder Schlamm stecken. Zum Teil mussten die Toten in den Gaststätten zwischengelagert werden. Für die Bewohner entlang dieser Totenstraße wurde dieser Wahnsinn zu einer täglich wiederkehrenden Tortur.

Dann erfanden zwei Österreicher die sogenannte Sargrohrpost, eine Art pneumatische Leichenbeförderung. Der Magistrat stand dem Projekt eher ablehnend gegenüber, doch die katastrophalen Zustände auf dem Weg zur Nekropole konnten nicht mehr ignoriert werden. 1894 war es dann so weit: Die pneumatische Sargrohrpost zum Totenreich wurde fertiggestellt. Die erste Leiche wurde in den Maschinenraum versenkt und mithilfe von Luftdruck zum Zentralfriedhof nach Simmering geschossen. Ein Transport konnte bis zu vier Särge enthalten und dauerte 15 Minuten. Die Hauptreisezeit lag zwischen Mitternacht und den frühen Morgenstunden.

Später, nach dem Zweiten Weltkrieg, wurde die Sargrohrpost zu einer neuen U-Bahn-Linie ausgebaut. Dadurch konnten die Angehörigen die Leiche in einem eigens dafür vorgesehenen Abteil begleiten. Den Trauernden wurden Erfrischungen und kleine Snacks serviert, und ab und zu gab es dort kulturelle Veranstaltungen, wie zum Beispiel ein Filmfestival oder kleine Theaterstücke. Ist das nicht großartig?

Unser Ziel war also die Totenhalle am Karlsplatz.

Sie kamen uns immer näher. Wir kämpften uns durch die unterirdischen Gänge. Es gab keine Hinweisschilder, keine Wegweiser, nichts. Stunden verstrichen, bis wir kurz vor Mitternacht vor einer massiven Holztür standen. Keine Klingel. Georg klopfte.

Drinnen fragte eine Stimme: »Wer begehrt Einlass?«

Wir schauten uns fragend an. Georg räusperte sich. »Georg und Juri.«

Die Antwort: »Wir kennen Sie nicht!«

Mir wurde schlecht. Die Jäger im Genick und eine geschlossene Tür vor uns.

Dann noch einmal die Frage: »Wer begehrt Einlass?«

Ich schlug an die Tür und schrie: »Macht verdammt noch mal die Scheißtür auf!« Auch ein nächster Versuch blieb zwecklos. »Georg, die lassen uns nicht rein. Was wollen die von uns? Wir brauchen ein Passwort. Hast du eine Idee?«

Georg dachte nach. »In der Kapuzinergruft haben sie so ein Ritual. Du kennst doch die Kaisergruft in der Kapuzinerkirche? Warte mal.« Georg klopfte.

Wieder wurde die Frage gestellt: »Wer begehrt Einlass?«

Nun antwortete mein Kärntner Freund: »Georg und Juri, zwei arme Sünder«, woraufhin die Tür geöffnet wurde.

# DIENSTAG: FRIEDHOFSVERWALTUNG ZENTRALFRIEDHOF IN WIEN SIMMERING

Der Schwerhörige hinter der Tür zur Leichenhalle am Karlsplatz war ein Kapuzinermönch. Seine Aufgabe: immer das gleiche Frage-Antwort-Spiel. Er öffnete die Tür und schloss sie hinter uns. Dann setzte er sich, ohne uns auch nur eines Blickes zu würdigen, auf einen kleinen Holzschemel.

Es klopfte erneut und er fragte: »Wer begehrt Einlass?«

Der Typ trug eine dieser komischen Kutten. Anscheinend hatten die Kapuzinerbrüder neben der Kaisergruft auch die Verwaltung der Leichenhalle übernommen. Die Halle gliederte sich in vier Teilbereiche. Wir standen im katholischen, weiterhin gab es noch einen protestantischen, jüdischen und moslemischen Teil. Ich schnappte mir den Bruder und zog kräftig an seinem Kittel. Von draußen hörte ich zornige Stimmen:

»Mach die verdammte Tür auf oder du kannst was erleben!«

Der Kapuzinermönch wollte gerade antworten, da packte ich ihn noch fester an der Kutte. »Wenn du diese Tür öffnest, dann werde ich ziemlich sauer. Hast du verstanden?«

Es war ihm komplett egal. Er antwortete: »Wir kennen Sie nicht!«

Das Risiko konnten wir nicht eingehen. Wir knebelten ihn. Wieder hämmerte es gegen die Tür. Diesmal verstanden die Draußenstehenden keinen Spaß. Ein Schuss fiel.

»Die schießen sich den Weg frei. Wo ist die U-Bahn?«, schrie ich.

Er schaute uns völlig verängstigt an und blickte dann in die gegenüberliegende Ecke der Halle. Georg rannte voraus. Überall standen Regale. Fünfstöckig. Viele waren leer, hier und da stand ein Sarg. Es gab Holzsärge in jeder Form und Farbe.

In Wien durfte seit ein paar Jahren nur noch der Josephinische Gemeindesarg benutzt werden. Im 18. Jahrhundert erfunden, wurde er kurz darauf wieder abgeschafft, doch aufgrund der ständigen Finanzkrisen hatte ihn der Magistrat wieder eingeführt. Der Gemeindesarg hieß im Volksmund auch »Klappsarg«, war nach unten aufklappbar und wiederverwendbar. Das Geniale an diesem Sarg war, dass er mit der Leiche über das offene Grab gestellt und anschließend geöffnet werden konnte. Die in einen Leinensack eingewickelte Leiche fiel in die offene Grube und wurde mit gelöschtem Kalk bedeckt. Die Wiener hatten schon eigenartige Rituale.

Wir rannten zum anderen Ende der Halle, hier befand sich der Eingang zum Fahrstuhl. Ich drückte auf den Pfeil nach unten. Die Tür öffnete sich. Schüsse fielen. Der Kapuzinermönch lag auf dem Boden und krümmte sich. Dann betraten sie die Halle, wir sahen gerade noch, wie sie über den Mönch stolperten. Es ging abwärts zur U-Bahn.

\*

Um diese Uhrzeit war in der Leichenhalle nicht viel los. Zehn Minuten wurden benötigt, um die Särge in die U-Bahn zu laden. Zehn Minuten fuhr die Bahn zum Zentralfriedhof und zehn Minuten waren für das Ausladen des Frachtguts vorgesehen. Für die Rückfahrt wurde die U-Bahn mit leeren Klappsärgen beladen, damit kein Leertransport entstand. In Wien starben pro Jahr ungefähr 16.000 Menschen, von denen mehr als die Hälfte auf dem Zentralfriedhof landete. Das bedeutete, dass die U-Bahn in einem regelmäßigen Takt zur Nekropole fuhr. Die U-Bahn, im Wiener Volksmund immer noch »Sargrohrpost« genannt, wurde rein elektrisch betrieben.

Die Särge, insgesamt vier davon, waren schon transportbereit. Im hinteren Teil der U-Bahn gab es vier Abteile für die Angehörigen, die aber in der Regel auf diesen Transport verzichteten.

Wir standen allein auf Bahnsteig 1. Auf der gegenüberliegenden Seite kamen die leeren Klappsärge zurück zur Leichenhalle. Mit großen Plakaten warb der Magistrat für seine Bestattungsabteilung: »Haben Sie keine Angst. Bei uns sind Sie in besten Händen. Wir kümmern uns um Sie und Ihre Angehörigen.« Wenn man selbst nicht betroffen gewesen wäre, hätte man über solche Sprüche schmunzeln können.

»Schnell, wir müssen uns in die Särge legen, sonst kriegen sie uns«, schrie ich.

»Du willst dich zu den Leichen legen?« Georg schaute mich verdutzt an.

»Verdammt noch mal, leg dich rein und sei ruhig. Oder hast du eine bessere Idee?«

Hinter uns bewegte sich der Fahrstuhl. Kleindiensts Schergen. Ich öffnete den zweiten Sarg in der Reihe, warf meinen Rucksack mit Seldschuks Kokain hinein, legte mich bäuchlings auf die Leiche und schloss den Sarg, ohne den leblosen Körper auch nur eines Blickes zu würdigen. Georg nahm den nächsten Sarg.

Totenstille. Gleich ging es los. Ich wartete angespannt und versuchte, mich zu orientieren. Nicht ganz einfach, sag ich dir. Man liegt nicht so oft im Leben gemeinsam mit einer Leiche im Sarg. Oder hast du schon einmal so etwas erlebt? In Wien war das ohne Weiteres möglich. Eine Stadt mit Hang zum Tod – was soll ich sagen …

Ich drückte auf den Lichtschalter. Eine kleine Birne leuchtete mir direkt ins Gesicht. Ich schaute auf die geschlossenen Augen von Isabel.

»Isabel?« Ich schlug mit dem Hinterkopf gegen den Sargdeckel. Ein Reflex. Mein Herz raste. »Isabel! Nein! Nicht auch noch du!«

Ich versuchte, sie zu greifen, sie zu schütteln. Ihre Klamotten fühlten sich feucht an. Es ruckelte. Wir fuhren los.

»Isabel! Wach auf!« Mir versagte die Stimme. »Wach endlich auf!« Sie bewegte sich nicht. Ich schrie. Niemand konnte mich hören. »Isabel!«

Tränen tropften auf Isabels Backe und rannen weiter, um schließlich auf dem weißen Kissen zu versickern. Irgendwann ließ meine Kraft nach. Ich legte meinen Kopf neben ihren und beobachtete ihre Lippen, die ich gestern noch geküsst hatte.

»Isabel! Wer hat dir das angetan?« Sie antwortete nicht.

Mein Magen drehte sich und ich spürte ein erbärmliches Ziehen. Alles schmerzte.

Ich konnte sie riechen und verlor fast den Verstand. »Wie ist das passiert? Ich hab dich noch im Wohnheim gesehen, du hattest einen wichtigen Termin? Mit wem?«, schniefte ich. Keine Antwort. Sie rührte sich nicht. Ich schob meinen Kopf auf ihre Brust. Vielleicht klopfte ihr Herz noch? Nichts. Kein Klopfen. Ich spürte etwas an meiner Wange. Der Schlüssel zum Schließfach.

Mit einem Ruck riss ich ihn ihr herunter und steckte ihn in meine Hosentasche. »Das Koks werde ich gut investieren, ganz in deinem Sinne. Ich werde deinen Mörder finden. Und wenn ich ihn rund um den Globus jagen muss.«

Was waren das für Würgespuren am Hals? Dieses Schwein!

Die moderne Innenausstattung der Särge konnte sich sehen lassen. Schließlich bestand die Möglichkeit, dass die Toten auf dem Weg zur Nekropole aufwachten und die Zeit mit der Lektüre der aktuellen Tageszeitung totschlagen wollten. Ja, es gab wirklich eine Tageszeitung im Sarg: Die aktuelle Ausgabe der Zeitung der Städtischen Leichenbestattung der Gemeinde Wien steckte direkt neben Isabels Kopf. Das Blatt bestand hauptsächlich aus den Todesanzeigen des gestrigen Tages und den Abschieds-Annoncen der Hinterbliebenen.

Die zehn Minuten kamen mir wie eine Ewigkeit vor. Ob unsere Jäger ebenfalls zum Zentralfriedhof geschossen wurden?

Das mit Seldschuk war Isabels Idee gewesen. Sich mit dem Orakel vom Naschmarkt einzulassen. Das Gerücht mit dem Koks kursierte schon seit Längerem in der Kettenbrückengassen-Szene, Kovac hatte mir das vor einiger Zeit so nebenbei erzählt. Seldschuk suchte immer neue Drogenkuriere. Die meisten endeten bei Paradeiser. Kovac sagte mir einmal, dass Seldschuk ihn anheuern wollte, aber da er selbst an der Nadel hing, war er nicht vertrauenswürdig.

Isabel hatte ihren umwerfenden Charme eingesetzt und es war für sie kein Problem gewesen, ihn von ihren Vorteilen zu überzeugen. Georg ahnte nichts von unserem doppelten Spiel. Warum sollte ich mit einem Kärntner teilen? Es ging hier schließlich nicht um Kleinigkeiten. Wir wollten, sobald wir genug Geld hatten, verschwinden und irgendwo in Übersee ein glückliches Leben führen.

»Scheiß auf den guten Österreicher«, brüllte ich in den Sarg hinein.

Isabel hatte schließlich die Südafrika-Idee gehabt. Hunde gab es überall und Hundebesitzer warfen für ihr Schatzi jede Menge Geld aus dem Fenster. Und warum nicht diesen Job in einer netten Umgebung ausüben?

Ich hielt Isabel für sehr geschäftstüchtig, die Idee mit der Hundefrisörin kam ihr eines Nachts. Ich konnte sie noch hören, wie sie mir ihre Geschichte im Holodeck erzählt hatte.

Damals arbeitete sie in einer Tankstelle und schupfte den Laden ganz allein, machte haufenweise Überstunden und baute sich nebenbei einen soliden Hundefrisörsalon auf. Es lief alles über Mundpropaganda und es kamen immer mehr Hundebesitzer mit ihren Lieblingen vorbei. Sie gründete einen Verein und eine Hundezeitung und nahm an Wettbewerben teil. Irgendwann zeigte sie mir einmal einen riesigen Pokal. Geschmacklos, aber immerhin.

Dann kam der Tag, an dem sich alles änderte. Die Politikprominenz von Innsbruck meldete sich an. Der Hund des Bürgermeisters wurde Isabel zum Verhängnis. Er biss sie und sie verletzte ihn mit einer Schere tödlich. Das war's dann.

Isabels Abstieg begann und endete in der Wiener Meldemannstraße. Sie behauptete, dass sie keine Chance gegen diesen politischen und korrupten Machtapparat gehabt hatte.

Ich machte mir in letzter Zeit auch ständig Sorgen wegen ihres Verhältnisses zu Seldschuk. Das war mir zuwider. Klar, wir nutzten ihn aus, aber das Orakel und seine Clique durften wir nicht unterschätzen. Ob Seldschuk hinter dem Mord steckte? Hatte er Wind vom doppelten Spiel bekommen? Aber warum vertraute er uns das Koks an? Alles Fragen, auf die ich keine Antwort fand.

Dann ihr Job bei Hasil. Na ja, und was mir ziemlich im Magen lag, waren die völlig unbekannten Auftraggeber, die für das Koks zahlten. Wenn die auch noch auf der Bühne erschienen, dann gute Nacht.

Die Ankunft am Zentralfriedhof nahte. Die Chance, unentdeckt zu bleiben, war eher gering, die Sargrohrpost endete direkt unter dem Krematorium. Die Feuerhalle lag nicht auf dem Gelände des Friedhofs. Alle Särge, die nicht direkt der Feuerbestattung zugeführt wurden, mussten deshalb mühsam über die Simmeringer Hauptstraße geschleppt werden. Ein kleiner Planungsfehler der Stadtverwaltung. Die Leichen, die eine Erdbestattung erhielten, wurden erst in der Kirche gesegnet, dann in den Aufbahrungsraum unter die Friedhofsverwaltung verfrachtet.

Es ruckelte. Wir hatten das Ziel erreicht. Isabel war kalt, aber ich schwitzte. Ich löschte das Licht.

Die Frage war jetzt: Feuer- oder Erdbestattung? Wir schwankten. Unsere Sargträger schleppten die Klappsärge durch die Totenhalle hinauf zur Simmeringer Hauptstraße.

Der Zentralfriedhof war bekannt für seine High-Society-Gräber. Berühmte Persönlichkeiten und hochrangige Politiker wurden hier begraben. Ihre letzten Ruhestätten befanden sich gleich gegenüber der pompösen Karl-Borromäus-Kirche, einer im prachtvollen Jugendstil errichteten Totenkirche. Die Stars des Friedhofs lagen fein säuberlich getrennt in Reih und Glied. Jede Gruppe hatte ihre eigene Abteilung. Hier die Musiker, da die Filmgrößen, dort die Politiker. Die Ehrengräber der Präsidenten befanden sich in einer voll klimatisierten Gruft unterhalb der Jugendstil-Kirche.

Plötzlich beruhigte sich alles. Kein Gerüttel mehr, sie hatten uns abgestellt. Meine Nase steckte in Isabels Ohr.

Dann ein Knacken und Knirschen. Der Sargdeckel wurde geöffnet. Georg grinste mich an. »Natürlich! Eine attraktive Frau. Ich lag bei einem 90-jährigen Opa, der nach Urin gestunken hat.« Ich drehte mich um und riss Isabel versehentlich fast einen Ohrring ab. Ihr Kopf bewegte sich. »Mensch Juri, lass die Frau in Ruhe. Alter

Totenschänder.« Er stutzte. »Isabel? Was macht sie hier?« Georgs Gesicht verzerrte sich.

»Lass die Scherze und hilf mir raus. Sie ist tot. Wir können nichts mehr machen.«

Sie hatten uns in der Karl-Borromäus-Kirche abgestellt. Überall Kreuze und heilige Figuren, insgesamt standen zehn Klappsärge vor dem Altar.

»Was nun, Juri? Jetzt sind es schon vier Tote. Wenn das so weitergeht, dann kannst du dir ausrechnen, wann wir an der Reihe sind. Mir wird es langsam zu heiß. Warum Isabel? Was hat sie damit zu tun?«

»Du fragst mir Löcher in den Bauch. Ich hab doch auch keine Ahnung. Gestern Abend habe ich sie noch im Heim gesehen, sie hatte einen wichtigen Termin. Wir müssen rausbekommen, mit wem sie sich getroffen hat.«

»Glaubst du, Kleindiensts Freunde sind uns gefolgt?«

»Kann mir nicht vorstellen, dass diese Jungs auf Sargrohrpost stehen. Wir sollten ein paar Stunden schlafen, bis es hell wird. Dann melden wir uns bei Roland.«

*

In der Friedhofsverwaltung arbeiteten wir grundsätzlich gerne. Unsere Aufgabe war recht einfach und wir hielten uns meistens an der frischen Luft auf. Wir mussten herrenlose Gräber pflegen und Löcher ausheben, die wir später wieder zuschütteten. Und die Wege sauber halten. Mit dem Leiter der Verwaltung verstanden wir uns blendend.

Roland war ein gutmütiger Kerl Ende 50. Ein großer, gemütlicher Brummbär, der uns gut behandelte. Ab und zu durften wir sogar in der Diamantbestattung aushelfen. Unsere Betreuer von Piefke 5 wussten nichts davon.

Kennst du das – eine Diamantbestattung? Da wird die Asche der Verstorbenen unter hohem Druck und bei hoher Temperatur in einen Diamanten umgewandelt. Unsere Aufgabe war es dann, die Diamanten in Handarbeit zu schleifen und zu polieren. Am begehrtesten waren die ehemaligen Leichen in Diamant-, Oval- oder Herzform. Eine Gravur kostete extra.

Viele Österreicher trugen ihre Verstorbenen als Ring oder als Anhänger am Hals. Je nachdem, wie dick derjenige gewesen war, wurde man zu einem halben oder einem Karat gepresst. Theoretisch konnte man aus einem Toten bis zu hundert Diamanten herstellen. Man gönnte sich ja sonst nichts. Würdest du deinen Verwandten gern als Fußkettchen am Knöchel tragen?

In der Kirche gab es genügend Platz für zwei Obdachlose aus der Meldemannstraße. Wir legten uns auf die harten Holzbänke und schliefen ein.

Es war so gegen sieben, als das Kirchenportal plötzlich aufging. Ich zuckte zusammen und hob vorsichtig den Kopf. Herein kam der Pfarrer, der die Leichen für die Erdbestattung segnete, ein echtes Schlitzohr. Roland hatte den Verdacht, dass Hochwürden Diamant-Leichen schmuggelte. Aber wer ließ sich diese Schmuckstücke andrehen?

»Ich hab Hunger«, meldete sich Georg zu Wort. »Wir müssen hier raus, aber pst, der Pfarrer betet am Altar.«

Wieder unter freiem Himmel machten wir uns auf den Weg zur Friedhofsverwaltung.

»Du weißt, dass heute beide beerdigt werden? Der Greißler-Karl und der Hubsi-Reinhold. Herberts Luise ist dann morgen dran. Paradeiser und sein Hilfssheriff kommen sicher auch.«

Ich öffnete die Tür zur Friedhofsverwaltung. »Ja, ich weiß. Franz wird heute Morgen feststellen, dass wir nicht in der Meldemannstraße geschlafen haben. Das muss er Paradeiser melden. Wir sollten Roland darüber informieren.«

Georg nickte. Aber wir mussten auch bei Roland vorsichtig sein, schließlich steckten unsere Betreuer alle unter einer Decke, und auch er profitierte vom Piefke-5-Programm.

Roland saß an seinem mächtigen Schreibtisch. Er hatte ein seltsames Hobby. In einem gläsernen Wandschrank bewahrte er eine kleine, aber feine makabre Sammlung an Tischsärgen auf. In Österreich gab es so manche skurrile Tradition, aber diese war schon fast liebenswert. Bei den etwa 25 Zentimeter langen Tischsärgen handelte es sich um eine Art Memento mori: ein Gegenstand, der seinen Besitzer an die eigene Vergänglichkeit erinnern sollte. Jeder gute Österreicher trug solch einen Tischsarg als ständigen Begleiter in der Handtasche, manche auch ganz lässig als Gürtelanhänger.

Rolands Särge waren mit Würmern und Schlangen verziert. In der Regel enthielten sie ein geschnitztes Skelett. Irgendwann in der Zukunft würden wir die Urkunde für den guten Österreicher erhalten, dann schenkte uns der Staat ebenfalls einen kleinen Tischsarg.

In der Weihnachtszeit wurden alle Piefke-5-Teilnehmer abgestellt, solche Tischsärge herzustellen und die Skelette für die Wiener Weihnachtsmärkte zu schnitzen.

»Juri, Georg, na da seid ihr ja, ihr beiden Schwerverbrecher«, begrüßte uns Roland. »Franz und Paradeiser haben mich schon angerufen. Sie waren schlecht gelaunt und würden euch am liebsten lebendig begraben. Da seid ihr ja hier genau richtig.«

»Was hast du ihm gesagt?«, wollte ich wissen.

»Dass ihr bisher noch nicht aufgetaucht seid. Das stimmte ja auch.« Er lachte.

Roland hatte kaum Haare auf dem Kopf, aber einen wild wuchernden Vollbart. Wenn er lachte, dann hörte sich das wie ein Schluckauf an. Manchmal wieherte er.

»Heute haben wir volles Programm. Eure Freunde werden begraben. Wir erwarten zahlreiche Gäste, sogar die Logen sind ausverkauft. An eurer Stelle würde ich mich im Hintergrund halten. Ich werde bei Piefke 5 melden, dass ihr heute nicht zur Arbeit erschienen seid. Das müsst ihr verstehen.« Einerseits war das nett von ihm. Andererseits bedeutete das wiederum nichts Gutes, denn die Piefke-5-Leitung musste einen Trupp losschicken, um uns wieder einzufangen.

»Kannst du uns nicht ein wenig Vorsprung geben?«, bat Georg.

Roland nickte. »Ich werde gegen Mittag anrufen. Paradeiser wird zur Beerdigung der Meldemänner kommen. Vorher geht in den Keller und macht eure Arbeit. Dann verschwindet.«

Ich wusste es. Sie steckten alle unter einer Decke, aber irgendwie vertraute ich Roland.

Am Friedhof zu arbeiten, hatte nicht nur Vorteile. Es gab auch unangenehme Arbeiten. Im Keller zum Beispiel. Unsere Aufgabe bestand dann darin, den Rettungswecker für Scheintote zu betreuen und Leichen zu stilettieren. Es war reine Fließbandarbeit, die uns erwartete.

Im ersten Raum standen alle Särge, die heute noch unter die Erde mussten. Im Nachbarzimmer, dem sogenannten 48-Stunden-Aufbahrungsraum, all jene, die morgen an der Reihe waren. Allen Leichen im zweiten Raum wurden Schnurschlingen ums Handgelenk gelegt. Die Schnüre führten in den ersten Raum und waren dort mit einem Wecker verknüpft, für jede Leiche einer. Der Aufbahrungsraum war sogar beheizt, um den potenziellen Scheintoten eine Verkühlung zu ersparen.

Diese Scheintoten-Hysterie hatte ihre Tradition in Österreich. Seit 1828 gab es den sogenannten Rettungswecker. Wenn sich der Tote bewegte, schrillte der Wecker im Nachbarzimmer.

Früher saß hier der Friedhofswärter oder auch der Totengräber, heute sitzen an dieser Stelle wir von Piefke 5. Es war ein schauriges Bild: die ganzen Wände voll mit Weckern und Schnüren. Es kam zudem ständig zu Fehlalarmen, da die Gase der Körpergärung ruckartige Bewegungen der Leichen verursachten und uns immer wieder aufscheuchten. Wenn es nur das Gebimmel gewesen wäre. Nein, sie mussten die Uhren unbedingt aufrüsten und kleine Kuckucke anbringen.

Und das alles nur, weil die Wiener Angst hatten, lebendig begraben zu werden. Einfach unglaublich.

»Juri, hol das Stilett!«

Beim Stilett handelte es sich um den berühmten Wiener Herzstich-Dolch. Früher mussten mindestens drei Ärzte, unabhängig voneinander, den Tod feststellen. Sofern der Tote es verfügt hatte, wurde er dann noch mithilfe eines Herzstichs vor dem Scheintod bewahrt. Vor ein paar Jahren hatte die österreichische Regierung per Gesetz den Herzstich mit dem Stilett als Standard definiert. Um Kosten zu sparen, wurden gleichzeitig die drei Arztbestätigungen abgeschafft. Die katholische Kirche befürwortete dieses Verfahren, allein schon um dem Gerücht entgegenzuwirken, dass Untote auf ihren Friedhöfen ihr Unwesen trieben. Das Stilett war das ideale Instrument für diesen Mord an den Leichen. Wir hatten die Ehre, den Toten diesen letzten Dienst zu erweisen. Sollte jemals ein Toter des Nächtens über die Friedhöfe rennen, dann würden unsere Piefke-5-Betreuer unsere Gräber schaufeln, zumindest wurde uns das bei unserer Einschulung so erklärt. 25 Beerdigungen fanden jeden Tag auf dem Zentralfriedhof statt. Um diese Quote zu erreichen, schufteten wir einen ganzen Vormittag.

Ich gab Georg das Stilett. Er ekelte sich. Zuerst mussten wir den Toten aus dem Klappsarg nehmen, damit der Sarg nicht in Mitleidenschaft gezogen wurde und wiederverwertet werden konnte. Wir legten die Leiche auf einen zwei Meter langen und einen halben Meter breiten Holztisch.

Georg gab den Dolch an mich weiter. »So, Juri, du bist dran.«

Mich kotzte das alles an. Ich stach mehrfach zu. Erst in die Brust. Der Tote war übrigens Karl Greißler, unser

Mitbewohner aus der Meldemannstraße. Er machte wirklich keinen guten Eindruck. Sein Mörder hatte ihn ganz schön verunstaltet.

Dann in den Bauch. Der Verwesungsgestank war bestialisch. Die Friedhofsverwaltung verweigerte uns den notwendigen Mundschutz. Danach noch ein Stich ins Gesicht. Meist in die Augen, da hier der Widerstand am geringsten war. Manchmal kam es vor, dass der Dolch abrutschte und man sich selbst verletzte. Manche aus Piefke 5 hatten sich bei dieser Tätigkeit schon tiefe Wunden zugezogen.

Karl Greißler reagierte nicht. Er war mausetot. Uns blieben für jeden Toten ungefähr zehn Minuten. Nach vier Stunden Arbeit waren wir fix und fertig.

»Mach hin, wir haben keine Zeit. Gegen Mittag müssen wir hier weg«, erinnerte mich Georg.

Ich schaute ihn an und schüttelte den Kopf. »Stress nicht. Entweder machen wir das hier richtig oder gar nicht. Du weißt, dass Roland sich jeden Toten genau ansieht.«

»Sei nicht albern. Roland ist anders. Er behandelt uns nicht schlecht. Kleindienst ist gefährlich. Von Paradeiser ganz zu schweigen.«

Wir warfen Karl in den Klappsarg, räumten auf und öffneten den nächsten Sarg. Reinhold.

Die ersten fünf Stiche übernahm Georg, dann übergab er mir das Stilett. Reinhold, der Tote aus der Pfarrkirche in Dornbach. Jeden Tag ein Toter. Gestern Luise. Ich durchbohrte seinen Genitalbereich. Da regte sich nichts mehr. Die arme Luise. Herbert konnte einem leidtun. Wo war er eigentlich heute? Ich reichte dem Urvieh das Werkzeug.

»Glaubst du, Herbert kommt zur Beerdigung? An seiner Stelle würde ich Urlaub nehmen.«

Georg war völlig vertieft in die Stecherei. »Keine Ahnung. Sicher. Auf jeden Fall morgen. Da wird Luise begraben.« Er stach Reinhold kräftig in die Brust, um das Herz zu durchbohren.

Jedes Jahr zu Allerheiligen, dem heimlichen Nationalfeiertag der Österreicher, pilgerten Millionen von Menschen auf die Friedhöfe und gedachten ihrer Toten. An diesem Tag wurden Tausende Tischsärge verkauft. Das Männerwohnheim in der Meldemannstraße hatte eigens zu diesem Zweck einen kleinen Stand vor den Toren des Zentralfriedhofs aufgebaut. Neben der Obdachlosenzeitung waren die kleinen Tischsärge der Renner. An diesem Feiertag führten die Lebendigen das sogenannte Probeliegen durch. Ein echter Nationalsport. Du musst dir das so vorstellen: Neben den Blumenständen gab es noch die Sarghersteller, die an diesem Tag ihre Türen für das Publikum öffneten. Jeder, der wollte, konnte sich in einen Sarg legen und sich von sechs Mitarbeitern, gegen ein kleines Trinkgeld selbstverständlich, in ein Grab werfen lassen. Der Sarg öffnete sich und die Probelieger fielen in den Dreck. Allerdings konnten sie dann über eine kleine Leiter wieder hinaufsteigen, um bei einem Glühwein den Tag auf dem Friedhof zu genießen. Jemand kam schließlich noch auf die famose Idee des Schau-Stilettierens. Mit Puppe und Dolch. Allerdings war der Magistrat dagegen gewesen.

So ging das den ganzen Vormittag. Leiche raus, Leiche rein. Zustechen. Wir entwickelten da eine regelrechte Routine. Was tut man nicht alles, um ein guter Österreicher zu werden.

Isabel konnte sich richtig aufregen, wenn sie unter meinen Fingernägeln irgendwelche Eingeweide zu entdecken glaubte. Und jetzt lag sie selbst im Sarg. Gut, dass ich sie nicht stilettieren musste. Natürlich konnte man nicht garantieren, dass nicht hier und da ein Stück Herz oder Niere an den Klamotten hing. Die Hygiene kam im Keller der Friedhofsverwaltung zu kurz. Andererseits, ob das Rasieren von Pudeln die schönere Tätigkeit war, sei dahingestellt. Aber das gehörte für Isabel auch der Vergangenheit an. Sie musste nichts mehr rasieren. Für Haustiere, die ebenfalls stilettiert werden sollten, gab es am Friedhof eine Abteilung. Für diese Tätigkeit wurden die Tschuschen aus Tschuschen 6 eingesetzt.

»Juri, hast du bei Karl und Reinhold nach den Totenflecken geschaut? Roland hat uns letztens doch beschimpft, weil wir uns die Haut nicht genauer angesehen haben.«

»Hab ich. Keine Sorge. Außerdem: Wenn sie vorher noch nicht tot waren, jetzt sind sie es.« Georg hatte recht. Roland sagte, dass die Ärzte bei ihren Untersuchungen aus Zeitmangel Fehler machten. Hatte der Leichnam keine äußeren Verletzungen, musste man auf die Todeszeichen warten, die post mortem auftraten. Dazu gehörten unter anderem Totenflecken und Totenstarre. Fehlten diese Zeichen, meldeten wir das der Verwaltung.

In letzter Zeit lagen immer mehr Mitglieder der Ausländer-Programme auf unserem Tisch. Der offizielle

Todesgrund war meist Herzversagen. Die Toten erzählten aber andere Geschichten: Oft waren ihre Körper so entstellt, dass wir gar nicht mehr wussten, wo wir hinstechen sollten.

Plötzlich schrie ein Kuckuck. Rettungswecker Nummer 35. Meistens schauten wir nicht mehr nach, da Scheintote so gut wie nie vorkamen.

Allerdings ließ sich der Kuckuck nur abstellen, wenn wir einen Knopf am Sarg der Leiche drückten. Wir versuchten es mit Ohrenstöpseln. Die Kuckucke schrien wild durcheinander. Uns kümmerte das nicht, wir waren mit Stilettieren beschäftigt. Doch heute hatten wir die Stöpsel vergessen.

»Juri, stell doch mal den Lärm ab.«

»Warum immer ich? Seit wann darf ein Kärntner einem Piefke Befehle erteilen?« Georg schaute mich genervt an. »Willst du weiterstechen?«

Ich ging in den Aufbahrungsraum und bewaffnete mich mit einem Stilett. Dann hörte ich mich selbst schreien.

Georg fluchte und kam zu mir. »Warum schreist du?«

Wir standen vor dem geöffneten Sarg von Isabel. Sie saß aufrecht und schrie. Du kannst dir diese Schreierei gar nicht vorstellen. Sie versuchte, das volle Ausmaß ihrer Situation zu erfassen, und schlug mit den Händen um sich.

Wenn die Stimmung in diesem Moment nicht so aufgeladen gewesen wäre, hätten wir uns eigentlich freuen und uns umarmen müssen. Isabel war in diesem Moment aber offenbar gar nicht in der Lage, klar zu denken, geschweige denn, sich zu freuen. Wir standen vor ihr:

über und über vollgespritzt mit Blut und Körperflüssigkeiten, die Dolche in den Händen. Wie zwei Musketiere. Einfach göttlich.

Georg konnte es ebenfalls nicht fassen. »Das ist nur ein Reflex. Stich zu, dann ist Ruhe.«

»Bist du bescheuert! Isabel? Isabel? Die ist nicht tot. Hey, Isabel, hörst du uns?« Ich wusste gar nicht, was ich zuerst machen sollte. Vorhin hatte ich im Sarg auf ihr gelegen und sie war mausetot gewesen. Jetzt saß sie lebendig vor mir.

Plötzlich schwang sich Isabel mit einem unglaublichen Satz aus dem Sarg, stieß mich zur Seite und rannte mit voller Wucht gegen die Wand. Drehte sich um, lief nach vorn und knallte gegen die andere Wand. Wahrscheinlich waren das Orientierungsprobleme, ganz normal bei einer eben erwachten Scheintoten. Dann hatte sie Glück und erwischte die Türöffnung.

»Stich zu, Juri!«, schrie Georg. »Wenn sie uns entwischt, dann bekommen wir Ärger mit Roland.«

Sie stolperte die Stiegen hinauf. Dabei knickte sie um, fiel und klammerte sich an das Stiegengeländer. Völlig perplex schauten wir ihr hinterher.

Georg schüttelte entgeistert den Kopf. »Kneif mich mal. Ist da gerade Isabel aus dem Sarg gesprungen und weggerannt?«

»Los, ihr nach!«, schrie ich.

Wir liefen die Stiegen hoch. Die Tür stand offen.

Isabel rannte um ihr Leben, fiel, rappelte sich wieder auf und war auf dem Weg zu den Ehrengräbern. Allerdings nicht, wie es sich gehörte, auf den rechtwinkelig angelegten Wegen. Nein, sie rannte querfeldein, stürzte und schlug mit dem Kopf auf eine Steinplatte. Dann rannte sie weiter. Ohne Ziel und Richtung.

Auf dem Balkon der Friedhofsverwaltung erkannte ich Roland, der gerade sein Handy vom Ohr nahm. Ich denke, in diesem Moment hatte er uns gemeldet. Das bedeutete: Wir mussten uns beeilen. Isabel lief immer noch vor uns.

Heute war Dienstag. Das hieß: wenig Verkehr und nicht sehr viele Besucher auf dem Friedhof. Wir versuchten, Isabel zu beruhigen, und baten sie, stehen zu bleiben. Aber das schien ihre Panik nur zu verstärken. Ich verstand das nicht. Jetzt, da sie wieder lebte – vor wem rannte sie davon? Doch nicht vor ihren Freunden?

Ich fühlte mich müde.

Dann hörten wir quietschende Autoreifen und Polizeisirenen. Es musste sich um Paradeiser handeln. Von Isabel konnte er noch nichts wissen, sie war keine offizielle Leiche. Wer auch immer die fesche Tirolerin in den Sarg gelegt hatte, der hing ihren Tod nicht an die große Glocke. Paradeiser und Stippschitz rannten zum Verwaltungsgebäude, wo Roland schon auf sie wartete.

Isabel hatte sich einen kleinen Vorsprung erarbeitet. Die anfänglichen Orientierungsprobleme lösten sich in Luft auf. Georg stolperte, fiel, rannte weiter.

*

Der Zentralfriedhof war der zweitgrößte Friedhof Europas. Direkt daneben errichtete die Stadt Wien vor zehn Jahren einen Tierfriedhof. Dort lagen hauptsächlich

Haustiere wie Katzen oder Hunde. Isabel, geschäftstüchtig, wie sie nun einmal war, hatte vor Kurzem einen weiteren Job angenommen. Sie frisierte die toten Lieblinge der Städter für ihren letzten Gang ins Erdreich. Manchmal stopfte sie die Viecher aus und unterzog sie einer letzten Maniküre oder Schminkkur. Isabel machte alles, um an Kohle zu kommen. Das ließ sie ein wenig verdächtig erscheinen. Ich will nicht sagen: unsympathisch.

So wie jetzt. Sie kletterte über den Zaun zum Tierfriedhof, stoppte kurz, drehte sich um und schaute mich an. Unsere Fingerkuppen berührten sich durch den Zaun. Dieser Blick war umwerfend.

»Juri, geh zurück. Ich muss das allein regeln.«

»Isabel, sag mir endlich, wer dahintersteckt. Wen hast du im Heim getroffen? Ist es dieser geheimnisvolle Auftraggeber? Oder Seldschuk? Verdammt noch mal, kannst du nicht einfach den Mund aufmachen? Mich kotzt deine Sturheit an.«

Sie lächelte. Mein Magen drehte sich. Sie war großartig. Ich konnte gar nicht sagen, wie froh ich war, dass sie lebte. Aber diese verdammte Sturheit.

»Juri, glaub mir doch. Du kannst mir nicht helfen. Da muss ich allein durch. Geh zurück, bring dich in Sicherheit. Wir werden uns wiedersehen.« Dann drehte sie sich um und rannte zur Fichtenschonung, die direkt hinter dem Tierfriedhof begann. Und weg war sie.

»Was hat sie gesagt?« Georg schnaufte. Auf seiner Stirn prangte eine blutige Stelle.

»Sie braucht uns nicht. Sie will alles allein regeln. So eine Zicke. Warum weiht sie uns nicht ein? Warum nicht?«

»Sie hat sicher einen guten Grund. Lass sie machen. Was ich nicht weiß, macht mich nicht heiß. Wir haben andere Probleme.«

»Andere Probleme? Mich kotzt das langsam an! Erst ist sie tot, und dann lebt sie wieder. Was ist das für eine bescheuerte Welt, Georg? Kannst du mir das sagen?«

»Juri, bleib ruhig.«

»Ach, Schwachsinn! Ruhig? Bist du von allen guten Geistern verlassen? Vor uns rennt eine lebendige Leiche auf und davon und hinter uns versammeln sich korrupte Beamte der Polizei. Was soll ich davon halten? Würdest du da ruhig bleiben?« Ich war außer mir.

»Du darfst dich halt nicht in eine Tirolerin verschauen. Das ist dein Problem. Lass sie laufen und vergiss sie einfach. Wir müssen jetzt unseren Kopf aus der Schlinge ziehen.«

»Georg, du begreifst mal wieder gar nichts. Das ist typisch. Wer auch immer sich gestern Abend mit Isabel getroffen hat, rennt immer noch frei herum. Das kann auch der Stempelmörder sein.«

»Hat sie einen Stempel auf dem Rücken gehabt?«

»Wann hatte ich denn die Gelegenheit, ihren Rücken zu sehen? Im Sarg? Hör auf, Georg. Sie hat einen verdammten Sturschädel.« Nach und nach verringerte sich meine Aufregung. Ich hatte meinen Frust an Georg ausgelassen. »Entschuldige, das war nicht so gemeint. Wir müssen jetzt einen klaren Kopf behalten.«

Die Beerdigungen von Karl Greißler und Reinhold Hubsi waren schon voll im Gange. Ein Grab auszuheben und wieder zuzuschütten, war die eine Seite, aber ich hatte eine Aversion gegen Beerdigungen. Trauern konnte ich nicht, auch wenn meine Tränen in Isabels Sarg etwas anderes sagten. Gut, dass mich niemand gesehen hatte. Wehe, du verrätst das Georg! Ich persönlich würde eine Verbrennung und anschließende Diamanterzeugung vorziehen. Welcher Piefke will schon auf einem österreichischen Friedhof begraben werden?

Jeder Piefke-5-Teilnehmer musste kurz nach seiner Aufnahme in das Programm sein Testament verfassen. Meine Urkunde für den guten Österreicher sollte in der Donau versenkt und mein Tischsarg mit einem Geologenhammer zertrümmert werden.

Wir schlichen wieder zurück und beobachteten den Leichenzug. Nach der Beerdigung fand die Koksübergabe mit dem Sensenmann statt. Das durften wir auf keinen Fall verderben, sonst würde uns Seldschuk ebenfalls in den Krankenstand schicken. Hasil, die arme Sau, konnte sicher ein Lied davon singen. Wir versteckten uns hinter einer pompösen Gruft.

Wiener Beerdigungen liefen nach einem festen Ritual ab. Die Särge wurden vor dem Transport zum Grab mit einem Bahrtuch bedeckt. Schon seit dem Mittelalter hatten die Wiener Angst vor Hexen und Dämonen, deshalb wurden die Tücher mit christlichen Symbolen bestickt. Sie sollten die Verstorbenen vor dunklen Mächten schützen. Die einflussreiche Politikerkaste besaß eigene bunte Tücher, die mit wunderschönen Gold- und Silberstickarbeiten versehen wurden. Das war eine Frage der Klasse. Wer reich und schön war, wusste auch im Tode zu protzen. Die Wiener machten daraus eine richtige Wissenschaft.

Bahrtücher aus blauem Samt waren für die Bestattung von Ledigen vorgesehen. Hier vor allem bei Jugendlichen beiderlei Geschlechts und unverheirateten Frauen bis ins hohe Alter. Das rote Bahrtuch bekamen nur die Aristokraten, von denen es in Österreich ja eigentlich keine mehr gab, aber was hieß das schon? Und dann gab es noch die schwarzen Bahrtücher für das gewöhnliche Volk.

Der Wiener Bestatter war ein städtischer Beamter. Bei jeder Beerdigung trug er seine Uniform mit hohen Schnallenstiefeln, einer engen schwarzen Hose, einem äußerst knappen Jäckchen und auf dem Kopf saß ein Zweispitz mit Hühnerfedern.

Es waren alle Freunde der beiden Toten aus dem Männerwohnheim in der Meldemannstraße versammelt. Auch die kleine Frauenabteilung rund um Judith nahm teil. Paradeiser und Stippschitz beobachteten die Szene und wahrten Abstand. Reinhold und Karl wurden nun doch zeitgleich nebeneinander beigesetzt. Ein Pfarrer. Eine Predigt. Ein Abwasch. Das sparte Kosten.

Die Sargträger trugen die beiden Särge bis zur Grube und stellten die Klappsärge auf ein Gestell direkt über die Gräber. Pünktlich fing der Geistliche mit seiner Predigt an. Wir waren nah genug, um die Worte des Pfarrers zu hören. Er bezeichnete die beiden Obdachlosen als Vorbilder für die Gemeinschaft der Gläubigen, reckte die Hände in den Himmel und forderte eine Bestrafung des Täters. Er mahnte alle Anwesenden, zur Aufklärung der Mordfälle beizutragen.

Dann stimmte der Mann Gottes ein berühmtes Wiener Todeslied, frei nach Hansi Hubertus, an: »Der Tod wird immer ein Wiener sein. Klappsarg auf, kreidebleich, Leich an Leich, arm und reich. Zu Lebzeiten raunzen, bis der Beuschel brennt, im Tode vereint und nie mehr getrennt. Wo feiern selbst die Toten? In Wien auf dem Zentralfriedhof ...«

Es war nicht zielführend, die ganze Zeremonie anzuschauen. Wir konzentrierten uns auf die Koksübergabe und zogen uns vorsichtig zurück.

Der alte jüdische Friedhof lag am anderen Ende und war schon seit vielen Jahren komplett verwahrlost. Der Magistrat ließ ihn verwildern. Roland standen keine Mittel zur Verfügung, daran etwas zu ändern. Ich hätte mir Schöneres vorstellen können, als hier um diese Tageszeit eine Drogenübergabe mit dem Sensenmann durchzuführen. Angst hatte ich keine, aber ich spürte einen Hauch von Tod in meinem Nacken. Kleindiensts Schergen oder Paradeiser und Stippschitz konnten jederzeit auftauchen.

»Hast du schon darüber nachgedacht, was man mit all dem Geld machen könnte?«, fragte Georg. Wir saßen auf einer verrotteten Bank und warteten auf den Tod.

»Keine Ahnung. Eine Wohnung mit einem richtigen Bett. Vielleicht ein Auto oder ab und zu ein Urlaub. Was würdest du mit dem Geld anstellen?«

Georg kratzte sich am Kopf. »Na ja. Ich würde meinem Sohn was Tolles kaufen oder für ihn Geld zurücklegen. Vielleicht fürs Studium. Für mich würde ich einen Drachen kaufen und wieder fliegen.«

»Das mit dem Studium solltest du ihm ausreden. Hat ja doch keine Zukunft.«

»Na hör mal, er wird sicher ein guter Österreicher.

Dafür werde ich schon sorgen. Die Meldemannstraße wird er maximal von außen sehen.«

Plötzlich raschelte es. Wir drehten uns um.

Ich hielt den Rucksack fest. Dieses Mal übernahmen wir die Übergabe selbst. Es musste klappen! »Georg, geh nach rechts. Ich bleibe auf dieser Seite. Wir werden ihn überraschen.«

Dann, wie aus dem Nichts, standen Roland, Paradeiser und Stippschitz vor uns. Ich hatte es gewusst: Roland steckte mit ihnen unter einer Decke. Ich warf mich hinter ein Gebüsch.

»Juri! Verschwinde!«, schrie Georg keine zehn Meter entfernt. Er deutete mit hektischen Bewegungen in Richtung Tierfriedhof.

Dann holte Paradeiser das Megafon hervor. »Hier spricht die Polizei. Hände hinter den Kopf und niederknien! Piefke Sonnenburg, Piefke Georg, was habt ihr hier zu suchen?«

Im nächsten Moment brach das Chaos aus. Die letzten Tage, die Morde und Verdächtigungen waren für alle zu viel gewesen. Jeder gegen jeden. Ein absolutes Fiasko. Der halbe Trauerzug rannte auf uns zu, Hasil und Josef voran. Ungefähr 15 Personen, die schlugen, boxten, kratzten, fluchten, sich beschimpften, bespuckten und bedrohten.

Da erwischte ich aus Versehen Stippschitz. Ich hörte ihn fluchen.

Dann erhielt ich eine Breitseite von Josef, dem Maler und Anstreicher aus der Meldemannstraße. »Das ist für Reinhold!«

Schon kam Hasil, der Dieb unseres Geldkoffers. Was machte der hier? Was war mit seinem Krankenstand?

Er zog mich von Josef runter und kugelte mir dabei beinahe den Arm aus. Georg kämpfte mit dem Pferdeschlachter, dem Dokupil. Judith kratzte Roland das Gesicht blutig, keine Ahnung, warum sie das machte.

Paradeiser kotzte nach einem Schlag in den Magen. Ich bin mir nicht ganz sicher, aber das war, glaube ich, der Moment, als er seine Waffe zog und schoss. Erst in die Luft, danach in die Menge. Niemand wurde getroffen.

Ich fiel und riss den Dokupil mit zu Boden, da schlug mir der Hasil ins Gesicht. Es war ein heilloses Durcheinander. Man spürte die Spannung, die sich nach all den Morden entlud. Der Frust, die Trauer, die Sorgen und die Angst. Mitten auf dem alten jüdischen Teil des Zentralfriedhofes.

Der Rucksack mit dem Koks lag an der Stelle, wo alles begonnen hatte. Ich zog Georg am Fuß. Mittlerweile verprügelte Paradeiser den Kollegen Stippschitz. Anscheinend gab es aufgestaute Emotionen zwischen den beiden. Wir nutzten das Chaos und zogen uns zurück.

Die Flucht über den Tierfriedhof war nicht möglich, er lag zu nahe an der Massenschlägerei. Es blieb uns nur ein Ausweg, und der führte über die Sargrohrpost zurück in die Stadt. Leichter gesagt als getan. Halb rutschend, halb rennend bewegten wir uns vorwärts, versteckten uns hinter Gräbern, Bäumen und dem breiten Gebüsch. Endlich erreichten wir den Rand des begrünten Friedhofsbereichs.

Paradeisers Reaktion ging mir nicht mehr aus dem Kopf. Er schien von unserer Anwesenheit völlig überrascht gewesen zu sein. Anscheinend hatte er einen Tipp bekommen, dass ein Kokshandel stattfinden würde. Aber wer, abgesehen von Seldschuk, Georg und mir, hatte von diesem Deal gewusst? Oder spielte der Sensenmann ein doppeltes Spiel? Wir würden wohl nie erfahren, um wen es sich dabei handelte.

»Ist das nicht Oberinspektor Kleindienst?«

Georg hatte recht. Mit einer Halskrause stand er vor dem Verwaltungsgebäude, neben ihm seine zwei Polizisten aus Frohsinn.

»Was machen die hier?« Wir rutschten auf den Knien eine Gräberreihe entlang. »Die Sargrohrpost liegt auf der anderen Straßenseite. Wenn wir hier rausmarschieren, laufen wir dem Oberinspektor direkt in die Arme.«

Georg hatte eine geniale Idee. »Es gibt einen unterirdischen Zugang zur U-Bahn. Wir müssen zurück zu den Leichen in den Aufbahrungsraum, dort führt ein Gang direkt zur Feuerhalle und damit zur Sargrohrpost. Wir müssen nur noch unbemerkt an Kleindienst vorbeikommen.«

»Ich glaube, das können wir jetzt vergessen. Schau mal, wer da kommt.«

Paradeiser mit Gefolge ging zielstrebig auf Kleindienst zu. Der Chefinspektor war sichtlich wütend. Er schrie Stippschitz an und begrüßte Kleindienst mit Handschlag.

Roland zeigte auf das Verwaltungsgebäude. »Ja, genau. Geht nur rein.«

Stippschitz schaute in unsere Richtung. Mein Kopf schlug gegen den Grabstein. »Verdammt! Der hat uns gesehen.«

Georg drückte meinen Kopf in den Dreck. »Runter, Juri!«

Plötzlich ratterte es über uns. Ein Polizei-Hubschrauber. Er blieb über dem Platz vor dem Verwaltungsgebäude in der Luft stehen. Links neben der Gruppe rannte ein Schäferhund einem halb nackten Mann nach, der bewaffnet war. Es folgte ein weiterer Polizist mit einer Pistole in der Hand.

»Wer ist das?« Ich kannte mich nicht mehr aus.

Georg lockerte den Griff. »Keine Ahnung. Eine Verfolgungsjagd? Vielleicht der Stempelmörder?«

Die Gruppe um Paradeiser und Kleindienst folgte ebenfalls und verteilte sich auf dem Platz, um dem Gejagten den Weg abzuschneiden. Paradeiser warf sich auf den Halbnackten und entriss ihm ohne Gegenwehr die Waffe. Der Schäferhund verbiss sich an Stippschitz' Hose. Hasil, Roland und der Pferdeschlachter Dokupil beobachteten die Jagd vom Eingang der Verwaltung aus. Plötzlich ein Mann mit einer Kamera hinter uns.

»Bleiben Sie liegen. Wir drehen hier einen Film. Nicht aufstehen!«

»Welchen Film?«, wollte Georg wissen.

»›Detektiv Bello‹. Nicht aufstehen! Ich sagte, nicht aufstehen. Bleiben Sie liegen! Das darf doch nicht wahr sein! Stehen bleiben! Sind Sie taub?«

Wir nutzten die Gelegenheit. So schnell würde sie nicht wiederkommen.

Während Paradeiser vom Regisseur der Filmproduktion beschimpft wurde und allgemeine Aufregung herrschte, rannten wir an der Gruppe um Roland vorbei, hinunter zum Aufbahrungsraum und hinüber zum Bahnsteig der schon bereitstehenden U-Bahn.

»Ich lege mich nicht in einen Sarg. Auch nicht, wenn er leer ist.« Georg weigerte sich vehement, die zehn Minuten Fahrt in einem dieser Kästen zu verbringen.

Allerdings hatten wir keine große Wahl. Entweder der Sarg oder das Abteil für die Bekannten und Verwandten der Toten. Wir nahmen das erste Abteil. Zweite Klasse.

Ich schaute auf den Bahnsteig. »Verdammt, fahr endlich los.« Von Kleindienst keine Spur.

Georg klopfte völlig entnervt an die Fensterscheiben. »Wenn er jetzt kommt, dann haben wir keine Chance zu entwischen. Wann fährt diese verdammte Sargrohrpost ab?«

Dann kam der Schaffner. Er verlangte unsere Fahrscheine. »Was wollen Sie?«, schrie ich ihn an.

»Fahrschein, bitte! Wenn Sie keinen Fahrschein haben, müssen sie den Zug verlassen.«

»Das kann doch nicht Ihr Ernst sein.«

Plötzlich rannte Kleindienst mit seinen zwei Schergen auf den Bahnsteig. Sie hatten sich von der Gruppe um Paradeiser abgesetzt und unsere Verfolgung aufgenommen. Wahrscheinlich hatte Roland uns verraten.

»Piefke 1 und Piefke 2, rauskommen!« Mit seiner Halskrause und dem Nasenverband sah er ziemlich lädiert aus.

Der Schaffner nervte. »Ihre Fahrscheine! Oder verlassen Sie sofort den Zug!«

»Habt ihr nicht gehört, Piefkes? Kommt raus zu eurem Oberinspektor.«

Sie lachten in einem Tonfall, der mir überhaupt nicht gefiel. Wir saßen fest. Vor uns Kleindienst, neben uns der lästige Schaffner und über uns vor dem Verwaltungsgebäude Paradeiser und Stippschitz. Beschissener hätte die Welt für uns nicht aussehen können.

Ich wollte schon den Waggon verlassen, da schnappte sich Georg die Kelle des Schaffners und winkte mit der grünen Seite in Richtung des U-Bahn-Fahrers, sodass sich die Bahn in Bewegung setzte.

»Sind Sie von allen guten Geistern verlassen?«, schrie der Schaffner. Er stürzte zur Notbremse.

Ich konnte ihn gerade noch davon fernhalten. Die U-Bahn hatte Fahrt aufgenommen, die drei Bierbäuche hingen an der Außenseite von unserem Waggon und schrien mit vereinten Kräften. »Georg, kipp mal die Fenster an, damit wir hören, was die da von sich geben.«

Ich umklammerte noch immer den Schaffner, Georg öffnete das Fenster. Im selben Augenblick griff Kleindienst durch den Schlitz in den anfahrenden Waggon, um Halt zu finden. »Piefkes! Haltet den Zug an! Ich mach Hackfleisch aus euch!«

Georg schloss das Fenster, Kleindienst konnte gerade noch seine Finger zurückziehen.

Alle drei standen auf einer Art Trittbrett und drückten sich an den Zug, da jederzeit auf der zweiten Spur die Sargrohrpost aus der anderen Richtung vorbeifahren konnte.

»Macht keinen Unsinn! Lasst die drei doch rein.« Der Schaffner versuchte zu vermitteln. Er hatte leider keine Ahnung, was passieren würde, wenn wir seinem Rat folgten. Wir konnten den Polizisten nicht vertrauen. Schon gar nicht im Hinblick darauf, was wir mit Kovacs Hilfe gestern ans Tageslicht befördert hatten. »Ihr müsst den Zug anhalten, sonst passiert ein Unglück. Der U-Bahn-Fahrer ist noch in der Ausbildung und benötigt meine Unterstützung. Lasst mich gehen.«

»Warum sollten wir Sie gehen lassen?«, fragte ich ihn. »Er fährt doch tadellos.«

»Der Fahrer macht heute seine Abschlussprüfung im Fach ›Reaktionsfähigkeit und emotionale Kompetenz‹.«

»Und das heißt was?«, wollte Georg wissen.

»Es wird auf halber Strecke eine künstliche Unfallsituation ausgelöst.«

Mir wurde ganz schlecht.

Kleindienst klopfte wie wild am Fenster und einer seiner Hilfssheriffs stocherte mit einem Messer an der Waggontür herum. Bisher waren sie noch nicht auf die Idee gekommen, ihre Pistolen einzusetzen. Nach dem Vorfall in der Kleingartenanlage in Frohsinn hatte Kleindienst anscheinend die fixe Idee, uns festnehmen zu müssen. Wir wussten zu viel. Was er wohl sonst noch mit uns vorhatte? Mit den Ermittlungen rund um die Morde in der Meldemannstraße hatte das nichts mehr zu tun. Er befand sich auf seinem ganz persönlichen Rachefeldzug.

Ich zupfte an der Jacke des Schaffners und schrie ihn an. »Was für eine künstliche Unfallsituation meinen Sie?«

Er schaute auf die Uhr. »Ein Kollege von mir wird in genau fünf Minuten eine lebensgroße Puppe auf die Strecke werfen, und dann beobachten wir, wie der Auszubildende reagiert. Er hat keine Ahnung, was auf ihn zukommt. Wenn er weiterfährt und damit die Sicherheit der Fahrgäste nicht aufs Spiel setzt, ruhig bleibt und die U-Bahn weiterhin voll unter Kontrolle hat, wird er in den regulären U-Bahn-Dienst aufgenommen.«

Ich konnte nicht glauben, was der Schaffner von sich gab. »Das heißt, wenn er eine Vollbremsung macht, wird er entlassen?« Der Schaffner nickte. Ich lockerte die Umklammerung und schubste ihn auf den Sitz. Georg beobachtete die drei außerhalb des Waggons.

Eine Vollbremsung würde nicht nur die Entlassung des Fahrers bedeuten, sondern auch den sicheren Tod unserer Trittbrettfahrer. Dann hätten wir die Leichen fünf bis sieben in dieser Woche. Das mussten wir verhindern.

Ich deutete auf die Notbremse. »Wehe, wenn Sie die betätigen, dann sind Sie schuld an dem Tod der Polizisten. Denken Sie daran!«

Der Schaffner nickte. »Was haben Sie ausgefressen?«

Georg rümpfte die Nase. »Wir haben nichts ausgefressen. Wir sind Piefke 5. Das reicht.«

»Na, das hätten Sie mir gleich sagen müssen. Piefke 5 dürfen nur in Begleitung ihrer Betreuer fahren.«

Diese Bemerkung fand ich wiederum lustig. »Unsere *Betreuer* stehen da draußen. Damit hat sich die Sache wohl erledigt, oder?«

Das schien ihn zu verunsichern. Er schaute hinaus zu Kleindienst. »Das sind Ihre Betreuer? Warum lassen wir sie nicht rein?«

Wir drehten uns im Kreis. Ich glaube, er hatte den Ernst der Lage immer noch nicht begriffen. »Georg, wir müssen nach vorn zum Fahrer und ihn auf die Puppe vorbereiten. Und zwar schnell! Und wagen Sie es nicht, die Tür zu öffnen. Das würde ich Ihnen nicht raten. Wir lösen das auf unsere Weise.« Dafür blieben uns nur noch vier Minuten.

Es musste jetzt alles schnell gehen. Direkt hinter den Abteilen kamen wir in den Bereich des Frachtgutes. Särge. Leere Särge. Vor ein paar Stunden kuschelte ich hier mit der scheintoten Isabel. Ich hatte immer noch keine Antwort auf die Frage, wer sie umbringen wollte, und vor allem, warum.

Ich folgte Georg durch die schmalen Gänge. Das Licht über uns flackerte. Die U-Bahn fuhr gemächlich auf die Puppe zu. Seit dem Bau der Sargrohrpost vor über hundert Jahren fanden so gut wie keine umfangreichen Renovierungsarbeiten auf den Tunnelstrecken statt. Die Leichen wurden zwar nicht mehr mit Druckluft zum Zentralfriedhof geschossen, sondern fuhren gemütlich in elektrisch betriebenen Zügen. Dennoch schauten überall Rohre aus den Wänden. Manche waren unterbrochen und aus ihnen floss Wasser auf die Schienen. Wenn der Auszubildende bremsen würde, müsste der Magistrat eine riesige Sauerei von den Schienen kratzen. Schließlich standen wir vor der Tür, die den Fahrerbereich von den Särgen trennte.

»Wir brauchen einen Schlüssel, Georg. Sonst kommen wir nicht rein.«

»Wo sollen wir jetzt einen Schlüssel herbekommen? In zwei Minuten ist alles vorbei!« Das Sicherheitssystem ließ den freien Zugang zum Fahrerbereich nicht zu, um Anschläge zu verhindern. Nur das Sargrohrpost-Personal hatte die Berechtigung. Über uns befand sich eine Luke zum Dach.

»Komm, Juri. Wir müssen hochklettern.« Georg klappte die Leiter herunter und stieg nach oben, auf dem Rücken immer noch den Rucksack voll mit Koks. Die Luke war nicht verschlossen.

Auf dem Dach angekommen, hörten wir Oberinspektor Kleindienst schreien. »Piefke 1 und 2! Macht keinen Unsinn!«

Ich trat vor die Leiter, sie kippte ihm entgegen. Dann schlossen wir die Luke. Stehen war hier unmöglich. Überall verrostete Rohre, die nah an unseren Köpfen vorbeirauschten. Wasser schleuderte uns ins Gesicht. Der Fahrerbereich lag nur ein paar Meter entfernt. Wir krochen und versuchten, das Gleichgewicht nicht zu verlieren. Die Gefahr, der Puppe Gesellschaft zu leisten, war sehr hoch.

»Georg, wir müssen seitlich runter«, schrie ich. Er hörte nicht. »Georg! Georg!« Er drehte sich um. Ich deutete nach rechts hinunter.

Als er sich auf den Bauch gelegt hatte, hielt ich seine Beine fest umschlossen. Nur noch eine Minute.

In diesem Moment öffnete einer der Kleindienst-Schergen die Luke, steckte den Kopf hindurch und kroch aufs Dach. Der zweite Scherge folgte.

»Georg! Was ist los? Mach hin! Ich kann dich nicht mehr halten.« Der Scherge war jetzt nur noch ein paar Meter von uns entfernt.

Dann ging alles ganz schnell. Georg versuchte, mit dem Fahrer Kontakt aufzunehmen. Anscheinend war der solchen Extremsituationen jedoch nicht gewachsen und bremste sofort, als er Georgs Kopf sah. Reflexartig ließ ich das Urvieh los, dessen Beine nach oben schossen. Er wirbelte durch die Luft, konnte sich aber mit den Händen am Zug festklammern. Die beiden Schergen kugelten auf mich zu und zu dritt hingen wir schließlich an der Frontseite der Sargrohrpost. Der Fahrer schaute uns völlig entnervt an. Er schrie und griff sich in die Haare. Meine Hände schmerzten. Lange konnte ich mich nicht mehr halten.

Der Auszubildende leitete den Bremsvorgang des Zuges ein. Ich schaute in Fahrtrichtung. Die Puppe! Sie flog auf die Schienen. Das gab ihm den Rest. Ein Selbstmörder, musste er denken, drei potenzielle Tote an der Windschutzscheibe. Und Georg, der immer noch seitlich an das Fenster trommelte.

Das war zu viel für den Fahrer. Er verließ fluchtartig den Fahrerbereich und rannte durch den Gang nach hinten. Weg war er. Dieser Lehrling erfüllte die Anforderungen des Magistrats leider nicht. Also keine emotionale Kompetenz. Extremsituationen wie diese konnten jeden Tag passieren. Oder siehst du das anders?

Der Zug stoppte. Ein leises Quietschen, dann Totenstille. Die beiden Schergen versuchten, meine Hände vom Dach der Sargrohrpost zu lösen.

Ich trat nach ihnen, fluchte. »Lasst mich los! Was soll das?« Sie attackierten mich von beiden Seiten, dann spürte ich Georgs Hand.

Er grinste. »Grins nicht. Zieh mich rauf!«

Als sie Georg sahen, änderten sie ihre Strategie und zogen sich ebenfalls nach oben. Keine Ahnung, wie das die Bierbäuchigen schafften, aber kurz darauf knieten sie neben mir auf dem Dach und schnappten nach Luft.

»Piefkes 1 und 2! Ihr seid festgenommen!«

Oberinspektor Kleindienst kroch uns entgegen. Ich sah seine Beretta blitzen. Er schoss. Die Kugeln trafen die Rohre an der Decke. Eine zischte an meinem Ohr vorbei.

»Hören Sie auf, Kleindienst. Wir sind unschuldig!« Ich schrie, so laut ich konnte, denn aus der anderen Richtung nahte die U-Bahn, die die Leichen zum Zentralfriedhof transportierte. Noch ein Schuss und ich würde als frische Leiche vor dem nahenden Zug enden. Eine weitere Extremsituation, die ich persönlich gern vermieden hätte.

Er schoss. Wir duckten uns. Auch seine zwei Schergen waren vor den Kugeln nicht sicher.

»Juri, spring!« Georg sprang.

Etwa auf gleicher Höhe verlangsamte die Sargrohrpost ihre Geschwindigkeit, um Turbulenzen zu vermeiden und nicht aus den Schienen zu fliegen. Wir nutzten die Situation und sprangen. Ich kurz nach Georg. Kaum zu glauben. Meine Hose war gestrichen voll. Eine Mischung aus Panik, Todesangst und Zorn trieb mich, Dinge zu tun, zu denen ich mich nicht imstande fühlte. Die zwei Schergen, in der Mitte Kleindienst, sprangen ebenfalls. Hand in Hand. Wie drei Kartoffelsäcke plumpsten sie auf den Zug, der in Richtung Zentralfriedhof fuhr. Die Verfolgungsjagd nahm kein Ende.

»Juri, wir müssen runter in den Waggon. Vielleicht können wir uns verstecken?«

Leichter gesagt als getan. Wir öffneten die Luke und sprangen, diesmal ohne Leiter, in den Waggon mit den Särgen.

Georg zog die Leiter heraus und schloss die Luke. Mit einer Eisenstange, die im Notfall zum Einschlagen der Fensterscheibe benutzt werden sollte, verklemmte er die Öffnung. Durch diese Luke war es nun unmöglich für unsere Verfolger, in den Zug zu kommen.

Ich schob Georg weiter. Weiter zu den Waggons für die Verwandten und Bekannten der Toten. Die ersten drei Abteile waren leer. Im letzten saß Herbert.

Herbert brachte seine Luise zum Zentralfriedhof. Ihr letzter gemeinsamer Weg. Er begrüßte uns und fing gleich an zu jammern. Noch immer konnte er den gestrigen Nachmittag nicht verstehen. Er saß vor uns und vergrub den Kopf in den Händen. Nachdem Luise kopfüber in der Regentonne von Kleindiensts Sicherheitswache gelandet war, musste er das Ganze erst einmal begreifen. Er erinnerte sich an die Weiterbildung in Frohsinn. In die hohe Kunst der Rasterfahndung wollte er sich einweihen lassen. Er hatte sich darauf gefreut, anschließend mit Luise im Garten ihrer Schwester zu grillen und den Abend mit einem köstlichen Zweigelt ausklingen zu lassen. Dieser Traum hätte locker in Erfüllung gehen können, wenn da nicht der Stempelmörder sein Unwesen getrieben hätte, dessen drittes Opfer Luise geworden war.

Unscharf konnte er sich an Paradeiser und Stippschitz erinnern, die den Tatort aufnahmen und ihn völlig neben der Spur auf dem Rasen fanden. Um ihn herum zerstörte Bierflaschen und viel Blut. Mit seinen Händen umschloss er krampfhaft immer noch Luises Augen, die der Mörder auf bestialische Weise ausgestochen hatte. Ihr Pudel, enthauptet, war ein weiteres Zeugnis einer unbegreiflichen Tat gewesen, die es in Frohsinn in diesem Umfang wahrscheinlich noch nie gegeben hatte. Er war noch am Tatort von Paradeiser befragt worden, schließlich hatte der Arme nicht nur Luises Augen, sondern auch die Reste einer Flasche in der Hand gehalten, die er zuvor mit Wucht in den Hals von Oberinspektor Kleindienst gerammt hatte.

»Sie haben mich ausgequetscht wie eine Tomate«, berichtete er. »Der Verdacht ist natürlich auf mich zurückgefallen. Warum sollte ich auch leugnen, den Oberinspektor mit der Flasche angegriffen zu haben? Ich war der festen Überzeugung, dass er meine Luise kopfüber in die Tonne tauchte.«

»Aber warum sollte er das tun?«, wollte ich von ihm wissen.

»Keine Ahnung, Juri. Es ging alles so schnell. Der Oberinspektor stand direkt neben der Tonne. Er zog sie raus. Da lagen überall Flaschen und Scherben. Was sollte ich sonst tun?« Tränen rannen ihm die Wange hinab. Er konnte einem leidtun. Ich verstand allerdings nicht, warum Paradeiser ihn nicht ins Gefängnis geworfen hatte.

»Und warum haben sie dich nicht festgenommen?«

Er atmete tief durch und erzählte, was passiert war. Angeblich verhörten sie ihn noch vor Ort und ließen ihn dann frei, weil sie ihm die Tat nicht zutrauten. Das mit Luise und dem Pudel sowieso nicht. Einen Stempel hatte er auch nicht bei sich getragen. Kleindienst konnte mit seinem lädierten Hals nicht reden und würde einen

Scheiß tun und Paradeiser den genauen Ablauf schildern, schließlich würde er sich selbst belasten. Herbert war zurück ins Wohnheim gegangen, um sich mit zwei Flaschen Zweigelt zu betäuben. Wer konnte ihm das auch verübeln?

»Ist dir am Abend irgendetwas aufgefallen? Hast du Isabel gesehen?«

»Isabel? Nein. Ich kontrollierte nur noch einmal kurz die Desinfektionskammer, um alles für die Frischlinge vorzubereiten. Dann bin ich mit Franz die Planung für den nächsten Tag durchgegangen. Er wollte mir einen Tag freigeben, aber als Chef der Soko habe ich zurzeit jede Menge zu tun und die große Verantwortung kann ich niemandem übergeben. Das könnt ihr mir glauben. Die Weiterbildung hätte mir geholfen, die Polizei noch besser zu unterstützen. Nach der Lagebesprechung bin ich direkt zu Anton in die Ideenwerkstatt gegangen, und da fiel das Licht plötzlich aus. Das habe ich dann auch noch repariert. Danach hab ich mich ins Bett gelegt. Ich war so fertig. Schlafen konnte ich eh nicht.«

Jetzt ging mir ein Licht auf. Ich erinnerte mich, dass Isabel feuchte Klamotten getragen hatte, als ich bei ihr im Sarg lag. Versuchte jemand, sie zu ertränken? Womöglich während Georg und ich im Heim unsere Rucksäcke gepackt hatten? Aber wer war in der Lage, so eine Tat zu begehen?

Wir vergaßen völlig, warum wir hier saßen. Oben auf dem Dach befanden sich noch immer Kleindienst und seine zwei Schergen. Die Ankunft am Zentralfriedhof nahte. Es konnte sich nur noch um Minuten handeln.

»Aber woher kommt ihr eigentlich? Wart ihr auch im Zug? Ich habe euch gar nicht gesehen.«

Georg und ich schauten uns an. Er war der bessere Gschichtldrucker und antwortete: »Wir haben heute auf dem Zentralfriedhof gearbeitet, Leichen stilettiert und uns das Begräbnis von Karl und Reinhold angeschaut. Eindrücke, die wir nicht vergessen werden. Die beiden fehlen uns. Nicht wahr, Juri?«

Ich schaute Herbert an. »Ja, sie fehlen uns. Luise und ihr Pudel fehlen uns auch. Nicht wahr, Georg?«

Er nickte. Herbert schien froh zu sein, dass wir ihm Gesellschaft leisteten. Georg fuhr fort: »Wir sind dann mit der Sargrohrpost zurück und haben uns erst am Karlsplatz in der Totenhalle daran erinnert, dass wir nach dem Begräbnis zum Leichenschmaus eingeladen waren. Na ja, und jetzt fahren wir halt zurück zu den anderen Trauergästen.«

Ich hielt schon die ganze Zeit die aktuelle Tageszeitung der Städtischen Leichenbestattung in Händen.

Plötzlich wurde Georg kreidebleich. Er las die Überschrift des Leitartikels: »315 Verschollene von Piefke 5«!

Schon wieder ein Artikel über die verschwundenen Piefkes. Die Zahl ließ mich erstarren.

»Was ist, Juri?«, fragte Herbert.

Ich dachte an Paradeisers Worte. Waren wir die Nummern 316 und 317? Die nächsten Piefkes, die verschwinden würden? Im Leitartikel, soweit ich das beim Überfliegen sehen konnte, stand klipp und klar, dass keiner der verschwundenen Piefkes je wiederaufgetaucht war. Sie vermuteten das Schlimmste. Schon vorgestern hatten die Zahlen in einer Zeitung gestanden. Nur brachte der Autor des Blatts den Stempelmörder jetzt direkt mit Piefke 5 in Verbindung: »Die Piefkes rächen sich für die vermissten Landsleute.« Da ging mir ein zweites Licht auf. Kleindienst war genau zu diesem Zweck hinter uns her. Er sollte uns verschwinden lassen. Irgendwo in den unterirdischen Gängen der U-Bahn. Niemand wäre auf die Idee gekommen, uns dort zu suchen. Unglaublich. Mir zitterten die Knie.

Der Zug bremste. Wir hatten das Ziel erreicht. Vorsichtig schauten wir aus dem Fenster. Kein Mensch auf dem Bahnsteig. Unsere einzige Chance war es, über den Bahnsteig hinauf zur Straßenbahnstation und mit dem 71er zurück in die Stadt zu fahren. Das könnte gefährlich werden, denn da würden sie zuerst nach uns suchen.

Aber wie jeder Plan in letzter Zeit, wurde auch dieser durch unseren Freund, den Chefinspektor, durchkreuzt. Er stand plötzlich breitbeinig auf dem Bahnsteig. Neben ihm Inspektor Stippschitz. Irgendwie hatte ich den Eindruck, dass seit der Schlägerei auf dem Friedhof ihr Verhältnis zueinander ein wenig angespannt war. Paradeiser musterte den Inspektor von oben nach unten. Vielleicht lag es auch nur an unserer bevorstehenden Verhaftung. Dieses Mal hatten wir keine Möglichkeit zu entkommen.

Die Türen öffneten sich. Herbert stieg zuerst aus dem Waggon und ging zu den Särgen. Die Sargträger eilten herbei und trugen einen Sarg nach dem anderen über den Bahnsteig.

»Piefke Sonnenburg und Piefke Georg! Was macht ihr schon wieder hier? Das wird noch ein Nachspiel haben.« Paradeiser war die Genugtuung deutlich anzusehen. 316 und 317 stiegen aus dem Zug. Die Quersumme: 21. Black Jack! Leider hatten wir in diesem Fall verloren.

Stippschitz redete fast schon fürsorglich auf Kleindienst ein. »Herr Oberinspektor! Kommen Sie bitte runter vom Dach. Darf ich Ihnen helfen?«

Der Inspektor holte eine Leiter, die an dem Büro der Stationsaufsicht lehnte. Wir standen mit erhobenen Armen vor Paradeiser und wandten die Köpfe zur U-Bahn. Kleindienst kletterte als Letzter runter und rannte mit erhobener Waffe auf uns zu. Wir warfen uns auf den Boden und verschränkten die Hände hinterm Kopf.

Dann spürte ich seine Waffe im Genick. »Herr Oberinspektor, weg da. Was machen Sie da? Sind Sie von allen guten Geistern verlassen?«

Stippschitz zog den schwergewichtigen Brocken von mir runter. »Kleindienst. Du solltest doch gar nicht aufstehen und das Krankenhaus verlassen. Wer hat dir das erlaubt? Denk an deine Gesundheit.«

Paradeiser redete beruhigend auf ihn ein. »Komm jetzt, lass uns gehen. Der Krankenwagen wartet draußen. Und ihr Piefkes verschwindet hier vom Bahnsteig. Ohne Betreuer dürft ihr euch hier nicht aufhalten.«

Ich verstand die Welt nicht mehr. Warum verhafteten sie uns nicht? Wir standen wieder auf und sahen Paradeiser, wie er, Kleindienst im Arm, die Stiegen zur Simmeringer Hauptstraße hinaufging. Stippschitz reihte sich hinter den beiden Schergen ein und verließ ebenfalls den Bahnsteig. Wir blieben allein zurück und staunten.

»Wo schlafen wir heute Nacht?« Georg saß in der Reihe vor mir in einer leeren Bim. Es war der 71er, der direkt vom Zentralfriedhof zum Karlsplatz fuhr.

Ich war müde und nicht mehr in der Lage, einen sinnvollen Gedanken zu fassen. Ein anstrengender Tag ging zu Ende. »Lass uns nach Hause fahren. Wir könnten es noch rechtzeitig schaffen und vor der Sperrstunde einchecken. Vielleicht drückt Franz ein Auge zu.« Ich hielt den Rucksack mit dem Koks fest in meinen Händen und spielte mit einem Schlüssel. Isabels Schlüssel.

# MITTWOCH: MISTABFUHR
# MAGISTRATSABTEILUNG 84 WIEN NEUBAU

In Wien wird geraunzt. In Deutschland wird gemeckert. So einen richtigen Unterschied konnte ich als Piefke 5 nicht feststellen. In Deutschland hatte man mir vorgeworfen, dass ich zu viel meckerte. Hier warfen sie mir vor, dass ich raunzte wie ein Wiener. Ein Kompliment? Vielleicht war es ein erster Schritt auf dem Weg zu einem guten Österreicher. Anpassung war für die Wiener wichtig. Wer sich dem verweigerte, der spürte bald die unangenehmen Konsequenzen. Oft fragte ich mich in den letzten Wochen und Monaten, warum ich meine Heimat verlassen hatte. Für dieses elende Dahinvegetieren in einem Männerwohnheim? In meiner ersten Vorlesung, an einer der sogenannten Eliteuniversitäten im Land der Dichter und Denker, war mir meine Zukunft bereits anschaulich aufgezeigt worden. Ich erinnerte mich noch sehr gut an die beeindruckenden Ausführungen meines Professors. Keiner von uns Neulingen würde jemals einen Job finden. Da half auch kein erfolgreich abgeschlossenes Studium. Am besten wir entschieden uns doch noch für eine Karriere beim Militär und für lebensgefährliche Auslandseinsätze. Das würde die überfüllten Universitäten entlasten.

Ich schloss das Studium mit einer sehr guten Note ab und landete in der Arbeitslosigkeit. Ohne Perspektive auf einen Job. Genau, wie es der Professor prophezeit hatte. Was für ein weiser Mann. Völlig desillusioniert kehrte ich diesem Land den Rücken und suchte mein Glück beim südlichen Nachbarn. Die warteten natürlich auf mich. Einen meckernden Piefke.

Illusionen durften wir uns bei unserem nächsten Arbeitgeber, der Mistabfuhr, auch nicht machen. In Deutschland war die Mülltrennung in den letzten Jahren zu einer Wissenschaft geworden. Man trennte alles. Mich wunderte es nicht, dass es in manchen Regionen eine eigene Tonne für jedes Produkt gab. Dann waren da noch das vieldiskutierte Dosenpfand und die extra ausgebildeten Mülltonnen-Kontrolleure, die Umweltsünder zu gemeinnützigen Arbeiten verpflichten konnten, wenn sie Batterien in die falsche Tonne warfen.

In Österreich war das alles anders. Hier gab es Piefke 5 und keinen Dosenpfand. Piefkes, Tschuschen und Türken trennten den Mist, wie der Müll hier genannt wurde. Diese Woche waren wir zwei bei der Magistratsabteilung 84 eingeteilt. Einen halben Tag zogen wir als ökologische Bedienstete mit einem Mistesel durch die Gassen und leerten die Misttonnen. Am Nachmittag mussten wir in der Richthausenstraße im Wiener Gemeindebezirk Hernals auf einem von 19 Wiener Mistplätzen den Mist trennen und die Mistesel bürsten und füttern.

Heute war zudem ein ganz besonderer Tag: Es war Mistfest. Der Tag der offenen Mistkübel. Da gab es ein Spielprogramm für die Kleinen. Sie durften in die Container springen und mit all dem wunderbaren Dreck spielen. Es wurde gegrillt und Bier ausgeschenkt. Ein kleiner Flohmarkt und eine Versteigerung von ausgedienten Misteseln der MA 84 gehörten auch dazu. Das diesjährige Mistfest stand unter dem Motto: Wiener Besen kehren gut!

Als ich heute Morgen aufgewacht war, konnten mich auch mehrere Tassen eines starken Kaffees nicht auf die Beine bringen. Die Knochen taten mir weh. Mein Kopf brummte.

Georg hatte gestern Abend die geniale Idee, in unser Wohnheim einzudringen und im eigenen kuscheligen Bett zu schlafen. Franz wollten wir dann doch nicht informieren. Er würde das schon verstehen. Es gab eine kleine Hintertür auf der straßenabgewandten Seite des Heims. Die Ersatzschlüssel für diesen Zugang zur Ideenwerkstatt hatte Anton unter einen Blumenkasten gelegt, falls er mal im Suff seinen Schlüssel verlor. Die anderen Bewohner feierten bestimmt noch auf dem Zentralfriedhof oder wurden von Paradeiser und Stippschitz nach der Massenschlägerei verhört. Sie hatten sicher eine Sondergenehmigung und durften draußen bleiben, bis die Feier vorbei war.

Wir untersuchten unser Zimmer. Alles war an seinem Platz. Das Küchenmesser klebte noch immer auf der Schrankrückseite. Die Kommode erwies sich als ungeeignet für ein sicheres Versteck.

Du fragst dich wahrscheinlich, warum lässt er es nicht endlich verschwinden? Na ja, es war halt so ein Gefühl in meinem Bauch. Ich konnte es nicht erklären. Deshalb blieb es in Reichweite.

Was mich viel mehr beschäftigte: Gehörten wir jetzt zu den Hauptverdächtigen oder nicht? Mir war das immer noch nicht klar. Überall, wo wir arbeiteten, brachte der Stempelmörder jemanden um.

Chefinspektor Paradeiser und Inspektor Stippschitz konnten sicher eins und eins zusammenzählen. Blöd waren die nicht. Wir aber auch nicht. Die Polizei brauchte einen schnellen Fahndungserfolg. Zwei verdächtige Piefkes würden ihnen sicher gut in den Kram passen. Die Rasterfahndung lief anscheinend komplett ins Leere. Die Schnapsidee mit den Zeitungs-Profilen würde vermutlich ebenfalls scheitern. Unsere wurden erst am Freitag veröffentlicht. Das verschaffte uns eine Galgenfrist. Andererseits: Wer konnte uns was nachweisen? Und warum hätten wir das tun sollen? Da gab's absolut kein Motiv.

Ich zog in erster Linie eine Bilanz meiner persönlichen Frustration. Isabel schwirrte ständig in meinem Kopf herum. Das musste ich unbedingt abstellen. Ich sah immer noch das Bild ihrer Leiche vor mir. Im Sarg in der Sargrohrpost. Wie sie wie ein junges Reh über den Zentralfriedhof gesprintet war. Mehr und mehr hatte ich das Gefühl, dass wir nur über sie unsere Unschuld an der ganzen Misere beweisen konnten. Wem wollte sie das Geld bei dem Koksdeal übergeben? Wir hatten noch immer keine Informationen über die Auftraggeber. Waren es die gleichen, die sie in diese ernste Lage brachten? War es der Stempelmörder? Vielleicht würde sie zum Mistfest kommen, um neue Kontakte zu Hundehaltern zu knüpfen. Ich hatte mir fest vorgenommen, mit ihr über ihre Rolle in dem ganzen Spiel zu sprechen. So konnte es nicht weitergehen.

Das Koks im Schließfach am Westbahnhof blieb unser Geheimnis. Georg musste nicht alles wissen. Das Koks aus der gescheiterten Übergabe am Zentralfriedhof sollten wir heute beim Mistfest an unseren Freund vom Naschmarkt übergeben. Seldschuk würde nicht erfreut sein, aber wir mussten ihm reinen Wein einschenken.

Um fünf war die Nacht vorbei. Um sieben begann der Dienst in der Richthausenstraße. Aber vorher mussten wir zum Nachsitzen. Auf unserem Zimmertisch hatte uns Franz eine Vorladung hinterlegt. Er konnte doch gar nicht wissen, dass wir im Heim waren? Georgs Gesicht ließ ahnen, was gleich folgen würde. Er schaute blass aus. Sehr blass.

»Hast du auch so ein beschissenes Gefühl im Magen?«, fragte ich ihn.

»Paradeiser wird seine ganze Wut an uns auslassen«, erwiderte er verzweifelt.

Die Tür zum Schulungsraum war nur angelehnt. Franz saß neben Inspektor Stippschitz am Lehrerpult. Wir setzten uns in die erste Reihe. An der Tafel stand eine riesige Acht.

Franz schaute uns streng an. »Glaubt ja nicht, dass ich nicht mitbekommen habe, dass ihr wieder im Heim seid! Heute wird Inspektor Stippschitz die Gute-Österreicher-Schulung leiten. Chefinspektor Paradeiser lässt sich entschuldigen.«

Ich konnte diese Nachricht noch nicht richtig einordnen, denn Stippschitz war für Georg und mich noch ein unbeschriebenes Blatt. Körperliche Gewalt kannten wir von ihm nicht.

Dann schlug Stippschitz plötzlich mit der Faust auf die Acht und holte tief Luft. »Ich werde euch kurz und bündig einmal erklären, worauf es bei einem guten Österreicher ankommt. Chefinspektor Paradeiser erklärte es anscheinend noch nicht deutlich genug.« Er ging auf Georg zu. Der drehte sich in der Erwartung von Schlägen zur Seite. Stippschitz blieb aber ruhig. »Piefke Georg, schauen Sie mal.« Er deutete auf die Acht. »Das Heim hat Regeln. Es gibt für alle Bereiche unseres Daseins Regeln. Und warum gibt es diese Regeln? Piefke Georg und Piefke Sonnenburg?«

Wir blickten zu Franz. Schließlich kamen solche Fragen sonst immer von seiner Seite.

Ich räusperte mich und sagte ganz spontan: »Regeln sind dazu da, um gebrochen zu werden.« Das sagte Georg fast jeden Tag. Dafür bekam ich sicher einen Pluspunkt.

Meine Antwort enttäuschte Franz offensichtlich.

Inspektor Stippschitz schüttelte den Kopf, drehte sich um und ging wieder zur Tafel, Georg grinste. »Piefke Sonnenburg, so werden Sie nie in unsere Gesellschaft aufgenommen. Nehmen wir einmal die Acht-Uhr-Regel. Die haben Sie gestern Abend gebrochen. Dann gibt es da noch eine unsichtbare Regel, die besagt, dass ihr von Piefke 5 euch auf keinen Fall im Umkreis von Tatorten aufhalten dürft. Und schon gar nicht solltet ihr mit Drogen in Berührung kommen. Ach ja, und noch eine Regel. Ihr dürft nur in Begleitung die Sargrohrpost benutzen.«

Beim letzten Punkt hatte er unrecht. »Das haben wir nicht. Oberinspektor Kleindienst befand sich auch im Zug.«

Das war zu viel. »Und Piefke 5 dürfen schon gar nicht widersprechen! Ist Ihnen das klar?« Er schrie und spuckte mir ins Gesicht. Georg war auf einen Schlag wieder blass. »Sie hatten weder eine Begleitung noch eine Fahrkarte. Der Schaffner hat Beschwerde eingelegt. Kapieren Sie, was ich mit *Regeln* meine?« Er kam wieder auf uns zu und schaute uns fragend an.

Franz erwartete jetzt sicher die richtige Antwort, sonst blamierten wir ihn bis auf die Knochen.

Jetzt war Georg an der Reihe. »Ja.«

Stippschitz bewegte seine Hand zur Ohrmuschel. »Was haben Sie gesagt, Piefke Georg?«

Georg hustete und versuchte, auch wenn es ihm schwerfiel, deutlicher zu artikulieren. »Ja, das geht in Ordnung. Wir werden uns an die Regeln halten.«

Ich musste mein Grinsen unterdrücken. Wenn Georg das in diesem Tonfall sagte, dann hieß das so viel wie: Leck mich am Arsch.

Inspektor Stippschitz wirkte zufrieden, und Franz konnte sein Gesicht wahren. Die Schulung ging dem Ende entgegen. »Sie werden sich an die Regeln halten. Noch ein Verstoß, und wir werden Ihnen eine besondere Form der Nachhilfe geben, die sich gewaschen hat.« Stippschitz schaute uns an. Seine ernste Mimik sprach Bände. »Denken Sie immer an Chefinspektor Paradeiser. Ein guter Österreicher. Ein Vorbild für uns alle.« Mit diesen klaren Worten verließ er den Schulungsraum.

Franz blieb noch sitzen. »Ich hoffe, das hat sich in eurem Hirn festgesetzt. Da gibt es noch ein anderes Problem. Vielleicht könnt ihr mir da helfen. Habt ihr was von Isabel gehört? Sie wird vermisst. Judith hat sie seit Montag nicht mehr gesehen.«

Ich schüttelte den Kopf.

»Wir haben sie seit Sonntag nicht mehr gesehen. Ich hoffe, ihr ist nichts passiert?«

Georg zuckte mit den Schultern.

»Wenn ihr sie seht, dann schickt sie zu mir. Ihr habt ja gehört, was passiert, wenn man gegen Regeln verstößt.«

✢

Nach der anstrengenden Schulung sprinteten wir zurück ins Zimmer, um uns die Arbeitskleidung für den heutigen Tag am Mistplatz anzuziehen.

»Sollen wir kurz bei Anton vorbeischauen?«, überlegte ich laut.

Georg hatte bereits seine orangefarbene Arbeitskleidung angezogen. Auf dem Kopf eine kleine lächerliche Kappe. Jetzt fehlten noch Besen und Schaufel, die wir aber erst bei der Werkzeugausgabe auf dem Mistplatz erhielten. »Keine schlechte Idee. Vielleicht hat er Neuigkeiten über den Stempelmörder.«

Um diese Uhrzeit war es noch ruhig. Alle schliefen. Wir schlichen die Stiegen hinunter.

»Juri, Georg! Schön, euch zu sehen. Macht die Tür zu. Ich bin gerade dabei, die nächste Tagesausgabe des ›Penners‹ zu drucken. Eure Profile werden bereits morgen veröffentlicht. Ich kann sie nicht mehr zurückhalten.«

Damit hatte ich gerechnet. Paradeiser machte Druck. Er schöpfte alle Mittel aus. »Anton. Gibt es Neuigkeiten?«

Der Piefkefreund runzelte die Stirn. »Isabel ist verschwunden. Das beschäftigt Paradeiser und Stippschitz. Sie haben sie zur Fahndung ausgeschrieben. Eine andere Entwicklung ist wesentlich bedenklicher. Einige Zeitungen machen Stimmung gegen Piefke 5. Wenn das so weitergeht, dann protestieren sie bald in der Meldemannstraße.« Der Leiter der Ideenwerkstatt klopfte mit einem Schraubenzieher an der Druckerpresse. »Wenn ihr mich fragt, dann kann ich mir nicht vorstellen, dass Isabel was passiert ist. Sie ist sicher weitergezogen und hat die Stadt verlassen. Vielleicht ein neuer Job? Wer weiß das schon. Ihr geht es sicher gut.« Georg und ich nickten zustimmend. Dann fuhr er fort: »Die Polizei und Herbert als Soko-Chef wühlen im ganzen Heim nach Beweisen. Sie drehen alles um, verhören hier und da und stiften jede Menge Unruhe. Ständig kommen sie zu mir und mischen sich ein. Ich bin doch nicht ihr Sprachrohr!«

Ich konnte Antons Bedenken verstehen. Der Stempelmörder brachte unser ganzes Leben durcheinander. Egal, ob Piefke 5 oder nicht. Die nächste Information war eher unerfreulich.

»Eure Namen sind auch gefallen.«

»Was meinst damit?« Georg wurde unruhig.

»Sie haben euch auf dem Zentralfriedhof auf dem

jüdischen Teil erwischt. Angeblich haben sie einen Tipp bekommen, um einen Drogenhandel zu verhindern.«

»Was hat das mit dem Stempelmörder zu tun?«, wollte ich wissen.

»Der Informant sagte wohl, dass die Drogenkuriere mit dem Stempelmörder zusammenarbeiten. Das hat die Kommissare natürlich hellhörig werden lassen. Und wen haben sie dort angetroffen? Euch beide!« Anton musste lachen. »Aber ihr habt ja nichts mit Drogen zu tun. Paradeiser hat sich bei der Vorstellung sehr amüsiert. Dennoch steht ihr weiter unter Verdacht. Nicht nur ihr, sondern fast alle im Heim.«

Ich schaute Georg an. So ein Trottel, der Paradeiser. Wenn der wüsste.

»Ach ja, angeblich hat Paradeiser Beweise in Frohsinn gefunden.«

Das machte mich neugierig. »Was für Beweise?«, fragte ich Anton.

»Ein Messer. Die Mordwaffe.«

»Und was hat Paradeiser dazu gesagt?«, fragte Georg.

»Er lässt das Messer untersuchen. Nach Fingerabdrücken. Und DNA oder so. Ich kenne mich da nicht aus. Aber das sind doch gute Nachrichten, oder?«

Wir nickten. Es handelte sich dabei sicher nicht um das Messer aus unserem Zimmer. Der Stempelmörder hinterließ Spuren. Er machte Fehler.

Ich klopfte Anton auf die Schulter. »Danke für die Infos. Wir müssen los. Unser Esel wartet in der Richthausenstraße.«

»Viel Spaß auf dem Mistplatz!«, schrie er uns hinterher.

Von wegen Spaß. Wir mussten zur MA 84 und den Mist der letzten Woche aufsammeln. Der Mistplatz war die Sammelstelle für alle ökologischen Bediensteten. Insgesamt 20 Mistesel wurden von 40 Piefke-5-Leuten betreut. Unser Esel hieß Hazee.

Vor zwei Jahren hatte die Wiener Stadtregierung eine geniale Idee gehabt: Sparen! Die Programme Piefke 5, Tschuschen 6 und Atatürk hab 8 warfen nicht genügend Gewinne ab, und deshalb wurden die Mistfahrzeuge abgeschafft und Mistesel eingeführt. Schlaue Köpfe rechneten und rechneten. Siehe da: Die Anschaffung und der Unterhalt eines Mistfahrzeugs kosteten das 30-Fache von dem eines Mistesels.

Nach nur einem Jahr fiel die Bilanz hervorragend aus. Die Mistesel beseitigten mehr Abfälle als ihre motorisierten Vorgänger. Einfach unglaublich. Viele der Mistfahrzeuge wurden nach und nach verkauft. Heute stand auf dem Mistfest zudem ein altersschwacher Mistesel für eine Versteigerung zur Verfügung. Wir erhielten eine neue Berufsbezeichnung: »Piefke 5 – ökologischer Dienst im Auftrag der Magistratsabteilung 84«.

Die genügsamen Mistesel trugen den Mist in zwei Holzkisten rechts und links am Körper. Sie hatten den Vorteil, dass sie ohne Probleme in die engen Gassen der Stadt passten. Sie waren nach kurzer Zeit zu einer Attraktion geworden. Neben den Fiakern rannten jetzt weitere Vierbeiner durch die Stadt. Der Mist wurde mit einer Drehtrommel verdichtet. Ein ökologischer Bediensteter schüttete den Inhalt der Mistkübel in die Holzkiste, während der andere Bedienstete an der Kurbel drehte. Vorwiegend wurden Haus- und Biomist gesammelt.

Eine kleine logistische Herausforderung stellte der Abtransport dar. Der Magistrat ließ sich auch hier etwas Intelligentes einfallen. Für jede Gruppe von einem Dutzend Misteseln kam ein motorisiertes Mistfahrzeug zum Einsatz, das zentral positioniert als Sammelstelle diente. So konnte die Stadt viele Mistfahrzeuge verkaufen und nur einige blieben als Bindeglieder zwischen Mistesel und Mistplatz erhalten. Die Idee hätte von mir sein können. Es ging noch weiter. Die Mistfahrzeuge fuhren auf die Mistplätze, wo der gesamte Mist, egal ob Bio- oder nicht, zusammengeschüttet wurde. Die Programm-Piefkes, Tschuschen und Türken trennten ihn wieder. Dann wurde der Mist in die Mistwagen geladen und zur Mistverbrennungsanlage Spittelau gebracht. Na ja, und durch den Verbrennungsprozess entstand das Gas für die guten Österreicher.

Wir erreichten den Mistplatz in der Richthausenstraße so gegen sieben. Der Platz war in mehrere Sektoren unterteilt. Ein Sektor für die Misttrennung, ein spezieller Bereich für Problemmistfälle und eine Sammelstelle, wo die Wiener ihren Mist persönlich abgeben konnten. Wir meldeten uns im Bürogebäude und von der Sekretärin wurden uns unser Gruppenführer und der Bezirk zugeteilt. Es handelte sich um den Wiener Gemeindebezirk Neubau, in dem die Bobos, verkürzt für *Bourgeoise Bohemians* oder auch Neureiche, wohnten.

In der Richthausenstraße waren die Mistesel in komfortablen Stallungen untergebracht. Gernot betreute uns heute als Gruppenführer. Er fuhr den motorisierten Mistwagen. Die Aufgabe des Gruppenführers war nicht einfach. Er war für das Management und die Koordination der Mistesel-Teams verantwortlich. Jedes Team erhielt eine Route von ungefähr fünf Straßenzügen. Ganz im Gegensatz zum Dienst bei Oberinspektor Kleindienst konnten wir hier unsere Seele baumeln lassen. Es gehörte eher zu den Tätigkeiten, die uns körperlich forderten, aber wir arbeiteten mehr oder weniger selbstständig. Gernot saß in seinem Mistwagen und wartete, bis wir mit dem Mistesel vorbeikamen und den Mist in den Wagen schaufelten. Niemand überwachte und schikanierte uns.

»Hallo Gernot.« Ich begrüßte ihn mit Handschlag.

»Hi Juri. Alter Piefke. Habt ihr euren Mistesel gesattelt?«

»Georg ist schon dabei.«

Hazee war ein entzückendes Tier. Seit ungefähr einem halben Jahr war er unser Stamm-Mistesel und wir konnten uns auf ihn verlassen. Keine Spur von Sturheit. Gegen halb acht gab Gernot das Startzeichen für unsere Gruppe. 20 Esel marschierten im Gänsemarsch die Hernalser Hauptstraße hinunter, über die Alser Straße, dann die Landesgerichtsstraße entlang, bis sie schließlich die Burggasse im Wiener Gemeindebezirk Neubau erreichten. Und das mitten in der Hauptverkehrszeit. Die Autofahrer hupten. Die Straßenbahnfahrer verfluchten uns. Gernot stellte seinen Mistwagen in eine der stark frequentierten Einkaufsmeilen, der Neubaugasse, und wartete dort bis gegen zwei. Dann mussten wir die Misttonnen geleert haben, denn am Nachmittag bekamen wir andere Aufgaben.

Unser Mistrevier lag heute zwischen der Kirchberggasse im Osten, der Stiftgasse im Westen, der Burggasse im Norden und der Siebensterngasse im Süden. Es handelte sich dabei um den Spittelberg, den ehemaligen Rotlichtbezirk Wiens. Rotlicht gab es aber hier seit vielen Jahrzehnten nicht mehr. Die sogenannten Bobos besetzten dieses Viertel und verdrängten die ursprünglich aus Arbeitern, Studenten und Arbeitslosen zusammengesetzte Bevölkerung. Die Mieten stiegen und vorbei war es mit dem billigen Wohnraum im Zentrum der Stadt.

Georg und ich trieben uns ganz gern am Spittelberg herum. Unsere Gackerlgeschäfte gingen hier gut. Jeder Bobo mochte Hunde, und wir mochten die Bobos, die sich ohne große Aufregung erpressen ließen.

»Wo fangen wir an? Welche Straße zuerst?«, wollte Georg wissen.

»Red nicht so viel. Du drehst die Kurbel. Ich hole die Misttonnen.«

An der Ecke Kirchberggasse Burggasse hielten wir Hazee an und öffneten die Holzkisten. Die Misttonnen waren genormt. Es handelte sich dabei um 110-Liter-Kunststoffbehälter mit zwei Rollen. Blöderweise hörte die Normung bei der Entleerung auf. Bevor die Mistesel eingeführt wurden, stellten die damaligen Mistaufleger die Tonne zum Mistwagen und ein elektrischer Greifarm entleerte sie. Die Mistaufleger mussten sich die Finger nicht schmutzig machen. Wir hingegen schon.

Wir brachten die Tonnen zum Esel und füllten den Mist händisch in die Holzkisten um. Wir verwendeten zwar noch Schaufel und Besen, die taugten aber nur für die Reinigung der Straße oder des Gehweges.

Die leere Misttonne schleppte ich wieder in den Innenhof und stellte sie neben die Tonne mit dem Altpapier. Auf dem Weg nach draußen stoppte mich meine Neugier an der Haustür. Schon wieder diese Anti-Piefke-Aufkleber. Die Namen am Türschild waren auch interessant. Unter anderem stand da: »Reinhold Hubsi«.

Ich staunte nicht schlecht. »Das ist doch wohl nicht unser Reinhold?«, murmelte ich.

»Kannten Sie Herrn Hubsi?«, hörte ich eine tiefe Männerstimme sagen.

Ich nickte unschlüssig.

»Er schuldete mir noch drei Mieten Kaution, und nun ist er tot. Wer zahlt das jetzt? Ich hatte von Anfang an das Gefühl, dass ich diesem Kerl nicht trauen konnte. Von wegen Doktor.«

Ich verstand nur Bahnhof. »Wie, nicht trauen?«

Der Mann mit der tiefen Stimme und dem bösen Blick war einen Kopf größer und doppelt so breit wie ich. Seine feuchte Aussprache war eklig.

»Am Anfang kam er sehr seriös rüber. Ein feiner Kerl. Hat mich um den Finger gewickelt. Den Vertrag hat er unterschrieben, und jetzt muss ich schon wieder einen neuen Mieter suchen.«

»Kann ich mir mal die Wohnung anschauen?«

»Das ist verboten. Die Polizei hat die Tür versiegelt. Erst, wenn die Untersuchungen abgeschlossen sind. Aber ich vermiete nicht an Piefkes. Sie sind doch einer von Piefke 5, oder?« Er spuckte wieder.

Das hatte mir gerade noch gefehlt. »Passt schon. Ich muss weiter.« Ich ließ ihn einfach stehen und ging zurück zu Georg, der gelangweilt neben Hazee auf der Gehsteigkante saß.

»Georg, der Hubsi-Reinhold hat hier eine Wohnung gemietet. Wo hatte er das Geld her? So ein armer Schlucker wie er in diesem Nobelviertel?« Das erschien mir nicht koscher.

Georg schlug auch vor: »Wir sollten uns die Wohnung einmal anschauen.«

»Das geht nicht. Ich habe gerade den Vermieter getroffen und der sagt, dass die Polizei die Wohnung versiegelt hat.«

»Und? Hat uns das schon jemals daran gehindert?«

Georg hatte recht. Wir mussten dem auf den Grund gehen.

Der Innenhof war leer. Vom dicken Vermieter mit dem bösen Blick keine Spur. »Und wie kommen wir jetzt ins Haus?« Ich schaute Georg ratlos an.

»Na, was glaubst? Mit diesem Schlüssel!«

Das war auch so eine komische Regelung, die es nur in Wien geben konnte. Die ökologischen Bediensteten hatten, wie die Postler, einen Zentralschlüssel für alle Häuser Wiens, um an die Misttonnen zu gelangen. Manchmal standen die Tonnen auch in den Wohnungen.

Reinholds Wohnung lag im dritten Stock. Es gab keinen Lift. Wir schleppten uns in voller Montur die Stiegen hinauf. An der Klingel stand »Dr. R. H.« und direkt daneben prangte ein Piefke-5-Aufkleber: »Zutritt verboten!«

»Der Hubsi hat ein wenig zu dick aufgetragen. So eine Wohnung, dann der Doktor-Titel, und jetzt kann er sich das alles von unten anschauen«, sagte ich.

»Red nicht so viel, Juri. Mach lieber die Tür auf. Wenn uns hier jemand erwischt, kommen wir in Erklärungsnot.«

Ich zerriss das Polizeisiegel und steckte den Zentralschlüssel in das Schloss. Mit einem Ruck öffnete ich die Tür. Es roch muffig. Kein Wunder. Wahrscheinlich wurde hier schon seit Wochen nicht mehr gelüftet.

Wir standen in einer geräumigen Dreizimmerwohnung. Altbau, weiße Wände, Holzparkett und im Wohnzimmer sogar eine alte Stuckdecke mit Blumen und Weintrauben. Durch die großen Fenster kam viel Licht. Und auch die Blicke der Nachbarn von gegenüber, die auf dem Balkon Wäsche aufhängten.

»Schau mal, Juri!«

Ich folgte Georg ins Arbeitszimmer. Dort standen ein Schreibtisch und ein altes Sofa mit Bettdecke und Kissen. Auf dem Schreibtisch befand sich eine alte Schreibmaschine, ein Stoß Papier und ein paar Stifte lagen daneben. Reinhold hatte diese Wohnung anscheinend regelmäßig genutzt.

Das Bettzeug war völlig verschmutzt. Neben dem Sofa stand ein Dutzend brauner Bierflaschen. Im Mistkübel lagen Reste eines verschimmelten Döners und ein paar zerknitterte Papierfetzen.

Georg warf mir ein zerknülltes Stück Papier entgegen. »Was hat der hier gemacht? Glaubst du, mit seinen Spitzeldiensten konnte er so viel verdienen, um sich diese Wohnung zu leisten?«

Ich zuckte mit den Schultern und glättete das Papier auf dem Schreibtisch. »Reinhold verfolgte offensichtlich interessante Pläne. Kannst du dich an den blutverschmierten Zettel erinnern, den er nach dem Mord noch in Händen hielt?« Ich kramte in meinen Taschen und holte das blutige Stück Papier hervor.

»Du meinst den Erpresserbrief?«

Ich nickte. »Schau, da steht doch was von Aufdecken einer Identität, Geldübergabe und Innsbruck? Hier ist noch so ein Brief. Wahrscheinlich benötigte er mehrere Versuche. Er hat jemanden erpresst, der ihm das ziemlich übel genommen hat. Wir müssen nur noch herausfinden, wer das war.«

»Viel Spaß, Juri. Ich geh jetzt wieder runter. Das wird mir zu heiß. Hazee wartet. Er mag das gar nicht, wenn wir ihn allein lassen.«

Georg wollte gerade die Haustür öffnen, da schob jemand von außen einen Schlüssel ins Schloss. Wir zuckten zusammen und schauten uns fragend an.

»Los, in die Küche. Da ist eine Abstellkammer«, flüsterte Georg.

Diese Kammer war nicht gedacht für zwei Piefkes in voller Mistmontur. Wir standen Bauch an Bauch und der Schweiß lief mir den Rücken hinunter. Ich spürte den Atem des Kärntner Urviehs. Glaub mir, es gibt angenehmere Situationen.

»Beweg dich nicht, Juri. Zieh den Bauch ein, sonst springt die Tür auf.«

Ich atmete tief ein und lauschte.

Der Besucher räumte anscheinend die Wohnung auf. Es polterte. Gegenstände fielen zu Boden. Schubladen wurden geöffnet. Es quietschte und die Schritte kamen immer näher.

Ich musste niesen. Georg boxte mich in den Bauch. Ich spuckte ihm ins Gesicht. Ein Hustenanfall krönte das kleine unangenehme Intermezzo, was nicht ohne Folgen blieb. Ich spürte, wie sich die Türklinke an meinem Becken rieb. Die Tür öffnete sich, und dann trafen zwei kurze Fausthiebe mitten auf unsere Nasen.

Es handelte sich um einen kräftigen Mann. Vielleicht Reinholds Vermieter? Er war auch der Erste, den ich sah, als ich die Augen öffnete. Der Fremde beugte sich über mich. Zwei oder drei Tropfen seines Stirnschweißes tropften auf mein Gesicht. Ich verwischte sie mit meiner Hand.

»Piefke Sonnenburg und Piefke Georg. Schon wieder erwischt! Was sagte ich heute Morgen? Piefkes wie ihr dürfen sich nicht im Umkreis von Tatorten aufhalten. Und die Wohnung von Reinhold Hubsi ist für euch tabu, weil sie mit dem Mord zusammenhängt. Geht da irgendetwas nicht in euer Hirn hinein? Kapiert ihr das nicht?« Inspektor Stippschitz saß am Küchentisch, die Beine überschlagen und fordernd mit seinen Fingern auf die Oberfläche des Tisches klopfend.

Der Dicke streckte mir seine Hand entgegen. Ich schlug sie aus. Georg stand am Fenster. Seine Hände offenbar hinterm Rücken verschränkt, grinste er mich an. Dann drehte er sich ein wenig, und ich sah die Handschellen blitzen.

Plötzlich stand Chefinspektor Paradeiser in der Küche. »Die Wohnung ist sauber. Hier hat jemand etwas gesucht und es hoffentlich nicht gefunden. Vielleicht findet die Spurensicherung was. Und die beiden Piefkes hier? Wissen die mehr? Haben die was gehört?«

Er redete nicht mehr mit uns. Wenn wir jetzt ein falsches Wort sagten, dann platzte ihm sicher der Kragen. Wir befanden uns hier im dritten Stock, und mitten in einem Wutausbruch war Paradeiser sicher in der Lage, uns beide gleichzeitig aus dem Fenster zu werfen.

»Die haben wie immer keine Ahnung. Wir haben sie hier bewusstlos auf dem Küchenboden vor der Abstellkammer gefunden. Das ist Reinhold Hubsis Vermieter. Er hat einen Unbekannten mit einer Wollmütze auf dem Kopf aus der Wohnung flüchten sehen.«

Der dicke Vermieter nickte zustimmend und zeigte auf uns. »Der größere Piefke da hat mich ausgefragt und wollte sich die Wohnung von mir zeigen lassen. Ich hab abgelehnt, weil die von Piefke 5 sowieso keine Wohnungen hier mieten dürfen. Da mach ich mich ja strafbar.«

Paradeiser winkte ab und schickte den Dicken nach draußen. »Warten Sie vor der Tür.«

Das bedeutete nichts Gutes für uns. Der Chefinspektor schubste mich neben Georg, legte mir ebenfalls Handschellen an und stellte sich hinter uns. Die Fenster waren gekippt. Ich blickte zum Nachbarn hinüber. Die Wäsche hing fein säuberlich auf dem Wäscheständer. Jetzt konnte es nicht mehr lang dauern und wir würden auf das Fensterbrett klettern müssen. Dann ein kräftiger Stoß in den Rücken und alles war vorbei.

Stippschitz verließ die Küche und schloss die Küchentür hinter sich.

»So, jetzt reden wir mal Klartext.«

Mir wurde schlecht. Ein Schauer nach dem anderen lief mir über den Rücken. Auf dem Balkon gegenüber stand plötzlich ein Mann. Er rauchte und schaute zu uns rüber. Maximal 15 Meter Luftlinie trennten uns von seiner Zigarette, die er über das Balkongeländer hielt.

»Was habt ihr mit dem Stempelmörder zu tun? Eure Visagen tauchen ständig bei den Ermittlungen auf. Ihr seid doch Komplizen? Wollt ihr ihn in der Wohnung treffen und den nächsten Mord besprechen? Oder habt ihr hier was gesucht?«

Ich nahm meinen ganzen Mut zusammen. »Wir kennen den Stempelmörder nicht. Wir waren nur neugierig, weil ›Reinhold Hubsi‹ auf dem Türschild stand. Dann kam plötzlich jemand und wir haben uns in der Abstellkammer versteckt. Er hat uns niedergeschlagen. Auf dem Schreibtisch liegen Erpresserbriefe. Schauen Sie nach.«

»Das kannst du doch deiner Großmutter erzählen, Piefke. Wir haben die gesamte Wohnung durchsucht. Von einem Erpresserbrief keine Spur.« Paradeiser wurde lauter. »Gebt es jetzt zu, dann ist es vorbei. Warum quält ihr euch so?«

Der Mann auf dem Balkon winkte uns zu.

»Herr Chefinspektor, glauben Sie uns doch! Wir haben mit den Morden nichts zu tun!« Georgs Stimme überschlug sich.

Hinter uns hörte ich Metall aneinanderschlagen.

»Ich werde die Handschellen jetzt öffnen.«

Wahrscheinlich hatte er seine Waffe schon in der Hand, schraubte den Schalldämpfer auf den Lauf und wartete, bis wir uns umdrehten. Mit Handschellen konnte er uns nicht erschießen. Und von hinten schon gar nicht. Das konnte er sich definitiv nicht leisten. Zeugen gab es nicht. Wir hatten keine Chance.

Meine Hände waren plötzlich frei. Dann ein ohrenbetäubender Knall. Ich sprang zum Fenster und schrie um Hilfe.

Stippschitz kam zurück ins Zimmer. Er und Paradeiser rissen an meiner Kleidung und versuchten, mich vom Fenster wegzuzerren.

Ich schrie: »Hilfe! Helfen Sie uns! Er bringt uns um!«

Der Mann gegenüber warf die Zigarette in den Hof und rannte in seine Wohnung.

»Wir haben nicht geschossen. Das war die Tür, die von einem Luftzug zugeschlagen wurde«, beruhigte mich der Inspektor.

Keine Minute später klingelte es an der Wohnungstür. Georgs Hände waren noch nicht frei. Jemand klingelte Sturm und schlug gegen die Tür. »Öffnen Sie! Sofort!«

Inspektor Stippschitz öffnete.

Ich konnte bis in den Flur schauen. Hinter dem Zigarettenraucher stand Reinholds Vermieter.

»Gehen Sie wieder in Ihre Wohnungen zurück. Sie stören einen Einsatz der Kriminalpolizei.« Stippschitz zückte seine Marke und drückte beide auf den Flur, schloss die Tür und kam zurück in die Küche.

Paradeiser hatte in der Zwischenzeit Georgs Handschellen geöffnet. »Wir werden euch beobachten. Haltet euch zur Verfügung und verschwindet jetzt. Piefkegesindel.« Er machte eine abwertende Geste und schaute durch das Fenster auf den leeren Balkon gegenüber.

Du kannst mir glauben, dass wir jetzt mit einem Sprint die Stiegen hinuntersprangen und das Haus verließen. Der dicke Vermieter warf uns gewiss noch einen bösen Blick nach. Ich hörte nur noch, wie er uns etwas hinterherrief, das wie »Lumpenpack« klang.

Hazee wedelte mit dem Schwanz. Zumindest einer freute sich, uns zu sehen.

Es war nicht einfach, zur Normalität zurückzukehren, aber wir durften von nun an nicht mehr auffallen. Stippschitz und Paradeiser schauten vom Fenster auf die Straße hinunter und beobachteten uns.

»Mensch Georg, das war knapp. Ich hab uns schon durch den Innenhof fliegen sehen. Paradeiser trau ich alles zu. Glaubst du, der Stempelmörder hat uns k. o. geschlagen? Und warum verhaften die uns nicht? Ich begreif das alles nicht.« Georg streichelte Hazee, der unruhig den Kopf bewegte.

»Ich konnte ihn nicht erkennen. Es ging alles viel zu schnell. Aber anscheinend hat er alle Spuren beseitigt. Die Entwürfe des Erpresserbriefes sind verschwunden. Hast du den blutigen Zettel noch?«

»Nein, den habe ich auf den Schreibtisch gelegt. Wahrscheinlich hat Reinhold den Stempelmörder erpresst und wollte sich mit dem Geld diese Wohnung zulegen. Seine Gier hat ihn zum Opfer des Mörders gemacht.«

Nach weiteren sechs Misttonnen waren die Holzkisten voll und wir gingen mit Hazee zur Neubaugasse. Gernot saß hinter dem Lenkrad in einer extra für Mistwagen geschaffenen Parkbucht. Er schlief. Unsere Aufgabe war es, die Holzkisten zu entleeren und den ganzen Mist in den Wagen zu werfen.

Nachdem wir die erste Fuhre abgeladen hatten, sammelten wir den Mist der Gutenberggasse ein. Während wir uns quälten, saßen die Bobos in den schicken Cafés, nippten an ihren Latte und machten sich über ihre fetten Topfengolatschen her. Piefke-Witze hatten sie auch einige auf Lager.

»Glaubst du, so ein Bobo passt in unsere Holzkiste?«

Georg fand das nicht lustig. »Lass die Bobos in Ruhe. Und pass bitte auf das Koks auf.« Ich schleppte es schließlich im Rucksack durch die Gegend. Die Versuchung, etwas davon abzuzweigen, war groß. Aber wir durften Seldschuk nicht noch einmal enttäuschen.

Chefinspektor Paradeiser und Inspektor Stippschitz beobachteten uns den ganzen Morgen. Sie trauten uns nicht über den Weg. Noch ein Fehler und wir saßen hinter schwedischen Gardinen.

Gegen zwei Uhr lieferten wir Gernot die letzte Fuhre Mist. Die restliche Gruppe wartete bereits in der Neubaugasse auf uns. Gemeinsam trabten wir los. Ein Stau war die Folge. Wir hielten den gesamten Verkehr auf. Immer schön ein Esel nach dem anderen. Wir ökologische Bedienstete hatten alle Hände voll zu tun, die Tiere ruhig zu halten. Die guten Österreicher hupten oder überholten die Mistesel in waghalsigen Manövern.

Kurz brach das Chaos aus. Stell dir vor: galoppierende Esel auf der Hernalser Hauptstraße. Da würdest du dich wahrscheinlich auch erschrecken.

An der Vorortelinie bog der ganze Treck in Richtung Richthausenstraße ab und sammelte sich rund um Gernots Mistwagen. Er zählte die Mistesel und die ökologischen Bediensteten. Wie im Kindergarten. Wenn einer fehlte, dann mussten wir so lang stehen bleiben, bis er gefunden wurde. Gernots letzte Aufgabe am heutigen Tag war es, den ganzen Mist auf den Platz zu kippen, damit wir ihn trennen konnten. Vorher brachten wir Hazee in sein Nachtquartier. Fütterten und bürsteten ihn. Anschließend misteten wir noch den Stall aus.

Ich machte mir schon den ganzen Tag Gedanken über die bevorstehende Koksübergabe. Vor allem über einen geeigneten Ort. »Wir könnten die Übergabe direkt bei Hazee im Stall machen? Was hältst du davon?«

Georg stellte die Mistgabel an die Wand. »Wäre es nicht besser, mit Seldschuk in den benachbarten Park zu gehen? Das Mistfest ist viel zu auffällig. Andererseits … was passiert, wenn Seldschuk überreagiert und die missglückte Übergabe auf dem Zentralfriedhof auf unsere Rechnung setzt? In dem Fall wäre es nicht schlecht, wenn wir uns gleich unter die Party mischen könnten.«

»Warum sollte Seldschuk überreagieren? Wir haben sein Koks, und die nächste Übergabe klappt bestimmt.«

Georg war da anderer Meinung. »Ich bin mir gar nicht so sicher, ob wir noch eine Koksübergabe erleben werden. Seldschuks Geduld hat auch Grenzen. Und erzählen wir ihm von Isabel?«

Seldschuk würde vermutlich nach Isabel fragen. Sie galt immer noch als vermisst. Allerdings wollte ich ihm meine unheimliche Begegnung der anderen Art in der

Sargrohrpost nicht auf die Nase binden. Einen weiteren Beobachter neben Paradeiser und Stippschitz konnten wir uns nicht zumuten.

»Nein, wir werden Isabel möglichst nicht erwähnen. Sie wird vermisst und wir wissen von nichts. Sie wird irgendwann schon wiederauftauchen. Vielleicht ist sie mittlerweile in der Meldemannstraße und schläft sich aus.«

Ich schaufelte den Mist auf die Scheibtruhe, fuhr die Karre auf den Mistplatz und schüttete alles auf den großen, stinkenden Misthaufen. In der Zwischenzeit fütterte Georg Hazee. Irgendwann gingen wir zum Treffpunkt für die heutige Misttrennung.

Die Misttrennung gehörte zu den einfachen Tätigkeiten. Alle ökologischen Bediensteten warfen sich auf den großen Misthaufen und trennten den Mist, indem sie kleinere Misthaufen bildeten. Unsere Kollegen wohnten ebenfalls in Männerwohnheimen, wir waren allerdings an diesem Tag die Einzigen aus der Meldemannstraße. Jede Woche stellten sie andere Teams zusammen, damit sich keine Freundschaften oder gar Gewerkschaften bilden konnten.

Die Vorbereitungen für das Mistfest liefen auf Hochtouren. Neben einer kleinen Bühne standen viele Buden für den kulinarischen Genuss bereit. Fettige Käsekrainer und Riesen-Frankfurter lagen für die große Grillparty parat.

Heute war auch der Tag der offenen Mistkübel. Die Besucher durften in einige noch halb gefüllte Mistkübel steigen und sich darin bis zum Erbrechen suhlen. Es gab auch die Möglichkeit, sich in einem gereinigten Mistkübel einsperren zu lassen. Später gab es eine Preisverleihung für den, der es am längsten in der Tonne ausgehalten hatte. Die Kleinen konnten ebenfalls in die mit vielerlei Unrat gefüllten Container steigen und sich gegenseitig mit Dreck bewerfen. Es wurden einige Tausend Besucher erwartet. Wir Programm-Ausländer würden die guten Österreicher bewirten.

Gegen halb sieben beendeten wir die Misttrennung. Die Aufseher begutachteten die Haufen. Ein Lob bekamen wir nie. Aus einem großen Misthaufen waren viele kleinere Haufen entstanden, nur um später wieder zusammengemischt und in Spittelau verbrannt zu werden.

Du fragst dich, warum der Mist nach der Trennung wieder zusammengeschüttet wird? Wir hatten dafür auch keine Erklärung, aber für die klugen, durchdachten Konzepte waren wir leider nicht zuständig.

Die Käsekrainer war auch so eine Wiener Erfindung. Es handelte sich dabei um eine geräucherte Brühwurst mit Käsefüllung. Auf den ersten Blick meint man, eine eiternde Wurst vor sich zu haben. Ekelhaft eigentlich. Die Käsekrainer gehörte genauso zum Mistfest wie das musikalische Rahmenprogramm. Die Wiener liebten diese volkstümlichen Feste. Und wenn es dann noch gratis war, umso besser.

Heute gab es eine Premiere. Der offizielle MA-84-Popsong »Alter, trenn!« wurde der Bevölkerung präsentiert. Vor diesem Höhepunkt wurden wir ökologische Bedienstete noch für den Abend ordentlich hergerichtet und von den Aufsehern in unsere Aufgaben eingewiesen.

Neben den Stallungen gab es einen großen Duschraum, wo wir uns waschen und umziehen mussten. Die Aufseher filzten unterdessen unsere Klamotten. Es kam immer wieder vor, dass Wertgegenstände, die sich im Mist verbargen, gestohlen wurden. Nach der Dusche erhielten wir unsere Uniformen, dann ging es zur Belehrung in den Versammlungsraum, und schließlich nahmen wir unsere Plätze in den Würstchenbuden, den Getränkeständen und als Kellner ein.

Einige wurden bei den Containern und den Misthaufen abgestellt, um mit den Kindern im Mist zu spielen. Andere machten Führungen und zeigten den guten Österreichern die Stallungen der Mistesel. Georg und ich beobachteten die eintrudelnden Gäste. Bisher konnten wir noch keine bekannten Gesichter ausmachen. Aber der Abend war noch jung. Das Mistfest erreichte meist gegen Mitternacht den Höhepunkt, wenn ein farbenprächtiges Feuerwerk in den Wiener Himmel geschossen wurde.

Gegen halb acht trudelten unsere Mitbewohner aus der Meldemannstraße ein. Erst Franz, dann Josef und Herbert. Sie bildeten ein kleines Grüppchen zwischen dem Biomisthaufen und den Plastikflaschen. Seldschuk ließ auf sich warten. Wir hatten bei unserem letzten Treffen am Montag keinen bestimmten Zeitpunkt ausgemacht. Unsere Nervosität stieg von Minute zu Minute.

»Gleich singen sie.«

Wenn ich Volksmusik hörte, bekam ich auf der Stelle schlechte Laune. Ich dachte ständig an die eitrigen Käsekrainer. Wahrscheinlich war es der Hunger. Der Geruch der Würste vermischte sich mit dem Gestank der Misthaufen.

Die Band machte sich bereit. Ein Schlagzeuger, ein Gitarrist, ein Bassist, ein Geiger und eine blonde Sängerin. Alle mehr oder weniger um die 40.

»Schau mal, Georg, die schunkeln schon, obwohl noch kein Ton gesungen wurde.«

»Hast du Seldschuk gesehen?«

Ich war mir nicht sicher. Es arbeiteten hier einige aus dem Atatürk-hab-8-Programm. Seldschuk würde gar nicht auffallen.

Der Mist-Popsong war ein Charterfolg, bevor er überhaupt auf dem Markt kam. Es gab Tausende Vorbestellungen. Über Geschmack ließ sich ja bekanntlich streiten. Schon schmetterten sie den Refrain: »Trenn, Alter, Plastik blau, Metall gelb, los geht's, trenn, Alter, Weißglas rot, Papier ist grün, los geht's, trenn, Alter.« Über der Bühne wehte eine weiße Fahne, auf der mit schwarzer Schrift das Motto stand: »Wiener Besen kehren gut!« Sie sangen inbrünstig. Meine Laune wurde noch schlechter. Ein richtiger Popsong war das nicht. Eher Volksmusik mit Popelementen.

Dann kam Seldschuk. Links Emre, sein Bruder, und rechts Akgün, sein Cousin.

»Da sind ja unsere Freunde vom Naschmarkt.« Georg deutete auf das Orakel.

Genau in diesem Augenblick kam einer der Aufseher

auf uns zu. Er hatte uns schon seit einiger Zeit beobachtet. »Was steht ihr herum, Piefkes? Wo seid ihr eingeteilt?«

»Wir machen die Führungen in den Stallungen«, entfuhr es mir.

»Und? Wo sind die Stallungen? Sicher nicht hier, oder? Macht, dass ihr wegkommt.«

»Wir warten auf Kundschaft. Die drei Herren haben eine Führung reserviert.«

Seldschuk und seine beiden Kompagnons hatten uns entdeckt und kamen näher. Der Aufseher rümpfte die Nase und verschwand in der Menge.

»Juri, Georg! Es ist immer wieder eine Freude, euch zu sehen.« Das klang nicht wirklich erfreut.

»Seldschuk, dürfen wir dir den Mistplatz zeigen?« *Immer schön höflich bleiben.*

Er wollte keine Führung. Seine freundliche Art hatte er auf dem Naschmarkt gelassen. »Wo machen wir die Übergabe? Habt ihr das Koks? Es ist bei unserem Auftraggeber nicht angekommen.«

Seine miserable Stimmung hing sicherlich mit Isabels Verschwinden zusammen. Die Nachricht hatte ihn vermutlich aus der Bahn geworfen. Kein Wunder.

»Wir müssen dir eine offizielle Führung durch die Stallungen geben. Wenn wir das nicht machen, bekommen wir Ärger mit den Aufsehern.«

Unsere Gruppe fiel nicht auf. Überall machten die Programm-Ausländer Führungen oder nahmen weiteren Hausmist der Besucher in Empfang. Auf der Bühne wurde noch einmal der neue Misthit gesungen. Die Stimmung war großartig. Ein richtiges Volksfest.

Aber nicht alle waren begeistert. Emre und Akgün schoben uns vorwärts. Von Freundlichkeit keine Spur.

»Was ist los, Freunde?«

Ich drehte mich zu Seldschuk.

»Juri, du kannst es mir ruhig sagen. Was ist mit Isabel? Ist sie tot? Habt ihr sie gesehen? Habt ihr sie umgebracht?«

Mir fiel ein Stein vom Herzen. »So ein Schwachsinn! Wie kommst du auf so was?«

»Ich habe meine Quellen. Schließlich ist sie verschwunden. Einfach weg. Wir können sie nicht finden. Was ist bei der Übergabe auf dem Zentralfriedhof passiert?«

»Was soll schon passiert sein? Eine Massenschlägerei. Der Sensenmann ist nicht gekommen. Vielleicht wurde er vom Stempelmörder umgelegt. Was weiß ich. Das Koks haben wir gerettet.«

Seldschuks Gesichtsausdruck nahm bedrohliche Züge an. So offen hatten wir bisher noch nie über die Ware gesprochen. Außerdem konnte er ja nicht wissen, dass Isabel als Scheintote wie ein junges Reh auf dem Zentralfriedhof über den Zaun gesprungen war. Wer wusste schon, wo sie sich gerade aufhielt?

Emre und Akgün steckten die Hände in die Jackentaschen. Sie schwiegen.

»Seldschuk, wir müssen die Führung machen. Die Aufseher. Bitte mach uns keine Schwierigkeiten.« Ich schaute Georg an.

Hazee kaute friedlich vor sich hin, als wir seinen Stall betraten. Er schaute kurz in die Runde und störte sich nicht weiter an unserer Debatte. Wir waren allein. Hier konnte uns keiner sehen oder hören. Nicht die Aufseher und nicht die Festgäste.

Seldschuk beruhigte sich nicht. »Isabel war der Sensenmann. Sie hätte die Übergabe machen sollen. Wo ist sie, verdammt noch mal? Juri? Wo ist sie? Kleindienst ist stinksauer.«

»Kleindienst? Was hat dieser Irre damit zu tun?«

»Er ist unser Auftraggeber, Juri. Der macht uns massiven Ärger.«

»Mensch, Seldschuk, du machst Sachen. Wie könnt ihr euch auf den Oberinspektor einlassen? Der ist doch wahnsinnig! Er hat uns fast umgebracht. Und jetzt noch ein Wort zu Isabel: Sie hatte überall ihre Finger im Spiel. Wach endlich auf! Wahrscheinlich hatte sie genug von den Spielchen. Sie war keine Heilige, Seldschuk. Weißt du, warum sie in der Meldemannstraße gelandet ist? Sie hat den Köter des Innsbrucker Bürgermeisters auf bestialische Weise ermordet.«

Dann deutete Seldschuk mit dem Zeigefinger auf mich. »Juri, wir waren immer die besten Freunde. Das weißt du. Aber wenn ihr mit dem Verschwinden von Isabel was zu tun habt, leg ich dich auf der Stelle um. Gib mir das Koks.«

Georg öffnete den Rucksack. Er suchte und kramte herum.

Das dauerte mir viel zu lang. Ich riss ihm den Rucksack aus der Hand. »Mann, Georg. Gib her.«

Seldschuk wurde ungeduldig. »Wo ist das Koks? Juri? Wo ist das Koks? Kleindienst will noch heute den Stoff sehen.«

Ich spürte ein Messer in meiner Hand, die noch immer im Rucksack steckte. Es konnte sich nur um das Messer aus unserem Zimmer handeln.

»Was ist los?«, schrie Georg und zerrte an mir, sodass ich den Arm ruckartig hochriss. Daraufhin flog der Rucksack durch die Luft. Das Messer fiel heraus und blieb in Hazees Hinterteil stecken.

Der Mistesel war den ganzen Tag ruhig und gelassen gewesen. Und jetzt das. Mit voller Wucht schlugen die Hinterbeine aus und trafen Akgün in den Magen und in den Brustbereich. Man hörte, wie Rippen brachen. Seldschuks Cousin klappte sofort zusammen und war auf der Stelle tot.

Hazee trat immer weiter. Diesmal in Akgüns Gesicht. Das Blut spritzte. Wir sprangen zur Seite, versuchten, das Tier zu beruhigen, und flohen schließlich aus dem Stall – genau in die Arme von Herbert, der plötzlich aus heiterem Himmel vor uns stand.

Hazee durchschlug die Stalltür und folgte uns. Mit einem Satz blieb er vor Herbert stehen, sprang und traf ihn mit den Hufen am Helm. Herbert fiel um und blieb ohnmächtig liegen. Sein Helm mit der österreichischen Flagge hatte ihm wieder einmal das Leben gerettet.

Schon galoppierte der Mistesel über den Platz. Die Besucher brachten sich in Sicherheit, manche konnten sich nur durch einen Sprung in den Misthaufen retten. Die Kinder schrien. Schließlich fand Hazee das Tor, und weg war er. Ein Mistesel brachte einen guten Österreicher um, der bis vor Kurzem noch Teilnehmer von Atatürk hab 8 gewesen war. Was für eine Tragik.

Seldschuk war außer sich. Er warf sich auf Akgün und versuchte, durch Mund-zu-Mund-Beatmung das Leben seines Cousins zu retten. Vergeblich. Die gebrochenen Rippen bohrten sich in dessen Herz und töteten ihn spätestens jetzt.

»Ruft vielleicht jemand einen Krankenwagen oder einen Arzt?« Seldschuk klang verzweifelt. »Helft mir! Los! Geht. Bitte, geht!«

Emre stand wie in Beton gegossen neben seinem Bruder und starrte die beiden an. Hilfe sah anders aus.

»Emre, los, mach was!«, schrie Seldschuk.

Ich bemühte mich, ihn zu beruhigen. »Mensch, hör auf. Er ist tot. Du kannst nichts mehr machen. Irgendwer muss den Esel einfangen. Er ist schließlich der ... Mörder.«

Die Besucher des Fests registrierten die Katastrophe, die sich in den Stallungen abspielte, nur als Randerscheinung. Den galoppierenden Esel fanden sie besonders lustig.

Wir trugen Herbert in den Stall und legten ihn neben Akgün. Wir mussten uns erst einmal sammeln. Seldschuk heulte wie ein Schlosshund. Emre kauerte in der Ecke und spielte mit dem Stroh.

Georgs Starre löste sich zuerst. »Leute, wir müssen was tun. Wir können ihn nicht hier liegen lassen. Was ist mit Paradeiser?«

»Auf keinen Fall Paradeiser«, stöhnte Seldschuk.

»Akgün war illegal im Land«, fügte Emre hinzu.

»Was? Ein Illegaler? Ich dachte, alle aus deiner Familie sind gute Österreicher!« Ein Illegaler. Wie sollten wir das der Polizei erklären? Und dann noch das Koks. Und Herbert. So ein Mist. Ich versuchte, einen klaren Gedanken zu fassen. »Georg, was ist mit dem Mistwagen? Hol eine Scheibtruhe und wir schaffen die Leiche zum Wagen. Die Aufseher kontrollieren die Wagen nicht, oder?«

Seldschuk meldete sich zu Wort. »Wir können ihn nicht einfach verschwinden lassen. Er muss offiziell beerdigt werden. Das verlangt unsere Kultur.«

Ich schüttelte den Kopf. »Es geht jetzt nicht um irgendeine Kultur. Verstehst du das? Wenn das rauskommt, dann steht euer Status als gute Österreicher auf dem Spiel. Deine gesamte Familie wird wieder ins Atatürk-Programm kommen. Und ihr werdet die Lizenz für euren Stand am Naschmarkt verlieren. Wollt ihr das?«

Emre verzog das Gesicht.

Seldschuk wurde wütend und wischte sich die Tränen ab. »Juri, Georg. Ihr müsst dafür sorgen, dass Herbert nichts davon mitbekommt. Wenn er aufwacht, dann darf er sich an nichts erinnern. Könnt ihr das garantieren?«

Garantieren konnte ich bei Herbert für gar nichts. Der war zurzeit unberechenbar. »Wir bringen ihn raus und legen ihn auf einen der Misthaufen. Es wird sich schon jemand um ihn kümmern.«

Zu viert hoben wir ihn auf die Scheibtruhe. Draußen spielte noch immer diese seltsame Band. Die Besucher waren abgelenkt. Keine 20 Meter von den Stallungen entfernt warf ihn Georg zwischen die Altbatterien und den Biomist. Zum Glück war dieser Teil des Mistplatzes schlecht beleuchtet.

Dann kam er zurück. Wir überlegten, was nun mit Akgün geschehen sollte. »Wie gesagt, der einfachste Weg ist der Mistwagen.«

Seldschuk war nicht überzeugt, er runzelte die Stirn. Wie sollte er das seiner Familie erklären?

Ich machte Druck. »Seldschuk, wir brauchen eine Lösung. Wir können nicht ewig in den Stallungen bleiben. Die Aufseher werden uns und den Esel suchen. Und wir müssen noch die Sauerei beseitigen. Sie dürfen kein Blut im Stall finden.«

»Juri, wieso hattest du überhaupt ein Messer dabei?« Auf diese Frage hatte ich schon gewartet. Georg schwieg. »Glaubst du, wir rennen den ganzen Tag unbewaffnet mit dem Koks durch die Gegend?«

»Hättet ihr kein Messer gehabt, dann würde Akgün noch leben.«

»Seldschuk, was ist nun? Entscheide gefälligst. Wir müssen aufräumen.« Emre stimmte für die Entsorgung.

Schließlich stimmte auch Seldschuk dem Plan zu.

Akgün war leichter als Herbert. In der benachbarten Halle war es düster. Georg versuchte, mit seinem Feuerzeug etwas Licht ins Dunkel zu bringen. Insgesamt standen hier fünf Mistwagen ordentlich in einer Reihe.

»Welchen sollen wir nehmen?«, wollte Emre wissen.

Georg deutete auf den ersten. »Nehmen wir den hier. Die fahren morgen zur Mistverbrennungsanlage.«

Wir starteten das Fahrzeug. Gleichzeitig wurde die Drehtrommel aktiviert. Wir warfen die Leiche hinein. Von ihr würde nicht viel übrig bleiben, da war ich mir sicher.

Gleich morgen in der Früh würde der Wagen Akgüns Leichenteile zur Verbrennungsanlage bringen. Es war die perfekte Leichen-Beseitigung.

Anschließend gingen wir zurück in Hazees Stall. Georg und ich wischten die Blutlache weg. Seldschuk und Emre standen in der Ecke und beobachteten uns.

»Juri, wie geht es weiter? Emre und ich werden verschwinden. Wann werden die Aufseher merken, dass der Esel fort ist?«

Beide hatten sich ein wenig beruhigt. Man konnte wieder sachlich mit ihnen reden. »Spätestens morgen bei der Fütterung, wenn sie eine Verlustmeldung herausgeben. Dann werden die Verantwortlichen bei der MA 84 feststellen, dass Georg und ich heute für Hazee verantwortlich waren. Aber das ist kein großes Problem. Wir haben ihn heute ordnungsgemäß gefüttert und gebürstet. Danach endete unsere Zuständigkeit.«

Seldschuk kratzte sich am Schädel. Er hatte schwarze Ringe unter den Augen. Die Heulerei hatte ihre Spuren hinterlassen. Er schaute Emre an, bevor er sagte: »Ihr seid uns was schuldig! Erst die verpatzte Übergabe in der Kirche. Dann das Chaos auf dem Zentralfriedhof. Und jetzt das mit Akgün. Wir geben euch 48 Stunden. Am Freitag treffen wir uns im Stephansdom, oben im Glockenturm bei der Pummerin. Ihr bringt mir das Koks, das seit der Übergabe in der Dornbacher Pfarrkirche verschwunden ist. Mir ist völlig egal, wie ihr das anstellt. Was denkst du, Emre?« Der nickte.

In diesem Moment ging mir Seldschuks Drohung am Arsch vorbei. Ich wollte nur noch raus aus dem Stall.

Seldschuk war aber immer noch nicht zufrieden. »Juri, hast du nicht was vergessen?« Ich verstand nur Bahnhof. »Mensch, gib mir endlich das Koks.«

Durch die Aufregung um Akgün und Hazee hatte ich ganz vergessen ihm das Koks von der gescheiterten Übergabe am Zentralfriedhof zu übergeben. Ich öffnete den Rucksack und reichte es ihm. Dann verließen wir den Stall.

Das Orakel vom Naschmarkt und Emre verschwanden in der Dunkelheit. Das Blut war beseitigt, das Koks übergeben, die falsche Person tot. Genug Aufregung für einen Abend, fand ich.

»Jetzt wissen wir auch, wer der große Unbekannte war. Kleindienst bekam das Koks. Er war der Auftraggeber! Seldschuk belieferte den Irren. Isabel war sein Dealer. Einfach unglaublich.«

Georgs Gesicht verriet mir, dass er das alles schon vorausgesehen hatte. »Was hab ich dir immer gesagt? Lass die Finger von der Tirolerin, die bringt nur Probleme.«

Ich hasste es, wenn er ins Schwarze traf. »Wo hast du Herbert abgeladen?«

»Da drüben.« Georg zeigte zum Biomisthaufen.

Da lag Herbert aber nicht mehr.

»Keine Ahnung. Er wird sich schon wieder unter die Besucher gemischt haben.«

»Hast du ihn etwa umgebracht?« Ich schaute Georg prüfend an.

»Mensch, Juri, für die Morde bist du zuständig. Ich hab damit nichts zu tun. Lass uns lieber zur Versteigerung gehen. Herbert wird schon wiederauftauchen.«

\*

Das Mistfest war ein Knaller. Kein Wunder. Die Wiener liebten ihren Mist. An manchen Wochenenden stürmten sie ihre Mistplätze und brachten jede Menge Schund vorbei. Wir von Piefke 5 trennten dann alles sauber und ordentlich. Manche Gegenstände wurden auch repariert und instand gesetzt. Dafür gab es eine eigene Werkstatt auf dem Gelände der Richthausenstraße. Alte Fahrräder, Computer oder ausgediente Küchengeräte fanden dann bei Versteigerungen neue Besitzer.

Heute wurde ein Mistesel unter die Leute gebracht. Der Arme hatte schon einige Jahre auf dem Buckel und war nicht mehr in der Lage, die beiden Holzkisten zu transportieren. Deshalb wurde er versteigert.

Der Pferdeschlachter Dokupil versuchte schon seit Jahren vergeblich, die Erlaubnis zu bekommen, diese altgedienten Mistesel zu Pferdefleisch verarbeiten zu dürfen. Schließlich war der Esel mit dem Pferd verwandt. Den Unterschied würden die Wiener bei ihrer Leberkässemmel gar nicht bemerken. Der Magistrat war strikt dagegen.

Hazee war dem Tod durch Arbeit entgangen. Wo er jetzt war, wussten wir nicht. Hoffentlich unterwegs in den österreichischen Alpen, wo er als wilder Esel seinen Lebensabend verbringen würde. Also wenn du einmal bei einer Wandertour in den Bergen einen Esel mit einem Messer im Hintern sehen solltest, dann ist das der Wiener Mistesel Hazee.

Die Band des Abends hatte mittlerweile die Bühne verlassen. Alle warteten gespannt auf die Versteigerung.

»Welcher Esel ist heute dran?«, wollte Georg wissen.

»Hoffentlich nicht Hazee, sonst fliegen wir auf.«

Dann kam die Leiterin des Mistfests auf die Bühne. »Meine lieben Besucher und Besucherinnen. Wir haben eine kleine Änderung im Programm. Die Auktion des Mistesels wird heute leider nicht stattfinden. Stattdessen werden wir einen Mistwagen versteigern. Hier ist unser Angebot: Es handelt sich bei dem Fahrzeug um einen Rotopress-Mistwagen. Beladen ist er 18 Tonnen schwer und ohne Last immer noch zehn Tonnen. Der Anschaffungspreis lag bei ungefähr 30.000. Wir starten bei 13.000. Mit dem Erlös werden wir unsere Misteselflotte erweitern und noch komfortablere Unterkünfte für unsere Tiere schaffen.«

Irgendwie kam mir das Fahrzeug bekannt vor. »Verdammt, ist das nicht unser Mistwagen? Der mit Akgün drin?«

Georg zuckte nervös. »Das könnte gut sein. Ja, ich bin mir sogar sicher. Der Aufkleber auf der Windschutzscheibe.«

»Und was machen wir jetzt?«

Franz und Josef stellten sich zu uns. Die hatten gerade noch gefehlt. »Wie gefällt euch die Arbeit bei der MA 84?«, wollte Franz wissen. Josef, der Maler und Anstreicher, grinste dümmlich.

»Gut. Ehrlich. Am liebsten würden wir jeden Tag auf dem Mistplatz arbeiten. Vielleicht könntest du ein Wort beim Arbeitsmarktservice einlegen. Statt in der Kleingartensiedlung Frohsinn könnten wir doch öfter in der Richthausenstraße arbeiten.«

»Aber Juri, Piefke 5 ist kein Wunschprogramm. Das müsstest du doch wissen. Piefkes dürfen keine Wünsche äußern. Ihr werdet da eingesetzt, wo ihr einen Dienst für die Gesellschaft leisten könnt. Wer ein guter Österreicher werden will, der macht, was ihm gesagt wird.«

Er konnte sich seinen guten Österreicher an den Hut stecken. Uns beschäftigten zurzeit ganz andere Probleme.

»Habt ihr Herbert gesehen?«, fragte Josef plötzlich.

Wir schüttelten synchron die Köpfe. »Wir haben Herbert heute noch nicht gesehen. Wir haben gearbeitet.«

Josef war Reinholds bester Freund. »Übrigens, Juri. Ich habe da meine eigene Theorie. Meiner Meinung nach habt ihr mit den Morden was zu tun.«

Franz hörte das offenbar gar nicht gern. »Lass das, Josef. Die Polizei wird sich schon darum kümmern. Jetzt muss das Wohnheim aus den Schlagzeilen raus, sonst macht der Magistrat die Meldemannstraße dicht. Willst du das?«

»Aber Reinhold hat Juri und Georg verdächtigt. Er hat sie schon seit Monaten beobachtet.«

Langsam wurde ich wütend. »Jetzt hör aber auf. Reinhold war ein verdammter Spitzel von Paradeiser. Solchen Leuten kann man nicht trauen. Georg und ich waren immer auf eurer Seite. Nicht wahr, Franz?«

Franz nickte. »Das stimmt. Die beiden sind Urgesteine in der Meldemannstraße. Und bis jetzt gab's keine Probleme.«

Ich sah in Josefs Augen. Er traute uns nicht. In diesem Moment startete die Versteigerung.

Die Leiterin betrat die Bühne. »So, liebe Leute. Hier

unser wunderschöner Mistwagen.« Sie zeigte mit der Hand auf das orangefarbene Fahrzeug. »Wir beginnen also bei 13.000. Wer bietet mehr?«

Keiner hob die Hand. Wer brauchte so was? Ich zog Georg zur Seite. »Wir müssen den Mistwagen ersteigern. Denk an die Leiche.«

Georgs Gesicht sprach Bände. »Hast du Kohle?«

»Es bleibt uns nichts anderes übrig. Wir müssen ihn kaufen, sonst finden sie Akgün.«

»Juri, lass den Scheiß. Wir haben kein Geld!«

»Lass mich mal machen. Mir fällt schon was ein.« Anscheinend hatte niemand Verwendung für einen Mistwagen. »13.500«, schrie ich in die Runde. Alle starrten mich an.

Franz blieb die Spucke weg. »Juri, bist du von allen guten Geistern verlassen?«, flüsterte er mir zu.

Das spornte Josef an. »14.000.«

Franz verstand die Welt nicht mehr. »Hört auf. Ihr habt doch kein Geld. Denkt an unseren Ruf.«

Georg schüttelte den Kopf. Er kniff mich in die Seite und zischte mir ins Ohr. »Hör auf! Du bist verrückt.«

»14.500«, hörte ich mich sagen.

»15.000.« Josef grinste.

»15.000. Zum Ersten. Zum Zweiten.«

Ich konnte nicht aufhören. »15.500.« Georg trat gegen mein Schienbein.

»16.000.«

Das ging noch eine Weile so weiter. Niemand außer Josef und mir wollte diesen Mistwagen ersteigern. Josef bluffte sicherlich. Woher sollte er das Geld haben? Vom

Arbeitsstrich? Da arbeitete er gelegentlich als Maler und Anstreicher.

Den Arbeitsstrich solltest du dir mal anschauen. Er ist im Wiener Gemeindebezirk Ottakring, in der Winterstraße. Dort stehen die Programm-Ausländer und warten auf ihre Freier. Klar ist das illegal. Die Arbeitsstricher versuchen neben ihrem Job, in den Programmen noch Geld auf dem Schwarzmarkt zu verdienen. Josef war da sehr erfolgreich. Vielleicht hatte er genug Geld für einen Mistwagen.

Franz wurde langsam richtig wütend. »Juri, Josef. Hört endlich auf. Ich werde mit den Veranstaltern reden. Vielleicht kommen wir da irgendwie raus.«

»30.000!« Ich schrie, so laut ich konnte. Dann war Ruhe. Franz hielt Josef mit beiden Händen den Mund zu. Der Maler und Anstreicher wehrte sich. »30.000. Zum Ersten. Zum Zweiten. Zum Dritten! Der Mistwagen geht an den Mann in dem orangefarbenen Anzug. Gratulation! Kommen Sie zu uns hinter die Bühne.« Die Besucher klatschten.

Ein hohes Tier der MA 84 überreichte mir den Preis. Sein Gesichtsausdruck wechselte schnell von freundlich auf erstaunt, als er merkte, mit wem er es zu tun hatte.

Nach der Überraschung kam die Wut. Ich teilte ihm mit, dass sie ihr Geld erst morgen bekommen würden.

Franz hatte gute Gründe gehabt, uns am Steigern zu hindern: Piefke-5-Teilnehmer durften an öffentlichen Versteigerungen nämlich gar nicht teilnehmen. Sie konnten mir den Wagen aber schlecht wegnehmen. Was würde die Öffentlichkeit sagen? Sie mussten sich auch für das offizielle Siegerfoto der Gratis-U-Bahn-Zeitung, immerhin das meistgelesene Blatt Österreichs, etwas einfallen lassen. Niemand durfte erfahren, dass ich ein Piefke 5 war.

Das hohe Tier grinste und schüttelte mir die Hand. Unter dem Foto stand: »Leiter der MA 84 überreicht Mitarbeiter der MA 84 Juri Sonnenburg (ökologischer Bediensteter) den Schlüssel zum Mistwagen«. Inoffiziell durfte ich den Wagen erst abholen, wenn ich die Kohle bar auf den Tisch legte. Den Schlüssel musste ich wieder abgeben, nachdem das Foto gemacht worden war.

Franz, Josef und Georg erwarteten mich nach der Siegerehrung vor der Bühne.

»Juri, du machst Sachen.« Franz war immer noch sauer. Er befürchtete, in den Schlamassel hineingezogen zu werden. Der gute Ruf der Meldemannstraße stand auf dem Spiel. »Ich werde das der Piefke-5-Leitung melden müssen, Juri.«

Josef hasste mich. Er hatte schon wieder verloren. Erst Reinhold, jetzt einen Mistwagen. Und Georg? Der verstand gar nichts mehr. Er hatte ja keine Ahnung von meinem gut gefüllten Sparbuch am Westbahnhof.

Zurück zum Tag des offenen Mistkübels. Der war noch nicht vorbei. Jeder Besucher konnte in eine leere oder halb gefüllte Misttonne steigen und es sich darin bequem machen. Die österreichischen Misttonnen erfüllten hohe Qualitätsstandards.

Verfolgst du die Diskussion über die Feinstaub-Belastung der Luft? Früher trug die Entleerung der Misttonnen zu einem erheblichen Teil dazu bei, die Luft mit schädlichen Partikeln zu verpesten. In Wien sind schon nach dem Ersten Weltkrieg neue Wege beschritten worden, um diese Schadstoffe in der Luft zu verringern. Dazu wurden Misttonnen mit einem speziellen Verschlusssystem konstruiert.

Du fragst dich jetzt bestimmt, was das mit dem heutigen Mistfest zu tun hat. Ganz einfach. Vor der Präsentation des neuen MA-84-Popsongs hatten sich zehn Freiwillige gemeldet, die in eine leere Misttonne stiegen und bis nach der Versteigerung im fast luftleeren Raum ausharrten. Wer es am längsten aushielt, sollte einen Preis bekommen: ein Jahr freie Auswahl auf dem Arbeiterstrich.

Von den zehn Personen gaben neun nach einer halben Stunde auf. Eine einzige Tonne war bis jetzt verschlossen geblieben. Das kam einer Sensation gleich. Niemand konnte mehrere Stunden unter diesen Bedingungen aushalten. Es oblag dem Bürgermeister, die letzte Tonne zu öffnen. Zeitgleich wurde das Feuerwerk gestartet. Ein farbenprächtiger Abschluss für ein Mistfest der Superlative.

Wir starrten auf den Bürgermeister der Stadt Wien. Er lächelte in die Kameras, Blitzlichtgewitter und Jubelschreie begleiteten jede seiner Gesten. Er liebte solche Auftritte. In Wien konnte nicht nur mit »Gackerl ins Sackerl« Politik gemacht werden. Die Leiterin der Veranstaltung steckte den Schlüssel ins Schloss. Dann hob der Bürgermeister den schwarzen Deckel der 110-Liter-Tonne. Alle warteten auf den Sieger.

Man muss sich das mal vorstellen: Der Gewinner erhielt ein Jahr freie Auswahl auf dem Arbeiterstrich.

Mithilfe der Illegalen oder Schwarzarbeiter aus den Ausländer-Programmen kann er sich lang gehegte Wünsche erfüllen: Zimmer streichen oder tapezieren, einen Dachboden ausbauen oder einen Garten verschönern. Das war sogar besser als ein Gratisabo der U-Bahn-Zeitung.

Ein Blick in die Tonne und der Bürgermeister wurde kreidebleich. Er fuchtelte wie wild mit den Armen herum und deutete in Richtung Presse. Sie sollten diesen Moment nicht verewigen. Die Journalistenmeute drängte sich um die Tonne, um deren Inhalt samt Bürgermeister und Mistfest-Leiterin zu fotografieren.

Wir schauten auf die große Leinwand rechts und links neben der Bühne. Alles wurde live übertragen. Ein Raunen ging durch die Menge. Niemand verließ den Platz.

Der Bürgermeister musste sich setzen. Zwei seiner Helfer beugten sich über die Tonne und versuchten, den Sieger des Abends herauszuziehen. Er war nackt. Er hatte zudem noch einen Helm auf dem Kopf.

»Mensch, das ist Herbert«, staunte Georg.

Franz und Josef wurden genauso blass wie der Bürgermeister. Das Feuerwerk erhellte den Himmel. Wunderschön.

Franz ahnte gewiss schon die Schlagzeilen im nächsten »Penner«. Noch ein Mord und das Heim würde geschlossen werden, hatte Paradeiser gesagt. Sie zogen Herbert aus der Tonne. Die Besucher verstummten. Alle starrten abwechselnd auf die Leinwände und das Feuerwerk. Einige weinten. Unfassbar, was sich da abspielte.

Ich funkelte Georg böse an. Schließlich war er derjenige, der Herbert weggebracht hatte. Ein Murmeln ging durch die Menge. Unser Freund aus der Meldemannstraße hatte eine Botschaft auf dem Rücken. Der Kopf hatte trotz Helm eine Riesenbeule. Sonst konnte man keine Verletzungen erkennen. Er sah, abgesehen von seinem eher unappetitlich nackten Körper, eigentlich ganz ordentlich aus. Auf seinem Rücken prangte der Stempel: »Piefke 5«.

Herbert kam unterdessen langsam zu sich. Er bewegte sich. Erst nur den Kopf mit dem Helm, dann den ganzen Körper. Er versuchte, sich aufzurichten.

Die Besucher klatschten erleichtert bei jeder Bewegung. Der Bürgermeister stellte sich neben Herbert, dann die obligatorischen Fotos, die morgen auf allen Blättern Wiens zu sehen sein würden. Herbert war der große Gewinner. Er durfte sich nun ein Jahr lang auf dem Arbeiterstrich bedienen. Keine 20 Meter von ihm entfernt stand der Mistwagen mit Akgüns Leiche.

# DONNERSTAG: ARBEITSLOSENSTRANDBAD IN WIEN FLORIDSDORF

Kärnten ist das arme Bundesland im Süden Österreichs. Um Georg zu verstehen, musste man sich mit Kärnten beschäftigen. Als Kärntner wuchs er in einem Notstandsgebiet auf. Die Menschen lebten dort mehr recht als schlecht vom Tourismus.

Seine Eltern waren stolze Besitzer einer Pension, die im Sommer Wanderer und im Winter Skifahrer beherbergte. Schon als kleiner Bub wollte er hoch hinaus: fliegen, Berge besteigen und die Welt erkunden. Und irgendwann zum Mond reisen. Allerdings war das in Kärnten nicht so einfach. Die Berge standen zwar vor seiner Haustür, aber besteigen durften sie nur die reichen Touristen.

Deshalb wurde er Bergführer und präsentierte wohlhabenden Ausländern die heile Bergwelt.

Bei einem Unglück stürzten fünf seiner zwanzigköpfigen Gruppe von Bergtouristen ab, was den Kärntner Alpenverein dazu veranlasste, ihm die Lizenz für weitere Bergtouren zu verweigern. Man konnte ihm keine Schuld nachweisen. Trotzdem durfte er nicht mehr führen.

Also verlegte er sich aufs Fliegen. Drachenflieger standen damals hoch im Kurs. Er kaufte sich eine Ausrüstung und brachte es sich selbst bei, von jeder Klippe in die Tiefe zu stürzen. Seine damalige Frau wollte ebenfalls fliegen lernen, machte einen Schnupperkurs und stürzte unweit von Innsbruck ab. Ein Schicksalsschlag, von dem er sich bis heute nicht erholt hatte.

Schließlich machte er sich auf ins verhasste Wien. Sein fünfjähriger Sohn blieb bei seinen Verwandten in der Heimat. Dann begann für ihn ein steiniger Weg, so steinig wie Kärntens Berge: Piefke 5.

Um fünf stand ich ohne Georg auf dem Westbahnhof. Keine Ahnung, wo plötzlich dieser Elan herkam. Der Gedanke an das Koks im Schließfach beflügelte mich. Allein die Tatsache, demnächst ganz allein in einem blütenweißen Hotelbett zu liegen, machte mich glücklich und setzte ungeahnte Kräfte frei.

Der Schlüssel von Isabel passte. Irgendwie vermisste ich sie. Ihre Art, mit mir zu flirten, ihre Unbekümmertheit, ihr Tiroler Sturschädel, das alles hatte sie für mich so anziehend gemacht. Wo war sie nur?

Ich konnte Georg nichts von dem Koks sagen. Es war meins. Vom Westbahnhof würde ich gleich zur Kettenbrückengasse fahren und einen Teil des Kokses verkaufen. Kovac gab mir nicht nur einmal wichtige Kontakte, an die ich mich wenden konnte. Ich hatte der Leiterin des Mistfests versprochen, die 30.000 in der Früh in der Richthausenstraße zu hinterlegen. Dann erst würde ich die Schlüssel für den Mistwagen mit der Leiche von Akgün bekommen.

Ich öffnete das Schließfach. Es war leer. Kein Koks. Ich stöhnte, musste mich an den Schließfächern abstützen und schaute verwirrt in alle Richtungen. Ich war allein.

Am liebsten hätte ich einen Vorschlaghammer genommen und alle Schließfächer zertrümmert. Ich hasste Isabel. Wie konnte sie mir das antun? Diese verdammte Schlampe! Wo war das Koks? Sie hatte mich belogen. Schon wieder. Tirolern kann man nicht trauen. Ich hätte es wissen müssen.

Ganz hinten im Eck lag ein kleiner Zettel. Mehrfach gefaltet. Mit grüner Tinte hatte jemand eine Nachricht gekritzelt:

*Mein lieber Schatz. Wenn du diesen Zettel in Händen hältst, werde ich schon in einem Flugzeug nach Südafrika sitzen und Pläne für meinen Hundesalon schmieden. Ich denke, ich gehe diesen Weg besser allein. Ohne dich. Ach ja. Erwin wird mitfliegen.*

Ich musste den letzten Satz noch einmal lesen: *Erwin wird mitfliegen.* »Hä, Erwin?«, schrie ich laut. Erwin? Jetzt verstand ich gar nichts mehr. Was hatte der denn damit zu tun? Erwin war doch Barkeeper. Heute arbeitete er, wie wir, im Arbeitslosenstrandbad. Ich las laut weiter: »*Wir lieben uns. Er lässt dich übrigens schön grüßen.*«

Rechts neben diesem Satz stand in einer anderen Handschrift geschrieben:

*Hallo Juri, liebe Grüße und mach dir nichts draus. Wir schicken dir eine Postkarte aus Kapstadt.*
*Erwin*
*PS: Herzliche Grüße auch an Georg. Richte ihm bitte aus, dass ich Kärntner noch nie leiden konnte.*

Du kannst dir gar nicht vorstellen, wie wütend ich werden kann. Ich war außer mir. Jeder, der jetzt in meine Nähe kam, befand sich in Lebensgefahr. Leider schien dieser Teil des Bahnhofs menschenleer zu sein.

Der Brief war auf Dienstag dieser Woche datiert. Anscheinend war sie nach unserer Begegnung auf dem Zentralfriedhof direkt zum Bahnhof gegangen und hatte das Schließfach leer geräumt. Gab es noch einen zweiten Schlüssel? Unglaublich! Der Brief wurde aber noch besser:

*Wir haben das Koks an der U4-Station Kettenbrückengasse an einen Bekannten von Kovac verkauft. Mach dir also keine Sorgen. Uns geht es gut. Wir wünschen dir und Georg noch viel Erfolg. Ihr werdet sicher gute Österreicher.*
*In Liebe, Isabel.*
*PS: Bitte glaube nicht, dass dieser Schritt einfach für mich war. Ich hoffe, du verstehst das. Bussi. Baba.*

Ich musste mich setzen. Meine Beine zitterten. Ich schwitzte und vor meinen Augen verschwammen die Buchstaben. Irgendwer zog mir gerade den Boden unter den Füßen weg. Ich hatte Isabel schwer unterschätzt. Und ich stand ohne Koks da.

Mit Erwin hatte ich nicht gerechnet. Dass der sich das traute? Und jetzt? Kein Koks. Kein Geld. Kein Mistwagen. Wie kam ich da bloß wieder raus? Georg konnte ich nicht einweihen. Wie sollte ich ihm das Schließfach erklären? Seldschuk kam ebenfalls nicht infrage. Der hatte andere Sorgen. Ich musste den Mistwagen abholen. Die Gefahr, dass man die Leiche fand, war viel zu groß.

Ich traf Georg um neun Uhr direkt vor dem Arbeitslosenstrand. Unser Job als Bademeister begann um zehn. Als Grund für meinen frühmorgendlichen Ausflug log ich ihn an: morgendliche Erpressungen in der Gackerlszene. Manchmal machte ich das allein und in der Morgendämmerung. Georg gönnte mir das.

Es war einer dieser heißen Augusttage. Ideal, um im Wasser zu planschen. Ich nahm die U6 am Westbahnhof und fuhr zur Alser Straße. Anschließend die 43er-Bim zur Vorortelinie. Die paar Minuten bis zur Richthausenstraße musste ich zu Fuß zurücklegen.

Das Tor war verschlossen, der Betrieb ging erst in einer Stunde los. Als Piefke 5 hatte ich zwar einen Zentralschlüssel für alle Häuser Wiens, aber keinen Schlüssel für das Haupttor des Mistplatzes. Was für eine Logik.

Ich musste also über die Mauer klettern, das Tor zur Mistwagenhalle aufbrechen, in das Bürogebäude eindringen, auf den Knopf für das Haupttor drücken und mit dem Mistwagen an einen sicheren Ort fahren und die Leiche verschwinden lassen. Leider scheiterte ich schon an der Mauer. Klettern war nicht so mein Ding. Georg war in dieser Hinsicht besser drauf.

Er liebte es, auf alle möglichen Gegenstände zu springen und sich dabei zum Narren zu machen.

Neben der Mauer stand ein Baum. Ich kletterte wie ein altersschwacher Pavian auf einen Ast, schwang ein Bein auf die Mauer, stützte mich kräftig mit der Hand ab und zog das andere Bein nach. Schließlich sprang ich mitten in eine besonders eklige Stelle des Biomisthaufens.

Das Gelände war noch nicht mit einem Videosystem gesichert. Wer sollte auch den Mist, einen Esel oder ein Mistfahrzeug klauen? Die Aufseher, von denen insgesamt zwei in der Nacht Wache schoben, schliefen im kleinen Pförtnerhäuschen. Als Nächstes musste ich die Tür zur Halle mit den Mistwagen überwinden. Das war eine Kleinigkeit, sie stand nämlich immer offen. Innen drückte ich auf den Knopf und das Tor öffnete sich automatisch. Es lief alles wie geschmiert, bis die scharfen Hunde kamen.

Haustiere waren in der Meldemannstraße ein ganz besonderes Kapitel. Uns von Piefke 5 war das Halten von Tieren, ob groß oder klein, ob gefiedert oder behaart, prinzipiell verboten. Warum sollten Haustiere auch Haustiere halten? Wir Piefkes, egal ob legal in den Wohnheimen oder illegal auf dem Arbeitsstrich in der Winterstraße, waren die Haustiere der Nation. Einige unserer Wohnungsgenossen hielten sich nicht an die Regeln und fütterten die Ratten und Mäuse, bis sie ihnen aus den Händen fraßen. Josef, der Maler und Anstreicher, hatte eine Hausratte ohne Schwanz. Erwin, der Verräter, eine fette Kakerlake.

Ich mochte keine Hunde. Das einzig Gute an ihnen waren ihre Besitzer, die wir erpressen konnten. Diese hier auf dem Mistplatz bekamen dreimal am Tag blutiges Fleisch. Die nächste Fütterung fand erst in einer halben Stunde statt.

Ich riss die Tür zum Mistwagen auf und startete den Motor. Als Piefke 5 durfte man nur mit großzügiger Ausnahmegenehmigung Fahrzeuge lenken. Führerscheine wurden den Programm-Ausländern bei der Einreise abgenommen. Die Mobilität der Piefkes war nicht im Sinne der guten Österreicher. Warum sollten Ausländer auf den mit Steuermitteln finanzierten Straßen fahren? Ein Piefke 5 in Wien durfte sowieso die Stadtgrenze nicht überschreiten. Darauf stand die Höchststrafe: Abtransport ins Ursprungsland. Meine Fahrkenntnisse stammten aus meiner Zeit in Deutschland. Ich war kein guter Autofahrer. Mit Misteseln kam ich besser zurecht. Die Leiterin des Mistfests hätte mir den Wagen nie ausgehändigt. Auch nicht mit der Kohle. Sie hätte mich auf den Tag meiner erfolgreichen Integration in die Gesellschaft vertröstet. Die 30.000 hätte sie natürlich genommen. Die würden mich kennenlernen.

Der Motor lief wie geschmiert und die Trommel drehte sich. Ich dachte an Akgün, der schon filetiert in der Trommel lag. Das einzige Problem bestand darin, ins Bürogebäude zu gelangen, ohne mich von den Kötern zerfetzen zu lassen. Ich fuhr vor und zurück. Sie rannten weg. Hatten Angst, überfahren zu werden. Problem erledigt. Das zählte.

Ich stieg aus, öffnete die Tür zum Bürogebäude, drückte auf den Knopf und stieg wieder ein, als sich das Haupttor bewegte.

»Verdammt! Die beiden haben mir jetzt noch gefehlt.«

Vor dem Tor standen Seldschuk und Emre. Sie fackelten nicht lang, öffneten die beiden Seitentüren und stiegen in meinen Mistwagen.

Seldschuk drückte mir einen Revolver an die Schläfe. »Juri, was machst du hier so früh? Wir haben ein Auge auf euch. Du kannst uns nicht entkommen.«

Noch so einer, der uns beobachtete. »Seldschuk, mach keinen Blödsinn. Wir waren doch immer gute Freunde.«

Er entsicherte die Waffe. »Juri, weißt du, warum wir hier sind?«

»Du wirst es mir sicher gleich sagen.«

»Ist das der Wagen mit Akgün?«

Ich nickte.

»Wenn du ihn in die Mistverbrennungsanlage fährst, erschießen wir dich auf der Stelle.«

Ich schluckte. »Was? Warum?«

»Wir sind gläubige Muslime. Eine Feuerbestattung kommt nicht infrage. Er muss erdbestattet werden. Kapierst du das? Juri?« Jetzt drückte er mir den Revolver unters Kinn. Das gäbe eine große Sauerei, wenn er abdrücken würde.

Emre stieg aus und beobachtete die Umgebung.

»Seldschuk, lass den Scheiß. Ich fahre Akgün nicht zur Mistverbrennungsanlage. Georg und ich werden ihn begraben und dir den Ort bekannt geben. Keine Sorge. Aber er muss verschwinden. Denk an die Folgen, wenn Paradeiser ihn finden sollte. Ich möchte ihm nicht erklären, dass er von einem Esel ermordet wurde. Das glaubt uns kein Schwein.«

»Juri, lass die Schweine aus dem Spiel. Besorg mir das Koks. Morgen im Stephansdom musst du es mir übergeben. Wenn nicht, dann werden wir das anders regeln.« Seldschuk stand anscheinend massiv unter

Druck. Kleindienst machte ihm vermutlich die Hölle heiß. Kein Wunder, dass er jetzt energisch das Koks forderte.

»Ich kann es aber nicht versprechen.«

Das machte ihn wieder wütend. »Juri, morgen wirst du mir das Koks übergeben. Keine Ausreden!« Sein ganzer Körper bebte.

»Jaja, Seldschuk. Wir werden es dir liefern. Keine Sorge.«

Er stieg aus und schlug die Tür zu. Ich atmete tief durch. Weg waren sie. Keine Spur mehr.

Ich musste los. Georg wartete.

\*

Das Arbeitslosenstrandbad lag an der alten Donau, einem Altarm im Wiener Gemeindebezirk Floridsdorf. Es war nicht schwer, von der Richthausenstraße zum Bad zu gelangen. Beim Hinausfahren touchierte ich die Mauer am Eingang und räumte zwei Misttonnen aus dem Weg. Dann fuhr ich die Hernalser Hauptstraße bis zum Gürtel hinunter, über die Floridsdorfer Brücke, über die Donauuferautobahn schließlich zur Arbeitslosenstrandbadstraße.

Der Berufsverkehr erreichte gerade seinen Höhepunkt. Jeder wollte pünktlich zur Arbeit erscheinen. Allerdings waren im August viele Wiener im Urlaub, deshalb gab es wenig Staus. Dieses Ungeheuer im dichten Verkehr zu manövrieren, war nicht einfach. Mit der Zeit bekam ich jedoch ein Gefühl dafür. Was für ein Blick aus dem

Cockpit. Niemand legte sich mit einem Mistwagen an. Alle hielten einen gewissen Abstand.

Georg staunte nicht schlecht. »Juri, wie hast du das geschafft? Woher hast du das Geld?«

»Hab ich dir doch schon gesagt, ich habe da Mittel und Wege gefunden, die sie überzeugt haben.«

Georg verzog das Gesicht. »Überzeugt? Das bedeutet nichts Gutes!«

Ich machte mir deswegen keine großen Sorgen. Georg hatte vom Schließfach am Westbahnhof keine Ahnung. Und die Kleinigkeit mit dem geklauten Mistwagen brauchte er nicht zu wissen. »Mach dir keine Gedanken. Das passt schon alles. Lass uns lieber die Leiche entsorgen, bevor wir mit der Arbeit beginnen. Ich freue mich auf Erwin. Bin gespannt, was er zu berichten hat.« Meine Zähne knirschten.

»Ja, Erwin ist okay. Seine Berliner Art mag ich gern.«

Von wegen Berliner Art. Wenn der wüsste, dachte ich nur. Ich hatte mehrere gute Ideen, was wir mit Erwin machen könnten. Aber leider befand er sich schon auf dem Weg nach Südafrika. »Also, wo entsorgen wir die Leiche? Und übrigens, jetzt tauschen wir. Du fährst.« Ich gab ihm den Schlüssel und stieg aus.

Der Mistwagen würde früher oder später auffallen. Wir mussten ihn möglichst schnell loswerden. Akgüns Reste natürlich auch. Mittlerweile wurde sicher nach ihm gefahndet.

»Hey Juri, was hältst du von der alten Donau? Wir könnten ihn mit Steinen beschweren und im Fluss versenken.«

Ehrlich gesagt, mir fiel nichts Besseres ein. Ich war skeptisch, aber warum sollte nicht auch mal Georg eine gute Idee haben?

Allerdings passte das nicht mit den Bestattungsritualen von Seldschuk zusammen. Ich erzählte Georg nichts von meiner morgendlichen Begegnung. Das Orakel vom Naschmarkt wäre sicher nicht begeistert, wenn wir seinen Cousin im Wasser versenken würden. Andererseits floss die Donau direkt ins Schwarze Meer, das wäre also gar nicht so weit von der Türkei entfernt.

»Aber wo ist die beste Stelle?«

»Lass mich mal machen, Juri.« Das Kärntner Urvieh startete den Wagen und fuhr in den gegenüberliegenden Sintiweg, eine Sackgasse. Dieser Weg verlief genau zwischen dem Eisenbahnerbad und dem Arbeitslosenstrandbad. Es gab keine Anrainer und somit keine Augenzeugen. Am Ende des Weges wendete Georg den Mistwagen und drückte auf den Knopf, mit dem sich die Heckklappe öffnete.

Der Inhalt, in diesem Fall Akgüns Leichenteile, wurde auf die Schotterstraße gekippt. Von Akgün war nicht mehr viel übrig. Das sogenannte Rotopresssystem hatte ihn komplett zerstückelt.

»Mensch, Juri, das ist ekelhaft. Schau dir die Sauerei an.«

Jetzt war Mumm gefragt, denn wir mussten unterschiedlich große Klumpen Fleisch und Gewebe irgendwie zusammenpacken.

Georg deutete auf den Mistwagen. »Hinter der Sitzbank habe ich eine Plane gesehen. Da legen wir die Teile drauf und schnüren ein Paket.«

Zuerst kam der Kopf. Hast du schon einmal einen abgerissenen Kopf berührt? Ekelhaft. Die Nase und ein Auge fehlten. Einige Schnittwunden waren zu erkennen, in der Wange klaffte ein Loch.

Wir betteten den Rumpf daneben, und auch die Beine und Arme. Fast hätten wir die Hände und Füße vergessen. Oben drauf packten wir die Innereien. Wir verklebten das Ganze mit Klebeband und ließen die Luft aus dem Paket, indem wir kräftig darauf herumsprangen.

Schließlich schnürten wir ein Kabel um die Plane, die Georg im Motorraum fand. Der Wagen blieb sowieso hier stehen.

»So, und nun brauchen wir ein paar Steine, dann können wir ihn in die Donau werfen. Hol mal den Vorschlaghammer aus dem Cockpit«, befahl er mir.

Er zertrümmerte kurz darauf einige am Ufer liegende Basalt- und Granitbrocken, legte eine weitere Plane auf den Boden, die Steine drauf und das Fleischpaket, das einst Akgün gewesen war. Dann verklebte und verschnürte er alles sorgfältig. Ein Profi hätte das wahrscheinlich schicker hingekriegt. Aber wir waren beide keine, mit der Beseitigung von Leichen hatten wir nicht viel Erfahrung.

Seldschuk konnte froh sein, dass wir ihm diesen Dreck abnahmen.

Dann kam der große Moment. Wir schoben und rollten das Paket zum Ufer des Altarms und mit einem Schwung landete Akgün im Wasser. Und ging nicht unter.

»Er sinkt nicht, Georg! Haben wir was vergessen?«

Der Kärntner war ratlos. »Keine Ahnung, aber die Steine hätten doch schwer genug sein sollen, oder?«

Ich riss einen Ast von einem Busch ab und versuchte, Akgün unter Wasser zu drücken, aber es nutzte nichts. Durch die leichte Strömung schwamm das Paket direkt zum Arbeitslosenstrandbad.

»Das ist ja saublöd. Schau mal, Juri, gleich strandet er in unserem Bad.«

Zwei Akademiker, die es nicht schafften, eine Leiche in der Donau zu versenken. Dazu noch Geologen, die sich mit Gesteinen auskennen sollten. Ich reagierte wütend.

»Wir sind solche Dilettanten! Ich kann es nicht fassen, verdammte Scheiße!«

Wahrscheinlich bildeten sich irgendwelche Gase im Paket, die es an der Wasseroberfläche hielten. Wir waren solche Trottel!

Akgün schwamm weiter. Jetzt fehlten nur noch ungefähr 50 Meter bis zum Strand der Arbeitslosen.

»Wir müssen ins Bad. Die ersten Gäste kommen in einer halben Stunde«, trieb mich Georg an.

»Und was machen wir mit dem Mistwagen?«

»Den lassen wir stehen. Wir wissen von nichts. Wir von Piefke 5 dürfen keine Autos fahren. Wir halten uns strikt an die Regeln.«

Der Mistwagen war von Weitem deutlich zu sehen. Klar, hier war alles flach, keine Bäume, nur ein paar Büsche. Ich gratulierte Georg zu dieser genialen Idee. Die konnte nur von einem Kärntner kommen.

An der alten Donau gab es mehrere Schwimmbäder. Dazu zählten das Eisenbahnerbad, das Sandlerstrandbad und das Bundesbad der Regierung. Das Eisenbahnerbad war Anfang des 20. Jahrhunderts speziell für die

Arbeiter der damaligen k. k. Staatsbahnen gebaut worden. Hier stand die größte Spielzeugeisenbahn des Landes.

Du musst dir das folgendermaßen vorstellen: Du liegst auf einer Wiese. Um dich herum fahren kleine Dampfloks auf kilometerlang verlegten Schienen. Hier ein Dörfchen, dort ein kleines Städtchen, eine süße Brücke, dann eine Bimmelbahn, künstliche Seen und Berge. Das alles für die kleinen großen Eisenbahnbediensteten.

Dann das Sandlerstrandbad, das nach dem Ersten Weltkrieg gegründet wurde.

Die Wiener Sandler durfte man nicht mit uns Bewohnern aus der Meldemannstraße verwechseln. Da grenzten wir uns streng ab. Wir wohnten in unseren ordentlichen Wohnheimen und die Sandler übernachteten unter den Brücken und auf den Parkbänken Wiens. Ursprünglich handelte es sich bei den Sandlern um Verstümmelte der Weltkriege. Einarmige und Beinamputierte. Die Regierung bot damals jedem Kriegsheimkehrer einen Job als Trafikant an, bei dem sie Zigaretten und Zeitungen verkauften. Wer das nicht wollte, wurde Sandler. Für sie gab's zwar keine Unterkunft, aber dafür ein eigenes Freibad. Der Vorteil war, dass sie sich im Sommer immer ordentlich waschen konnten.

Das Bundesbad der Regierung durften nur Regierungsmitglieder und deren Familienangehörige besuchen. Die Regierung verschenkte Tageskarten als Bonus an geschäftstüchtige Mitglieder der Gesellschaft. Gute Österreicher, die mit dem Landesverdienstorden ausgezeichnet wurden, profitierten ebenfalls davon.

Unser Päckchen mit Akgüns Leiche war also theoretisch und mittlerweile auch praktisch auf dem Weg zum Arbeitslosenstrandbad, dann zum Sandlerstrandbad und schließlich direkt vor die Füße der Regierung. Denn in dieser Reihenfolge lagen die Strandbäder idyllisch an der alten Donau.

Der Eingang des Arbeitslosenstrandbades lag vis-à-vis der Wildbadgasse. An der Kassa saß Frau Swoboda. Sie war nicht nur für die Kassa zuständig, sondern auch für die Kontrolle der Finanzen. Das Projektmanagement des Arbeitslosenschwimmvereins und des Arbeitslosenstrandbades lag ebenfalls in ihren Händen. Obmann des Vereins war Adolf Krakowitsch, bekannt als Obmann der Kleingartenanlage Frohsinn. Du erinnerst dich, oder? Der Sohn von Adolf Krakowitsch war Heinrich Krakowitsch, der vermutlich noch immer mit Kleindiensts Mutter in dessen Verlies in Frohsinn saß und auf seine Befreiung wartete. Das Bad der Arbeitslosen wurde 1912 gegründet. Damals waren den Adeligen die »Arbeitslosen« suspekt und der Kaiser sah es ganz und gar nicht gern, dass sich Arbeitslosenvereine gründeten. Angenommen wurden nur Arbeitslose, die schwimmen konnten.

Georg und ich konnten nicht schwimmen, waren aber von Piefke 5 als Bademeister eingestellt worden. Wir konnten ruhig ersaufen, dann hätten sie zwei Probleme weniger. Als Mädchen für alles mussten wir den wunderschönen Naturstrand säubern, denn je nach Strömung wurden so allerlei Sachen vom Sandlerstrandbad angespült.

Auf dem Gelände gab es ein Strandhaus für Feste. Dort stand normalerweise Erwin hinter der Theke und machte seine berühmten Cocktails. Neben dem Wasserballfeld gab es noch einen Fußball- und einen Beachvolleyballplatz. Also alles, was das Herz begehrte. Das Zentrum des Bades war die große Liegewiese mit den Schatten spendenden Laubbäumen.

Schon früh am Morgen kamen all die Pensionisten mit Saisonkarten und schlugen ihre Klapptische, Sonnenschirme und Liegestühle auf, stellten ihre Kühltaschen in den Schatten, schmierten sich dick und fett mit einer Sonnencreme ein und aßen im Dreivierteltakt ihre mitgebrachten Extrawurstbrote und die in Alu eingewickelten Leberkässemmeln. Die Dose Bier vom Discounter spülte schon am Vormittag das Gourmetessen in den fetten Wienerwanst.

Die Arbeitslosen konnten das Bad gratis benutzen. Sie hatten den ganzen Tag nichts zu tun. Abgesehen von diversen Weiterbildungsmaßnahmen des Arbeitsmarktservices nutzten viele im Sommer das Bad, um zu entspannen. Piefke-5-Mitglieder durften das Strandbad nicht benutzen. Sie waren nicht arbeitslos.

Frau Swoboda war eine ziemlich träge Person. Sie nahm das Geld an der Kassa entgegen und gab den Besuchern eine Karte. Dazu, wenn gewünscht, einen Lageplan.

Sie begrüßte uns nicht, sondern schüttelte nur den Kopf, weil wir zu spät dran waren. »Ich kann das nur jeden Tag wiederholen. Piefke-5ler kommen immer zu spät. Ich habe mir alles notiert. Jede Verspätung und jede Übertretung der Regeln.«

»Frau Swoboda, wir hatten gestern einen anstrengenden Tag. Die Mistabfuhr ist kein Zuckerschlecken.«

Meine Begründung für das Zuspätkommen leuchtete ihr nicht ein.

»Geht hinein. Ich werde das unserem Obmann melden.«

Neben der Kassiererin gab es noch andere Angestellte im Arbeitslosenstrandbad. Der Maschinenwart Herr Holacek war wie Anton Pospischil ein Piefkefreund. Es gab leider viel zu wenige von dieser Sorte. Herr Holacek war für alles zuständig, was auf dem Grundstück des Arbeitslosenstrandbades herumstand, so eine Art Hausbesorger.

»Hey, Holacek, haben Sie für uns mal einen extra langen Stab?« Ich machte mir Sorgen um Akgün, der auf den Arbeitslosenstrand zusteuerte.

»Wofür brauchen Sie den Stab?«

»Wir müssen Strandgut aus dem Wasser entfernen«, antwortete Georg.

»Strandgut? Drüben im Gartenhäuschen finden Sie alles.«

Der Stab mit einem kleinen Fleischerhaken hing oberhalb des Eingangs zur Hütte.

Wir gingen über die noch leere Liegewiese zum Strand. Klar und deutlich konnten wir den Mistwagen erkennen.

»Sie haben ihn gefunden.«

»Wen?«

»Den Mistwagen. Schau mal, da drüben. Wenn ich mich nicht täusche, dann stehen dort Menschen, oder?« Georg nickte. Mir schwante nichts Gutes. Es war nicht gerade schwierig, den Mistwagen einem Mistplatz zuzuordnen. Dann war die Verbindung zu mir leicht herzustellen. Ein Blick auf den Wochenplan von Piefke 5, und schon wussten sie, wo sie mich finden konnten.

»Du hast ihnen doch das Geld gebracht, oder?«

Ich nickte. »Na ja, die Absicht hatte ich schon. Es kam leider was dazwischen. Also hab ich mir den Wagen ausgeliehen. Schließlich konnte ich Akgün doch nicht dort lassen.«

»Was? Großartig! Dann werden sie gleich hier sein. So ein Scheiß!« Georg regte sich immer so leicht auf. In solchen Situationen einen ruhigen Kopf zu bewahren, gehörte nicht zu seinen Stärken.

»Mach dir keine Gedanken. Immer schön eines nach dem anderen. Wo ist unser Paket?«

Die Liegewiese war wirklich wunderschön. Jetzt in der Früh lag Tau auf dem frisch gemähten Gras und unsere Schuhe hinterließen im moosfreien Rasen Spuren. Es war sogar ein wenig kühl, die Sonne hatte noch nicht die volle Kraft entfaltet.

Erst letztes Jahr hatte der Arbeitslosenschwimmverein die Wiese in zwei Sektoren teilen müssen. Das Ergebnis war ein kleiner Zaun. Auf der einen Seite lagen die Arbeitslosen und auf der anderen die reichen Bobos.

Die Gentrifizierung, wie das so schön auf Neudeutsch hieß, machte vor dem Arbeitslosenstrandbad nicht Halt. Arbeitslose wurden verdrängt und Jung-Akademiker mit Familie übernahmen diese idyllischen Plätze. In den Kleingartenanlagen unweit der Strandbäder schossen die Fertigbau-Häuser aus dem Boden. Die kleinen, baufälligen Hütten der Wiener Kleingärtner wurden immer seltener.

Wir Piefkes kümmerten uns nicht um irgendwelche Sektoren, sondern hielten Ausschau nach Akgün. Er hatte den Arbeitslosenstrand erreicht. Die Wasseroberfläche war unruhig. Das Paket schipperte auf den Wellen in unsere Richtung. Es gelang uns tatsächlich, es mit dem Stab an Land zu ziehen.

»Georg, hol mal die Scheibtruhe. Er muss aus dem Wasser.«

Das Kärntner Urvieh rannte zum Gartenhaus.

Da kam Herr Holacek vorbei. Der hatte mir jetzt noch gefehlt. »Kann ich helfen? Mensch, was die Leute alles wegwerfen. Einfach unglaublich. Was da wohl drin ist?«

Besser, er wusste es nicht. »Das kommt sicher von den Sandlern«, versuchte ich, ihn abzulenken.

»Das glaube ich nicht, Herr Sonnenburg. Die Strömung kommt aus der anderen Richtung. Das Paket muss vom Eisenbahnerbad hertreiben. Überhaupt wundert es mich, dass es hier Strandgut gibt. Auf der alten Donau gibt es fast keine Strömung. Es ist ein Altarm und hat keinen Zugang zur Donau.«

Nach dieser Belehrung standen wir zu dritt vor den eingewickelten Leichenteilen. Ich bewegte den Stab ganz vorsichtig, um ja nicht in das Paket hineinzustechen. Ich hatte keine Ahnung, wie weit die Gasentwicklung fortgeschritten war. Ein kleiner Schilfgürtel erschwerte den Landgang von Akgün.

Herr Holacek warf eine Idee in die Runde: »Wir schieben es weiter in den flachen Bereich, wo es kein Schilf gibt. Da können wir es an Land ziehen und öffnen.«

Den letzten Teil überhörte ich. Geöffnet würde gar nichts werden. Nur über meine Leiche. Im flachen Bereich war es nicht viel einfacher. Durch die Steine war Akgün so schwer, dass wir ihn nicht einmal zu dritt auf die Karre heben konnten. Wir standen unter Zeitdruck, denn bald würden die ersten Gäste erscheinen. Herumliegendes Strandgut machte keinen guten Eindruck.

Herr Holacek war deshalb beunruhigt. »Wir schaffen es nicht. Ich hole Erwin. Der ist ein kräftiger Kerl. Der wird uns helfen. Wir müssen uns beeilen, sonst wird uns Frau Swoboda Beine machen.«

Herr Holacek war nicht nur ein Piefkefreund. Auch er mochte Frau Swoboda nicht. Da hatten wir was gemeinsam. Interessant. Erwin befand sich also doch nicht im Flugzeug nach Kapstadt. War Isabel allein geflogen? Vielleicht sollte ich ihn zu Akgün stecken, überlegte ich. Möglicherweise sank das Paket dann endlich auf den Grund der alten Donau.

Die Errichtung des Arbeitslosenstrandbades war eine Erfindung der damaligen Sozialdemokraten. Sie hatten dem Kaiser klargemacht, dass auch Arbeitslose Erholung brauchten. Als erste Arbeitslose in der westlichen Welt gönnten sie sich einen eigenen Wellness-Bereich. Heute liegt der österreichische Mittelstand in den Thermen und lässt es sich gut gehen. Aber auch das Arbeitslosenstrandbad hatte immer noch seine Fans und war in den Sommermonaten sehr gut besucht.

Herr Holacek brachte Erwin zu uns an den Strand. Wie konnte er sein schlechtes Gewissen so gut verbergen?

Nichts ließ auf Angst oder Nervosität schließen. Seine Freundlichkeit irritierte mich, ganz der nette Berliner.

»Juri, Georg! Schön, dass ihr hier seid. Was gibt's? Kann ich euch helfen?« Dann beugte er sich zu mir und flüsterte: »Wir müssen reden.«

Auch zu viert schafften wir es kaum, Akgün auf die Scheibtruhe zu heben. Mit äußerster Anstrengung und unter kräftigem Fluchen hebelten wir ihn schließlich auf die Truhe. Die Plane wölbte sich. Die Gase suchten einen Weg ins Freie.

»So, meine Herren. Ich werde jetzt Werkzeug holen. Dann können wir dieses Paket endlich öffnen.« Herr Holacek ging zurück zum Gartenhaus.

Währenddessen versuchte Erwin, ein wenig außer Atem, uns etwas Wichtiges zu erklären. »Juri, dit mit Isabel, dit jeht mir mächtig anne Nieren. Ick weeß nich, wie ick dir dit erklären soll, aber ...«

In diesem Moment schrie Frau Swoboda: »Erwin! Eeeerwin! Wo bist du? Wir haben Kundschaft.«

Wenn Frau Swoboda rief, dann musste man sofort kommen, sonst hatte das unangenehme Folgen.

»Später, Jungs. Lasst uns später reden. Ick muss zur Bar.« Erwin rannte über den Bobo-Sektor der Liegewiese zum Strandhaus.

»Lass uns mal schaun, wo der Herr Holacek bleibt«, meinte Georg.

Der Sektor für die Arbeitslosen füllte sich langsam. Später würden sie wie die Sardinen nebeneinanderliegen und eifersüchtig auf den Bobo-Sektor starren. Denn natürlich hatten die wesentlich mehr Platz. Aber dort war jetzt noch nichts los. Nur die Pensionisten strömten auf die Wiese und besetzten die besten Plätze, rammten die Schirme in die Erde und begannen, Karten zu spielen.

Unsere Karre stand immer noch im Strandbereich. Herr Holacek war nicht im Gartenhaus. Wahrscheinlich hatte Frau Swoboda eine wichtigere Aufgabe für ihn gefunden. In dieser Situation war sie zugegebenermaßen eine große Hilfe für uns.

Neben dem Strandhaus lag der Kabinen-Bereich. Für nur wenig Geld konnte man eine Kabine für den ganzen Sommer reservieren. Sie wurden meist jahrelang von ein und derselben Familie gemietet. Hier konnten die Gäste alles Notwendige für eine Badesaison abstellen. Es gingen sich sogar kleinere Feiern darin aus, wenn es mal regnete. Vor jeder Kabine befand sich eine Terrasse, die von bunten Blumenbeeten eingesäumt wurde. Sechs dieser Kabinen waren zurzeit frei. Das war unsere Chance.

Es gestaltete sich schwierig, die Scheibtruhe zwischen den Gästen hindurchzumanövrieren. Immer wieder mussten wir sie abstellen. Hilfsangebote lehnten wir ab. Dann standen wir vor Kabine 36. Links davon saß ein älteres Pärchen und beobachtete uns. Rechts, vor Kabine 37, spielten Kinder mit ihrem Opa.

»Mach die Tür auf«, befahl ich Georg. Der Schlüssel steckte. Wir konnten mit der Scheibtruhe direkt in die Kabine fahren und schlossen die Tür.

»Geschafft! Unglaublich!« Georg atmete tief durch.

»Was machen wir jetzt? Er kann nicht hierbleiben. Wenn es heiß wird, dann fängt er an zu stinken. Er stinkt jetzt schon.«

»Das sind die Gase.« Er hatte schon wieder recht. Die Kabine konnte nur eine Zwischenlösung darstellen. Früher oder später mussten wir einen endgültigen Platz für Akgün finden.

Wir hörten Frau Swobodas Lautsprecher-Durchsage: »Piefke 5! Piefke 5 zur Kassa! Pieeeeeefke 5 sofort zur Kassaaaaaa!«

In der österreichischen Gesellschaft hatte sich der Begriff »Piefke 5« durchgesetzt. Es war nicht nur die Bezeichnung eines Programms, sondern gleichzeitig Stigmatisierung und Schimpfwort. Piefke 5 war unsere Identität. Mein Name spielte keine Rolle mehr. Vor Kurzem hatte sich eine Frau beim Arbeitsmarktservice nach meiner Nationalität erkundigt. Ich antwortete: »Piefke 5.«

»Alles klar. Wo ist Herr Holacek?«, wollte Frau Swoboda wissen. »Er ist wie vom Erdboden verschluckt. Habt ihr ihn gesehen?«

Wir hatten keine Ahnung. »Er hat uns mit dem Strandgut geholfen, und dann wollte er zum Gartenhaus gehen. Wir haben ihn auch schon gesucht.« Georg nickte.

»Dann müsst ihr seinen Job erledigen. Geht und richtet zehn der schönsten Strandkörbe her. Ihr wisst schon, die Körbe, die man verschließen kann. Wir erwarten heute Mittag wichtigen Besuch. Freunde von unserem Obmann. Schnell, schnell. Bewegt euch.«

Freunde des Obmanns. Das konnte nichts Gutes bedeuten. Meistens handelte es sich um heftige Sauforgien. Diese verschlossenen Strandkörbe deuteten allerdings eher auf Sexgeschichten hin. Da wollte jemand allein sein.

Und das hab ich dir noch gar nicht erzählt. Da gab's noch einen Bereich am Arbeitslosenstrand, über den du Bescheid wissen solltest: den sogenannten Rotlichtsektor.

Hier konnten Arbeitslose, Bobos und wer sonst noch ins Bad kam wild durcheinander vögeln. Die Strandkörbe waren dafür ideal. Verschließbar und im Inneren ausgesprochen komfortabel ausgestattet. Wenn die Rückenlehne umgeklappt wurde, lag man wie auf einem französischen Bett. Das war der Renner an der alten Donau, sogar die Sandler kamen hierher und schnackselten mit den anderen um die Wette.

»Georg, was hältst du davon, wenn du dich um die Strandkörbe kümmerst, und ich gehe kurz zu Erwin?«

Seine Begeisterung hielt sich in Grenzen. »Ich soll hackeln und du gehst zur Bar?«

»Du musst die Betten beziehen, die Kondome verteilen und die Kühlschränke auffüllen. Ich komme gleich wieder. Muss nur kurz was mit Erwin klären. Stell dich nicht so an.«

Mit Erwin hatte ich noch eine Rechnung offen. Frechheit, überhaupt im Strandbad aufzutauchen. Wütend betrat ich das Strandhaus. Er war nicht allein.

Herr Holacek stand an der Bar. Ich hörte gerade noch, wie er »36« sagte, dann verstummte er.

»Was ist mit 36?«, fuhr ich die beiden an.

Herr Holacek stotterte. »N-nichts, n-nichts. Frau Swoboda hat heute Geburtstag. Sie wird 36. Ich war vorhin kurz unterwegs, um Besorgungen zu machen. Habt ihr das Strandgut entsorgt?«

Er log. Man konnte es ihm ansehen. »Das Strandgut haben wir entfernt. Frau Swoboda sucht Sie. Sie sollen zehn der verschlossenen Strandkörbe im Rotlichtbereich für Gäste vorbereiten.«

Herr Holacek schaute Erwin hilflos an und nahm noch einen Schluck von seinem Achterl Zweigelt. »Gut, dann machen wir das, wie wir es besprochen haben, nicht wahr?«

Erwin nickte und blickte verlegen zu mir rüber. Es war eine Spannung im Raum, die ich nicht deuten konnte. Herr Holacek schloss die Tür.

Fast zeitgleich sprang ich mit einem Satz hinter die Bar und drückte Erwin auf den Boden. »So, mein Lieber. Jetzt unterhalten wir uns mal.« Ich zeigte ihm den Zettel mit seiner kleinen Randnotiz. »Was heißt hier: ›Mach dir nichts draus. Wir schicken dir eine Postkarte aus Kapstadt.‹ Bist du wahnsinnig? Bist du von allen guten Geistern verlassen? Was hast du dir dabei gedacht?«

»Mensch, Juri! Tut mir leid, aber dit mit Isabel is eenfach so passiert.«

»Ist mir alles egal. Sag mir, wo das Koks ist. Ich will es haben! Sofort!« Ich schnappte mir ein Messer von der Theke und drückte es gegen seinen Kehlkopf. »Wo ist das Koks? Spuck es aus!«

Er zitterte am ganzen Körper.

»Ick hab's jestern uffm Schwarzmarkt an Darko, 'nen Freund von Kovac, verkauft. Der hat mir 250.000 dafür jejeben.«

»Was? 250.000? Bist du bescheuert? Das Koks hat einen Wert von 320.000! Der hat dich übers Ohr gehauen.

Das darf ja wohl nicht wahr sein. So eine Scheiße.« Ich drückte das Messer an Erwins Schläfe. »Wo ist das Geld?«

»Kabine 36«, keuchte er.

»*Wo genau* in Kabine 36? Das Geld gehört Seldschuk. Wenn ich es ihm nicht übergebe, verspeist er uns zum Frühstück.« Ich musste Erwin nicht unbedingt auf die Nase binden, dass ich vorhatte, die Kohle mit Georg zu teilen.

»In 'ner Tüte im Jefrierschrank.«

»Und was weiß der Holacek von der Sache?«

»Jar nix.«

Ich glaubte ihm nicht. »Noch einmal. Was weiß Holacek von dem Geld? Ihr habt was von 36 geredet, als ich reinkam.« Das Messer hinterließ erste Spuren. Die Haut hatte einen kleinen Riss.

»Dit hatte mit der Kabine und dem Jeld nix zu tun. Dit kannste mir glooben, Juri.«

»Ich glaube dir überhaupt nichts mehr. Wenn Holacek in diese Sache involviert ist, dann könnt ihr was erleben. Was du und Isabel da durchziehen wolltet, das war eine Riesensauerei. Wo ist sie überhaupt?«

»Ick weeß et nich! Wir wollten fliegen, aber sie is nicht uffjetaucht. Sie is verschwunden.«

Ich konnte ihm nicht trauen. Und Isabel schon gar nicht. »Ich rate dir, dich ganz ruhig zu verhalten. Wenn du dich in Dinge einmischst, die dich nichts angehen, dann kannst du was erleben. Ist das klar?«

Er stöhnte ein leises: »Ja.«

»Was? Ich habe dich nicht verstanden«, brüllte ich ihn

an und drückte das Messer noch einmal fester gegen seinen Kopf.

»Ja. Verdammt noch mal. Ick hab's verstanden.«

»Gut so. Und jetzt arbeitest du weiter, als wäre nichts gewesen. Ich geh raus und hole die Kohle. Und wenn du mir heute noch mal in die Quere kommst, dann bekommst du Ärger.« Ich glaubte, er hatte verstanden. Ich legte das Messer auf die Bar und ging hinaus.

Georg saß entspannt vor unserer Kabine. Nach den Pensionisten und Arbeitslosen kamen gegen Mittag ein paar Studentinnen und legten sich auf die Bobo-Wiese. Herr Holacek vertrieb sie. Studenten waren ja noch keine Bobos. Sie durften die gentrifizierte Liegewiese nicht benutzen.

»Herr Holacek hat gesagt, dass er es alleine schafft. Ich soll mich ausruhen. Recht hat er.« Georg grinste.

»Wir sind reich«, verkündete ich Georg, den das aber nicht zu kümmern schien. Er schaute wie gebannt zu einer Frau unter dem Walnussbaum. Sie lag mit gespreizten Beinen in einem knapp geschnittenen Bikini auf der Wiese und las in einem Buch.

»Na, gefällt sie dir? Denk aber an die Regeln. Piefke-5-Leute dürfen keinen körperlichen Kontakt zu Österreicherinnen haben.«

»Nee, die hat einen Freund. Aber schauen darf man ja, oder? Außerdem bin ich kein Piefke. Wieso sind wir reich?«

Jetzt musste ich wohl die Katze aus dem Sack lassen. Eigentlich wollte ich ja nicht teilen. »Hinter dir in Kabine 36 liegen 150.000. Na, was sagst?«

Georg nahm seine Sonnenbrille ab und schaute mich entgeistert an. »Wovon redest du? In Kabine 36 liegt Akgün.«

»Auch. Aber im Gefrierschrank liegt die Kohle. Es handelt sich dabei um den Erlös vom Koks, das an Isabel in der Dornbacher Pfarrkirche übergeben wurde. Ich habe herausgefunden, dass das Geld in einem Schließfach am Westbahnhof zwischengelagert wurde. Erwin, der alte Sack, hat das ebenfalls herausbekommen, es einem Freund von Kovac verkauft und hier in der Kabine versteckt. Ich habe gerade mit Erwin ein ernstes Wort gewechselt. Jetzt gehört das Geld uns.«

Georg stand auf und ging in die Kabine 36. Er kam mit einem prall gefüllten Sackerl zurück, setzte sich auf seinen Liegestuhl, schaute in das Sackerl und staunte nicht schlecht. »Mensch. Wir sind reich! 150.000? Wow! Das war's, oder? Lass uns gehen. Warum Erwin? Wie hat er davon Wind bekommen?«

»Keine Ahnung. Ich hatte schon lange den Verdacht, dass Erwin krumme Geschäfte macht. Er ist keine Gefahr. Keine Sorge. Ich habe ihm klar gesagt, dass das Geld Seldschuk gehört. Wenn er Probleme damit hat, dann soll er sich direkt an das Orakel wenden.«

»Und was sagen wir Seldschuk?«

»Das werden wir uns noch überlegen. Wir haben ja bis morgen Zeit. Spätestens im Stephansdom sollten wir einen Plan haben.«

Beim Anblick von so viel Geld konnte man schnell das Wesentliche vergessen. 100.000 musste ich noch abzweigen. Das war meine stille Reserve, von der Georg nichts zu wissen brauchte. Ein Problem hatten wir noch. Was tun mit der Leiche?

»Was hältst du davon, wenn wir Akgün in kleinere Teile zerlegen und die mit der Post verschicken.« Georg schaute mich entgeistert an. »Die Idee kam mir bei Erwin an der Bar. Akgün ist ja schon zerstückelt. Das sollte kein großer Aufwand sein. Was meinst?«

»Juri, du bist genial.«

»Dann hol Kuverts aus dem Büro, möglichst groß und gepolstert. Ich frag inzwischen Herrn Holacek, ob er Briefmarken für uns hat.«

Herr Holacek war gerade dabei, die Strandkörbe herzurichten. In einer Stunde wurden die hohen Gäste erwartet.

»Wissen Sie schon, wer heute kommt?«

Unser Maschinenwart lag im Strandkorb Nummer 3 und polierte die Schale für die Kondome. Daneben stellte er eine kleine Tube Gleitcreme.

»Soweit ich weiß, kommt ein Bekannter von unserem Obmann, mit Gefolge.«

»Was heißt Gefolge? Der Bundespräsident mit Harem, oder was?«

Er musste lachen. »Ja, so ähnlich. Es ist Oberinspektor Kleindienst mit ein paar Freundinnen.«

Herr Holacek hatte Humor. Er machte eindeutig zweideutige Gesten. Ich konnte mir denken, was uns bevorstand.

»Am Nachmittag kommen dann ein paar Politiker. Drüben vom Bundesbad der Regierung. Die feinen Herren werden mit einem Schnellboot hergebracht. Dort am

Steg legen sie an.« Er zeigte zum hölzernen Anlegesteg, der 20 Meter in die Alte Donau ragte. »Anschließend wird gelost. Jeder bekommt eine Dame.« Er verdrehte die Augen und grinste. »Oberinspektor Kleindienst versorgt die ganze Regierung bis hoch zum Kanzler und Bundespräsidenten. Reich müsste man sein.«

»Und was ist mit Ihnen? Haben Sie die Damen auch schon kennengelernt?« Er schüttelte den Kopf. »Ich bin verheiratet, Herr Sonnenburg. Und katholisch.«

»Na und? Als würde das eine Rolle spielen.«

Er schaute mich schräg an. »Sie sind ein ziemlich gottloser Piefke. Ich gebe Ihnen einen Rat«, flüsterte er mir ins Ohr: »Meiden Sie heute Nachmittag die Strandkörbe, Herr Sonnenburg.«

Hinter den Strandkörben stand ein kleines Zelt. Dort gab's Kostüme und Spielzeug zum Ausleihen. Herr Holacek war auch dafür zuständig.

»Schauen Sie sich die Sachen ruhig an, Herr Sonnenburg. Mir wird jedes Mal schlecht, wenn ich diese Dinge über den Tresen reiche. Zu meiner Zeit haben sich Männer noch Smokings ausgeliehen, um mit ihren Damen fein auszugehen.«

Er hatte nicht ganz unrecht. Es war schon allerhand Zeug in diesem Zelt. Neben Baby-Accessoires wie Windeln und Schnullern gab es Schuluniformen und Lederteile, erotische Unterwäsche und Vibratoren in allen Größen, Farben und Formen. Natürlich fehlten auch Peitschen, Handschellen, Augenbinden und so weiter nicht. Alles, was eine Regierung halt so braucht.

Herr Holacek war immer noch entrüstet: »Damit

beschäftigen sich unsere Volksvertreter. Ist das in Deutschland auch so?«

»Keine Ahnung. Schätze schon.« Was interessierten mich korrupte Politiker? Beinahe hätte ich über das Geplänkel fast vergessen, warum ich eigentlich gekommen war. »Herr Holacek. Ich brauche Klebebänder, Duftspray und Briefmarken. Wo finde ich das?«

Ihm kam diese Frage offenbar nicht einmal seltsam vor. »Schauen Sie mal im Gartenhaus oder im Büro nach. Da finden Sie sicher, was Sie suchen.«

Ich wollte gehen, da rief er mir hinterher: »Den Gestank in 36 werden Sie aber mit dem Duftspray nicht wegbekommen. Wenn Sie Hilfe brauchen, dann rufen Sie mich.«

Er roch den Braten. Blöd war Herr Holacek nicht. Von wegen Strandgut.

Bei meiner Rückkehr saßen Georg und Paradeiser auf der Terrasse. Wie ein altes Ehepaar. Richtig schnuckelig. Nachdem sie den Mistwagen gefunden hatten, führte der Weg des Inspektors direkt zum Arbeitslosenstrand. Für den Diebstahl des Mistwagens und den Verlust des Esels war er allerdings nicht zuständig. Er wollte von allen Verdächtigen ein Feedback zu seinen Ermittlungen einholen. Das war Vorschrift. Dazu musste jeder von uns einen Fragebogen ausfüllen. Anscheinend hatte er in letzter Zeit auch für die Wiener Polizei zu viel zugeschlagen.

»Ach, da ist ja mein zweiter Piefke.«

Würde ich Paradeiser nicht kennen, hätte ich ihn für einen freundlichen Menschen gehalten. Leider war dem nicht so. Alles nur Fassade.

»Setz dich und füll den Fragebogen aus, aber überleg dir gut, was du antwortest.«

Keine Ahnung, wer sich so was ausdachte. Es gab zum Beispiel eine Frage, über die ich tatsächlich länger nachdachte: *Wurden Sie vom ermittelnden Beamten verbal oder handgreiflich attackiert?* »Darf ich die Schläge in der Meldemannstraße erwähnen, Herr Chefinspektor?«

Sein Gesicht verdüsterte sich. Paradeiser beugte sich zu uns: »Wir sind kurz davor, den Stempelmörder zu fassen. Dann sitzt er lebenslänglich. Leider haben sie die Todesstrafe schon abgeschafft. Denkt daran: Ich beobachte euch! Jetzt füllt den Bogen aus. Ich habe gleich noch einen Termin.«

Georg wurde langsam unruhig. Die Nachbarn beschwerten sich schon über den Gestank aus Kabine 36. Herr Holacek war informiert worden und reichte die Beschwerde an Erwin weiter. Der sollte mal nachschauen. Jedoch traute der sich nach meinem Auftritt in der Bar nicht mehr. Problem gelöst. Wir waren die Einzigen, die den Gestank beseitigen konnten.

»Darf ich mal euer Klo benutzen?« Paradeiser ging zielgerichtet auf die Kabinentür zu. Wir hinderten ihn nicht daran. Er öffnete die Tür und ein Schwall duftender Totengase wehte auf die Terrasse. Das alte Pärchen von 35 sprang mit einem nie für möglich gehaltenen Schwung aus seinen Liegestühlen und rannte zum Strand, um frische Luft zu atmen.

Paradeiser kam nach ein paar Minuten zurück und setzte sich. »Meine Herren, habt ihr dort drinnen eure Großmutter vergammeln lassen? Das stinkt ja erbärmlich. Ihr solltet das so schnell wie möglich beseitigen, sonst rufe ich die Gesundheitspolizei. Mann, Mann. Das ist ja unglaublich.«

Georg hatte den Bogen ausgefüllt. »Ich bin fertig, Herr Chefinspektor.« Er klang wie ein verängstigter Schuljunge.

Früher hatte ich von meiner Lehrerin einen Donald-Duck-Stempel bekommen, wenn meine Hausaufgaben gut gemacht waren. Georg sah aus, als würde er auf diesen Stempel warten. Untertänigst starrte er Paradeiser an. Ich hasste das.

Paradeiser studierte die Antworten. »Gut. Passt. Das auch. Na ja, da hast du etwas übertrieben. Das lass ich durchgehen. Jetzt schreib noch: ›Chefinspektor Paradeiser hat außergewöhnliche Fähigkeiten, die er zum Wohle seiner Verdächtigen einsetzt. Er ist neutral und vorurteilsfrei. Ich wurde zu jeder Zeit zufriedenstellend behandelt.‹ Das war's dann.« Mit Schwung nahm er meinen Bogen zur Hand und rümpfte sofort die Nase. Im nächsten Moment zog er mich ohne Vorwarnung über den Tisch. »Bürschchen, ich mache dich fertig.« Er riss an meinem Ohr. Dann ließ er los. »Noch mal.« Er zerriss den Bogen und gab mir einen neuen.

Ich hatte keinen Schimmer, was er von mir wollte. Ehrliches Feedback jedenfalls nicht.

Er war immer noch außer sich »Piefke Sonnenburg! Du wirst es niemals zum guten Österreicher bringen. Dafür werde ich sorgen. Geh nach Hause. Zurück in dein Piefkenest. Bei uns hast du nichts verloren.«

Der konnte sich vielleicht aufregen. Da wir nicht ewig

Zeit hatten, füllte ich den Bogen kurz, knapp und in seinem Sinne aus. Was sollte ich schon machen?

»›Oberinspektor Kleindienst tat seine Pflicht und behandelte uns außerordentlich zuvorkommend‹«, diktierte mir Paradeiser. Schon schlug er zu. Meine Wange brannte.

»Mensch, wofür war das?«

»Damit du dir keine falschen Hoffnungen machst. Wehe euch, wenn ihr irgendwo mit drinsteckt. Und jetzt muss ich zu meinen Freunden.« Er grinste dämlich. »Und wegen des Mistwagens und des Mistesels kommt später mein Kollege vorbei.«

Paradeiser genoss anscheinend die Ausflüge ins Rotlichtmilieu des Arbeitslosenstrandbades. Die Gier nach Lust war ihm anzusehen. Hier konnte er im Schatten von Kleindienst seinen Vergnügungen nachgehen.

»Kleindienst wird gleich auftauchen. Der ist nicht gut auf uns zu sprechen.«

Georg beobachtete die Strandkörbe. Keine Spur von Angst oder Aufregung.

»Wir sollten langsam die Fliege machen. Wir nehmen die Kohle und verschwinden. Akgün können wir doch hierlassen.«

»Auf keinen Fall. Wir bringen das zu Ende.«

»Du weißt, was passiert, wenn Kleindienst uns hier sieht?«

»Ja, darum sollten wir uns jetzt beeilen.«

Wir verzogen uns in Kabine 36. Der Gestank war kaum auszuhalten. Georg hatte die Kuverts schon hergerichtet. Der nächste Schritt stellte kein Problem dar:

Akgün portionsweise verpacken. Wir schnitten die Plane auf, warfen die Steine vor die Kabine. Ich kann dir den Gestank gar nicht beschreiben. Wir hielten die Luft an, rannten kurz ins Freie, dann wieder rein, und weiter ging es. Auch unsere direkten Nachbarn verschwanden in ihren Kabinen, sobald wir unsere Tür öffneten. Der bestialische Gestank war nicht zu ertragen. Eine Mischung aus Blut, Donauwasser und Exkrementen ergoss sich über den Boden. Die Flüssigkeit sammelten wir in einem Eimer und schütteten die Brühe auf die Liegewiese der Bobos. Dann verpackten wir den in Filet-Form vor uns liegenden Akgün in Kuverts. Als Absender hatte Frau Swoboda die Adresse des Arbeitslosenstrandbades draufgedruckt: »Arbeitslosenstrandbad, Arbeitslosenstrandbadstraße, 1210 Wien«.

Wir verwendeten ausschließlich die gepolsterten, steckten Akgün hinein, spritzten Duftspray in den Brief, klebten extra einen Klebestreifen drauf, damit ja nichts rausfallen konnte. Die größeren Leichenteile steckten wir in A3-Kuverts. Sie waren zwar ausgebeult, aber das störte uns nicht. Am Schluss frankierten wir die Briefe mit den Briefmarken des Arbeitslosenstrandbades. Es waren besondere Marken.

Eine kleine Gruppe von Arbeitslosen grillte auf der Liegewiese und prostete sich zu. Im Hintergrund die Alte Donau und einige Tretboote, die der Abendsonne entgegenfuhren. Wunderschön, oder? Ich mochte diesen Strand wirklich.

Dann adressierten wir die Briefe an die Piefke-5-Leitung des Arbeitsmarkservices in der Huttengasse im Wiener Gemeindebezirk Ottakring. Wir wollten unserem Vorgesetzten Edi im Arbeitsmarktservice einen Denkzettel verpassen. Schließlich suchte er uns immer so nette Arbeitsplätze aus.

Nachdem alles vorschriftsmäßig verpackt war, reinigten wir die Kabine und verteilten die Post auf die Postkästen der Arbeitslosenstrandbadstraße. Die größeren Pakete gaben wir in der Postfiliale ab. Durch das Duftspray vom Klo des Arbeitslosenstrandbades rochen die Päckchen nach Flieder.

Der Postbeamte bekam glänzende Augen. Er schnupperte sogar an einem Brief und lächelte freundlich. Auch unsere Kabinen-Nachbarn konnten aufatmen. Akgün war fort und der Gestank würde sich ebenfalls bald auflösen.

Später kam Kleindienst mit seinen zehn Frauen. Was für eine Parade. So was hast du noch nicht gesehen. Er trug immer noch eine Halskrause und einen Verband um die Nase. Bei diesem Anblick erinnerte ich mich an unsere Verfolgungsjagd in der Sargrohrpost.

Heute Nachmittag war er in seinem Element. Wie ein Gockel spazierte er durch das Strandbad, seine Hühner hinter ihm her, in Stöckelschuhen auf dem kurzgemähten Rasen des Rotlichtsektors.

Frau Swoboda und Herr Holacek begrüßten die Gäste mit einem Glas Champagner. Paradeiser umarmte seinen Freund. Wir beobachteten diese herzerwärmende Szene von unserer Terrasse aus.

Mittlerweile füllte sich die Liegewiese auf der Arbeitslosenseite. Die Bobos ließen auf sich warten. Kleindiensts

Frauen strahlten. Sie waren wunderschön mit ihren lockigen Haaren, langen Beinen und ihren im Wind wehenden Kleidern. Uns blieb die Spucke weg.

Offensichtlich warteten die Schönheiten auf ihre Freier. Wahrscheinlich ging es ihnen so wie uns. Wir hatten uns in unserem Piefke-5-Dasein eingerichtet. Ein anderes Leben konnte man sich nach ein paar Jahren gar nicht mehr vorstellen. Die da unten hatten sich auch eingerichtet.

»Schau mal, das Boot.«

Die Sonne blendete. Man konnte das Motorboot kaum sehen. Eine Gruppe von Männern und eine Frau standen in der Mitte des Bootes. Allesamt Anzugträger. Schwarze Designeranzüge, selbstverständlich. Kleindienst und Paradeiser eilten zum Strand und halfen, das Boot am Steg zu befestigen. Die Designeranzüge stiegen aus. Unter ihnen bekannte Gesichter.

Ich erkannte den Vizekanzler Kriechbaum, den Verteidigungsminister Gesundbrunnen, den Wirtschaftsminister Doblhofer, die Frauenministerin Michlmayr und fünf Staatssekretäre. »Sogar die Michlmayr ist dabei.«

»Schau, sie geht mit Paradeiser in den Strandkorb eins.«

Mir wurde übel. Der Kriechbaum bekam gleich zwei. Dann gab Kleindienst das Startzeichen: Er schoss mit seiner Neun-Millimeter-Beretta in den Himmel.

Die Designeranzüge sprinteten los, um in dem kleinen Zelt hinter den Körben die besten Spielzeuge und Accessoires zu ergattern. Der Wirtschaftsminister Doblhofer hatte Windeln unterm Arm, eine Bettschüssel für eine

Pinkeleinlage und einen Riesenschnuller, den er auch als Analstopfen nutzen konnte.

»So ein Versager, der Doblhofer.« Georg regte sich auf, weil er der einzige Kärntner in der Regierung war.

»Na, da siehst du es mal wieder. Ein Kärntner in einer wichtigen Position in der Regierung, und lässt sich von einer die Windeln wechseln. Was für eine Schande.«

Georg nahm mir meinen Spott nicht übel. Er kannte meine Meinung zu Kärnten.

»Wir könnten das Boot versenken und dann die Frauen befreien.«

Das Kärntner Urvieh konnte dem nichts abgewinnen.

Plötzlich stand Inspektor Stippschitz neben uns. Er grinste. »Schöne Aussicht von hier oben, meine Herren.« Stippschitz warf einen Blick auf die Strandkörbe und setzte sich zu uns. Herr Holacek stand vor dem Gartenhäuschen. Hin und wieder blickte er zu uns rüber. »Ich hoffe, es passt, wenn ich Ihnen ein wenig Gesellschaft leiste?«

Wir schauten gemeinsam auf die Alte Donau. Der Nachmittag war weit fortgeschritten. Im Wasser spiegelten sich die Bäume. Tretboote rammten sich gegenseitig. Ein Kind ging über Bord.

Georg, der seinen Job als Bademeister sehr ernst nahm, stand auf und beschimpfte die Tretbootfahrer: »Passt gefälligst auf! Depperte! Oder wollt ihr, dass eure Kinder ersaufen?«

Stippschitz war von Georgs Engagement beeindruckt. Wir gingen unserem Job hier im Bad gewissenhaft nach, lehnten uns zurück und genossen die Romantik des

Arbeitslosenstrandbades. Du musst dir das wirklich mal anschauen. Es wird dir gefallen. Ganz sicher.

Inspektor Stippschitz legte ein Schriftstück auf den Tisch.

»Nicht schon wieder.« Ich hatte keine Lust, noch ein Feedback zu geben.

Stippschitz beruhigte uns und grinste schon wieder so komisch. »Meine Herren, lassen Sie mich etwas erklären.« Wir nickten. Was blieb uns schon übrig? »Heute Morgen wurde ein Mistwagen vom Mistplatz in der Richthausenstraße gestohlen. Gestern Abend verschwand ein Mistesel von eben dort.« Er schaute mich an. »Kurz vor dem Mistfest wurde ein neues Videosystem installiert. Sie, Herr Sonnenburg, sind darauf deutlich zu erkennen. Sie haben nebenbei fast zwei Hunde totgefahren. Dann sind Seldschuk und Emre in den Wagen gestiegen und ein paar Minuten später wieder ausgestiegen.«

Bei den Namen Seldschuk und Emre schaute mich Georg überrascht an.

»Ich habe dieses Video gesichert. Der Mistwagen wurde heute in der Sintistraße, zwischen Eisenbahnerbad und Arbeitslosenstrandbad gefunden. Warum Sie das getan haben, ist mir ein Rätsel. Und was mit dem Mistesel geschehen ist, darüber kann ich nur spekulieren. Uns fehlt jede Spur.«

Also zumindest Hazee dürfte es in die Freiheit geschafft haben. Das freute mich. Georg sah ausgesprochen unglücklich aus.

Stippschitz fuhr fort. »Wir sind immer noch auf der Suche nach dem Stempelmörder, der die Morde an Karl,

Reinhold und Luise begangen hat. Herbert entkam nur knapp einem Mordanschlag und von Isabel fehlt jede Spur. Diese Morde hängen irgendwie mit Ihnen zusammen. Wir beobachten Sie schon seit Tagen. Ich kann mich nur wiederholen. Halten Sie sich an die Regeln. Wir werden keinen weiteren Verstoß akzeptieren.« Er schüttelte den Kopf. »Und jetzt holen Sie Chefinspektor Paradeiser.« Er deutete auf die Strandkörbe.

Ich musste schlucken. Warum sollten wir das tun? »Herr Inspektor, seien Sie mir nicht böse, aber das wäre glatter Selbstmord. Sie können sich gar nicht vorstellen, was der mit uns macht.«

Georg schüttelte vehement den Kopf. »Was glauben Sie, was der da unten treibt?« Es stimmte. In den letzten Tagen hatten wir komplexe Situationen erlebt und vor allem überlebt. Da könnte er uns doch gleich den Löwen zum Fraß vorwerfen.

Stippschitz blieb dabei. »Sie gehen jetzt hinunter und holen den Chefinspektor! Denken Sie an die Regeln. Widersprechen ist zwecklos.«

Herr Holacek betrat die Terrasse und tat so, als würde er das Unkraut zupfen, welches zwischen den Waschbetonplatten wuchs. Er lauschte.

Georg wurde nervös. »Herr Holacek, was fummeln Sie an meinen Schuhen herum?« Das Ganze wurde langsam sehr skurril. Unten vergnügten sich die Politiker und korrupten Polizisten und hier oben wurden wir auserwählt, ein Himmelfahrtskommando auszuführen.

»Ich könnte doch gehen?« Herr Holacek meldete sich wie in der ersten Klasse.

Stippschitz hatte andere Pläne. »Was soll das? Wo liegt das Problem? Sie gehen jetzt zu Chefinspektor Paradeiser und werden ihn bitten, auf diese Terrasse zu kommen. Wenn ich das noch einmal erklären muss, dann werde ich Sie alle festnehmen. Auf der Stelle!« Kleine Äderchen wurden an seinem nun immer dicker werdenden Hals sichtbar. Er plusterte sich regelrecht auf. Wir konnten ihn nicht überzeugen.

Paradeiser und Kleindienst würden Hackfleisch aus uns machen. Unsere Überlebenschancen waren gleich null. Warum sollten wir uns das antun? Paradeiser und Kleindienst – wir wollten uns nicht mit ihnen anlegen. Nicht schon wieder.

Stippschitz hatte dafür kein Verständnis. Er machte Druck. »Wir machen es genau so. Verstanden?« Schließlich klopfte er uns auf die Schultern und ging.

Widerwillig verließen wir die Terrasse. Das Drama konnte beginnen. Wir machten uns auf den Weg zu den Strandkörben.

»Wenn es schiefläuft, können wir immer noch verschwinden«, versuchte ich, uns aufzuheitern.

»Das mit Seldschuk und Emre hast du mir gar nicht gesagt. Langsam nimmt das hier alles bedrohliche Züge an. In welchem Korb ist der verrückte Chefinspektor? Hast du eine Ahnung?«, fragte Georg, nicht gerade voller Tatendrang.

»Mit Frauenministerin Michlmayr in Strandkorb 1.«

Unerwartet öffnete sich Strandkorb 4 und Wirtschaftsminister Doblhofer sprintete in Windeln und Schnuller rund um Strandkorb 5 und 6, eine Brünette mit Peitsche kam hinterher. Sie hechteten zurück in ihren Strandkorb, ohne uns bemerkt zu haben. Wir standen vor Strandkorb 1 und hörten das leise Stöhnen der Frauenministerin. Dann Ruhe. Dann ein eigenartiges Quietschen und das Klatschen von Haut auf Haut. Offensichtlich war Paradeiser bei der Arbeit und verhörte die Klitoris der Ministerin.

Das Quietschen machte mich wahnsinnig. Ein weiblicher Fuß ragte unter dem Rollo heraus. Ihre Nägel hatte sie mit einem violetten Nagellack lackiert. Man erkannte noch die Reste einer Nagelbettentzündung. Der Zeh zuckte, als sie zum Höhepunkt kam. Dann löste sich die Spannung, zumindest bei ihr. Paradeiser schien Schwierigkeiten zu haben. Er schnaufte wie eine Dampflok. Aus den Nachbarkörben drangen ähnliche Geräusche.

Dann zog ich an der Schnur und öffnete das Rollo, genau in dem Moment, als Paradeiser zum Abschuss bereit war. »Herr Chefinspektor, wir hätten da noch eine Frage.«

Mit einem Ruck drehte er sich um. Frau Michlmayr rutschte unter seinem dicken Bauch hervor.

Es gab sicherlich viele peinliche Situationen in Paradeisers Leben, aber diese war kaum zu schlagen. Er sprang aus dem Bett. Er hatte ein Kondom drauf. Er krächzte. Er hustete. Er versuchte, einen ganzen Satz von sich zu geben. Das misslang ihm. Dann schlug er zu. Wie so oft traf es Georg. Wir begannen zu rennen. Paradeiser hinter uns her. Die anderen Politiker störte unser Geschrei nicht im Geringsten.

Kleindienst lag in Korb 7 mit Verteidigungsminister Gesundbrunnen und einer Russin. Auch hier blieb alles ruhig. Wir rannten im Slalom um die Strandkörbe. Zuschauer hatten wir mittlerweile auch: Die noch im Bad verbliebenen Bobos und Arbeitslosen klatschten uns Beifall. Die Frauenministerin begriff langsam, was passiert war, zog sich an und rannte von Korb zu Korb, um ihre Kollegen zu warnen. Nach und nach öffneten sich die Rollos. Nackte Prostituierte und halb angezogene Designeranzüge schauten Paradeiser bei seiner Jagd auf uns zu.

Oberinspektor Kleindienst und der Verteidigungsminister waren die Letzten, die aus ihrem Nest kamen. Kleindienst zog seine Beretta und schoss in die Luft. Wir blieben stehen. In einer weißen Doppelripphose samt Halskrause und dickem Nasenverband rannte er auf uns zu.

Nur nicht nervös werden.

Er richtete die Beretta auf uns. Auf diesen Moment hatte Kleindienst gewartet. »Auf die Knie, Piefkes!« Er näselte ein wenig.

Wir knieten uns ins trockene Gras und schauten auf ein paar nackte Füße, deren Nägel nicht annähernd so schön lackiert waren wie die der Frauenministerin.

Er brauchte nur noch abzudrücken. Die Beretta klebte an Georgs Kopf. Seine Augen waren geschlossen.

In diesem Moment hörten wir hinter uns Inspektor Stippschitz in ein Megafon brüllen: »Hier spricht die Polizei! Auf die Knie! Hände hoch! Waffen fallen lassen!«

Kleindienst schaute verwirrt zu Stippschitz und dann zu Paradeiser. »Polizei? Das sind doch wir!«

20 maskierte Männer kamen über die Bobowiese auf uns zugerannt. Holaceks Stimme überschlug sich vor lauter Aufregung. Er forderte die Heranstürmenden auf, die Wiese sofort zu verlassen. Schließlich waren sie keine Bobos.

Paradeiser suchte verzweifelt seinen Korb, seinen Anzug. Die Michlmayr und ihre Ministerkollegen flüchteten zum Steg. Kleindienst folgte ihnen in seiner Doppelripphose.

Sie starteten den Motor des Bootes und legten ab. Die Prostituierten standen hilflos vor den Strandkörben und zitterten.

Paradeiser kam zu spät zum Steg. Wehmütig blickte er dem Boot und seinen Freunden hinterher, die bereits auf halbem Weg zum Bundesbad der Regierung waren. Stippschitz stellte sich hinter ihn und legte ihm Handschellen an. Die maskierten Männer sicherten den Rotlichtsektor, durchwühlten die französischen Betten nach Waffen, fanden aber nur gefüllte Kondome, volle Windeln und allerlei Spielzeug. Und wir? Wir waren mit unseren Nerven am Ende.

Georg starrte vor sich hin. Ich wagte erst, meine Augen zu öffnen, als Stippschitz mir auf die Schulter schlug und gratulierte. »Gratuliere, Herr Sonnenburg. Sie haben ein Gespür für den richtigen Moment. Das wusste ich. Ich denke, wir können mit dieser Aktion sehr zufrieden sein. Es lohnt sich, wenn man sich an die Regeln hält!«

Ich wurde ohnmächtig.

# FREITAG: ARBEITSMARKTSERVICE IN WIEN OTTAKRING

Bald war Wochenende! Leider standen noch zwei schwere Brocken auf dem Menüplan: das Arbeitsmarktservice und das Treffen im Stephansdom mit Seldschuk und Emre. Danach durften wir endlich unseren freien Samstag genießen. Georg schnarchte heftig. Ich döste vor mich hin.

Der gestrige Tag hatte sehr viel Energie gekostet. Die sonst so heile Welt des Männerwohnheims in der Meldemannstraße war für Georg und mich in den letzten Tagen zu einer wahrhaft gefährlichen Angelegenheit geworden.

Bei der Aktion am Arbeitslosenstrandbad hatten wir ganze Arbeit geleistet. Auch wenn ich mich nicht mehr an die Details erinnern konnte. Kurz sah ich die Beretta vor mir, die Kleindienst auf mich gerichtet hatte. Dann folgte eine kleine Gedächtnislücke. Mir gingen so viele Dinge durch den Kopf. Unsere Zukunft und vor allem das viele Geld, das jetzt uns gehörte. Ich sah den Rucksack auf dem Tisch liegen. Wir würden brüderlich teilen. 75.000 für Georg und 75.000 für mich. Die restlichen 100.000 wanderten natürlich in meine Tasche.

Stippschitz beförderte Paradeiser hinter schwedische Gardinen. Der Chefinspektor verstand vermutlich die Welt nicht mehr. Alles, was er wollte, waren doch Recht und Ordnung, und jetzt fand er sich auf der Anklagebank wieder?

Aus meiner Sicht ging das voll in Ordnung, denn damit war ein Irrer weniger auf der Straße. Für Stippschitz war es sicherlich eine Gratwanderung. Und der Grat, auf dem er sich bewegte, konnte schmaler nicht sein. Einen Paradeiser konnte niemand so einfach einsperren. Er würde sich damit nicht abfinden.

Das Arbeitslosenstrandbad wurde bis auf Weiteres geschlossen. Die Betreiber mussten sicher um eine neue Konzession für den Rotlichtbereich ansuchen. Kein Wunder. Der Polizeieinsatz hatte bestimmt hohe Wellen geschlagen. Allerdings dürfte eine neue Konzession wohl nicht lange auf sich warten lassen, denn Menschen wie Kleindienst und Konsorten hatten erotische Bedürfnisse, die gestillt werden mussten.

Herr Holacek und Frau Swoboda hatten Pech. Sie waren arbeitslos und durften sich nun ganz offiziell als Arbeitslose auf der Liegewiese im Arbeitslosenstrandbad rekeln.

Und Erwin? Erwin musste vorsichtig sein. Ich hatte ihm klar und deutlich die Grenzen aufgezeigt. Bei Georg und mir war er unten durch. So schnell ließen wir uns von ihm kein Bier mehr einschenken.

Um Punkt sechs Uhr klopfte es. Georg wäre fast aus dem Bett gefallen. Unser Dienst in der Huttengasse im Wiener Gemeindebezirk Ottakring begann erst um acht. Inspektor Stippschitz öffnete die Tür, Herbert im Schlepptau.

»Wenn Sie uns noch einmal auf so ein Himmelfahrts-

kommando schicken, dann scheiß ich auf die Regeln.«
Ich war sauer auf den Inspektor. Er hatte uns zu Paradeiser geschickt und die anschließende Lawine ausgelöst.

»Bleiben Sie ruhig liegen.« Er grinste und setzte sich ans Fußende meines Betts. Georg streckte sich. »Ich brauche Ihren Rat, meine Herren.«

Soso, jetzt auf einmal.

»Von uns einen Rat?«, kam es von Georg im oberen Bett.

»Ja, Ihren Rat. Wie Sie wissen, konnten wir Oberinspektor Kleindienst nicht festnehmen. Er ist von der Bildfläche verschwunden. Wir haben überall gesucht. Durch Zufall fanden wir aber ein unterirdisches Versteck. In einem Garten unweit der Polizeistation saßen seine Mutter und der Sohn vom Obmann der Kleingartenanlage fest. In seinem Büro ist er nicht mehr aufgetaucht. Haben Sie eine Idee, wo er sich aufhalten könnte? Ich würde Sie nicht fragen, wenn es nicht wichtig wäre. Schließlich spüre ich schon seit einiger Zeit, dass der Oberinspektor zu Ihnen eine ganz besondere Beziehung hat.«

Anscheinend war die Polizei zu blöd, den eigenen Kollegen hinter Schloss und Riegel zu bringen. Es war natürlich ganz in unserem Sinne, wenn Stippschitz nun Kleindienst jagte.

»Von wegen *eine ganz besondere Beziehung*. Er tyrannisiert und verfolgt uns. Vielleicht ist er bei Freunden untergetaucht«, spekulierte ich.

»Welche Freunde?«, wollte Stippschitz wissen.

Er war Seldschuks Geschäftspartner. Vielleicht gewährte der Kleinasier ihm Unterschlupf? Allerdings konnte ich Stippschitz das Orakel vom Naschmarkt nicht auf dem Tablett servieren. So gern ich das getan hätte. Der Termin im Stephansdom lag mir im Magen. »Keine Ahnung. Das Büro wartet! Wir müssen uns an die Regeln halten, Herr Inspektor«, antwortete ich schnippisch.

Herbert stand mit seinem Helm hinter Stippschitz. Er sah gar nicht gut aus. Der Mordanschlag auf dem Mistplatz hatte ihm ganz schön zugesetzt. Erst ermordete der Stempelmörder seine Luise, und jetzt hatte er selbst einen Piefke-5-Stempel auf dem Rücken. Keiner konnte sich erklären, warum gerade der harmloseste Mensch in Österreich fast ein Opfer des Mörders geworden wäre.

Stippschitz drehte sich um, ging zur Tür, kam aber gleich wieder zurück. Columbomäßig. »Bevor ich es vergesse, wir mussten Paradeiser aus der Haft entlassen. Die Beweise haben nicht ausgereicht. Er kann in seiner Freizeit schließlich Sex haben, wo und mit wem er will. Und den Rucksack nehme ich mit. Ihr wisst schon. Regeln müssen eingehalten werden. Bedankt euch bei Erwin.« Dann schloss er die Tür.

»Na super. Der Irre ist draußen. Das Geld ist weg. Jetzt fängt alles von vorn an. Erwin, die Berliner Ratte, hat geplaudert.« Georg war außer sich. Das Geld, seine Zukunft, alles futsch.

»Welches Geld?«, wollte Herbert wissen. Der Leiter der Männerwohnheim-Soko setzte sich neben mich aufs Bett.

Ich hatte nicht die Muße, ihm auch nur das Geringste zu erklären. Stippschitz, der Hund, klaute einfach so unsere Kohle. Unglaublich! Das so mühsam aufgebaute

Kartenhaus brach langsam, aber sicher in sich zusammen. Was sollten wir jetzt Seldschuk sagen?

»Herbert, wir haben keine Zeit. Das Arbeitsmarktservice wartet auf uns. Verschwinde!«

Er machte keine Anstalten, den Raum zu verlassen. Ich spürte, wie es in Georgs Körper brodelte. Gleich würde er Herbert packen und rauswerfen.

»Juri, eure Profile wurden gestern in der Zeitung veröffentlicht. Anscheinend haben euch viele Leser wiedererkannt und bei Franz angerufen.« Er zeigte uns die heutige Ausgabe einer landesweiten Tageszeitung. Georg und ich waren auf Seite 1 abgebildet. Darüber stand: »Sind Piefke-5-Gackerl-Erpresser die Stempelmörder?«

»Die spinnen ja. Was hat das eine mit dem anderen zu tun?«, fluchte Georg. »Seid ihr wirklich die berühmten Gackerl-Erpresser? Ich dachte immer, ihr habt nur Luise erpresst. Könnt ich ein Autogramm haben?«

»Herbert, bist deppert?« Georg schnappte sich den Waldviertler und warf ihn aus dem Zimmer. »Der ist ja bescheuert. Juri, lass uns gehen.«

Wir machten uns fertig.

Dann stand Herbert schon wieder im Zimmer. Er ließ nicht locker. »Übrigens, kommt ihr heute Abend zum Stephansdom? Dort singt der Männerchor der Wiener Mordkommission unter der Leitung von Chefinspektor Paradeiser.« Kaum war er draußen, schon dirigierte er seine Kollegen. Inspektor Stippschitz hatte anscheinend wirklich keine Hausmacht.

Paradeiser und Seldschuk im Stephansdom. Was für Aussichten! Georg wollte mit dem Fuß die Tür zutreten, da hielt ich ihn zurück. »Herbert, warum hat dich der Stempelmörder in die Tonne gesteckt? Wie kommt er gerade auf dich?«

Er zuckte mit den Schultern. »Keine Ahnung. Das haben mich Paradeiser und Stippschitz auch schon gefragt. Ich kann mir das nicht erklären. Vielleicht bin ich ihm mit meiner Soko zu nah gekommen.«

»Zu nah?« Georg konnte sich das Lachen nur mühsam verkneifen.

»Ich hab gestern das Wohnheim noch mal komplett auf den Kopf gestellt. Dabei hab ich ein Foto gefunden.«

Ich wurde neugierig. »Was für ein Foto?«

Er kam wieder ins Zimmer und schaute aus dem Fenster auf die Meldemannstraße. »Das Foto lag bei Anton in der Werkstatt.«

»Ja und? Anton ist für den ›Penner‹ zuständig. Er hat massenweise Fotos«, brummte Georg skeptisch.

»Wer war auf dem Foto?«, wollte ich wissen.

»Ich habe die Sachen an Franz und Stippschitz übergeben. An die Personen auf dem Foto kann ich mich nicht so gut erinnern. Es stand ›Karl Greißler‹ auf der Rückseite. Das kam mir komisch vor. Ach ja, zu Franz habe ich nur gesagt, dass der Rauhaardackel total süß ist. Ich muss jetzt gehen. Kommt ihr heute zum Stephansdom?«

»Vielleicht, Herbert. Das wird sich im Laufe des Tages herausstellen. Tut uns leid mit deiner Luise. Lass den Kopf nicht hängen.« Ich begleitete ihn bis zur Zimmertür, die ich leise hinter ihm schloss.

Ich sehnte mich schon nach dem verdienten Wochenende. Ein Tag ohne Paradeiser, Stippschitz und Kleindienst. Seldschuk war für uns immer so eine Art Sicherheitsanker und ein Freund für besondere Notlagen gewesen. Doch jetzt stand er selbst unter Druck und leitete diesen direkt an uns weiter. Vor uns lag ein Arbeitstag beim Arbeitsmarktservice und damit auch Akgün, den wir gestern zu Edi, dem Leiter von Piefke 5, geschickt hatten.

Mit Bim und U-Bahn fuhren wir nach Ottakring. Das Arbeitsmarktservice lag direkt an der U-Bahn-Station Kendlerstraße. Neben der Eingangstür stand schwarz auf weiß: »Arbeitsmarktservice der Stadt Wien für den 16., 17. und 18. Wiener Gemeindebezirk Ottakring, Hernals und Währing. Stabsstelle für die Programme des Bundes: Piefke 5, Tschuschen 6 und Atatürk hab 8«.

Unser Büro lag im zweiten Stock. Seit einem halben Jahr mussten wir in unregelmäßigen Intervallen aushelfen und Arbeitslosen bei der Jobsuche unter die Arme greifen. Man muss sich das einmal vorstellen: Arbeitslose vermitteln Jobs an Arbeitslose. Wir arbeiteten eng mit der Stabsstelle der Ausländer-Programme zusammen.

Leiter von Piefke 5 war Eduard Gruber. Wir nannten ihn liebevoll Edi. Er war ein typischer Wiener Beamter mit einem Flachmann in der obersten Schublade seines Schreibtisches. Wir kamen mit Edi einigermaßen gut aus. Er ließ uns einigen Freiraum. Für ihn spielten wir kaum eine Rolle, kleine Rädchen in der großen Maschinerie des Arbeitsamts.

Unsere Schreibtische bildeten einen rechten Winkel. So konnten wir die Arbeitslosen am besten betrachten.

Insgesamt gab es drei Zimmer. Wir waren für die Buchstaben R bis Z zuständig.

Jeder Arbeitslose musste vorher eine Nummer ziehen. Wenn die Nummer angezeigt wurde, wusste jeder, wann er dran war. Dann musste er klopfen und wir baten ihn, einzutreten. Auf unserem Schreibtisch standen kleine Namensschilder mit unserer offiziellen Piefke-5-Bezeichnung. Mein offizieller Name lautete: JS-09457-PIEFKE5.

Wir hatten unser Zimmer gemütlich eingerichtet. Für einen Tag alle paar Wochen fühlten wir uns wie echte Wiener Beamte. Um acht nahmen wir den Stift in die Hand und um vier ließen wir ihn fallen.

Mit den anderen Kollegen hatten wir so gut wie keinen Kontakt. Sie mochten keine Piefke-5-Leute. Sie lehnten diese Art von Integrationsmaßnahmen ab. Ihrer Meinung nach sollten alle Piefkes abgeschoben werden.

Nur Edi kam ab und zu vorbei und kontrollierte uns, indem er bei den Besprechungen mit den Arbeitslosen anwesend war. Er notierte sich dann Stichworte zu unserer Vorgehensweise und ging sie in der Mittagspause mit uns durch. Er kritisierte vor allem, wie wir mit den guten Österreichern umgingen. Er bat uns wiederholt, freundlicher zu sein: »Sie sind zwar arbeitslos, aber deshalb muss man sie nicht wie Menschen zweiter Klasse behandeln. Versucht, euch in ihre Situation zu versetzen. Ein arbeitsloser guter Österreicher hat es wirklich nicht einfach.« Edi hatte keine Ahnung.

Auf dem Gang vor unserem Zimmer war es ruhig. Viel zu ruhig. Die Arbeitslosenquote war seit Monaten im

Keller. Verschiedene Arbeitsbeschaffungsprogramme sorgten dafür, dass in Österreich eine Pseudo-Vollbeschäftigung erreicht wurde. Die, die keine Arbeit hatten, waren entweder Illegale, Migranten aus den Ausländer-Programmen, Arbeitsscheue oder gute Österreicher, die nicht arbeiten mussten, weil ihre guten Beziehungen bis nach oben reichten.

Wir von Piefke 5 tauchten in keiner Arbeitslosenstatistik auf. Wir waren quasi unsichtbar.

»Georg, geh mal raus und schau, ob jemand da ist.«

»Keine Lust.« Der Kärntner hatte seine Füße auf den Tisch gelegt und nippte an einem kühlen Bier.

Ich ging hinaus, um nach Kunden Ausschau zu halten. »Georg, ist das nicht irre? Wir haben keine Arbeit im Arbeitsmarktservice.«

Wir lachten, als ich wieder hereinkam, und ich öffnete mein zweites Bier. Nach ungefähr einer Stunde meldete sich Edi telefonisch.

Georg ging ran. »Ja, alles okay. Nein, keiner da. Was? Ich weiß nicht so recht. Ich frag mal Juri. Hey!« Ich schaute ihn gelangweilt an. »Edi fragt, ob wir die Fenster auf unserer Etage putzen könnten. Die Fensterputzer aus Tschuschen 6 sind ausgefallen.«

»Auf keinen Fall. Die soll er selber putzen. Wir sind doch keine Tschuschen.«

»Sag ihm das selbst. Hier!«

»Hallo Herr Gruber, selbstverständlich putzen wir die Fenster. Können wir sonst noch etwas tun?« Ich legte auf.

Georg hatte eine geniale Idee. Delegieren. Atatürk hab 8 übernahm den Auftrag gern. Wir öffneten unsere nächste Flasche Bier und dachten über heute Abend nach.

Seldschuk. Wir mussten entweder Koks oder Kohle aus dem Ärmel zaubern. Der Männerchor der Wiener Mordkommission würde uns dabei keine große Hilfe sein.

»Lassen wir es drauf ankommen? Ich kann mir nicht vorstellen, dass uns das Orakel vom Naschmarkt einen Aufschub gibt. Was meinst du?« Georg schwieg. »Oder sollten wir gar nicht hingehen?«

»Bist deppert? Der findet uns doch überall! Vielleicht kann man mit ihm vernünftig reden?«

»Von wegen vernünftig. Das habe ich gestern Morgen gesehen. Eine vernünftige Knarre hat er mir an die Schläfe gehalten. Du bist absolut keine Hilfe.«

Georg nahm einen Schluck und zuckte mit den Schultern. »Wollen wir uns einen aus dem Keller holen?«

Der Kärntner meinte die Langzeitarbeitsscheuen in einem Trakt im Keller des Arbeitsmarktservices, in dem aussichtslose Fälle untergebracht waren. Wir waren auch hier für die Buchstaben R bis Z zuständig. Es handelte sich dabei um eine ganz besonders resistente Gruppe.

Nein. Es war kein Gefängnis. Sie hausten in kleinen Zellen, konnten sich aber jederzeit mit den anderen Langzeitarbeitsscheuen austauschen und sogenannte Lerngruppen bilden. Diese Einrichtung sollte ihnen beibringen, den perfekten Lebenslauf zu schreiben und Bewerbungen so zu formulieren, dass die Wahrheit möglichst verborgen blieb. Ein Bewerbungstraining der besonderen Art. Wir, ihre Betreuer, entschieden dann über den Erfolg der Maßnahme. Es gab Delinquenten, alles gute Österreicher, die seit Wochen kein Tageslicht mehr gesehen hatten.

»Öffne mal das Stahltor.« Links befanden sich die Zellen, rechts der große Gemeinschaftsbereich.

Mich wunderte, wie der österreichische Staat mit seinen Arbeitsscheuen umging. Seit Jahren gab es in Österreich einen eklatanten Mangel an Arbeitskräften. Arbeitslose Deutsche rannten deshalb den Österreichern die Türen ein. So war Piefke 5 entstanden.

»Wer will heute beraten werden?«, schrie ich in die Zelle. Keiner antwortete. Sie taten mir fast ein wenig leid.

Georg hatte schon wieder eine geniale Idee. »Weißt du was? Wir werden sie befreien. Jeder sollte das Recht haben, nicht zu arbeiten.«

Das gefiel mir. »Hört mal! Ihr seid frei. Geht nach Hause zu euren Familien.«

Georg öffnete die Stahltür. Sie rührten sich nicht. Plötzlich trat ein großer, hagerer Mann hervor. »Wir fühlen uns geehrt, dass ihr uns befreien wollt, aber es geht nicht.«

»Was geht nicht?«

»Wir können uns nicht von Piefke 5 befreien lassen. Wir sind langzeitarbeitsscheu, aber gute Österreicher. Das ist unter unserer Würde.«

Unfassbar. Das schockierte mich. »Hast du schon mal solche Idioten gesehen? Sag mir einen Grund, warum wir gute Österreicher werden sollten.«

Georg blieb locker. »Mach dir nichts draus. Ich möchte mich auch nicht von einem Piefke befreien lassen.«

Das überhörte ich. »Das war keine Einladung! Wer meldet sich *freiwillig* zur Beratung? Wenn sich keiner freiwillig meldet, werden wir uns einen willkürlich aus der Gruppe schnappen.«

Vor ein paar Wochen standen wir vor dem gleichen Problem. Damals wollte sich auch keiner beraten lassen und Georg rannte hinter den Langzeitarbeitsscheuen her wie hinter einem Rudel Hühner.

Ich schaute jedem ins Gesicht. Keiner traute sich. Alle schauten verlegen auf den Boden.

»Ich! Ich möchte beraten werden, da ich kein Langzeitarbeitsscheuer bin. Man hat mich aus Versehen in die falsche Abteilung gesteckt.« Der Freiwillige stand ganz hinten in der letzten Reihe.

Georg bahnte sich den Weg zu dem Neunmalklugen. »Was heißt hier aus Versehen? Bist du nicht der Krakowitsch aus Frohsinn?« Er zog ihn aus der Zelle.

»Heinrich Krakowitsch, Sohn des Obmanns Adolf Krakowitsch. Lasst mich hier raus, sonst werde ich alles dem Oberinspektor erzählen. Ihr Piefkes habt mich in ein Verlies gesperrt.«

Der hatte mir noch gefehlt. Jetzt stand er wieder vor uns. »Na gut, dann komm mit in unser Büro.« Ich zeigte ihm den Weg nach draußen. Georg verschloss die Stahltür.

Da saß er. Für uns ein gefundenes Fressen. Wir liebten dieses Spielchen.

Ich beugte mich zu ihm nach vorn. »Soso, du bist also kein Langzeitarbeitsscheuer? Inspektor Stippschitz hat uns schon berichtet, dass sie dich im Kleingarten mit seiner Mutter gefunden haben.«

Krakowitsch rutschte unruhig hin und her. »Ich habe mich als arbeitsscheu eintragen lassen, weil ich mich erst einmal vom Kerker erholen muss. Ihr seid dafür verantwortlich. Ich werde mich beschweren!«

Georg platzte gleich der Kragen. »Ach so, beschweren will sich das Bürschchen? Wenn sich hier jemand beschwert, dann sind wir es! Schau mal, was ich hier habe.« Georg legte die DVD in die Anlage, die Kovac uns am letzten Samstag gegeben hatte, und deutete mit seinem Finger auf den Hintern von Krakowitsch. »Schau dir diese Schweinerei an! Ist das dein Arsch?« Es fehlte nicht mehr viel und Georg würde die Hand ausrutschen.

Ich versuchte, ihn zu beruhigen. Wir hätten ihm schon am Montag in Frohsinn die Hosen runterziehen sollen. Da hatten wir noch viel zu viel Respekt gehabt. »Mein Kollege will dir nur klarmachen, wie hier im Zimmer die Rollen verteilt sind. Wir stellen die Fragen. Wir sind die Einzigen, die sich beschweren dürfen, und wir sind jederzeit in der Lage, dich wieder zu den Langzeitarbeitsscheuen zu stecken. Und mir ist es völlig egal, ob du der Sohn des Obmanns der Kleingartenanlage von Frohsinn bist und wir überdies hinaus gar nicht für dich zuständig sind, weil dein Name mit K beginnt. Habe ich mich klar ausgedrückt?« Ich schäumte vor Wut.

Jetzt beruhigte Georg mich.

Krakowitsch konnte den Mund gar nicht mehr schließen. Damit hatte er nicht gerechnet. »Ist ja schon gut. Ihr wisst genau, dass der Oberinspektor mich dazu gezwungen hat. Freiwillig hätte ich die Frauen nie vergewaltigt.«

Jetzt wurde er auch noch frech. Mir wurde es zu bunt.

»Schau dir dieses Video an. Hör dir dieses Gestöhne an. Das deutet in keinster Weise auf Ekel hin. Du genießt es! Gib es doch zu. Du machst gemeinsame Sache mit Kleindienst. Ist er der Stempelmörder und du sein Gehilfe?«

Eigentlich waren wir für dieses Verhör gar nicht zuständig, aber nachdem Paradeiser und Stippschitz überhaupt keine Ergebnisse vorweisen konnten, mussten wir diese Gelegenheit nutzen. Krakowitsch saß in der Falle. Es konnte sich nur noch um Minuten handeln, dann würde er wie ein nasser Sack umfallen.

»Stempelmörder? Habt ihr noch alle Tassen im Schrank? Ich bin doch kein Mörder! Für Kleindienst lege ich meine Hand nicht ins Feuer. Den müsst ihr schon selber fragen.«

Dann kam das Kreuzverhör. Wir wollten Krakowitsch mürbemachen.

Georg war an der Reihe. »Wem gehört der Garten. Am Montag hast du gesagt, dass der Besitzer ein Fremder ist. Kein Wiener. Bist du sicher, dass er nicht Kleindienst gehört?«

»Ich weiß es nicht. Ab und zu war von einem Fremden die Rede. Ich bin doch nur ein kleines Rädchen im Getriebe. Lasst mich raus!«

Den Gefallen taten wir ihm nicht.

Ich begann mein Verhör mit einer Drohung: »Wenn du nicht gleich Namen nennst, dann werde ich die DVD an die Presse weiterleiten und du kannst dir deinen Arsch heute in den Abendnachrichten anschauen. Wem gehört der Garten?«

Er schluckte und schaute verzweifelt aus dem Fenster. »Kleindienst und Paradeiser machten immer Witze.«

Jetzt hatten wir ihn gleich. »Was heißt Kleindienst und Paradeiser? Hat Paradeiser auch was damit zu tun?« Ich hielt es nicht mehr auf meinem Stuhl und rannte im Zimmer auf und ab.

Georg schrie. »Verdammt noch mal, mach den Mund auf!«

»Einmal, als mir Kleindienst Anweisungen gab, hörte ich auch Paradeiser, wie er mich anfeuerte. Es war immer wieder vom Innsbrucker Bürgermeister die Rede. Ich glaube, dem Bürgermeister gehört der Garten.«

Jetzt verstand ich nur noch Bahnhof. Was hatte der Innsbrucker Bürgermeister mit der ganzen Sauerei zu tun? Er war schon weit über 70 und so eine Art Bilderbuch-Bürgermeister. Der passte überhaupt nicht in diese kriminellen Machenschaften.

Georg öffnete eine Flasche Bier und schleckte den Schaum vom Flaschenhals. Das beruhigte ihn. Dann deutete er auf Krakowitschs Akte. »Weißt du was? Wir werden dich als Langzeitarbeitsscheuen einstufen. Ab sofort darfst du dich ganz legal unten im Keller aufhalten. Wenn wir weitere Fragen haben, werden wir uns bei dir melden.«

Er schaute uns irritiert an. »Das könnt ihr nicht machen! Damit kommt ihr nicht durch!«

»Du kannst ja Widerspruch einlegen. Wir verurteilen dich zu einer Sozialstrafe: Tausend Stunden als ökologischer Bediensteter bei der Magistratsabteilung 84.

Widerspruch kann am Wiener Arbeitsgericht eingelegt werden.«

Georg schloss die Akte und zeigte zur Tür. »Raus! Die Sicherheitsbeamten vor der Tür werden dich wieder in die Zelle zurückbringen.«

Krakowitsch war außer sich. Er schlug mit der Faust auf den Tisch und verfluchte alle Piefkes.

Perfekt. Wir fügten unserem Aktenvermerk Beamtenbeleidigung hinzu.

Georg half mir, ihn vor die Tür zu setzen. »Wehe, du lässt dich noch einmal hier blicken! Denk an die DVD!«, schrie er ihm hinterher.

Kaum war die Tür geschlossen, da klopfte es schon wieder. »Wenn das noch mal der Krakowitsch ist, dann bekommt er eine saftige Strafe.« Ich war geladen.

Stippschitz trat unaufgefordert ein.

»Ach, Sie sind es, Herr Inspektor. Haben Sie das Schild nicht gesehen? Sie müssen eine Nummer ziehen und warten, bis Sie aufgerufen werden.« Ich räumte die leeren Flaschen Bier an die Seite und konnte gerade noch einen Rülpser unterdrücken.

»Ja, aber –«

»Kein Aber! Es gibt hier Regeln, die wir beachten müssen.«

Stippschitz gehorchte und verzog sich nach draußen. Warum tauchte er gerade jetzt auf? Wir steckten mitten in der Planung für den Abend im Dom. Ich gab die nächste Nummer frei, daraufhin klopfte es an der Tür. Stippschitz durfte eintreten.

»Herr Inspektor, Sie suchen Arbeit?« Georg grinste.

Ich kramte in meinen Ordnern. »Ich kann Ihre Akte nicht finden. Wann waren Sie das letzte Mal hier? Ihre Vermittlung wird sicher nicht leicht werden.«

»Lassen Sie das, Herr Sonnenburg. Sie wissen genau, warum ich hier bin. Haben Sie etwas von Kleindienst gehört?«

»Nein. Wie auch? Wir haben gearbeitet. Er wird schon wiederauftauchen.« Chefinspektor Paradeiser machte mir mehr Sorgen.

»Wenn Sie was erfahren, melden Sie sich bitte sofort bei mir.«

Ich schüttelte den Kopf. »Wenn Sie uns den Rucksack zurückbringen, könnten wir eventuell mal darüber reden.«

Langsam, aber sicher verlor ich den Respekt vor dem Gesetzeshüter. Es handelte sich definitiv um unser sauer verdientes Geld in diesem Rucksack.

Stippschitz rückte die Hierarchien mit einem bösen Blick wieder zurecht. »Wenn ihr glaubt, mich verarschen zu können, dann seid ihr an den Falschen geraten. Ihr habt eine besonders dicke Akte bei uns. Paradeiser hat heute beiläufig erwähnt, euch noch einmal verhören zu wollen. Anscheinend hat er neue Informationen.«

Ich lachte laut. »Von wegen Paradeiser. Wir hatten gerade Herrn Krakowitsch in unserem Zimmer. Er hat sich als Langzeitarbeitsscheuer registrieren lassen.«

»Den habe ich doch erst aus dem Verlies in Frohsinn befreit!«

»Genau, aus dem Verlies in Frohsinn. Wussten Sie, dass der Garten dem Bürgermeister von Innsbruck gehört?«

»Was Sie nicht alles hören, Herr Sonnenburg. Stecken Sie nicht Ihre Nase in Dinge, die Sie nichts angehen.« Stippschitz drehte sich um und ging am Schreibtisch von Georg vorbei, der ihm heimlich die DVD in seine Tasche steckte.

Das war ein genialer Zug von Georg. Offiziell durften wir nämlich davon nichts wissen, sonst hielt er uns sicher wieder vor, dass wir uns nicht an die Regeln halten würden. Krakowitsch konnte sich währenddessen schon einmal an die Atmosphäre einer Zelle gewöhnen.

Plötzlich riss Edi die Tür auf.

»Können Sie nicht lesen?« Mir reichte es langsam. »Das ist doch keine Bahnhofshalle, wo jeder rein- und rausgehen kann, wie er will. Raus! Nummer ziehen!«

Edi zog sich zurück.

»Wie gehen Sie denn mit Ihrem Vorgesetzten um, Herr Sonnenburg?« Stippschitz war überrascht.

»Ich bin nervös. Das ist Ihre Schuld. Würden Sie Paradeiser und Kleindienst endlich einsperren, könnten wir uns entspannen.«

Dann stand Edi plötzlich wieder im Zimmer. Ich wollte ihm gerade das Piefke-5-Regelbuch an den Kopf werfen, als er losschrie: »Mord! Mord! Kommen Sie, Inspektor, in meinem Zimmer liegt ein Toter!«

Mir hatte es die Sprache verschlagen.

*

Die Sachlage wurde bald etwas klarer. Edi hatte das Vergnügen gehabt, 25 gepolsterte Kuverts mit Akgüns Leichenteilen auszupacken. Mit einem Superkleber hätte er die Leiche vielleicht wieder zusammenbauen können. Jetzt stand er mit zitternden Knien und käseweiß in unserem Büro und hielt uns ein Kuvert vor die Nase. Eine Hand ragte heraus. Akgüns Hand.

Stippschitz nahm das Kuvert und begutachtete es von allen Seiten.

»Ich habe eine Menge davon auf meinem Schreibtisch liegen, Herr Inspektor.«

Stippschitz schaute zuerst Akgüns Hand und dann uns an. Ich konnte seinen Blick nicht deuten. Freundlich war er nicht. Wahrscheinlich dachte er wieder an diese blöden Regeln. »Herr Sonnenburg, haben Sie dazu etwas zu sagen?«

»Nein. Ehrlich. Damit haben wir nichts zu tun. Nicht wahr, Georg?«

»So was Ekeliges habe ich noch nie gesehen. Wer macht denn so was? Haben sie Feinde, Herr Gruber?«, wollte Georg wissen.

Edi schien nicht in der Lage zu sein, einen klaren Gedanken zu fassen. Als Beamter hatte er sowieso Probleme, mit ungewöhnlichen Situationen umzugehen. »Ich habe keine Feinde.«

Der Inspektor hätte uns am liebsten festgenommen. Das sah ich ihm an. »Zeigen Sie mir den Rest. Und Sie beide kommen mit.«

Wir verließen unser Büro und gingen ein Stockwerk höher. Edi hatte einige der Päckchen bereits geöffnet. Neben einem abgerissenen Fuß lagen noch ein paar Oberarm-Stückchen auf seinem Tisch. Es stank erbärmlich.

Mich interessierte vor allem der Fuß der Leiche. »Was steht da am Knöchel?«

Stippschitz zog sich ein Paar Handschuhe an. Woher er die jetzt hatte? Keine Ahnung. Offensichtlich gehörten sie zu seiner Standardausrüstung. Er nahm den Fuß vorsichtig in die Hand. »Da steht gar nichts. Das ist ein Tattoo. Eine Rose.« Akgün hatte eine Rose auf seinem Knöchel?

»Steht da nicht ›Piefke 5‹?«

Stippschitz schüttelte den Kopf. »Nein, wir müssen die Teile erst untersuchen. Vielleicht taucht der Stempel noch auf.«

Ob sich Seldschuk freuen würde, von seinem Cousin zu hören? Doch vorher musste die Mordkommission anhand der Fingerabdrücke oder des Gebisses die Identität feststellen.

Stippschitz gab nicht auf. »Herr Sonnenburg. Ich sagte doch, dass Sie nicht mehr im Umfeld von Tatorten auftauchen sollen. Die Briefe haben als Absender das Arbeitslosenstrandbad. Wissen Sie etwas über diese Sache?«

Keine Ahnung, warum er immer mir diese Fragen stellte. Ich sah, dass Georg unruhig wurde. »Ich habe keine Ahnung. Das war bestimmt der Stempelmörder. Vielleicht hatte er keinen Stempel dabei. Wer nimmt schon einen Stempel mit ins Bad?«

Georg stimmte mir zu. »Juri hat recht! Sie haben gestern doch gesehen, wie es dort zugeht. Als Bademeister retten wir Leben.«

Ich musste mir das Lachen wieder einmal verkneifen. Bademeister, die nicht schwimmen konnten. Super!

Mittlerweile trudelte die Spurensicherung ein. Sie suchte nach Fingerabdrücken. Die Kuverts waren voll davon.

Die Leichenteile legten sie in Plastikkörbe, die Fleischstücke in den einen, die Knochen in den anderen.

Stippschitz wurde plötzlich unruhig. »Der Kopf fehlt!«

Das war allerdings ein Problem. Wo war dieser verdammte Schädel? Ich konnte mich überhaupt nicht daran erinnern, was wir damit gemacht hatten. Vielleicht lag er noch in Kabine 36? Oder im Mistwagen? Oder im Gebüsch?

Ich zog Georg zur Seite. »Weißt du, wo der Kopf ist?«
Er hatte keine Ahnung. Ich musste mich setzen.

»Herr Sonnenburg, geht es Ihnen gut? Sie sind plötzlich so bleich im Gesicht! Kein Wunder, bei dem Anblick. Können Sie mir sagen, wo der Kopf ist?« Stippschitz versuchte, mir in die Augen zu schauen.

Ich schüttelte den Kopf. »Keine Ahnung. Woher soll ich das wissen?«

Meine Motivation weiterzuarbeiten war dahin. Krakowitsch hatte meine Nerven strapaziert. Stippschitz und Edi nervten auch. Noch eine halbe Stunde, dann war die offizielle Sprechstunde zu Ende. Wir schlichen aus dem Zimmer und ließen die Spurensicherung ihre Arbeit machen.

In unserem Büro schnappten wir uns jeder eine weitere Flasche Bier.

Mir ging der Innsbrucker Bürgermeister nicht aus dem Sinn. Was hatte er mit dem Fall zu tun? »Georg, siehst du eine Verbindung zum Bürgermeister von Innsbruck? Schließlich hattest du dort einen Drachenflieger-Schnupperkurs und deine Frau kam damals ums Leben.«

Georg schluckte. Es fiel ihm immer noch schwer, über diesen Unglückstag zu reden. »Mir geht das auch ständig im Kopf herum. Karl kam aus Innsbruck. Bei Reinhold haben wir einen Erpresserbrief mit einem Hinweis auf Innsbruck gefunden. Isabel kommt aus Innsbruck. Alles ganz seltsam. Vielleicht haben sie alle den Bürgermeister gekannt?«

»Den Bürgermeister kennt doch jeder! Aber stimmt, Isabel hatte dort ihren Hundesalon und Luise war ihre Sprechstundengehilfin. Herbert sollte vielleicht dran glauben müssen, weil er Luise kannte? Oder ist er der Stempelmörder und hat den Mordanschlag nur fingiert? Vielleicht weiß der Bürgermeister gar nicht, dass Kleindienst in dem Garten einen illegalen Puff führt? Wir könnten ihn ja mal anrufen. So viele Fragen und keine Antworten.«

»Mensch, Juri, du machst dich ja lächerlich. Was glaubst, was der Bürgermeister sagen wird? Stippschitz hat jetzt eine Kopie der DVD und weiß, in welche Richtung er ermitteln muss. Mehr können wir nicht machen. Und glaubst du wirklich, dass Herbert jemanden umbringen kann?«

»Wahrscheinlich hast du recht. Aber das kann doch kein Zufall sein, dass alle Spuren nach Innsbruck führen.« Ich ging zum Fenster und schaute zur U-Bahn-Station. Georg warf mir ein zerknülltes Stück Papier an den Kopf. »Was soll das?«

»Schau mal, der Holacek. Was will der denn jetzt?«

»Keine Ahnung. Wir sind nicht für ihn zuständig.«

Herr Holacek betrat ebenfalls ohne offizielle Anmeldung unser Büro. Ich ignorierte ihn und schichtete die Akten. Er legte ein Sackerl auf meinen Tisch, dann setzte er sich.

»Inspektor Stippschitz hat das Arbeitslosenstrandbad geschlossen. Wahrscheinlich wird es dieses Jahr nicht mehr geöffnet. Wahrscheinlich muss erst Gras über die Sache wachsen.« Er kratzte sich am Kopf. »Ich habe Ihnen etwas mitgebracht und würde gern ein Geschäft vorschlagen. Schauen Sie es ruhig an.«

Er strapazierte meine Geduld. Meine Lust auf irgendwelche Geschäfte hielt sich in Grenzen. Was wollte der Holacek von uns? Ich öffnete den Sack und atmete tief durch: Akgüns Schädel!

Ich fand Holacek irgendwie putzig. Es war offensichtlich seine erste Erpressung. Und gleich bei den Meistern ihres Fachs.

»Herr Holacek. Das ist eine Nummer zu groß für Sie. Glauben Sie mir. Lassen Sie den Kopf hier und verschwinden Sie. Aber schnell!«

Georg stand hinter mir und betrachtete Holaceks Geschenk. »Holacek, Sie sind wirklich mutig. Was machen wir nur mit Ihnen?«

Er wurde nervös. »Herr Sonnenburg. Hören Sie sich doch an, was ich zu sagen habe.«

Ich kreiste um seinen Sessel, streifte mit einer Hand seine Schultern, fuhr mit den Fingern über sein Gesicht. Dann flüsterte ich ihm ins Ohr: »Machen Sie keinen Fehler. Wir verstehen keinen Spaß.«

Georg schloss die Tür, drehte den Schlüssel um. Ich ließ die Rollos runter. Holacek schwitzte.

»Können Sie mir helfen? Ich möchte Piefke 5 werden.«

»*Was* wollen Sie werden?«

»Ich möchte einer von Ihnen werden. Ein Piefke 5. Ich möchte ein Mitglied Ihrer Organisation werden. Schauen Sie hier!«

Ich kapierte gar nichts mehr. Er zeigte mir die Tageszeitung mit unseren Fotos auf der Titelseite. »Wovon reden Sie? Welche Organisation?«

»Sie kämpfen doch gegen Korruption. Ich hab Sie gestern am Arbeitslosenstrand beobachtet. Sie sind doch Berater der Mordkommission? Ich möchte Ihnen helfen. Das mit den Gackerl-Erpressungen und Ihrem Kontakt zum Stempelmörder ist eine große Lüge. Diese bescheuerte Presse.« Er ging aufgeregt hin und her.

Erstaunt sah ich ihn an. Damit hatte niemand rechnen können.

»Berater von der Mordkommission? Wie kommen Sie darauf? Wo haben Sie den Kopf gefunden?«, fragte Georg.

»Sie haben doch gestern gemeinsam mit Inspektor Stippschitz die korrupten Polizisten festgenommen. Den Kopf habe ich in Kabine 36 gefunden. Er lag unterm Sofa.«

Holacek war entweder ein Spion oder verrückt. Was erwartete er bloß von uns? »Wie können Sie uns helfen? Und wobei eigentlich?«

»Ich mache das, was Sie mir sagen. Hauptsache, es ist für Piefke 5! Das Geld ist nicht wichtig. Ich möchte für Gerechtigkeit und gegen Korruption kämpfen.«

Ein Idealist also. Da war er bei uns ja genau richtig. »Ich werde das mit meinem Kollegen besprechen.« Ich gab Georg ein Zeichen. Wir gingen kurz vor die Tür.

»Mal ehrlich. Was will der von uns?«

»Keine Ahnung. Aber mit dem Kopf von Akgün hätte er gleich zu Paradeiser oder Stippschitz gehen können. Das hat er aber nicht getan. Ich glaube ihm.«

»Was machen wir jetzt?«

»Er kann uns im Stephansdom helfen. Das wird schwierig genug. Schließlich werden nicht nur Seldschuk und sein Bruder da sein, sondern auch Paradeiser und die halbe Wiener Mordkommission. Lass es uns versuchen!« Der Kärntner hatte es erfasst, wir konnten Hilfe gebrauchen.

Holacek saß immer noch auf dem Sessel. Er wirkte angespannt: die Beine verschränkt und die Hände zum Gebet gefaltet. Ich setzte mich auf meinen Schreibtisch. »Herr Holacek, wir haben uns die Entscheidung nicht leicht gemacht. Das können Sie mir glauben. Das Leben als Piefke 5 ist verdammt hart. Wir arbeiten oft im Verborgenen und sind dabei großen Gefahren ausgesetzt. Aber wir haben eine gute Nachricht für Sie: Piefke 5 braucht Sie! Unter einer Bedingung.«

Unser Freund spitzte die Ohren. »Was?«

»Sie müssen uns bis heute Abend etwas sehr Wichtiges besorgen. Wenn Sie das schaffen, sind Sie in unserem Team.«

»Was soll ich besorgen?«

»Kaliumchlorat und roten Phosphor.«

»Was?«

Ich kannte diese beiden chemischen Stoffe aus meiner Studienzeit. Auch bei Georg klingelte es. »Machen Sie sich keine Sorgen. Es ist ganz einfach.«

Holacek fing die Schachtel Streichhölzer mit beiden Händen auf, drehte und wendete sie und schaute mich ungläubig an. »Streichhölzer?«

»Ja, Streichhölzer. Der billigsten Sorte. Davon besorgen Sie, soviel Sie können. Dann die eigentliche Arbeit: In den Reibflächen der Streichholzschachteln befindet sich der rote Phosphor und in den Streichholzköpfen steckt das Kaliumchlorat. Sie kratzen die Substanzen ab und mischen die beiden Pulver im Verhältnis sechs Teile Kaliumchlorat, ein Teil roter Phosphor. Aber Sie müssen dabei sehr vorsichtig sein. Schon mal was von der Armstrongschen Mischung gehört?« Holacek schwieg. »Sie dürfen diese Mischung nicht fallen lassen, keiner Reibung aussetzen oder auch nur den geringsten Druck auf sie ausüben. Haben Sie verstanden? Im Arbeitslosenstrandbad gehen Sie manchmal zu sorglos mit dem Dünger auf den Rasenflächen um. Zu viel Dünger ist nicht gut und genauso verhält es sich mit der Mischung. Wenn sie nicht passt, dann knallt's und alles ist futsch!« Er nickte und wurde dabei kreidebleich. »Wenn Ihnen das zu heikel ist, können Sie immer noch aussteigen. Entscheiden Sie sich. Jetzt!«

Immerhin hatte er Akgüns Schädel durch die ganze Stadt getragen. Und der stank jämmerlich. Oder würdest du mit einem abgerissenen Schädel in der Tasche in der U-Bahn sitzen wollen?

»Was ist nun, Herr Holacek?« Georg wurde unruhig.

»Glauben Sie mir, das ist ganz einfach. Sie kennen sich doch mit giftigen Substanzen aus. Denken Sie auch an Ihre Mittel gegen Unkraut.«

»Sicher, aber die sind nicht hochexplosiv!«

Wenn er jetzt einen Rückzieher machte, dann stellte er ein Risiko dar. Und ich hatte absolut keine Lust, hier im Büro des Arbeitsmarktservice eine Leiche zu filetieren. Das wäre ein Fiasko. Wir durften keine Zeit verlieren.

»Ich kenne die Armstrongsche Mischung. Das ist mein Hobby! Ich stelle damit verschiedenste Feuerwerkskörper für Silvester her, aber ich gebe zu, dass ich noch nicht sehr erfahren bin und es nicht garantieren kann, Ihnen ein wunderschönes Feuerwerk bieten zu können. Ein Feuerwerk, das Wien noch nicht gesehen hat. Ein Piefke-5-Versöhnungsfeuerwerk!«

Wir atmeten tief durch. »Herr Holacek, genau! Perfekt! Ein Piefke-5-Versöhnungsfeuerwerk. Wir möchten damit der Wiener Bevölkerung und der Wiener Mordkommission nach ihrer Vorstellung im Stephansdom eine kleine Freude bereiten und gleichzeitig auf unsere Situation als Piefkes aufmerksam machen. Ein würdiger Abschluss einer ereignisreichen Woche. Aber denken Sie trotzdem daran: Nicht werfen! Nicht reiben! Nicht drücken!« Er nickte zustimmend. Wir besiegelten unsere Freundschaft mit einem Handschlag. »Willkommen bei Piefke 5! Sie werden es nicht bereuen. Und danke noch mal für Ihr Geschenk.«

Holacek machte sich auf den Weg, um die Streichholzbestände aufzukaufen. Der Schädel blieb bei uns.

Wir begleiteten Holacek noch vor die Tür und schoben ihn auf den Gang, direkt vor Edis Füße.

Der ignorierte ihn. Offensichtlich war er in Gedanken bei der Leiche.

Egal. Wir hatten Feierabend. Krakowitsch blieb unser einziger Kunde am heutigen Tag. Die Variante mit den Streichhölzern gefiel mir. Der Polizei wäre es sicher aufgefallen, wenn wir als Piefkes auf dem Markt größere Mengen Kaliumchlorat und roten Phosphor gekauft hätten. So etwas sprach sich herum. Wer dachte bei Streichhölzern an gefährliche Substanzen, mit denen man Sprengstoff herstellen konnte? Gut, dass wir nur ein kleines Versöhnungsfeuerwerk geplant hatten. Alles andere wäre zu gefährlich gewesen. Schließlich waren wir Geologen und keine Chemiker. Holaceks Status als Piefke 5 musste also vorerst unser Geheimnis bleiben.

*

Die Freude auf das Wochenende hielt sich leider in Grenzen, da uns der Höhepunkt des Tages erst bevorstand. Am Eingang der U3 Kendlerstraße verkaufte ein unbekannter Kollege eine Sonderausgabe des »Penners«. Im Leitartikel warnten sie: »Piefke-5-Stempelmörder bedroht uns ALLE!« Im Text riefen sie die Bevölkerung auf, heute Abend vor dem Dom gegen Piefke 5 zu demonstrieren.

Georg musste lachen. »Jetzt übertreiben sie es aber. Was wollen die bezwecken?«

Die Medien hetzten schon seit Tagen gegen Piefke 5.

Wie ein Lauffeuer hatte sich das Gerücht verbreitet, dass der Stempelmörder jemand aus der Meldemannstraße sei. Diese Panikmache konnte nicht in unserem Sinne sein, denn wir mussten in Ruhe mit Seldschuk reden. Das Koks war weg. Kein Geld in Sicht. Daran ließ sich nichts mehr ändern.

Der Artikel stammte von unserem Piefkefreund Anton Pospischil. Wahrscheinlich war er von Chefinspektor Paradeiser gezwungen worden, den Artikel zu veröffentlichen. Anton würde uns das nie antun. Angekündigt wurde darin auch, dass der Männerchor der Wiener Mordkommission unter der Leitung von Paradeiser wie geplant im Dom singen würde. Warum auch nicht? Hauptsache, er kam uns nicht in die Quere.

Holacek erwarteten wir ebenfalls im Stephansdom. Hoffentlich hatte er genug Streichhölzer zusammenbekommen. Es hing viel von der Armstrongschen Mischung ab. Wer wusste schon, ob die Situation eskalierte? Davon hing es ab, in welche Richtung wir das Feuerwerk abfeuern mussten. Natürlich im Sinne der Abschreckung und zum eigenen Schutz.

»Was erzählen wir Seldschuk?« Auch Georg machte sich Gedanken, denn unsere Ausgangslage war nicht gerade ideal. »Glaubst du, dass es sich auf dem Naschmarkt schon herumgesprochen hat?«

»Was meinst du?«

»Wenn Erwin das Koks an Darko verkauft hat, dann weiß das inzwischen der ganze Naschmarkt. Darko ist Seldschuks Konkurrent und solche Mengen Koks fallen auf. Das versaut den Preis.«

»Na, dann sind wir ja aus dem Schneider.«

»Wieso?« Georg war wie immer begriffsstutzig.

»Wenn Seldschuk von dem Verkauf weiß, dann hat er bestimmt auch erfahren, dass nicht wir das waren, sondern Erwin.«

»Aber Erwin wird uns mit reinziehen. Schließlich hat er auch Stippschitz nicht standgehalten. Und Seldschuk würde mit Erwin sicherlich nicht zimperlich umgehen.«

»Jetzt mach keinen Stress. Lass uns mit Seldschuk reden und dann entscheiden. Bis dahin genießen wir unsere Freiheit.«

Georg raunzte weiter. Er hatte sich diese üble Angewohnheit der Wiener schnell angeeignet. Ich hörte weg und wartete auf die U-Bahn.

Die U 3 brachte uns direkt ins Zentrum. Georg rannte wie immer unruhig hin und her. *Nächste Station: Hütteldorfer Straße.*

Ich war mit dieser Woche nicht zufrieden. So viel Aufregung und lebensgefährliche Situationen hatten wir noch nie gehabt. Hoffentlich fanden sie bald den Stempelmörder. Dann wäre das öffentliche Interesse nicht mehr auf das Männerwohnheim und damit auf Piefke 5 gelenkt. Am meisten beunruhigte mich, dass wir auf einer Titelseite auftauchten. Viele hier hatten Zeitungen in der Hand. Doch niemand die mit unserem Konterfei. *Nächste Station: Westbahnhof.*

Am Wochenende würde ich mir Zeit nehmen und vielleicht auch über Isabel nachdenken. Wo war sie bloß? Wer wollte sie umbringen? Und auch die Sache mit Erwin lag mir noch ein wenig im Magen. Es fühlte sich wie

Eifersucht an. Ich kannte mich nicht mehr aus. *Nächste Station: Zieglergasse.*

Irgendwas roch hier ekelhaft. Akgün. Im Büro hatte ich fast die gesamte Duftdose versprüht. Jetzt schien die Wirkung nachzulassen. Wir konnten den Schädel nicht einfach in einen Mistkübel werfen. Vielleicht fanden wir im Dom einen guten Platz? *Nächste Station: Neubaugasse.*

Und Kleindienst? War er der Stempelmörder? Seine aggressive Art wäre prädestiniert für solche Wutausbrüche, die in einem Mord endeten. Aber was hätte er für ein Motiv, Karl, Reinhold und Luise umzubringen? Kleindienst würde sicher nicht im Stephansdom auftauchen, da hätte er viel zu viel Publikum. Laut Krakowitsch wusste Paradeiser von der Schweinerei in Frohsinn. Kleindienst und Paradeiser kannten sich schon sehr lang. Auch ihr gemeinsames Auftreten im Rotlichtbereich des Arbeitslosenstrandbades war kein Zufall. *Nächste Station: Volkstheater.*

Und dann mussten wir unbedingt in der Meldemannstraße Ordnung machen. Josef verhielt sich beim Mistfest viel zu respektlos und aufmüpfig. Und Herbert? Der Arme hatte zwar jetzt die Möglichkeit, sich ein Jahr lang auf dem Arbeitsstrich zu bedienen, aber der Mordanschlag auf ihn und der Tod von Luise hatten ihm ganz schön zugesetzt. Vielleicht gelang es uns mit der Unterstützung von Franz ja, Herbert ein wenig aufzumuntern. Solange die Meldemannstraße nicht in den Schlagzeilen war, konnten wir immer mit dem Heimleiter rechnen. *Nächste Station: Herrengasse.*

Wir mussten raus. Direkt am Stephansplatz auszusteigen, war nicht ratsam. Die Polizei würde bestimmt bei einer Demonstration die U-Bahn-Station kontrollieren. Von der Herrengasse war es ein Katzensprung bis zum Dom. Georg lehnte an der Tür und schnitt Grimassen. Ich bedeutete ihm: Hier war Endstation.

\*

Im Zentrum Wiens war immer was los, egal zu welcher Jahres- oder Tageszeit. Die historischen Prachtbauten aus dem vorletzten Jahrhundert waren ja auch wirklich imposant. Am Graben, der Fußgängerzone, flanierten die finanzkräftigen inländischen und ausländischen Bürger. Teure Geschäfte, wohin man blickte. Die Straßen waren frisch gewienert. Regelmäßig fuhren Kollegen von uns hindurch und putzten.

In diesem Bereich der Inneren Stadt verschlug es uns nur selten. Hier verliefen Erpressungen meistens im Sande. Es gab zwar genügend Hunde, aber auch viele Polizisten, die für Ruhe und Ordnung sorgten. Für Wien waren die Touristen die größte Einnahmequelle. Störungen jeglicher Art wurden im Keim erstickt.

Früher stellten die Deutschen die größte Gruppe dar, heute kamen die Russen und die Chinesen. In der Presse wurde vor dem Stempelmörder so gut wie nichts über Piefke 5 und andere Ausländer-Programme geschrieben. Das hätte dem Image geschadet. Die Regierung übte Druck auf die Journalisten aus, keine unangenehmen Themen aufzugreifen. Mit dem Stempelmörder änderte sich die Berichterstattung. Ein potenzieller Piefke-5-Täter, der gute Österreicher umbrachte, war sehr wohl eine Schlagzeile wert.

Mit der Rolltreppe fuhren wir ans Tageslicht. Direkt vor dem Café Central schnorrten Sandler. Bewohner der Meldemannstraße würden niemanden anschnorren. Wir hatten unseren Kodex. Schnorren war Sandlersache.

»Ich habe kein gutes Gefühl.« Das hatte Georg nie.

Wir gingen über die Kärntner Straße zum Stephansdom.

»Na, fühlst du dich hier zu Hause?«, fragte ich Georg.

Der ignorierte meine Stichelei. »Sollten wir nicht die Seitenstraßen nehmen?«

»Keine Sorge. Wir fallen hier nicht auf. Siehst du die vielen Menschen?« Zeitungsverkäufer rannten herum und verteilten Sonderausgaben. Es gab nur zwei Themen: der Stempelmörder und Anti-Piefke-5.

Vor uns gingen die guten Österreicher mit Kerzen in den Händen. Die einen hatten ihren Tischsarg am Gürtel hängen, andere trugen riesige Kreuze auf dem Rücken und unterhielten sich leise. Manche sangen Kirchenlieder. Katholiken vereint mit Protestanten. Eine Art Ökumene. Einige hielten Transparente in die Höhe mit Sprüchen wie: »Piefke 5 raus!«, »Nieder mit dem Stempelmörder!« oder »Wir sind gute Österreicher, wer seid ihr?« Sternförmig strömten die Menschen zum Stephansplatz. Es gab kaum noch ein Durchkommen.

Ich hielt immer Ausschau, ob jemand diese Tageszeitung mit unseren Fotos in Händen hielt. Wenn uns jetzt jemand erkennen würde, dann könnten wir nur noch rennen.

So viel Scheinheiligkeit auf einem Fleck konnte ich nicht ertragen. Was kümmerte die Wiener Piefke 5? Sie profitierten so viel von uns. Die Presse tat ihr Bestes, um Panik zu schüren. Die U-Bahn-Zeitung titelte: »Stempelmörder: Piefke 5 terrorisiert Wien«. Die hatten eine blühende Fantasie. Tausende marschierten dicht gedrängt ins Zentrum. Überall brannten Kerzen. Noch mehr Gesang. Und weitere Plakate: »Schützt unsere Kinder vor Piefke 5!«

Wir kamen nicht mehr weiter. Alles war blockiert. Wir beschlossen abzubiegen. Auch in den Seitengassen strömten uns die guten Österreicher entgegen. Über die Liliengasse erreichten wir die Singerstraße und dann die Blutgasse. In der Domgasse ließen wir Mozarts Wohnhaus rechts liegen und nahmen eine Abkürzung. Im Haus Domgasse 2 führte eine Passage direkt zum Stephansdom.

Von einer Demonstration konnte keine Rede mehr sein. Es war eine strömende Menschenmasse. Eine Flut. Es herrschte ein schrecklicher Lärm. Die Menschen schrien, kreischten, beteten und sangen wild durcheinander. Lautstarke Redner sagten den Weltuntergang voraus. Viele winkten heftig mit ihrem Tischsarg.

»Wenn das jemand sieht, dann schließen sie uns aus der Weltgemeinschaft aus«, raunzte Georg.

»Warum? Lass sie doch. Österreicher haben einen Hang zum Drama. Sie sollen ruhig singen und beten. Aber wir müssen einen Weg in den Dom finden.«

Leichter gesagt als getan. Kaum hatten wir einen Eingang gefunden, wurden wir von der Masse weitergeschoben. Ich hielt mich an Georgs Hemd fest, um ihn nicht zu verlieren. Das Kärntner Urvieh setzte die Ellbogen ein. Es nutzte nichts. Herbert mit seinem Helm wäre jetzt eine große Hilfe gewesen, aber von ihm war nichts zu sehen.

Was für ein Durcheinander. Ich konnte gerade noch ein kleines Kind davon abhalten, Akgüns Kopf aus dem Sackerl zu nehmen. Der Gedanke daran war unerträglich. Ich vermied den körperlichen Kontakt mit den guten Österreichern. Ich spürte einen üblen Druck in der Magengegend. Aber wir machten gute Miene zum bösen Spiel.

Das Haupttor erschien uns zu gefährlich. Wir entschieden uns für das Adlertor beim Nordturm. Bei dem musste die Kirche sparen. Deshalb war er viel kleiner als der Südturm. Kein anderer Kirchenturm in Österreich durfte den Südturm überragen. Vor dem Adlertor standen ebenfalls Polizisten und kontrollierten die Pässe.

Wir durften das Mittelschiff des Doms betreten. Hunderte von Gläubigen drängten sich durch die Gänge. Es gab kaum noch freie Sitzplätze. Innen war der Dom noch hässlicher, als ich ihn in Erinnerung hatte. Die bunten Fenster konnten gegen den finsteren Gesamteindruck nichts ausrichten. Keine Ahnung, was sich die Dombaumeister dabei gedacht hatten.

Ich versuchte, mir einen Überblick zu verschaffen. »Wie sollen wir Seldschuk hier finden? Und vor allem: Wo können wir uns in Ruhe mit ihm unterhalten?«

Georg hatte einen Vorteil. Er kannte sich mit österreichischen Kirchen aus. Er war Katholik, wenn auch nur pro forma. »Mensch, kennst du nicht die Turmwächterwohnung im Nordturm?«

Ich erinnerte mich an die Aufgaben des Türmers. Er warnte die Bevölkerung vor Gefahren. Dazu gehörten Brände oder Türkenbelagerungen, je nachdem. In Wien war die Stelle des Turmwächters vakant. Der letzte hatte sich im Frühjahr aus dem Fenster gestürzt. Für die zukünftige Besetzung waren ausschließlich Leute von Piefke 5 vorgesehen. Ein Selbstmord aus ihren Reihen würde nicht so ins Gewicht fallen.

»Das ist eine gute Idee. Jetzt müssen wir nur noch auf Seldschuk warten. Dann gehen wir in die Wohnung des Türmers.« Soweit ich Seldschuk am Mittwoch auf dem Mistplatz verstanden hatte, wollte er uns sowieso irgendwo da oben für die Übergabe treffen.

Die Polizei sperrte den Zugang zum Dom, mehr passten beim besten Willen nicht hinein. Der Gesang ging mir auf die Nerven.

Wir setzten uns in eine der seitlichen Reihen: in die ehemalige Kaiserloge. Auf den Plätzen von Kaiser Franz Joseph und Kaiserin Elisabeth hatten wir den besten Überblick. Die Aufführung des Männerchors begann in einer halben Stunde.

Georg zog den Rotz hoch und blies ihn vor die Füße einer alten Frau, die ehrfürchtig auf die Kanzel schaute. Der kleine Junge an ihrer Hand warf uns einen bösen Blick zu. Er streckte uns den Mittelfinger entgegen. Unglaublich. Österreichs Jugend kannte kein Benehmen.

Vor dem Altar rannte ein Messdiener herum. Er erneuerte die Kerzen und den Blumenschmuck.

»Was machen wir heute Abend?«

Georg schaute mich verblüfft an. »Heute Abend? Du meinst, wenn wir Seldschuk überleben?«

»Reiß dich zusammen. Er wird uns nichts tun.«

»Deinen Optimismus möchte ich haben! Wir könnten vorher noch zur Beichte gehen. Ich möchte mit einem reinen Gewissen in den Himmel kommen.«

»Du kommst nicht in den Himmel. Die Wiener schicken euch Kärntner zuerst in die Hölle und dann zur Läuterung zu Piefke 5. Also was ist jetzt mit heute Abend?«

»Was hältst du vom Türken in der Blutgasse? Wir könnten Holacek fragen, ob er mitkommt.«

»Gute Idee.«

Holacek sollte jeden Moment auftauchen. Ich war schon gespannt auf die Armstrongsche Mischung.

Aber nicht er tauchte auf, sondern der Männerchor der Wiener Mordkommission. Paradeiser konnte ich nicht sehen, aber Stippschitz war unter den Ersten. »Achtung! Stippschitz hat uns gesehen.« Verstecken war zwecklos.

»Herr Sonnenburg, Georg! Sie habe ich nicht hier erwartet. Haben Sie etwa Neuigkeiten für mich?«

»Das wollten wir Sie gerade fragen. Haben Sie den Kopf des Toten gefunden?«

Ich trat auf Georgs Fuß. Warum musste er den Schädel von Akgün jetzt erwähnen? Ich versuchte, ihn abzulenken. »Wir freuen uns wirklich auf Ihren Auftritt. Viel Erfolg!« Der Schädel lag sicher unter meinem Stuhl.

»Bleibt sauber, und immer an die Regeln halten!«, war alles, was er sagte, bevor er zu seinen Kollegen ging.

»Das ist doch Franz?« Ich konnte es nicht glauben. Hoffentlich kamen jetzt nicht wieder alle aus der Meldemannstraße.

»Juri. Georg. Das ist aber eine Überraschung. Ihr hier?«

Franz benahm sich so merkwürdig. Diese Freundlichkeit klang aufgesetzt. Ich ortete sogar eine Spur Nervosität. Das lag wahrscheinlich an der heiligen Umgebung. Nach der Versteigerung am Mistplatz hatten wir ihn nicht mehr gesehen. Eigentlich hätten wir heute Morgen wieder zum Nachsitzen antanzen müssen. Wir hatten geschwänzt.

»Wir möchten die Woche in einer besinnlichen Atmosphäre ausklingen lassen«, log Georg.

Franz schien damit zufrieden zu sein und setzte sich in die Reihe direkt hinter uns. Kaum hatte er es sich gemütlich gemacht, beugte er sich zu uns vor. »Schön, dass der Männerchor heute hier singt. Die Kollekte wird den Hinterbliebenen der Opfer des Stempelmörders zugutekommen. Chefinspektor Paradeiser hat ein gutes Herz.«

Franz war wirklich ein netter Kerl, aber bezüglich Paradeiser hatte er keine Ahnung.

Ein Kommissar verteilte Liederbücher. Sie nahmen Aufstellung und begannen zu brummen. Eine Art Warmbrummen. Dann traf mich fast der Schlag. Ein Ministrant steckte Nummern in die dafür vorgesehene Wandtafel. 316 und 317.

»Georg, schau mal!« Ich deutete auf die Zahlen.

»Juri, das sind nur die Nummern für die Kirchenlieder. Gottloser Heide. Du hast absolut keine Ahnung, oder?«

Ich blätterte in dem Liederbuch, welches mir der Kommissar hingelegt hatte. Das war sicher ein Zufall. Oder hatte hier Paradeiser seine Finger im Spiel?

Ich zappelte herum. Wackelte mit meinen Füßen hin und her und spürte den blöden Schädel nicht mehr.

Der Schädel? Ich beugte mich nach vorn. Er war weg!

»Georg, wo ist der Schädel?«

»Wie?« Georg kniete nieder und schaute in alle Richtungen.

»Weg! Verdammt!« Wir rutschten auf den Knien am Boden herum. Unsere Sitznachbarn hoben einer nach dem anderen die Beine. Ganz am Ende der Sitzbank sah ich ihn: den Rotzjungen von vorhin! Maximal sechs Jahre alt und schon so ein Früchtchen.

Plötzlich wurde es ruhig. Die Gesänge der Gläubigen verstummten. Paradeiser erschien am Eingang des Doms. Seine Finger berührten das Weihwasser im Becken. Dann bekreuzigte er sich theatralisch. Langsam schritt er zum Altar, in einer Hand einen Dirigentenstab. Im Gürtel steckte seine Pistole. Er sah großartig aus. Und war offenbar verdammt gut in Form.

Wir standen wie angewurzelt in der Kaiserloge. Alle anderen saßen und warteten. Sein Blick wanderte von der Kanzel zum Altar, vor dem seine Kollegen sich aufgestellt hatten. Dann zu uns. Ich schaute den Rotzjungen an. Er saß neben seiner Großmutter und grinste hämisch. Paradeiser musterte uns, während er auf seine Kollegen zuging. Im Dom wurde es leise. Sehr leise. Von draußen drangen dumpfe Laute herein. Gesänge, Schreie, Parolen und Gemurmel von Tausenden Demonstranten.

Der Chefinspektor schlug mit dem Stab auf das Dirigentenpult. Seine Kollegen hörten auf zu brummen. Inspektor Stippschitz stand in der letzten Reihe und konzentrierte sich. Paradeisers Hände flogen in die Luft. Der Chor schmetterte das erste Lied: »Der Herr hat es gegeben. Der Herr wird es nehmen«. Das war Lied 316. Mir wurde schlecht. Das war ein eindeutiger Hinweis auf unser bevorstehendes Martyrium.

Paradeiser dirigierte den Chor wie in Trance. Er wackelte mit dem ganzen Körper. Seine Hände flogen einmal in die eine, dann wieder in die andere Richtung. Die Kommissare sangen von den armen Sündern, die uns alle ins Verderben stürzten. Das war Lied 317.

In meinem Magen rumorte es gewaltig. »Georg, was machen wir jetzt?« Wir mussten dem Rotzjungen den Schädel wieder abluchsen. Aber wie?

Plötzlich kam Kleindienst durch das Haupttor herein. Er setzte sich mit seinem Nasenverband und der Halskrause in die letzte Reihe. Der hatte uns gerade noch gefehlt. Normalerweise hätten Stippschitz und seine Kollegen ihn festnehmen müssen.

Georg wurde immer nervöser. Die Lage spitzte sich zu. Hinter Kleindienst stolperte Herbert herein und konnte sich gerade noch am Taufbecken festhalten, ohne zu stürzen.

Ich hatte ein verdammtes Déjà-vu-Erlebnis. Am Sonntag in Dornbach waren ebenfalls nacheinander bekannte Gesichter in die Kirche gekommen, die niemals hätten auftauchen dürfen. »Georg, der Schädel!«

Das Haupttor war kaum geschlossen, da wurde es

mit einem gewaltigen Schwung geöffnet. Die Folge war ein ohrenbetäubendes Quietschen und ein mächtiger Knall. Herbert konnte gerade noch zur Seite springen. Die Jungfrau Maria! Nein, Isabel!

Wie auf einer Showbühne bewegte sie sich im Mittelgang nach vorn zum Altar. Ihr schwarzes Haar wippte rhythmisch hin und her. Den Blick hielt sie entschlossen nach vorn gerichtet. Kleindienst schaute ihr nach, wollte sich erheben, blieb aber sitzen.

Wie in Zeitlupe lief alles vor meinen Augen ab. Wie immer sah sie blendend aus: weiße Bluse und ein knallroter Rock. Mir lief ein Schauer über den Rücken. Was für eine Ausstrahlung.

Georg stieß mir in die Seite. »Juri, was ist los? Du sabberst herum.«

»Bist deppert?«

»Dann mach den Mund zu. Was macht sie hier? Wo ist Seldschuk?«, flüsterte er.

Seldschuk war mir jetzt egal. Ich verspürte keine Sehnsucht nach ihm.

Paradeiser schien voll in seinem Element. Er dirigierte fanatisch und durchlöcherte mit dem Stab die Luft. Stippschitz hörte unterdessen auf zu singen. Mit Isabel hatte er sicher nicht gerechnet, nachdem sie seit einigen Tagen als vermisst galt.

»Was macht Isabel hier?«, krächzte Franz mir ins Ohr.

Ich schaute unseren Heimleiter an und zuckte mit den Schultern. Er war plötzlich so weiß im Gesicht. »Keine Ahnung. Sie wird sich wohl das Konzert anhören wollen.« Ich sehnte mich plötzlich nach ihr. Das war schon verrückt, nach all dem Stress, den sie verursacht hatte. Der Sex im Holodeck, als Leiche in der Sargrohrpost, dann als Scheintote und wieder lebendig auf dem Zentralfriedhof, schließlich das leere Schließfach am Westbahnhof und ihre Verbindung mit Erwin, dem Verräter.

Isabel steuerte zielgerichtet auf mich zu. Was wollte sie von mir? Ich rutschte ein wenig nach links. Georg ebenfalls.

Mit einer Handbewegung bedeutete ich ihr, sich auf den freien Platz an meiner Seite zu setzen.

Doch sie hatte anscheinend andere Pläne, blieb neben dem Altar direkt vor der Kaiserloge stehen und riss sich die Bluse vom Leib. Ein Raunen ging durch den Stephansdom.

Für mich war ihr nackter Oberkörper nichts Neues, alle anderen starrten, als hätten sie im Stephansdom noch nie eine entblößte Frau gesehen. Mir fiel das Holodeck wieder ein, wie ich sie berührt hatte, diese zarte Haut, ihre unbeschreibliche erotische Ausstrahlung. Dann Isabels Blicke, ihre Worte, ihre Lippen, ihre Küsse. War sie vollkommen übergeschnappt? Ich schaute Georg an.

Seine Augen bewegten sich nicht. Er fixierte Isabel. Was hatte das alles zu bedeuten?

»Da sitzt der Stempelmörder!« Ihr Finger war auf mich gerichtet.

»Was?«, schrie ich. Ich stand kurz vor einem Herzinfarkt. Mir wurde übel. Mein Magen rebellierte schon die ganze Zeit. Ich übergab mich direkt vor ihre Füße.

Ich hörte Georg schreien. »Juri! Was ist los? Du bist der Stempelmörder?«

Inspektor Stippschitz ging zu Paradeiser, der sich auf den Weg zur Kaiserloge machen wollte, und stoppte ihn. Der Chor hielt inne.

Ich wischte mir den Mund ab. »Isabel, wie kommst du auf so was? Ich bin doch kein Mörder!«

»Nicht du, Juri! *Er* ist der Stempelmörder! Er!« Ihr Finger zeigte dieses Mal auf Georg.

Der fing an zu lachen. »Bist du übergeschnappt? Du spinnst doch? Schafft sie hier raus!« Das Kärntner Urvieh wurde wütend und drückte mich aus der Bank. »Ich werde dich jetzt rauswerfen! Verdammte Schlampe!«

»Georg, lass sie in Ruhe!« Schließlich warf ich mich nach vorn, umklammerte seine Beine und hielt ihn davon ab, handgreiflich zu werden.

Isabel bekam einen Schreianfall, kreischte und schlug auf Georg ein. »*Er* ist der Stempelmörder! Er!«

Stippschitz machte einen Satz zu Isabel und wollte ihr die Bluse wieder überstreifen.

Sie weigerte sich, schlug dem Inspektor ins Gesicht. »Nehmen Sie den doch fest! Diese Sau! Diese verdammte Sau!« Ihr Finger wanderte zum Heimleiter.

Wir schauten zu Franz. Franz? Er sollte jetzt auf einmal der Stempelmörder sein? Isabel tat mir leid. Dieses jämmerliche Schauspiel hatte sie wirklich nicht nötig. Franz war unser Fels in der Brandung, der uns behütete und beschützte. Das soziale Gewissen des Heims. Niemals!

»Er!« Dann brach sie zusammen, weinte, jammerte und verstummte. Stippschitz konnte sie gerade noch auffangen.

An Franz ging das auch nicht spurlos vorbei. Kein Wunder! Wie ein Häufchen Elend saß er in der zweiten Reihe und konnte das alles gar nicht fassen. Der Arme! Isabel hatte anscheinend ihren Scheintod nicht ohne Folgen überstanden. Wahrscheinlich konnte man das medizinisch erklären. Da war ich mir ganz sicher.

Dann raffte sie sich wieder auf. »Schaut auf meinen Rücken! Schaut euch den Stempel an! Nehmt das Schwein fest!« Sie zeigte auf den eigenen Rücken. Noch ein Piefke-5-Stempel?

Stippschitz las laut vor: »»Bürgermeister Toni Moser, Wiesengasse 23, 6020 Innsbruck‹, eine Telefonnummer und die Umrisse der Innsbrucker Berge.« Schon wieder ging ein Raunen durch die Kirche.

Dachte ich es mir doch. Innsbruck spielte eine Rolle. Der Innsbrucker Bürgermeister, in dessen Garten in Frohsinn ein illegaler Puff existierte. Da lag der Hund begraben. »Da hat der Stempelmörder wohl zum falschen Stempel gegriffen? Trottel!«

Georg schaute mich an. »Aber der Bürgermeister von Innsbruck heißt doch gar nicht Toni Moser.« Der Kärntner kombinierte richtig.

Wir schauten Stippschitz an. Der schaute zu Paradeiser. Paradeiser rührte sich nicht und machte keine Anstalten, die Führung zu übernehmen.

Franz sagte überhaupt nichts. Er stand auf, ging hinter der Kaiserloge zum seitlichen Ausgang. »Bleiben Sie stehen, Herr Moser! Sie sind festgenommen!«

Zwei Kommissare lösten sich aus dem Chor und legten ihm Handschellen an. Franz wehrte sich nicht. Ich konnte es nicht fassen. Unser Heimleiter der Stempelmörder? Stippschitz kontrollierte die Situation, zog Isabel die Bluse an und setzte sie in die erste Reihe der Kaiserloge.

»Toni Moser alias Franz der Heimleiter im Männerwohnheim der Meldemannstraße! Ex-Bürgermeister von Innsbruck. Ich verhafte Sie wegen des dringenden Tatverdachts, die Morde an Karl Greißler, Reinhold Hubsi, Luise und Luises Pudel begangen zu haben. Außerdem werden Sie der Mordanschläge an Isabel und Herbert verdächtigt. Abführen!«

Das ging alles verdammt schnell. Ich verlor komplett den Überblick. Toni Moser, dessen Rauhaardackel Isabel in ihrem Hundesalon umgebracht hatte? Das Motiv für die Morde war ein toter Köter? Unfassbar! Draußen hörten wir immer noch die Menschenmasse, die gegen Piefke 5 demonstrierte, und hier vor dem Altar des Stephansdoms spielte sich ein Drama ab, welches ich mir im Traum nicht hätte vorstellen können.

»Dann müsst ihr den und den auch festnehmen!«, schrie Franz. Er zeigte auf Paradeiser und Kleindienst.

Paradeisers Stirn glänzte. Er schwitzte. Dann bewegte er den Stab und fing wieder an zu dirigieren. Noch so ein Irrer! Ich kapierte jetzt gar nichts mehr.

Quietschend öffnete sich das Haupttor ein weiteres Mal. Seldschuk und Emre. Die hatten mir jetzt noch gefehlt. Ich erinnerte mich an die verdammte Übergabe und was war mit dem depperten Schädel!

Der Rotzjunge übergab das Sackerl mit Akgüns Kopf an seine Großmutter. Sie schaute hinein und schrie. Der

Chor war völlig perplex. Einige sangen, andere wussten nicht, was sie tun sollten. Zum Glück gingen die Schreie der Großmutter im Gesang der Männerstimmen unter. In ihrer Verzweiflung schleuderte sie das Sackerl zum Altar und rannte mit dem Kleinen zum Haupttor. Holaceks Geschenk landete vor Paradeisers Füßen.

Er starrte hinein.

Inzwischen war Seldschuk auf dem Weg zum Altar. Isabel fiel bei seinem Anblick in Ohnmacht. Stippschitz fing sie wieder auf. Seldschuks Ziel war die Kaiserloge, Emre blieb als Rückendeckung am Haupttor. Herbert stand immer noch beim Taufbecken und bewegte sich rhythmisch zum Chor-Gesang.

Als Seldschuk auf der Höhe von Paradeiser zu uns abbiegen wollte, schlug ihm der Chefinspektor das Sackerl in den Magen. Der Dirigentenstab fiel zu Boden. Der Chor sang weiter.

Seldschuk krümmte sich und starrte auf Akgüns Schädel, der aus dem Sackerl heraushing. »Akgün!« Er nahm den Stab in die eine und das Sackerl in die andere Hand, stand auf und fand sich am Dirigentenpult wieder.

Der Chor war gerade am Ende des Liedes und wartete auf die Anweisungen des Dirigenten. Seldschuk schwankte und wedelte mit dem Stab durch die Luft. Der Chor intonierte das nächste Kirchenlied.

Stippschitz legte Isabel auf der Bank ab, griff nach seiner Waffe und richtete sie auf Seldschuk. Und Paradeiser? Der kombinierte in Sekundenschnelle.

Wir sprangen auf, rannten hinter dem Chor zum Nordturm und die Treppe hinauf zur Türmerwohnung.

Paradeiser folgte uns. Zu diesem Zeitpunkt wussten wir nicht, dass Kleindienst Emre inzwischen k. o. geschlagen hatte und sich ebenfalls zum Nordturm aufmachte. Wo blieb Holacek?

Wir schafften es in die Türmerwohnung. Ich warf mich aufs Sofa. Georg sicherte die Tür. Die Wohnung bestand aus einem kleinen Raum mit integrierter Küche und einem kleinen Bad mit Dusche. Und das in einer Höhe von 50 Metern. Darüber befand sich die bekannte Renaissance-Haube des Nordturms, die auf den gotischen Rumpf aufgesetzt war. In dieser Haube befand sich die Perle des Stephansdoms: die Pummerin.

Paradeiser und Kleindienst benutzten die gleiche Wendeltreppe zur Türmerwohnung wie wir. Wir hörten sie schreien.

Georg stand kurz vor dem Zusammenbruch: »Mensch, Juri, jetzt haben wir den Salat. Holacek kommt nicht mehr. Dafür haben wir jetzt die zwei Verrückten am Hals. Wieso hörst du nie auf mich?«

»Ganz ruhig, Georg. Nur die Ruhe.« Ich schloss die Tür und schob den Schrank davor. Besser, wir verbarrikadierten uns.

Die Pummerin wurde nur an bestimmten Tagen im Jahr geläutet. Die frei schwebende Glocke hatte einen Durchmesser von drei Metern und ein Gewicht von 21.000 Kilogramm. Du wirst es kaum glauben, aber diese Glocke war aus den türkischen Kanonen gegossen worden, die die Türken nach der Belagerung von Wien zurückgelassen hatten. Das erinnerte mich daran, dass unser türkischer Freund, ein ehemaliger Teilnehmer von Atatürk hab 8, gerade einen Chor der Wiener Mordkommission im Stephansdom dirigierte. Ironie des Schicksals, oder? Stippschitz würde ihn sicher festnehmen, nachdem Emre als Rückendeckung ausfiel.

Die Türmerwohnung hatte einen kleinen Balkon. Der Blick vom Nordturm war nicht so gut wie der vom Südturm, der wesentlich weiter in den Wiener Himmel ragte. Dennoch sahen wir genug: ein Lichtermeer. Sie harrten aus. Eine ganze Stadt demonstrierte gegen uns. Vom Balkon führte eine Feuerwehrleiter nach oben in die Haube des Nordturms.

»Schau mal.« Ich zeigte Georg die Leiter. »Die führt direkt zur Pummerin.«

»Und was bringt uns das?«

Die beiden Verrückten schlugen an die Tür. Wir stemmten uns mit voller Kraft gegen den Schrank.

»Piefke 316 und 317! Macht die Tür auf, ihr habt keine Chance! Außer ihr springt.« Das war Paradeiser. Er lachte lauthals. Seine Stimme hätte ich sogar im Schlaf erkannt.

»Georg, wir kommen hier nicht mehr raus!«

»Wir könnten doch versuchen, über die Leiter zur Pummerin und von dort aufs Dach des Doms zu klettern. Was meinst?«

Georg lehnte am Geländer und schaute in die Tiefe. »Juri!«

Ich setzte mich wieder aufs Sofa. Welche Möglichkeiten gab es noch? Sollte es hier enden? Ich betrachtete meinen Freund.

»Juri! Was ist los?«

Sie warfen sich beide mit voller Wucht gegen die Tür. Der Schrank würde uns nicht mehr lange Schutz bieten. Höchstens noch ein paar Minuten, dann war Schluss.

»Mensch, Juri, bist du taub?« Georg zog mich zurück auf den Balkon. »Schau mal, der Helm!«

Ein blauer Helm mit dem Aufkleber: »Ich liebe Österreich.«

»Herberts Helm? Was macht denn der hier oben?« Der Helm lag auf einer kleinen Ablage, die Teil eines mechanischen Flaschenzugs war. Im Helm lag ein Päckchen. Und ein Zettel. Eine Nachricht von Herrn Holacek!

Georg war plötzlich wieder besser drauf. »Die Armstrongsche Mischung! Wow! Er hat es geschafft!«

Vor der Tür hörten wir Kleindienst und Paradeiser fluchen. »Piefkes! Kommt raus. Macht endlich die Tür auf oder wir schießen!«

»Georg, wir müssen uns stellen. Es bleibt uns nichts anderes übrig. Die werden uns erschießen, wenn wir nicht öffnen!«

Georg stand verzweifelt mit Herberts Helm neben der Tür zum Balkon. »Dann war's das wohl, Juri? Der Stempelmörder ist gefasst und wir sind Nummer 316 und 317. Ich kann das nicht glauben.«

»Nimm den Helm und verzieh dich zur Pummerin. Bereite alles vor!«, schrie ich ihn an. So einfach gab ich mich nicht geschlagen.

»Was soll das, Juri?«

»Geh! Los! Schnell!«

Ich schob den Schrank an die Seite, atmete tief durch und drückte die Klinke nach unten. Dann rannte ich auf den Balkon zur Feuerwehrleiter. Georg war schon oben. Ich rutschte ab, konnte mich gerade noch an einer Sprosse festhalten, fand wieder Halt und kletterte weiter.

Im selben Moment rannte Oberinspektor Kleindienst mit Schwung durch das Zimmer auf den Balkon, drehte sich mit verzerrtem Gesicht zur Tür, schaute zu mir nach oben, verlor das Gleichgewicht und schoss im Fallen in die Türmerwohnung hinein. Er schaffte es glücklicherweise nicht mehr, auch noch auf mich zu schießen, sondern kippte über die Balkonbrüstung und fiel in die Tiefe. Ich hörte ihn nur noch »Piefkeschwein!« schreien. Das war sein letztes Wort. Dann ein dumpfer Aufschlag und das Geschrei der Demonstranten.

Ich hielt Ausschau nach Paradeiser. Er kam nicht. »Chefinspektor Paradeiser? Wir sind unschuldig! Haben Sie mich verstanden?« Kein Lebenszeichen vom Chefinspektor. Ich stieg langsam wieder hinunter, sprang auf den Balkon und schaute in die Türmerwohnung.

Da lag er.

»Chefinspektor Paradeiser?«

Keine Regung. Er war tot. Wahrscheinlich hatte Kleindienst versehentlich seinen Kumpel erschossen. Was für eine Tragik.

»Juri. Was ist passiert?« Georg stand halb auf der Leiter.

»Bleib oben. Ich komme.«

Der Kärntner saß mit Herberts Helm auf dem Boden neben der Pummerin. Ich setzte mich zu ihm. »Wir können nichts mehr machen.«

»Wie meinst du das?«

»Beide sind tot.«

»Was ist mit Seldschuk und Emre?«

»Egal. Die sind sicher auch fort oder wurden von Stippschitz festgenommen. Schau mal nach unten. Der Platz ist wie leer gefegt.«

Georg stand auf. Er schüttelte den Kopf. »Idioten!«

Der Sonnenuntergang war herrlich hier oben. Das würde ein wunderschöner Abend werden.

»Bier?«

»Ja, Bier!«

»Wäre es pietätlos, wenn wir das Versöhnungsfeuerwerk doch noch in den Himmel schießen? Hast du schon einmal so einen Sprengsatz gezündet? Als Kärntner wächst man doch mit solchen gefährlichen Substanzen auf, oder?«

»Was für einen Sprengsatz? Du meinst das Feuerwerk? Nein, bisher noch nicht, aber es sollte nicht so schwer sein«, erwiderte Georg.

Holacek hatte eine genaue Beschreibung hinzugefügt. Es handelte sich um ein einfaches Baukastensystem. Wir mussten nur die Armstrongsche Mischung in das sogenannte Körperrohr stecken.

»Das sieht ja aus wie eine Rakete. Wie eine Feuerwerksrakete.« Ich staunte. Holacek hatte sich da wohl etwas Besonderes für uns ausgedacht.

Georg war skeptisch. »Ich traue Holacek nicht über den Weg. Wir sollten das lassen, Juri. Wenn er das genaue Mischverhältnis verfehlt hat, dann fliegt der Dom in die Luft. Das ist dir doch klar?«

»Ich vertraue ihm. Er ist jetzt ein Piefke 5. Es wird ein wunderschönes Feuerwerk. Außerdem können wir uns mit dem Feuerwerk positiv ins Licht rücken. Wir müssen jetzt ein Zeichen setzen. Das ist unsere einmalige Chance!« Das hoffte ich zumindest.

Wir stellten die Rakete auf einen Holzbalken direkt neben der Pummerin und richteten sie aus. Dann verlegte ich die Lunte und zündete sie an. »Jetzt haben wir genau 15 Minuten Zeit zu verschwinden. Dann wird die Armstrongsche Mischung gezündet. Also los.«

Wir kletterten die Feuerwehrleiter hinunter auf den Balkon der Türmerwohnung. Paradeiser bewegte den Kopf. Er war also doch nicht tot. Ich nahm ihm die Waffe ab, um ein größeres Unglück zu vermeiden. Wir hatten keine Zeit. Die Uhr tickte.

»Piefke Sonnenburg und Piefke Georg.« Er schlug die Augen auf und war gleich der Alte. »Was ist passiert? Wo ist Kleindienst?«

Anscheinend hatte der Oberinspektor dem Chefinspektor ins Knie geschossen. Er konnte nicht mehr aufstehen, knickte um und riss an meinem Hemd.

»Kommen Sie, Herr Chefinspektor. Kleindienst ist gesprungen. Er ist tot.«

»Was?«

Gemeinsam stellten wir ihn wieder auf die Beine. Das Bein mit dem zerschossenen Knie ließ er angewinkelt hängen.

»Ja, er ist tot. Über den Balkon in die Tiefe gesprungen.«

»Gesprungen? Ihr habt ihn umgebracht. Er würde nie springen. Was habt ihr Piefkes mit meiner Waffe gemacht?«

Georg stöhnte. »Herr Chefinspektor, halten Sie einfach die Klappe. Hier werden keine Fragen mehr gestellt. Von Ihnen schon gar nicht. Warum haben Sie uns überhaupt mit dem Oberinspektor verfolgt?«

Paradeiser schwieg. Weiter ging's. Die Wendeltreppe hinunter. Der Dom war leer. Kein Seldschuk. Kein Emre.

Wir mussten den Dom durch das Primglöckleintor verlassen. Das Haupttor war verschlossen. Auf dem Stephansplatz lagen überall Kerzen, manche von ihnen brannten noch.

Sie hatten Kleindienst schon weggeschafft. Ein Polizeiauto kam uns entgegen, um den Chefinspektor abzuholen.

»Wir haben ihn in der Türmerwohnung gefunden. Vorsicht! Nicht so schnell! Er wurde angeschossen. Das Knie. Hier ist seine Waffe.«

Paradeiser würdigte uns keines Blickes. Ein »Danke« käme ihm nie über die Lippen. Das kaputte Knie musste er seinem Vorgesetzten erklären. Das war dann wohl das Ende seiner Karriere. Im Auto bewegte er die Lippen. Ich glaubte, die Zahlen 316 und 317 ablesen zu können. Dann drehte er seinen Daumen nach unten und machte eine eindeutige Bewegung von links nach rechts entlang seines Halses.

Plötzlich kam Holacek auf uns zu. Er hatte vor dem Ordenshaus in der Churhausgasse gewartet und den Platz beobachtet.

»Herr Sonnenburg, Georg! Was für eine Freude!« Er deutete auf den Dom. »Was habt ihr mit der Mischung gemacht?«

»Wir haben die Lunte gelegt und gezündet. Es sollte jeden Moment losgehen. Haben Sie das Mischverhältnis eingehalten?«, fragte Georg.

Holacek nickte. »Ich habe mich bemüht. Der Transport war heikel. Das Paket durfte keinen Erschütterungen ausgesetzt werden. Ich nahm ein Taxi und hielt die Mischung vorsichtig fest. Ein echter Balanceakt. Dann der Schock: der menschliche Schutzschild vor dem Dom. Aber es hat funktioniert.«

Ich klopfte dem ehemaligen Maschinenwart und neuen Piefke-5-Mitglied auf die Schultern. »Gut gemacht, Herr Holacek. Kommt, gehen wir was trinken. Ich bin durstig.«

Georg ging voraus. Das türkische Lokal befand sich in der Blutgasse und war nur zwei Minuten vom Stephansplatz entfernt.

Als wir in die Blutgasse einbogen, stand plötzlich Stippschitz vor uns. In einer Hand hielt er seine Waffe. Wir standen uns gegenüber – wie in einem amerikanischen Western.

»Meine Herren! Wohin des Wegs? Ich glaube, hier ist Schluss für euch. Ihr seid festgenommen. Den guten Österreicher könnt ihr euch abschminken. Wer sich nie an die Regeln hält, der hat es auch nicht verdient, in unsere Gesellschaft aufgenommen zu werden.«

Wir blieben wie angewurzelt stehen. In wenigen Minuten würde die Polizei alle Nebenstraßen abgeriegelt haben. Die Situation war aussichtslos. Stippschitz fuchtelte mit der Pistole herum und deutete uns den Weg. Georg und ich beugten uns der Gewalt.

Holacek redete flehend auf Stippschitz ein: »Herr Inspektor, glauben Sie mir. Wir haben mit der ganzen Sache nichts zu tun. Wir gehören doch nur zu Piefke 5! Verstehen Sie? Wir sind vollkommen harmlos. Lassen Sie uns gehen! Bitte!«

Plötzlich Schüsse. Eine Schießerei? Donner. Blitze. Ein Gewitter? Nein, eine Rakete. Eine Farbexplosion am Himmel – die Nacht plötzlich hell erleuchtet. Du kannst dir dieses Feuerwerk nicht vorstellen. Ein Traum: »Piefke 5« als rot-weiß-roter Schriftzug am Abendhimmel. Das war unser Versöhnungsangebot an die guten Österreicher. Holaceks Meisterwerk!

Die Pummerin läutete. Durch die Zündung der Rakete hatte sich auch die alte Glocke in Bewegung gesetzt. Kaum zu glauben, aber versuch einmal, 21.000 Kilo zum Schwingen zu bringen. Wir hatten es geschafft, mit einer kleinen handgefertigten Rakete. Wunderschön! Wir Piefkes streckten die Hand zur Versöhnung aus. Leider hatten sich alle Demonstranten schon frühzeitig verabschiedet. Egal!

Holacek merkte nicht, dass er plötzlich allein weiterging. Wir waren zurückgeblieben und lachten. Wir konnten gar nicht mehr aufhören. Der Ex-Maschinenwart vom Arbeitslosenstrandbad kannte sich überhaupt nicht mehr aus. »Was ist los? Warum lacht ihr?«

Nachdem Holacek nun ein Piefke 5 war, mussten wir ihm reinen Wein einschenken. In den letzten Tagen hatten wir einen Beschützer gehabt, der uns immer wieder dezente Hinweise mitten aus der Zentrale der Macht geliefert hatte.

Stippschitz steckte die Pistole ein und grinste uns an.
Ich klärte Holacek auf. »Keine Angst. Inspektor Stippschitz ist Piefke 5. Er gehört zu uns.«

»Was?« Sein Mund stand offen.

»Er ist einer von uns. Das können Sie mir glauben, Herr Holacek. Wir werden alles bei einem Bier aufklären. Machen Sie mal den Mund zu. Und jetzt los, auf zum Türken! Geht schon mal voraus. Ich muss noch was erledigen.«

»Was ist, Juri?« Georg sah Isabel auf einer Bank sitzen, dann war ihm alles klar. »Lass die Finger von ihr. Sie bringt nur Unglück.«

Isabel saß mit dem Rücken zu uns und schaute in Richtung Stephansdom.

»Wo warst du die ganze Zeit? Warum hast du dich nicht gemeldet?«

Sie schaute mich mit ihren dunklen Augen an und lächelte. Das Lächeln war aufgesetzt. Das spürte ich sofort. Ihr Blick verriet etwas ganz Anderes. Sie wirkte besorgt, verängstigt und von der Anspannung in der Kirche völlig fertig.

»Ich wollte dich nicht mit reinziehen, Juri.«

»Was heißt *nicht mit reinziehen?* Wir waren doch schon mittendrin.«

»Ich habe mich bei Anton im Keller versteckt. Er hat keine Fragen gestellt.«

»Was? Du warst die ganze Zeit im Wohnheim und hast dich nicht gemeldet?« Einfach unfassbar! Anton Pospischil. Unser Piefkefreund und Leiter der Ideenwerkstatt. Ich stand auf und ging aufgeregt hin und her.

Schon flossen ihre Tränen. Eine nach der anderen.
»Ich wusste nicht, wohin. Was sollte ich machen? Am Montag hab ich ein Bad genommen, und plötzlich fiel das Licht aus. Einer kam herein und würgte mich. Ich wurde ohnmächtig und wachte am Zentralfriedhof wieder auf.«

Ich setzte mich neben sie auf die Bank und versuchte zu verstehen.

»Aber warum sollte mich jemand töten? Ich verstand überhaupt nichts mehr. Also hab ich mich bei Anton in der Werkstatt versteckt. Er hat mich gefunden und mir die ganze Zeit geholfen. Ich fürchtete mich vor Seldschuk und Kleindienst. Schließlich hing ich wegen der Koksgeschichte mit drin. Vielleicht hatten sie was damit zu tun. Das traute ich ihnen ohne Weiteres zu. Dann entdeckte mich Judith vor zwei Tagen und machte mich auf diesen Stempel mit der Adresse von Toni Moser auf meinem Rücken aufmerksam. Wahrscheinlich hat er die Stempel verwechselt und mir statt ›Piefke 5‹ seine Adresse auf den Rücken gedrückt. Blöd, wie er ist. Den Stempel hat er wohl als sentimentales Relikt und zur Erinnerung an seine Innsbrucker Zeit behalten. Denn da hat alles angefangen. Anton half mir, ihn ausfindig zu machen. Damals in Innsbruck hab ich aus Versehen seinen Rauhaardackel getötet. Das Tier wehrte sich so sehr gegen die Rasur, dass ich es schwer verletzte. Luise half mir, den Dackel zu verbinden, und kontaktierte den Bürgermeister. Sie erzählte mir, dass er im Wartezimmer meines Hundesalons zusammengebrochen sei und Rache geschworen habe. Aber wer dachte damals, dass er jemals

Ernst machen würde? Luise und ihr Pudel mussten sterben, dann war ich an der Reihe.«

»Alles wegen eines depperten Köters? Das nehme ich dir nicht ab. Niemand bringt wegen eines Rauhaardackels drei Menschen um.«

»Doch, so war es!«

»Das glaub ich dir nicht!«

Sie wirkte müde und verzweifelt.

»Wenn dir noch irgendetwas an mir liegt, dann sag die Wahrheit, Isabel.«

»Juri, ich kann dir nicht mehr sagen. Lass mich in Ruhe. Das ist eine Nummer zu groß für dich.«

»Was willst du damit sagen? Weißt du, was Georg und ich in den letzten Tagen durchgemacht haben?«

Sie lief unruhig hin und her.

»Drei Morde wegen eines Dackels? Weiß du, was ich glaube? Du hast was mit den Morden zu tun! Jetzt geht mir ein Licht auf. Erst Karl im Männerwohnheim und dann Reinhold in der Dornbacher Pfarrkirche. Steckst du mit Franz etwa unter einer Decke? Hast du Franz beschuldigt, um deine eigene Haut zu retten?«

Sie schlug zu. Ich taumelte durch die Wucht. Meine Wange brannte wie Feuer.

»Das habe ich von dir nicht erwartet, Juri. Von dir nicht! Ich habe nur durch Zufall erfahren, dass Toni Moser sich Sexsklavinnen hielt.«

»Was? Wie?«

»Der Bewacher der Frauen war trotz des Vorfalls immer noch bei uns Kunde und begann ein Verhältnis mit Luise. Er plauderte und wir erpressten Toni Moser. Dann entzog er mir die Hundesalon-Lizenz, damit zerstörte er mein Geschäft und mein Leben. Daraufhin informierte ich die Presse, und Mosers politischer Abstieg begann. Sein Hass auf mich und Luise muss riesig gewesen sein. Ich wundere mich jetzt noch, dass ich ihn im Wohnheim nicht erkannt habe. Aber er sah ganz anders aus und ich wäre nie im Leben darauf gekommen, dass er nun Heimleiter in der Meldemannstraße ist. Das kannst du mir glauben. So war es wirklich.«

»Aber warum brachte er Karl und Reinhold um? Welches Motiv hatte er?«

Sie wischte sich die Tränen von der Wange. »Karl war Toni Mosers Fahrer, der immer auf den Rauhaardackel aufgepasst hat. Anscheinend hat er ihn sofort wiedererkannt. Anton und ich haben Karl auf einem Foto entdeckt. Da stand er in seiner Dienstkleidung mit dem Hund im Arm neben Toni Moser.«

»Und Reinhold?«

»Der wollte Franz erpressen. Wahrscheinlich hat Karl dem Reinhold erzählt, dass er gerade seinen alten Arbeitgeber Toni Moser alias Franz getroffen hatte.«

»Wie kommst du darauf?«

»Ich hab in seiner Wohnung den Erpresserbrief gefunden.«

»*Du* warst das in Reinholds Wohnung?«

»Ja, und ich hab dich und Georg dort getroffen. Tut mir leid!«

»Du hast uns k. o. geschlagen? Das warst du nicht. Nur ein Mann kann so zuschlagen! Wenn es eine Frau gewesen wäre, hätte ich das sofort gemerkt.«

»Juri, ich war es. Ich habe euch kaum angefasst und ihr seid vor lauter Angst in Ohnmacht gefallen. Mehr nicht.« Isabel lächelte wieder.

»Dort hab ich auch dieses Foto von Karl und dem Toni Moser gefunden, das Reinhold wahrscheinlich von Karl nach dessen Tod geklaut hatte. Irgendwann ging mir ein Licht auf und ich erkannte in Franz den Bürgermeister. In der Dornbacher Pfarrkirche brachte Franz dann den Reinhold um. Das Foto fand Herbert bei seinen Untersuchungen bei Anton in der Werkstatt und brachte es zu Franz und Stippschitz. Na ja, und den Rest kennst du ja. Franz wollte Herbert auf dem Mistfest umbringen. Anton hielt mich immer auf dem Laufenden.«

Ich staunte nicht schlecht. »Du hättest dich uns anvertrauen müssen, Isabel. Georg und ich waren kurz davor, den Stempelmörder zu finden.«

Sie lachte laut. Das war die alte Isabel. »Juri, ihr habt doch keine Ahnung. Lebt in eurer Welt, erpresst Hundebesitzer und glaubt, ihr seid die Helden der Gackerlszene. Wach auf! Werd endlich erwachsen!«

Das konnte ich so nicht stehen lassen. »Na ja, ganz so ist es auch nicht. Schließlich haben wir von Piefke 5 auch nichts zu lachen. Du bist eine gute Österreicherin, die irgendwann wieder auf die Beine kommt. Wir hingegen müssen uns jeden Tag mit solchen Idioten wie Kleindienst herumschlagen. Das Geld hätte uns aus diesem Schlamassel befreit. Mir ist es ja wurscht, warum du das mit Erwin durchziehen wolltest.« Na ja, ganz so wurscht war es mir auch nicht, aber das musste ich ihr nicht auf die Nase binden.

»Erwin hat mich mit seiner Berliner Art angezogen. Tut mir leid, aber ich musste mich für ihn entscheiden. Das ist aber schon wieder Vergangenheit. Ich habe mit ihm abgeschlossen. Er ist auch nicht viel besser als ihr anderen. Jetzt bin ich mit Judith zusammen. Sie war mir eine große Hilfe in den vergangenen Tagen.«

Beim letzten Satz musste ich tief Luft holen. »Moment! Mit wem bist du zusammen? Mit Judith? Der Judith, mit der du das Zimmer teilst? Isabel?«

Sie zuckte nur die Schultern. »Und? Ich mag sie sehr. Ist das ein Problem für dich?«

»Warum sollte es ein Problem für mich sein? Du kannst mit wem auch immer zusammen sein. Ich finde es nur gewöhnungsbedürftig, wie schnell das bei dir geht. Aber lassen wir das.« Ich kratzte mich am Kopf und atmete tief durch. Warum Erwin? Warum Judith? Und ich?

Dann fielen mir Seldschuk und Emre ein. Die Übergabe sollte heute Abend stattfinden. »Was ist eigentlich mit Seldschuk passiert?«, fragte ich Isabel.

»Seldschuk und Emre wurden von Stippschitz festgenommen, weil sie ihren Cousin Akgün umgebracht haben sollen. Den Kopf hast du ja noch gesehen. Ekelhaft!« Sie hatte offenbar keine Ahnung, dass der Esel Hazee der Mörder von Akgün war, aber vielleicht war es besser so. »Juri, ich muss jetzt gehen. Ich bin völlig fertig.«

»Magst du nicht mit zum Türken kommen?«

Sie schüttelte den Kopf. »Ich fahr zurück ins Wohnheim und packe meine Sachen. Judith wartet sicher schon auf mich. Es wird eine Zeit dauern, bis ich über alles hinweg bin. Die arme Luise. Das hat sie nicht verdient. Ich hoffe, Franz verschwindet für immer von der Bildfläche.«

»Wo willst du hin?«

»Ich weiß es noch nicht.«

»Sehen wir uns wieder?«

»Juri, schau mich nicht so an! Mach dir keine Hoffnungen. Südafrika war eine schöne Idee, aber das war's auch. Ach ja, danke für das schöne Feuerwerk!« Dann lächelte sie und ging davon.

Ich schaute ihr noch eine Weile hinterher, wie sie am Stephansdom vorbeiging und schließlich nicht mehr zu sehen war. Ihre Nähe würde mir fehlen. Wir hatten leider keine Zukunft. Zu verschiedene Lebensläufe. Dennoch spürte ich, dass wir uns irgendwann wiedersehen würden. Vielleicht, wenn sich die Dinge änderten und wir beide nicht mehr in der Gosse dieser Metropole zu Hause waren. Irgendwie kam ich nicht von ihr los.

\*

Der Türke war unser Stammlokal im Zentrum. Ich setzte mich zu den anderen in das gemütliche Extrazimmer und mischte mich gleich in die lebhafte Diskussion ein. »Herr Holacek, wir sind Ihnen noch eine Erklärung schuldig.« Ich prostete Stippschitz zu. »Stippschitz, unser Mann bei der Wiener Kriminalpolizei, hat sich dort eingeschleust, um Chefinspektor Paradeiser auf die Finger zu schauen. Haben Sie den Schock schon überstanden?« Herr Holacek zwinkerte mir zu. »Übrigens: Nennen Sie mich Juri.«

»Walter. Sehr erfreut!«

»Also Prost. Das Bier haben wir uns verdient«, rief ich in die Runde.

Ohne Stippschitz hätte uns Chefinspektor Paradeiser wahrscheinlich sofort verhaftet oder noch viel Schlimmeres angerichtet. Anscheinend hatte der Inspektor versucht, Georg und mich in der letzten Woche immer wieder darauf aufmerksam zu machen, dass wir vorsichtiger sein sollten. Du weißt schon: diese blöden Regeln, die er ständig erwähnte. Aber wir hatten andere Sorgen, als uns an Regeln zu halten, die von den guten Österreichern aufgestellt wurden. Aber Regeln hatten auch ihre Grenzen, wenn ich da an die lebensgefährliche Situation im Arbeitslosenstrandbad dachte. Ohne mit der Wimper zu zucken, schickte er uns zum Strandkorb von Paradeiser: ein Coitus interruptus mit der Frauenministerin. Egal!

An diesem Abend erfuhr ich von Stippschitz, dass Kleindienst, Paradeiser und Toni Moser schon sehr lang unter einer Decke steckten. Die Prostitution blühte bereits in den Innsbrucker Zeiten des Bürgermeisters. Von dort aus lenkte der Bürgermeister diesen illegalen Ring bis nach Wien. Die drei waren gut vernetzt und hatten nicht nur im Koksgeschäft ihre Hände im Spiel. Auch die Erpressung von Politikern und die Verwicklung in eine Korruption von ungeahnter Größe gehörten zu ihrem Repertoire.

Als es mit Moser bergab ging, halfen ihm seine Kumpels aus Wien und verschafften ihm den Posten als Heimleiter. Wir Piefke 5 hatten nie eine Chance. Wäre da nicht Stippschitz gewesen. Wir hatten ihn vor einigen Monaten kennengelernt. Seine Eltern waren Deutsche, die nach einer langen Leidensphase an Piefke 5 zerbrochen waren. Ihnen wurde posthum die Urkunde des guten Österreichers zuerkannt. Gerade wegen dieser Ironie und Tragik blieb ihr Sohn, im Gedenken an seine Eltern, ein Piefke-5-Freund. Gut für uns.

Kleindienst war tot. Seine Launen gehörten der Vergangenheit an. Den korrupten Paradeiser waren wir auch los. Mit Stippschitz als leitendem Kommissar konnten wir wunderbar leben. Seldschuk, das Orakel vom Naschmarkt, war ebenfalls außer Gefecht gesetzt. Schade. Er würde uns fehlen.

Mit Walter Holacek hatten wir einen neuen großartigen Mitstreiter gewonnen. Wer weiß, wozu wir ihn noch brauchen würden. Georg, Stippschitz und ich würden weiterhin den Kern von Piefke 5 bilden.

Das machte zwei echte Piefkes und zwei adoptierte. Ein etwas anderes Programm als von der Regierung gewollt. Aber wir fanden die deutsch-österreichische Zusammensetzung perfekt. Vielleicht würden wir irgendwann einmal Vorbilder für ganz Österreich sein. Der Weg war frei für neue Piefke-5-Aktivitäten. Ich freute mich drauf.

Es wurde ein langer Abend beim Türken in der Blutgasse. Wir unterhielten uns bis zum Morgengrauen. Zum Schluss schlugen wir Bierkrug an Bierkrug und prosteten uns zu: »Auf Piefke 5!«

*Weitere Titel finden Sie auf den
folgenden Seiten und im Internet:*

**WWW.GMEINER-VERLAG.DE**

Maria Publig
**Waldviertelblut**
Kriminalroman
280 Seiten
12 x 20 cm, Paperback
ISBN 978-3-8392-2865-4
**€ 13,50 [D] / € 14,00 [A]**

Walli Winzer kann es kaum fassen! Die modebewusste Wiener PR-Agentin erhält den Auftrag, die neue Kollektion einer türkischen Stardesignerin für den Wohnbereich zu betreuen. Alles klappt, bis bei der Präsentation der Kreation ein Toter aus einem Teppich kullert. Für diesen Fall ist nun die Wiener Polizei zuständig. Der Täter scheint bald gefunden, doch Walli und Dorfpolizist Grubinger zweifeln. Ihr Entschluss steht fest – es wird parallel ermittelt.

**GMEINER SPANNUNG**

**WWW.GMEINER-VERLAG.DE**
*Wir machen's spannend*

# DIE NEUEN Lieblingsplätze

ISBN 978-3-8392-2628-5 — Schwarzwald

ISBN 978-3-8392-2615-5 — Donau Passau — Wien

ISBN 978-3-8392-2620-9 — Lahntal

ISBN 978-3-8392-2635-3 — Zwischen Nord- und Ostsee

ISBN 978-3-8392-2618-6 — In und um Passau

ISBN 978-3-8392-2623-0 — Regensburg und Oberpfalz

ISBN 978-3-8392-2630-8 — Tölzer Land — Tegernsee — Schliersee

ISBN 978-3-8392-2631-5 — Vogelsberg und Wetterau

ISBN 978-3-8392-2632-2 — Von der Eifel bis in die Ardennen

ISBN 978-3-8392-2405-2 — Romantischer Rhein Bingen — Bonn

ISBN 978-3-8392-2622-3 — Ostfriesische Inseln

ISBN 978-3-8392-2545-5 — Weinviertel

ISBN 978-3-8392-2629-2 — Spreewald

ISBN 978-3-8392-2634-6 — Wesermarsch und Oldenburg

**WWW.GMEINER-VERLAG**
*Mensch, Kultur, Region*